KB044323

김동인 단편선
감자

책임 편집 · 최시한

서강대학교 국어국문학과와 같은 과 대학원 졸업.
현재 숙명여자대학교 국어국문학 전공 교수.
저서로는 『가정소설 연구—소설 형식과 가족의 운명』『현대소설의 이야기학』『고치고
더한 수필로 배우는 글읽기』『소설의 해석과 교육』 등이 있고, 논문으로는 「사건의
개념과 갈래」「소설교육의 한 방법」「김동인의 시점과 시점론」 등이 있음.

한국문학전집 01

감자

김동인 단편선

초판 1쇄 발행 2004년 12월 3일
초판 31쇄 발행 2024년 3월 11일

지 은 이   김동인
책임 편집   최시한
펴 낸 이   이광호
펴 낸 곳   ㈜文學과지성사
등록번호   제1993-000098호
주   소   04034 서울 마포구 잔다리로7길 18(서교동 377-20)
전 · 화   02)338-7224
팩   스   02)323-4180(편집) 02)338-7221(영업)
전자우편   moonji@moonji.com
홈페이지   www.moonji.com

ⓒ ㈜文學과지성사, 2004. Printed in Seoul, Korea

ISBN 89-320-1553-8 04810
ISBN 89-320-1552-X(세트)

김동인 단편선
감자

최시한 책임 편집

문학과지성사 한국문학전집 01

| 차 례 |

일러두기

1. 이 책에 수록된 작품은 김동인이 1919년부터 1941년까지 발표한 소설들 중에서 선정한 12편의 단편이다. 각 작품의 정확한 출처는 주에 명기되어 있다.

2. 이 책의 맞춤법은 1988년 1월 19일 문교부 교시 '한글 맞춤법'에 따르는 것을 원칙으로 하였다. 단 작품의 분위기에 영향을 준다고 판단되는 방언이나 구어체 표현, 의성어·의태어 등은 그대로 두었다.

    예) 숙부님께서나 가슈.

    　이분이 김선생 조카 되시는 분이구랴.

3. 원본의 한자는 가급적 한글로 바꾸었으며, 작품 이해에 도움이 될 만한 한자는 그대로 두고 괄호 안에 넣었다(예 ①). 반복적으로 등장하는 한자어는 최초에만 괄호 안에 한자를 병기하고 후에는 한글로만 표기하였다. 또 책임 편집자가 독자들의 이해를 위해 필요하다고 판단되어 부가적으로 병기한 한자는 중괄호([ ])를 사용하여 표기하였다(예 ②).

    예) ① 花郞의 後裔→화랑의 후예(後裔)

    　② 차마→차마[車馬]

4. 대화를 표시하는 『 』혹은 「 」은 모두 " "로 바꾸었고, 대화가 아닌 강조의 경우에는 ' '로 바꾸었다. 또 책 제목은 『 』로, 영화·단편소설 등의 제목은 「 」로 표시했다. 말줄임표 '··' '...' '......' 등은 모두 '……'로 통일시켰다.

5. 외래어 표기는 1986년 1월 7일 문교부 교시 '외래어 표기법'에 따라 바꾸었다(예 ①). 단 작품의 제목이나 중요한 어휘로 등장하는 경우에는 원본을 그대로 살렸다(예 ②).

    예) ① 쩌어날리스트→저널리스트

    　② 조선의 심볼(현 외래어 표기법으로는 '심벌')

6. 과도하게 사용된 생략 부호나 이음 부호는 읽기에 편하도록 조절하였다.

7. 책임 편집자가 부가적인 설명이나 단어 풀이가 필요하다고 판단한 경우에는 본문에 중괄호([ ])로 표시해놓거나 책의 뒤쪽에 미주로 설명을 붙여놓았다.

약한 자의 슬픔

1

가정교사 강 엘리자베트는 가르침을 끝낸 다음에 자기 방으로 돌아왔다. 돌아오기는 하였지만 이제껏 쾌활한 아이들과 마주 유쾌히 지낸 그는 찜찜하고 갑갑한 자기 방에 돌아와서는 무한한 적막을 깨달았다.

'오늘은 왜 이리 갑갑한고? 마음이 왜 이리 두근거리는고? 마치 이 세상에 나 혼자 남아 있는 것 같군. 어찌할꼬. 어디 갈까 말까. 아, 혜숙이한테나 가보자. 이즈음 며칠 가보지도 못하였는데.'

그의 머리에 이 생각이 나자, 그는 갑자기 갑갑하던 것이 더 심하여지고 아무래도 혜숙이한테 가보아야 될 것같이 생각된다.

"아무래도 가보아야겠다."

그는 중얼거리고 외출의를 갈아입었다.

'갈까? 그만둘까?'

그는 생각이 정키 전에 문밖에 나섰다. 여학생 간에 유행하는 보법(步法)으로 팔과 궁둥이를 전후좌우로 저으면서 엘리자베트는 길로 나섰다.

그는 파라솔을 받은 후에 손수건을 코에 대어서 쏘는 듯한 콜타르 냄새를 막으면서 N통, K정 들을 지나서 혜숙의 집에 이르렀다.

그리 부자라 할 수는 없지마는, 그래도 경성 중류민의 열에는 드는 혜숙의 집은 굉대(宏大)하지는 못히지만 쑬쑬하고 징하기는 하였다.

그 집의 방의 배치를 익히 아는 엘리자베트는 들어서면서 파라솔을 접어서 마루 한편 끝에 놓은 후에,

"너무 갑갑해서 놀러 왔다 얘."

하면서 혜숙의 방으로 뛰어 들어갔다. 그는 들어서면서, 혜숙이가 동무 S와 무슨 이야기를 열심으로 하다가 자기 온 것을 알고 뚝 그치는 것을 알았다.

'S는 원, 무엇 하러 왔노.'

그는 이유 없는 질투가 마음에서 끓어 나오는 것을 깨달았다.

'흥, 혜숙이는 S로 인하여 나한테 놀러도 안 오는구만. 너희끼리만 잘들 놀아라.'

혜숙이가 한 번도 자기에게 놀러 와본 때가 없으되 엘리자베트는 이렇게 생각하였다.

"아, 엘리자베트 왔니. 우린 이제껏 네 이야기 하댔지. 그새 왜 안 왔니?"

혜숙이와 S는 동시에 일어나면서, 혜숙이는 엘리자베트의 왼 손, S는 바른손을 잡고 주좌(主座)에 끌어다 앉혔다.

엘리자베트는, 아직 십구 세의 소녀이지만 재주와 용자(容姿) 로 모든 동창들에게 존경과 일종의 시기를 받고 있었다. 그는 재 주로 인하여 아직 통학 중이지만 K남작의 집에 유(留)하면서 오 후에는 그 집 아이들에게 학과의 복습을 시키고 있었다.

"내 이야기라니 무슨? 내 숭들만 실컷 보고 있었니?"

엘리자베트는, 앉히는 자리에 앉으면서 억지로 성난 것을 감추 고 농담 비슷하니 물었다.

혜숙과 S는 의논하였던 것같이 잠깐 서로 낯을 향하였다가 웃 음을 억지로 참느라 입을 비죽하니 하고 머리를 돌이켰다.

"내 이야기라니 무슨?"

"네 이야기라니. 저— 그만두자."

혜숙이가 감춰두자 엘리자베트는 더 듣고 싶었다. 그는 차차 노 기를 외면에 나타내게 되었다.

"내 이야기라니 무엇이야 애? 안 가르쳐주면 난 가겠다."

"네 이야기라니. 저—"

혜숙이는 아까와 같은 말을 한 후에 S와 또 한 번 마주 향하여 보았다.

"그럼 난 간다."

하고 엘리자베트는 일어서려 하였다.

"얘, 가르쳐줄라. 참말은 네 이야기가 아니고 저— 이환(利換) 씨 이야기."

말이 끝난 뒤에 혜숙이는 또 한 번 S와 낯을 향하였다.

혜숙의 말을 들은 엘리자베트는 노기와 부끄러움과 모욕을 당했다는 감을 함께 머금고 낯을 붉히고 머리를 숙였다.

엘리자베트가 매일 통학할 때에 N통 꺾어진 길에서 H의숙(義塾) 제모를 쓴 어떤 청년과 만나게 되었다. 만나기 시작한 지 닷새에 좀 정답게 생각되고, 열흘에 그를 만나지 못하면 섭섭하게 생각되고, 이십 일에 연애라 하는 것을 자각하고, 일삭 만에 그 청년의 이름을 탐지하였다. '그도 나를 생각하겠지' 하는 생각과 '웬걸, 내게는 주의도 안 하더라' 하는 생각이 그후부터는 항상 그의 마음속에서 쟁투하고 있었다. 연애를 하는 사람은 아무도 그렇거니와 엘리자베트도 연애—짝사랑(片戀)이던—를 안 후부터는 벗들과 함께 있을 때는 아무렇지도 않지만, 혼자 있을 때는 염세의 생각과 희열의 생각이 함께 마음속에서 발하여 공연히 심장을 뛰놀리며 일어섰다, 앉았다, 밖에 나갔다, 들어왔다, 일도 없는데 이환이와 만나게 되는 길에 가보았다, 이와 같이 날을 보내게 되었다. 그러다가 아무에게도 통사정할 사람이 없는 엘리자베트는 혜숙에게 이 말을 다 고백하였다.

이와 같은, 사람의 비밀을 혜숙이는 S에게 알게 하였다 할 때는 그는 성이 났다.

처녀가 학생에게 사랑을 한다 하는 것이 그에게는 부끄러웠다.

둘—혜숙과 S—이서 내 흉을 실컷 보았겠거니 할 때에 그는 모욕을 당했다 생각하였다. 혜숙과 S가 서로 낯을 보고 웃을 때에 이 생각이 더 심하였다.

그리고, 이와 같은 비밀을 혜숙에게 고백하였다 할 때에, 엘리자베트는 자기에 대하여서도 성을 안 낼 수가 없었다.

'이껜 자기를 믿고 통사정을 하였더니 이런 말을 광고같이 떠들춘단 말인가. 이 세상에 믿을 만한 사람이 누구인고? 아, 부모가 살아 계시면……'

살아 있을 때는, 자기를 압박하는 것으로 유일의 오락을 삼던 부모를 빨리 죽기를 기다리던 그도, 부모에 대하여, 지금은 유일의 믿을 만한 사람이고 유일의 의뢰할 만한 사람이라는 생각이 났다. 그리고 혜숙에 대하여서는 무한한 증오의 염이 난다.

그러면서도, 그는 한 바람을 품고 있었다. 이것—이환과 자기의 새'—이것이 이제 화제가 되는 것을 그는 무서워하고 피하려 하면서도 그것이 화제가 되기를 열심으로 바라고 있다. 좀더 상세히 알고 싶었다.

자기 말을 듣고 엘리자베트가 성을 낸 것을 빨리 알아챈 혜숙이는, 화제를 바꾸려고 학과 이야기를 시작하였다.

"너 기하 숙제 해보았니? 난 암만해두 모르겠두나."

'아차!'

엘리자베트는 속으로 고함을 쳤다. 그의 희망은 끊어졌다.

'내가 성을 낸 것을 알고 혜숙이는 이렇게 돌려다 대누나.'

하면서도 성을 억지로 감추고 낯에 화기를 나타내고 대답하였다.

"기하? 해보지는 않았어도 해보면 되겠지."

"그럼 좀 가르쳐주렴."

기하책을 갖다 놓고 셋은 둘러앉아서 기하를 토론하기 시작하였다. 한 이십 분 동안 기하를 푸는 새에 엘리자베트의 머리에는 혜숙과 S의 우교(友交)에 대한 시기도 없어지고, 혜숙에 대한 증오도 없어지고, 동창생에 대한 애정과 동성에 대한 친밀한 생각만 나게 되었다.

복습을 필한 후에 셋은 잠깐 무언으로 있었다. 그동안 혜숙은 무슨 말을 할 듯 할 듯하면서도 다만 빙긋 웃기만 하고 말은 못 발하고 있었다.

'무슨 말이든 빨리 하렴.'

엘리자베트는 또 갑자기 희망을 품고 심장을 뛰놀리면서 속으로 명령하였다.

엘리자베트가 듣고 싶어하는 것을 보고 혜숙이는 안심한 듯이 말을 시작한다.

"얘— 얘—"

이 말만 하고 좀 말하기가 별(別)한 듯이 잠깐 말을 멈추었다가 또 시작한다.

"이환씨느으으은 S의 외사촌 오빠란다."

이 말을 들은 엘리자베트는 갑자기 마음이 무거워지는 것을 깨달았다. 그 가운데는 부끄러움도 섞여 있었다. 갑자기 이환이와 직접 대면한 것같이 형용할 수 없는 별한 부끄러움이 엘리자베트의 마음을 지나갔다. 그러면서도 그는 좀더 똑똑히 알려고,

"거짓말!"

하고 혜숙이를 쳐다보았다.

"거짓말은 왜 거짓말이야. S한테 물어보렴. 이 애 S야, 그렇지?"

엘리자베트는 머리를 S 편으로 돌려서 S의 대답을 기다렸다. 이환이가 S의 외사촌이라는 것은 팔구 분은 믿으면서도……

S는 다만 웃고 있었다.

'모욕당했다. 집으로 가고 말아야지.'

엘리자베트는 이렇게 속으로 고함을 치고도 일어나지는 않았다. 그는 S에게서 이환의 소식을 듣고 싶었다. 그리고 '오빠도 너를 사랑한다더라'란 말까지 듣고 싶었다.

"응, 그렇지 애?"

하고 혜숙의 소리에 S는 그렇단 대답만 하였다. 그리고 의미 있는 듯한 웃음을 머금고 엘리자베트를 들여다보았다.

'S의 웃음. 의미 있는 듯한 웃음. 무슨 웃음일꼬? 거짓말? 이환씨가 S의 오빠라는 것이 거짓말이 아닐까? 아니! 그것은 참말이다. 그러면 무슨 웃음일꼬? 이환씨는 나 같은 것은 알아도 안 보나? 아! 무엇? 아니다. 그도 나를 사랑한다. 그리고 S에게 고백하였다. 아, 이환씨는 날 사랑한다. 결혼! 행복!'

그는 자기에게 이익한 데로만 생각을 끌어가다가 대담하게 되어서 머리를 들면서, 결심한 구조(口調)로 말을 걸었다.

"애, S야."

"엉?"

경멸하는 듯이 S는 대답하였다. 이 소리에, 엘리자베트의 용기가 대부분은 꺾어졌다.

"너……"

그는 차마 그 뒤는 말을 발하지 못하여 우물우물하다가 예상도 안 한 딴말을 묻고 말았다.

"기하 다 했니?"

"기하라니? 무슨?"

S는 대답 겸 물어보았다.

"내일 숙제."

"이 애 미쳤나 부다."

엘리자베트는 왜인지 가슴에서 똑 하는 소리를 들었다. S는 말을 연속하여 한다.

"이제 우리 하지 않았니?"

"응?…… 참…… 다 했지……"

S는 '다 알았소이다' 하는 듯이 교활한 웃음을 머금고 엘리자베트의 그리스 조각을 연상시키는 뺨과 목의 윤곽을 들여다보았다.

'모욕을 당했다.'

엘리자베트는 또 이렇게 생각지 않을 수 없었다.

'집으로 가고 말아야지.'

이 생각을 할 때에 그는 아까 집에서 혜숙의 집에 가야겠다 생각할 때에, 참지 못하게 가고 싶던 그와 동 정도로 집으로 돌아가고 싶었다.

그는, 어쩔 수 없이 가고 싶은 고로,

"난 간다."

소리만 지르고, 동무들이 "왜 가니?" "더 놀다 가렴" 등 소리는 귓등으로도 듣지 않고 팔과 궁둥이를 저으면서 나섰다.

2

늦은 봄의 저녁빛은 따스하였다.

도회의 저녁은 더 번잡하였다.

시멘트 인도는 무수히 통행하는 사람의 발로 인하여 처르럭처르럭 때가닥때가닥 하는 소리를 시끄럽도록 내면서도 평안히 누워 있었다.

어떤 때는 사람의 위를 짧게 비추었다. 사람이 다 통과한 후에는 도로 길게 비추었다 하는, 자기와 함께 나아가는 자기 그림자를 들여다보면서 엘리자베트는 본능적으로 발을 움직였다.

'아! 잘못하였군. 그 애들은 내가 나선 다음에 웃었겠지. 잘못하였어. 그럼 어찌하여야 하노? S를 얼려야지. 얼려? 응. 얼린 후엔 들어야지. 무엇을. 무엇을? 그것을 말이지. 그것이라니? 아—그것이라니? 모르겠다. 사탄아 물러가거라. S가 이환씨의 누이이고. S가 혜숙의 동무이고. 또 내 동무이고. 이환씨는 동무의 오빠이고. 사람이 다니고. 전차. 아이고 무엇이 무엇인지 모르게 되었다. 왜 웃는단 말인가? 왜? 우스우니깐 웃지. 무엇이 우스워. 참 무엇이 우스울까?'

그는 또 한 번 웃었다. 그렇지만, 이 웃음은 기뻐서 웃는 것도 아니고 즐거워서 웃는 것도 아니다. 다만 우스워서 웃는 것이다. 그가 왜 우스운지 그 이유를 해석하려고, 혼돈된 머리로 생각하면서, 발은 본능적으로 차차 집으로 가까이 옮겨놓았다.

구부러진 길을 돌아설 때에, 그는 아직껏 보고 오던 자기 그림자를 잃어버린 고로 잠깐 멈칫 섰다가, 또 한 번 해석지 못한 웃음을 웃고 다시 걷기 시작하였다.

그가 집에 들어설 때는, 다섯 시 반 좀 지난 후 K남작은 방금 저녁을 먹고 처와 아이들이 저녁을 먹을 때이다. 조선의 선각자로 자임하는 남작은, 내외의 절(節)과 안방 사랑의 별은 폐하였지만 남존여비의 생각은 아직껏 확실히 지켜왔다.

엘리자베트는, 먹기 싫은 밥을 두어 술 먹은 후에 자기 방으로 돌아와서 아직 어둡지도 않았는데 전등을 켜고 책궤상 머리에 가 앉았다.

아무 작용도 아니하는 눈을 공연히 멀거니 뜨고, 책상을 오르간으로 삼고 다뉴브 곡을 뜯으면서, 그는 머리를 동작시키고 있었다. 웃음. S. 이환. 결혼. 신혼여행. 노후의 안락. 또는 거기는 조금도 상관없는 다른 공상이 속속들이 그의 머리에 왕래하였다.

끝없이 나는 공상을 두 시간 동안이나 한 후에, 이제껏, 희미하니 아물아물 기어가는 것같이 보이던 벽의 흑점이 똑똑히 보이기 시작할 때에, 그는 자리를 펴고 자고 싶은 생각이 났다.

아까 저녁 먹을 때에 남작의,

"오늘 밤에는 회(會)가 있는 고로 밤 두 시쯤 돌아오겠다."

는 말을 들은 엘리자베트는, 별로 안심이 되어 자리를 펴고 전 나체가 되어 드러누웠다.

몇 가지 공상이 또 머리에서 왕래하다가 그는 잠이 들었다.

한참 자다가, 열한 시쯤, 자기를 흔드는 사람이 있는 고로 그는 눈을 번쩍 떴다. 전등 아래, 의관을 한 남작이 그를 들여다보고 있었다. 엘리자베트는 갑자기 잠이 수천 리 밖에 퇴산(退散)하는 것을 깨달았다. 그는 남작이 자기를 들여다보는 눈으로, 남작의 요구를 깨달았다. 하고 겨우 중얼거렸다.

"부인이 아시면?"

'아차!'

그는 속으로 고함을 쳤다.

'부인이 모르면 어찌한단 말인가?…… 모르면?…… 이것이 허락의 의미가 아닐까? 그러면 너는 그것을 싫어하느냐? 물론 싫어하지. 무엇? 싫어해? 내 마음속에, 허락하려는 생각이 조금도 없냐 아…… 허락하면 어쨌냐? 그래도……'

일순간에 그의 머리에 이와 같은 생각이 전광과 같이 지나갔다.

"조용히! 아까, 두 시에야 돌아오겠다고 하였으니깐 모르겠지요."

남작은 말했다.

이제야 엘리자베트는 아까 남작이 광고하듯이 지껄이던 소리를 해석하였다. 그리고, 두번째 거절을 해보았다.

"부인이 계시면서두……?"

'아차!'

그는 또 속으로 고함을 안 칠 수가 없었다.

'부인이 없으면 어찌한단 말인가?…… 이것은 허락의 의미가 아닐까……?'

남작은 대답 없이 엘리자베트를 뚫어지게 들여다보고 있었다.

"왜 그리 보세요?"

그는 남작의 시선을 피하면서, 별한 웃음—애걸하는 웃음—거러지의 웃음을 웃으면서 돌아누웠다.

'아차!'

그는 세번째 고함을 속으로 발하였다.

'이것은 매춘부의 웃음. 매춘부의 행동이 아닐까……?'

몇 번 거절에 실패를 한 엘리자베트는 마지막에는 자기에 대해서도 정이 떨어지게 되었다. 그는 뉘게 대해선지는 모르면서도 모르는 어떤 자에게 골이 나서, 몸을 꼬면서 좀 날카롭게, 그래도 작은 소리로 말했다.

"싫어요 싫어요."

남작은 역시 대답이 없었다.

엘리자베트는, 갑자기 방 안이 어두워지는 것을 알았다. 남작이 불을 끈 것이다. 그후에는 남작의 의복 벗는 소리만 바삭바삭났다.

엘리자베트는 정신이 아득해지고 말았다.

정신이 아득해진 엘리자베트는, 한참 있다가 거기서 직수면 상태로 들어서 푹 잠이 들었다가, 다섯 시쯤, 동편 하늘이 좀 자홍색을 띠어올 때에 무엇에 놀란 것같이 움쭉하면서 눈을 떴다.

회색 새벽빛을 꿰어서, 먼트고메리 회사제 벽지가 눈에 드는 동시에, 그의 머리에는 남작이 생각났다. 곁에 사람의 기척이 없는 고로 남작이 돌아갔을 줄은 확신하면서도, 만일 있었다면 하는 의심이 나는 고로, 그는 가만가만 머리를 그편으로 돌렸다. 거기는 남작이 베느라고 갖다 놓았던 책이 서너 권 놓여 있었다.

'그럼 저편 쪽에 있지. 저편 쪽 벽에 꼭 붙어 서서, 날 놀래려고 준비하고 있지.'

엘리자베트는 흥미 절반, 진정 절반으로 이런 생각을 하고 갑자기 남작이 숨기 전에 발견하려고 머리를 돌이켰다. 거기는 차차 흰빛으로 변해오는 새벽빛에 비친 벽지의 모양만 보였다.

'어느 틈에 또 다른 편으로 뛰었군!'

하면서 그는 남작을 잡느라고 이편저편으로 머리를 획획 돌리다가,

'일어나야 순순히 나올 터인가 원.'

하면서 벌떡 일어나 앉아서 의복을 입기 시작하였다. 속곳, 바지로서 버선까지 신는 동안에, 그의 머리에는 남작을 잡으려는 생각은 없어지고 엊저녁 기억이 차차 부활키 시작하였다.

'내 속이 왜 그리 약하단 말인고? 정신이 아득해질 이유가 어디 있어? 아무래도 그렇게 되겠으면 정신이나…… 아— 지금 남작은 무엇 하고 있노.'

그는 자기가 남작에 대하여서도 애정을 가지게 된 것을 깨달을 때에, 차라리 놀랐다. 마음속에서는 또 적막의 덩어리가 뭉쳐 나왔다. 그는 무한 울고 싶었다. 그는 시계를 보았다. 아직 다섯 시

십삼 분이다.

'올 시간이 넉넉하지.'

이 생각을 할 때에 그는 참지 못하고 고꾸라져서 흘쿡 느끼기 시작하였다.

'남작은 아내가 있는 사람이다. 아내가 있는 사람에게…… 내 전정(前程)²은 어떠할까……'

울음이 끝나기까지 한참 운 그는, 눈물이 자연히 멎은 후에 머리를 들었다. 아침 햇빛은 눈이 시도록 방 안을 들이쬐고 있었다.

밝은 햇빛을 본 연고인지 실컷 운 연고인지, 엘리자베트는, 오랫동안 벼르던 원수를 갚은 것같이 별로 속이 시원한 고로, 일어서서 세수를 하러 갔다.

세수를 한 후에 그는, 거기서 잠깐 주저치 않을 수가 없었다. 밥을 먹으러 가나, 안 가나. 밥은 먹어야겠고. 거기는 남작이 있겠고……

그러다가 그는, 필사적 용기를 내고 밥을 먹으러 갔다. 거기는 남작은 없었지만 그는 부인과 아이들에게도 할 수 있는 대로 낯을 안 보이게 하고 밥을 먹었다. 그런 후 자기 방에 와서 이부자리를 간지피고 책보를 싸가지고 학교로 향하였다.

정문 밖에 나선 그는, 또 한 번 주저치 않을 수가 없었다. 이 길로 가나, 저 길로 가나. 이 길로 가면 이환이를 만나겠고. 저 길로 가면 대단히 멀고.

그의 마음속에는 쟁투가 일어났다. 자기에 대하여 애정을 나타내지도 않는 이환의 앞을, 복수 겸으로 유유히 지나갈 때의 자기의 상쾌를 그는 상상해보았다. 이환이는 그 일을 모르겠지만, 이렇게 하는 것이 엘리자베트에게는 한 쾌락―만약 엘리자베트에게 복수할 마음이 있다 하면―에 다름없었다. 그렇지만 그는 이환이를 사랑하였다. 문자 그대로 '자기 몸과 동 정도로 그를 사랑'하였다. 이러한 엘리자베트는 그런 참혹한 일을 행할 수가 없었다.

'이 길로 갈까? 저 길로 갈까?'

그는 생각이 정키 전에 어느덧 먼 길―안 만나게 되는 길―편으로 발을 옮겨놓았다.

학교에서도 엘리자베트는 성가신 일일을 보내고 하학(下學) 후 곧 집으로 돌아왔다.

3

단조하고도 복잡한 엘리자베트의 생활은 여전히 연속하여 순환되고 있었다. 아침 깨어서는 학교에 가고. 하학 후에는 아이들과 마주 놀고. 자고―다만 전보다 변한 것은 평균 일 주 이 회의 남작의 방문을 받는 것이라.

대개는, 엘리자베트가 예기한 날 남작이 왔다. 남작이 오리라 생각한 날은, 엘리자베트는 열심으로 남작을 기다렸다. 그렇지만 그 방은 남작 부인의 방과 그리 멀지 않은 고로 남작이 와도 그리 말은 사괴지 못하였다. 엘리자베트는 그것으로 남작이 와 있을 동안은 너무 갑갑하여 빨리 돌아가기를 기다렸다. 치만 일단 남작이 돌아가고 보면 엘리자베트는, 남작이 좀더 있지 않는 것을 원망하고 무한한 적막을 깨달았다.

만약 엘리자베트가 예기한 날 남작이 오지를 않으면 그는 어찌할 줄 모르게 속이 타고 질투를 하였다.

그렇지만, 이보다 더 큰 고통이 엘리자베트에게 있었다. 때때로 이환의 생각이 나는 것이다. 그런 때는,

'자기도 나를 생각지 않는데, 내가 그러면 뭣 하는가.'

'내가 자기와 약혼을 했댔나.'

등으로 자기를 위로해보았지만, 대개는 '변해(辯解)'를 '미안(未安)'이 쳐 이겼다. 그럴 때는 문자 그대로 '심장을 잘 들지 않는 칼로 베어내는 것' 같았다. 그렇게 되면 그는 고꾸라져서 장시간의 울음으로 겨우 자기를 위로하곤 하였다.

그는 부인에 대해서도 미안을 감(感)하였다.

"남편을 가로앗았는데 왜 미안치를 않을까."

그는 때때로 중얼거렸다.

그러는 새에도, 학교에는 열심으로 상학(上學)하였다. 학교에도 무한한 혐오의 정과 수치의 염이 나지마는, 집에 있으면 더 큰 고통을 받는 그는 일종의 위안을 얻느라고 상학하였다.

그동안 시절은 바뀌었다. 낮잠 잘 오고 맥이 나는 봄 시절은, 비 많이 오는 첫여름으로 변하였다.

4

엘리자베트와 남작의 첫 관계가 있은 후, 다섯 번 일요일이 찾아왔다.

오후 소아 주일 학교(小兒主日學校) 교사인 엘리자베트는 소아 교수와 예배를 필한 후에 아이들 틈을 꿰면서 예배당을 나섰다.

벌겋고 누런 장마 때 저녁 해는 절벅절벅하는 길을 내리쪼이고 있었다. 북편 하늘에는 비를 준비하는 검은 구름이 걸려 있었다.

엘리자베트가 예배당 정문을 나설 때에,

"너 이즈음 학교에 왜 다른 길로 다니니?"

하고 혜숙의 소리가 그의 뒤에서 났다.

엘리자베트는 돌아보지도 않고 속으로 다만,

'다른 길로 학교엘 다녀? 다른 길로 학교엘 다녀?'

하면서 집으로 향하였다. 남작 집 정문을 들어서려 하다가 그는 우뚝 섰다. 혜숙의 말이 이제야 겨우 해석되었다.

'응 다른 길로 학교엘 다닌다니 내가 다른 길로 학교에를 다닌다는 뜻이로군.'

그는 별한 웃음을 웃고 자기 방으로 향하였다.

자기 방에 들어서서 책보를 내던지고 앉으려 하다가 그는 또 한 번 꼿꼿이 섰다. 사지가 꼿꼿해지는 것을 깨달았다. 십여 초 동안 이와 같이 꼿꼿이 섰던 그는 그 자리에 고꾸라졌다. 그의 가슴에서는 무슨 덩어리가 뭉쳐서 나오다가, 목에서 잠깐 회전하다가 그 덩어리가 코와 입으로 폭발하곤 한다. 그럴 때마다 눈에서는 눈물이 폭폭 쏟아지고 가슴은 싹싹 베어내는 것같이 아팠다.

그에게는, 두 달 동안 몸이 안 난 것이 생각이 났다. 잉태! 엘리자베트에 대해서는 이것이 '죽으라'는 명령보다도 혹독한 것이다.

그는 잉태가 무섭지는 않았다. 그렇지만, 그의 미래—희미하고 껌껌한 그의 '생' 가운데, 다만 한 줄기의 반짝반짝하게 보이는 가는 광선—이러한 미래를 향하고 미끄러져서 나아가던 그는 잉태로 인하여 그 미래를 잃어버렸다. 그 미래는 없어졌다.

엘리자베트의 울음은 이것을 깨달은 때에 나오는 진정의 울음이다. 심장 복판 가운데서 나오는 참눈물이다.

이렇게 한참 운 그는 눈물주머니가 다 마른 후에 겨우 머리를 들고 전등을 켰다. 눈이 붉어지고 눈두덩이 부은 것을 스스로 깨달을 수가 있었다. 그는 자기 배를 내려다보았다. 그의 눈에는 보통보다 곱 이상이나 크게 보였다.

'첫배는 그리 부르지 않는다는데. 게다가 달 반밖에는 안 되었는데.'
하고 그는 다시 보았다. 조금도 부르지를 않았다.

'그래도 안 부를 수가 있나?'
하고 그는 또다시 보았다. 보통보다 삼 곱이나 크게 보였다.

쾅쾅 하는 아이의 발소리가 이럴 때에 엘리자베트의 방으로 가까이 온다. 엘리자베트는 빨리 어두운 편으로 향하였다. 문이 열리며 여덟 살 된 남작의 아들이 나타나서, 엘리자베트에게 저녁을 재촉하였다. 저녁을 먹으러 가기가 싫은 엘리자베트는 안 먹겠다고 대답할 수밖에는 없었다.

아이가 돌아간 뒤에 엘리자베트는 중얼거렸다.

'꼭 좋은 때 울음을 멈추었군. 좀더 울었더면 망신할 뻔했다.'

조금 후에 부인은 친절하게 죽을 쑤어다가 그에게 주었다. 죽을 먹고 죽 그릇을 돌려보낸 후에, 아까 울음으로 얼마 속이 시원해지고 원기까지 좀 회복한 엘리자베트는 남작과 이환 두 사람을 비교하기 시작하였다. 그는 마음속에 두 사람을 그린 후에 어느 편이 자기에게 더 가깝고 더 사랑스러운고 생각해보았다. 사랑스럽기는 이환이가 더 사랑스럽지만, 가깝기는 아무래도 남작이 더 가까운 것같이 생각된다.

이와 같은 결단은 그의 구하는 바를 채우지를 못하였다. 그는, 사랑스러운 편이 더 가깝고 가까운 편이 더 사랑스럽기를 원하였다. 그렇지만 사랑과 가까움은 평행으로 나가서 아무 데까지 가도 합하지를 않았다. 그는 평행으로 나가는 사랑스러움과 가까움이 어디까지나 나가는가를 알려고, 마음속에 둘을 그려놓고 그 둘을 차차 연장시키면서, 눈알을 굴려서 그것들을 따라가기 시작하였다.

둘은 종시 합하지 않았다. 끝까지 평행으로 나갔다. 사랑스러움과 가까움은, 끝까지 분립(分立)하여 있었다.

여기 실패한 엘리자베트는 다시 다른 생각으로 그것을 보충하리라 생각하였다.

사랑스러운 편이 자기에게 더 정다울까 가까운 편이 더 정다울까, 그는 생각해보았다. 어떻든, 둘 가운데 하나는 정다워야만 된다고, 그는 조건을 붙였다. 그렇지만 엘리자베트는 여기서도 만족한 결론을 얻지 못하였다.

아까 생각과 이번 생각이 혼돈되어 나온 결론은 다른 것이 아니다.

'사랑스러운 편이, 물론 자기에게 더 가깝다'는 것이다.

'그렇게 되면, 정다운 편은 어느 편인고?'

그는 생각해보았지만, 머리가 어지러운 것이 완전히 해결을 얻지 못하게 되었다.

엘리자베트는 속이 답답해졌다.

자기에게는 '사랑스러움'과 '가까움'이 온전히 분립하여 있는 것을 안 엘리자베트는, 어느 편이 자기에게 더 정다울지를 알지 못하게 되었다. 둘이 동 정도로 정답다 하는 것은, 엘리자베트 자기가 생각해보아도 있지 못할 일이다. 남작과 이환 새에는 어떤 차이가 있었다.

두번째 생각도 실패로 돌아갔다.

두 번이나 실패를 한 엘리자베트는, 이번은 직접 당인(當人)으로 어느 편이 자기에게 더 정답게 생각되는가 자문해보았다.

이환이가 더 정답다 생각할 때에도 마음에 얼마의 가책이 있고, 그러니 남작이 더 정답다 생각할 때에는 더 큰 아픔이 마음에서 일어난다. 그는 억지로 생각의 끝을 또 다른 데로 옮겼다.

엘리자베트는 맨 처음 생각을 다시 해보았다. 이번도, 사랑스러움은 이환의 편으로 갔다.

'이환이가 더 사랑스럽고, 사랑스러운 편이 자기에게 더 가까우니까, 이환이가 자기에게 물론 더 가깝다. 따라서, 정다움도 이환의 편으로 간다.'

그는 억지로 이렇게 해결하였다.

이렇게 해결은 하였지만, 또 한 의문이 있었다.

'그러면 가깝던 남작은 어찌 되는가.'

그는 생각해보았다. 맨 첫 번과 같이 역시 남작은 자기에게는 더 친밀하게 생각되었다. 그럼 이환이는……?

이환에 대한 미안이 마음속에 떠올라오기 시작하였다. 그는 속이 타서 팔을 꼬면서 허리를 젖혔다. 그때에 벽에 걸린 캘린더가 그의 시선과 마주쳤다. 캘린더는 다른 사건을 엘리자베트의 머리에 생각나게 하였다. 이 절박한 새 사건은 이환의 생각을 머리에서 내쫓기에 넉넉하였다. 오늘 밤에는 남작이 오리라 하는 생각이다. 이 생각이 엘리자베트에게 잉태를 생각나게 하였다. 남작이 오면 모든 일—잉태와 거기 대한 처치—을 말하리라 엘리자베트는 생각하였다. 그리고, 남작에게 할 말을 생각하기 시작하였다.

말은 짧지마는, 이 말을 남작에게 하는 것은 엘리자베트에게 큰 부끄러움에 다름없었다. 그는 자기에게 부끄럽지 않고 남작이 알아들어야 된다는 조건 아래서 할 말을 복안해보았다. 한 번 지어서 검열한 후 교정을 가하고 두 번 하고 세 번 네 번 해보았지만 자기 뜻대로 되지를 않았다.

이렇게 한참 생각할 때에 문이 열리며 남작이 들어왔다. 엘리자베트의 복안은 남작을 보는 동시에 쪽쪽이 헤어지고 말았다. 그는 다만, 남작에게 매달려 통쾌히 울고, 남작이 아프도록 한번 꼬집어주고 싶었다. 남작의 '아이고' 소리 '이 야단났구면' 소리를 듣고 싶었다. 그는 이 생각을 억제하느라고 손으로 「해변의 곡」을 뜯기 시작하였다.

둘은 전과 같이 서로 마주 흘겨만 보고 있었다.

엘리자베트에게는 싸움이 일어났다.

'말할까 말까. 할까. 말까. 어찌할꼬.'

이러다가 갑자기 무의식히,

"선생님."

하고 남작을 찾은 후에 자연히 머리가 수그러지는 것을 깨달았다. 남작은 찾았는데 그 뒷말을 어찌할꼬. 이것이 엘리자베트의 마음에 일어난 제일 큰 문제이다. 「해변의 곡」을 뜯던 손도 어느 틈에 멎었다. 엘리자베트는 자기가 어디 있는지도 똑똑히 의식지 못하리만큼 마음이 뒤숭숭하였다. 낯도 후끈후끈 단다.

"네?"

남작은 대답하였다.

남작이 대답한 것을 엘리자베트는 속으로 원망하였다. 남작이 엘리자베트 자기가 부른 소리를 못 들었으면 좋겠다 하는 희망을 엘리자베트가 품는 동시에 남작은 엘리자베트의 부름에 대답을 한 것이다.

엘리자베트는 나가지도 못하고 물러서지도 못할 지경에 이르렀다. 자기가 부르고 남작이 대답을 하였으니 설명을 하여야겠고 그러니 그 말을 어찌하노? 그러다가 그는 갑자기 울기 시작하였다.

'이 울음에서 얼마의 효과가 나타나리라.'

엘리자베트는 울면서 생각하였다.

"왜 그러오."

남작은 놀란 소리로 물었다.

"아—아 어찌할까요?"

"무엇을?"

엘리자베트는 대답 대신으로 연속하여 울었다.

한참이나 혼자 울다가 그는 입술을 꽉 물었다. 아까 대답을 못한 자기를 책망하였다.

남작이 '왜 그러는가' 물을 때가 대답하기는 절호의 기회인 것을, 그 기회를 비게 지나 보낸 엘리자베트는 자기를 민하다³ 생각하지 않을 수가 없었다. 그리고 다시 그런 기회를 기다려보았지만, 남작은 아무 말 없이 가만히 있었다.

'좀더 심히 울면 남작이 무슨 말을 하겠지' 생각하고, 엘리자베트는 좀더 빨리 어깨를 젓기 시작하였다.

"아 왜 그러오."

남작이 이것을 보고 물었다.

엘리자베트는 대답을 또 못하였다.

'무엇이라고 대답할꼬' 생각하는 동안에 기회는 지나갔다. 이제는 대답을 못하겠고 아까는 대답을 못하였으니 다시 기회를 기다려보자 엘리자베트는 생각하고, 기회를 다시 기다리기 시작하였다.

'그러니 이번 물을 때에는 무엇이라 대답할까?'

엘리자베트는 울면서 생각해보았다.

이때에 남작의 세번째 물음이 이르렀다.

"아 왜 그런단 말이오?"

"잉태."

대답을 한 후에 엘리자베트는 자기의 용기에도 크게 놀랐다. 이 말이 이렇게 쉽게 평탄하게 나올 것이면, 아까는 왜 안 나왔는고 하는 생각이 엘리자베트의 머리에 지나갔다.

"잉태!?"

남작은 놀란 목소리로 엘리자베트의 말을 다시 하였다. 제일 어려운 말—잉태란 말을 하여 넘기고, 남작의 놀란 소리까지 들은 엘리자베트는, 갑자기 용기가 몇 배가 많아지는 것을 깨달았다. 그 뒷말은 술술 잘 나왔다.

"병원에— 가서— 떨어쳤으면…… 어……"

남작은 대답이 없었다. 남작이 대답을 안 하는 것을 본 엘리자베트는 마음속에 갑자기 한 무서움이 떠올라왔다. 난 모른다 하고 돌아서지나 않을 터인가? 이것이 엘리자베트에게는 제일 무서움에 다름없었다. 훌쩍훌쩍 소리가 더 빨리 나오기 시작하였다.

이것을 본 남작은 성가신 듯이 물었다.

"원 어찌하란 말이오? 그리 울면."

"어떻게든…… 처치……"

엘리자베트는 겨우 중얼거렸다. 남작의 성낸 말을 들을 때는 엘리자베트의 용기는 다 도망하고 말았다.

"처치라니, 어떤?"

"글쎄…… 병원……"

"벼엉원?…… 웅!…… 양반이 그런……"

엘리자베트는 '그러리라' 생각하였다.

'그래도 남작이라고 존경까지 받는 사람이 낙태 일로 병원이라니.' 그는 갑자기 설움이 더 나왔다. 가는 소리를 내어 울기 시작하였다.

이것을 본 남작은 좀 불쌍하게 생각났던지 정답게 말하였다.

"우니 할 수 있소? 자 어떻게 하잔 말이오?"

이 말을 들은 엘리자베트는 일변 기쁘기도 일변은 더 섧고 억지도 쓰고 싶었다. 그는 날카롭게 말했다.

"모르겠어요 몰라요. 전 아무래도 상것이니깐."

"그러지 말구. 어쩌잔 말이오?"

"몰라요 몰라요. 저 같은 것은 사람이 아니니깐."

"조용히! 저 방에서 듣겠소."

"들어두 몰라요."

엘리자베트는 소리를 내어 울기 시작하였다.

"에—익!"

하고 남작은 벌떡 일어섰다.

엘리자베트도 우덕덕 정신을 차리고 머리를 들었다. 그는 정신이 없어졌다. 자기 뇌를 누가 빼어간 것같이 마음속이 텡텡 비게되면서 퉁퉁거리며 걸어 나가는 남작의 뒷모양을 눈이 멀거니 보고 있었다.

남작이 나가고 문을 닫는 소리가 엘리자베트의 귀에 들어올 때에, 그의 머리에는, 한 생각이 번갯불과 같이 번쩍 지나갔다.

한참이나 멀거니 그 생각을 하고 있다가 또 엎디며 울기 시작하였다. 아까 실컷 운 그는 이번에는 눈물은 안 나왔지만, 가슴에서, 배에서, 머리에서 나오는 이 참울음은 눈물을 대신키에 넉넉하였다. 그가 아까 혜숙의 말의 의미와 나온 것을 이제야 겨우 온전히 깨달았다.

'내가 다른 길로 다니는 것을 혜숙이가 어찌 알까? 어찌 알까? 혜숙이는 이것을 알 수가 없다. 이환! 그가 알고 이것을 S에게 말하였다. S는 이것을 혜숙에게 말하였다. 혜숙은 이것을 내게 물었다. 그렇다! 이렇게밖에는 해석할 수가 없다. 무론 그렇지! 그러면 그도 내게 주의를 한 거지? 이 말을 S에게까지 한 것을 보면 그도― 내게…… 그도― 내게…… 그도…… 남작. 남작은 내 말을 듣고 도망하였지. 아니 도망시켰지. 아니 도망했지. 남작은…… 남작의…… 이환씨. 전에 본 S의 웃음. 응. 그 전날 그는 S에게 고백하였다. 그것을 고것이, 고것들이. 고, 고, 고것들이…… 어찌 되나. 모두 어찌 되나. 나와 남작, 나와 이환씨. 이환씨와 S. S와 남작. S. 혜숙이. 남작과 이환씨. 모두 어찌 되나?'

그의 차차 혼돈되어가는 머리에도 한 가지 생각은 꼭 들러붙어서 떠나지를 않았다. 그는 이환이를 사랑하였다. 이환이도 그를 사랑하였다. (엘리자베트는 이것을 의심치 않게 되었다.) 그렇지만, 그들에게는 서로 사랑을 고백할 만한 용기가 없었다. 그것으

로 인하여, 그들은, 각각 자기 사랑은 짝사랑이라 생각하였다. 그
것을 짝사랑이라 생각한 엘리자베트는 그렇게 쉽게 몸을 남작에
게 허락하였다. 그리하여, 그의 사랑—거반 성립되어가던 그의
사랑—신성한 동애(童愛)—귀한 첫사랑은 파괴되었다. 육(肉)
으로 인하여 사랑은 파멸되었다. 사랑치 않던 사람으로 인하여
참애인을 잃었다. 엘리자베트의 울음에는 당연한 이유가 있었다.

'모, 모, 몸으로 인하여…… 참사랑……을…… 아— 이환
씨…… S와 혜숙이. 고것들도 심하지. 우우 왜 당자에겐…… 그
이…… 그— 그 이야기를 안 해…… 남작이. 아— 잉태.'

일단 멎어가던 그의 울음이 이 생각이 머리에 지나갈 때에 또다
시 폭발하였다. 눈물도 조금씩 나기 시작하였다.

이와 같이 한참 운 그는, 두번째 울음이 멎어갈 때에 맥이 나면
서 그 자리에 엎딘 채로 잠이 들었다.

5

하루 종일 벼르기만 하고 올 듯 올 듯하면서도 오지 않던 비가
이튿날 새벽부터는 종시 내리붓기 시작하였다.

서울 특유의, 독으로 내리붓는 것 같은 비는, 이삼 정(丁) 앞이
잘 보이지 않도록 좔좔 소리를 내며 쏟아진다.

서울 장안은 비로 덮였다. 비로 싸였다. 비로 찼다.

그 비 가운데서도 R학당에서는 모든 과목을 다 한 후에 오후 두

시에 하학하였다.

엘리자베트는 책보를 싸가지고 학교를 나섰다.

그가 혜숙의 곁을 지나갈 때에 혜숙이가 찾았다.

"애 엘리자베트야!"

"응?"

대답하고 엘리자베트는 마음이 뜨끔하였다.

'혜숙이는 모든 일을 다 알리라.'

그는 이와 같은 허황한 생각을 하였다.

"너 이즈음 왜 우리 집에 안 오니?"

"분주하여서……"

엘리자베트는 거짓말을 하면서도 안심을 하였다.

'혜숙이는 모른다.'

"무엇이 분주해?"

혜숙이가 물었다.

"그저 이 일두 분주하구 저 일두 분주하구…… 분주 천지루다."

엘리자베트는 이와 같은 거짓 대답을 하면서도 그의 마음속에는 한 바람이 있었다. 그는 달 반이나 못 간 혜숙의 집에 가보고 싶었다. 혜숙이가 억지로 오라면 마지못하여 가는 체하고 끌려가고 싶었다.

혜숙이는 엘리자베트의 바람을 이루어주지를 않았다. 아무 말도 안 하였다.

엘리자베트는 혜숙의 주의를 끌려고 혼잣말 비슷이 중얼

거렸다.

"너무 분주해서……"

"분주할 일은 없겠구만……"

혜숙이는 이 말만 하고 자기 갈 길로 향하였다.

엘리자베트는 혜숙의 행동을 원망하면서 마지못하여 집으로 향하였다.

엘리자베트의 자존심은 꺾어졌다. 혜숙이가 엘리자베트 자기를 꼭 혜숙의 집에 끌고 가야만 바른 일이라 생각한 엘리자베트의 미릿생각(豫想)은 헛데로 돌아갔다. 그렇지만 혜숙을 원망하는 것은 부끄러운 일이라 엘리자베트는 생각하였다.

'내가 혜숙이를 위해서 났나?'

엘리자베트는 이렇게 자기를 위로해보았지만, 부끄러운 일이든 무엇이든 원망은 원망대로 있었다. 이러다가,

'내가 혜숙으로 인하여 이 지경에 이르지 않았는가? 그것을……'

할 때에 엘리자베트의 원망은 다른 의미로 바뀌었다. 그는 혜숙의 집에 못 간 것이 다행이라 생각하였다. 그러는 가운데도 가고 싶은 생각이 온전히 없어지지 않았다. 그의 마음속에서는, '가고 싶은 생각'과 '가서는 안 된다는 생각'이 다투기 시작하였다. 본능적으로 길을 골라 짚으면서, 비가 오는 편으로 우산을 대고 마음속의 싸움을 유지해가지고 집에까지 왔다. 그는 우산을 놓고 비를 뗀 다음에 자기 방에 들어왔다.

멀끔히 치워놓은 자기 방은 역시 전과 같이 엘리자베트에게 큰

적막을 주었다. 방이 이렇게 멀끔할 때마다 짐짓 여기저기 널어 놓던 엘리자베트도 오늘은 혜숙의 집에 갈까 말까 하는 번민으로 인하여 그렇게 할 생각도 없었다. 그는 책상머리에 가 앉았다.

책상 위에는 어떤 낯선 종이가 한 장 엘리자베트를 기다리고 있었다. 엘리자베트는 빨리 종이를 들었다. 가슴이 뛰놀기 시작한다……

'원 무엇인고……?'

그는 종이를 들고 한참 주저하다가 눈을 종이 편으로 빨리 떨어 쳤다.

'오후 세시 S병원으로.'

남작의 글씨로다 엘리자베트는 생각하였다. 남작에 대한 애경 (愛敬)의 생각이 마음속에 떠올라오기 시작하였다. 이 글 한 줄은 엘리자베트로서 남작에 대한 원망과 혜숙의 집에 갈까 말까의 번 민을 다 지워버리기에 넉넉하였다.

'역시 도망시킨 것이로군.'

그는 어젯밤 일을 생각하고 속으로 중얼거렸다. 어젯밤에 남작 에게 병원에 데려다 달라고 청하기는 하였지만 갑자기 남작 편에 서 꺾어져서 오라 할 때에는 엘리자베트는 못 가겠다 생각하였 다. 이 '부정'은 엘리자베트로서 무의식히 일어서서 병원으로 향 하게 하였다. 그는 '못 가겠다 못 가겠다' 속으로 중얼거리면서 문 밖에 나서서 내리붓는 비를 겨우 우산으로 막으면서 아랫동이 모 두 흙투성이가 되어서 전차 멎는 곳(停留場)까지 갔다. 그는 자기 가 어디로 가는지 똑똑히 알지 못하였다. 꿈과 같이 걸었다.

엘리자베트는 멎는 곳에서 잠깐 기다려서, 오는 전차를 곧 잡아 탔다. 비가 너무 와서 밖에 나가는 사람이 적었던지 전차 안은 비교적 승객이 없었다. 이 승객들은 엘리자베트가 올라탈 때에 일제히 머리를 새 나그네 편으로 향하였다. 엘리자베트는 빈자리를 찾아 앉아서 차 안을 둘러보았다. 그는 자기 편으로 향한 모든 눈에서, 노파에게서는 미움, 젊은 여자에게서는 시기, 남자에게서는 애모를 보았다. 이 모든 눈은 엘리자베트에게 한 쾌감을 주었다. 그는 노파의 미워하는 것이 당연하다 생각하였다. 젊은 여자의 시기의 눈은 엘리자베트에게 이김의 상쾌를 주었다. 남자들의 애모의 눈이 자기를 볼 때에는 엘리자베트는 약한 전류가 염통을 지나가는 것같이 묘한 맛이 나는 것이 어째 하늘로라도 뛰어 올라가고 싶었다. 그는 갑자기 배가 생각난 고로 할 수 있는 대로 배를 작게 보이려고 움츠러뜨렸다.

차장이 와서 엘리자베트에게 돈을 받은 후에 뚱 소리를 내고 도로 갔다.

남자들의 시선은 가끔 엘리자베트에게로 날아온다. 그들은 몰래 보느라고 곁눈질하는 것도 엘리자베트는 다 알고 있었다. 남자들이 자기를 볼 때마다 엘리자베트는 자기도 그편을 보아주고 싶었다. 치만 종시 실행은 못하였다.

이럴 동안 전차는 S병원 앞에 멎었다. 엘리자베트는 섭섭한 생각을 품고 전차를 내렸다. 어떤 시선이 자기를 따라온다 그는 헤아렸다. 비는 보스럭비[4]로 변하였다.

수레에서 내린 그는 마음이 무거워지는 것을 깨달았다. 그는 집으로 돌아가고 싶었다. 병원에는 차마 못 들어갈 것같이 생각되었다. 집 편으로 가는 전차는 없는가 하고 그는 전차 선로를 쭉 보았다. 그의 보이는 범위 안에는 전차가 없었다. 할 수 없이 그는 병원으로 들어가서 기다리는 방(待合室)으로 갔다.

고지기(受付)¹한테 가서 주소 성명 연세 들을 기입시킨 후에 방을 한번 둘러볼 때에 엘리자베트의 눈에는 한편 구석에 박혀 있는 남작이 보였다. 엘리자베트는 다른 곳에서 고향 사람이나 만난 것같이 별로 정다워 보이는 고로 곧 남작의 곁으로 갔다. 그렇지만 둘은 역시 말은 사괴지 아니하였다. 엘리자베트는 눈이 멀거니 벽에 붙어 있는 피리떼를 보고 있었다. 몇 사람의 순번이 지나간 뒤에 사환아이가 나와서,

"강 엘리자베트 씨요."

할 때에 엘리자베트는 우덕덕 일어섰다. 가슴이 뚝뚝 하는 소리를 내었다.

'어찌하노.'

그는 속으로 중얼거리면서 무의식히 사환아이를 따라서 진찰실로 들어갔다. 남작도 그 뒤를 따랐다.

석탄산과 알코올 냄새에 낯을 찡그리고 엘리자베트는 교자에 걸터앉았다.

의사는 무슨 약병을 장난하면서 머리를 숙인 채로 물었다.

"어디가 아프시오?"

엘리자베트는 대답을 못하였다. 제일 어찌 대답할지를 몰랐고, 설혹 대답할 말을 알았대도 대답할 용기가 없었고, 용기가 있다

하더라도 부끄러움이 '대답'을 허락지 않을 터이다.

"그런 것이 아니라—"

남작이 엘리자베트의 대신으로 대답하려다가 이 말만 하고 뚝 그쳤다.

의사는 대답을 요구치 않는 듯이 약병을 놓고 청진기를 들었다. 엘리자베트는 갑자기 부끄러움도 의식지를 못하리만큼 머리가 어지러워지기 시작하였다. 그의 눈은 보지를 못하였다. 그의 귀는 듣지를 못하였다. 그의 설렁거리는 마음은 다만 '어찌할꼬 어찌할꼬' 하는, 엘리자베트 자기도 똑똑히 의미를 알지 못할 구(句)만 번갈아 하고 있었다.

의사는 엘리자베트에게로 와서 저고리 자락을 열고 청진기를 거기 대었다. 의사의 손이 와 닿을 때에 엘리자베트는, 무슨 벌레를 모르고 쥐었다가 갑자기 그것을 안 때와 같이 몸을 옴쭉하였다. 그러면서도 엘리자베트는 의사의 손에서 얼마의 온미(溫味)를 깨달았다. 이성의 손이 살에 와 닿는 것은, 엘리자베트와 같은 여성에 대하여서는 한 쾌락에 다름없었다. 엘리자베트가 이 쾌미를 재미있게 누리고 있을 때에 의사는 진찰을 끝내고 의미 있는 듯이 머리를 끄덕거리며 남작에게로 향하였다. 남작은 의사에게 눈짓을 하였다.

어렴풋하게나마 이 두 사람의 짓을 본 엘리자베트는 이제껏 연속하고 있던 '어찌할꼬' 뒤로 무한 큰 부끄러움이 떠올라오는 것을 깨달았다. 그러는 가운데도 그는 희미하니 한 가지 일을 생각하였다.

'내가 대합실에 가서 기다리고 있으면, 뒷일은 남작이 다 맡겠지.'

그는 일어서서 기다리는 방으로 나왔다. 그 방에 있던 모든 사람의 눈은 일제히 엘리자베트의 편으로 향하였다. 모두 내 일을 아누나 엘리자베트는 생각하였다. 아까 전차에서 자기에게로 향한 눈 가운데서 얻은 그 쾌미는, 구하려도 구할 수가 없었다. 이 모든 눈 가운데서 큰 고통과 부끄러움만 받은 그는 한편 구석에 구겨 앉아서 치마 앞자락을 들여다보기 시작하였다. 거기는 불에 타진 조그마한 구멍 하나가 엘리자베트의 눈이 오기를 기다리고 있었다. 그는 이 구멍이 공연히 미워서 손으로 빡빡 비비다가 갑자기 별한 생각이 나는 고로 그것을 뚝 그쳤다.

'이 세상이 모두 나를 학대할 때에는 나는 이 구멍 안에 숨겠다.'

그는 생각하였다. 이럴 때에 그 구멍 안에는 어떤 그림자가 움직이기 시작하였다. 첫 번에는 흐릿하던 것이, 차차 똑똑히까지 보이게 되었다.

때는 사 년 전 '춘삼월 호시절,' 곳은 우이동. 피고 우거지고 퍼진 꽃 사이를 벗들과 손목을 마주 잡고 웃으며 즐기며 또는 작은 소리로 곡조를 맞추어서 노래를 부르며 희희낙락 다니던 자기 추억이 그림자로 변하여 그 구멍 속에 나타났다. 자기 일행이 그 구멍 범위 밖으로 나가려 할 때에는 활동사진과 같이 번쩍한 후 일행은 도로 중앙에 와 서곤 한다.

엘리자베트의 눈에는 눈물이 핑 돌았다.

그때의 엘리자베트와 지금의 엘리자베트 사이에는 해와 흙의 다름이 있다. 그때에는 순전한 처녀이고 열렬한 분홍빛 탄미자(歎美者)이던 그가 지금은……? 싫든지 좋든지 죽음의 갈흑색의 '삶' 안에서 생활치 않을 수 없는 그로 변하였다.

'때'도 달라졌다. 십 년 동안 평화로 지낸 지구는, 오스트리아 황자(皇子)의 죽음으로 말미암아 러시아가 동원을 한다, 도이치가 싸움을 하련다, 잉글리시가 어떻다, 프랑스가 어떻다, 매일 이런 이야기가 신문에 가뜩가뜩 차게 되었다.

엘리자베트의 주위도 달라졌다. 그의 모든 벗은 다 쪽쪽이 헤어졌다. R은 동경서 미술 공부를 한다. 또 다른 R은 하와이로 시집을 갔다. T는 여의가 되었다. 그 밖에 아직 공부하는 사람도 몇이 있기는 하지마는 대개는 주부와 교사가 되었다. 주부 된 벗 가운데는 벌써 두 아이의 어머니 된 사람까지 있다. 그들 가운데 한둘 밖에는, 지금은 엘리자베트를 만나도 서로 모른 체하고 말도 안 하고 심지어 슬슬 피하게까지 되었다.

그러는 가운데 혜숙이—그는 엘리자베트의 어렸을 때부터의 벗이다. 둘은 같은 소학에서 졸업하고 같이 R학당에 입학하였다가 엘리자베트가 부상(父喪)에 연속하여 모상(母喪)으로 일 년 학교를 쉬는 동안에 혜숙이도 연담(緣談)으로 일 년을 쉬게 되고, 엘리자베트가 도로 상학케 될 때에 혜숙이도 파혼으로 학교에 다니게 되었다. 혜숙이는 엘리자베트에게는 유일의 벗이다. 불에 타진 구멍 속에 나타난 그림자 가운데서도 엘리자베트는 혜숙이와 제일 가까이 서서 걸었다.

추억의 눈물이 엘리자베트의 치마 앞자락에 한 방울 뚝 떨어졌다.

눈물로써, 슬프고 섧고 원통하고도 사랑스럽고 즐겁고 회포 많은 그 그림자가 가리운 고로, 엘리자베트는 눈물을 씻고 다시 그 구멍을 들여다보았다. 그 구멍에는, 참 예술적 활인화(活人畵), 정조(情調)로 찬 그림자는 없어지고 그 대신으로 갈포 바지가 어렴풋이 보인다. 엘리자베트는 소름이 쭉 끼쳤다. 자기가 지금 어디를 무엇 하러 와 있는지 그는 생각났다.

엘리자베트는 머리를 들고 방을 둘러보았다. 어떤 목에 붕대를 한 남자와 어떤 아이를 업고 몸을 찌긋찌긋하던 여자가 자기를 보다가 자기 시선과 마주친 고로 머리를 빨리 돌리는 것밖에는 엘리자베트의 주의를 받은 자도 없고 엘리자베트에게 주의하는 사람도 없다. 그는 갑갑증이 일어났다. 너무 갑갑한 고로 자기 손금을 보기 시작하였다. 손금은 그리 좋지 못하였다. 자식금도 없고 명금도 짧고 부부금도 나쁘고 복(福)금 대신으로 궁(窮)금이 위로 빠져 있었다.

이 나쁜 손금도 엘리자베트의 마음을 괴롭게 하지 못하였다. 그의 심리는 복잡하였다. 텡텡 비었다. 그는 슬퍼하여야 할지 기뻐하여야 할지 알지 못하였다. 그 가운데는, 울고 싶은 생각도 있고 웃고 싶은 생각도 있고 뛰놀고 싶은 생각도 있고 죽고 싶은 생각도 있었다. 이 복잡한 심리는 엘리자베트로서 아무 편으로도 치우치지 않게 마음이 텡텡 빈 것같이 되게 하였다.

이제 자기에게는 절대로 필요한 약이 생긴다 할 때에 그는 기쁘지 않을 수가 없었다.

자기의 경우를 생각할 때에 그는 슬퍼하지 않을 수가 없었다.

혜숙이와 S를 생각할 때에……

엘리자베트가 손금과 추억 및 미릿생각들을 복잡히 하고 있을 때에 남작이 와서 그에게 약을 주고 빨리 병원을 나가고 말았다.

약을 받은 뒤에 엘리자베트는 마음이 두근거리기 시작하였다. 그는 약을 병째로 씹어 먹고 싶도록 애착의 생각이 나는 또 한편에는 약에게 이 위에 더없는 저주를 하고 태평양 복판 가운데 가라앉히고 싶었다. 그러는 가운데도 그에게는 집으로 돌아가고 싶은 생각이 났다. 그는 일어서서 몰래 가만히 기지개를 한 후에 허둥허둥 병원을 나서서 전차로 집에까지 왔다.

6

저녁 먹은 뒤에 처음으로 약을 마실 때에 엘리자베트에게는 한 바라는 바가 있었다. 그의 조급한 성격과 미래에 대한 희망이 낳은 바람은 다른 것이 아니다. 약의 효험이 즉각으로 나타났으면…… 하는 것이다.

이 바람은 벌써 차차 엘리자베트의 머리에 공상으로서 실현된다.

그는 생각해보았다.

이제 남작 부인이 죽는다. 그때에는 엘리자베트는 남작의 정실이 된다.

'조선 제일의 미인, 사교계의 꽃이 이 나로구나.'

엘리자베트는 눈을 번뜩거리며 생각한다.

이환이는 어떤 간사한 여성과 혼인한다. 이환의 아내는 이환의 재산을 모두 없이한 후에 마지막에는 자기까지 도망하고 만다. 그리고 이환이는 거러지가 된다. 어떤 날 엘리자베트 자기가 자동차를 타고 어디 갈 때에 어떤 거러지가 자동차에 친다. 들고 보니 이환이다.

'그렇게 되면 어찌 되나.'

엘리자베트는 스스로 물어보고 깜짝 놀랐다. 자기의 사랑의 전부가 어느덧 남작에게로 옮겨왔다.

그는 자기의 비열을 책망하는 동시에 아까 그런 공상에 대한 부끄러움과 증오 놀람 절망 들의 생각이 마음에 떠올랐다. 그 가운데도 가느나마 그에게는 희망이 있다. 앞에 때가 있다. 약의 효험은 얼마 후에야 나타난다더라 엘리자베트는 생각하고 좔좔 오는 장맛비 소리에 귀를 귀울이고 자기 바람의 나타남을 기다리고 있었다. 그렇지만 바람은 종시 그 밤은 나타나지를 않았다.

이튿날, 하기 시험 준비 날, 엘리자베트는 시험 준비도 안 하고 하루 종일 누워서 약의 효험을 기다리고 있었다. 약의 효험은 그날도 안 나타났다.

사흘째 되는 날도 효험은 없었다. 시험하러 가지도 않았다.

이렇게 대엿새 지난 후에 엘리자베트는 자기 건강상의 변화를 발견하였다. 모든 복잡하고 성가신 일로 말미암아 음식도 잘 안

먹히고 잠도 잘 안 오던 그가, 지금은 잠도 잘 오고 입맛도 나게 된 것을 깨달았다. 그때야 그는 그것이 낙태제(落胎劑)가 아니고 건강제인 것을 헤아려 깨달았다. 그렇지만 약은 없어지도록 다 먹었다.

마지막 번 약을 먹은 뒤에 전등을 켜고 엘리자베트는 생각해보았다. 병원 사건 이후로 남작은 한 번도 저를 찾아오지 않았다. 엘리자베트는 '그것이 당연한 일이라' 생각하였다. 그리 근심도 아니 났다. 시기도 아니하였다. 다만 오지 않아야만 된다, 그는 생각하였다. 왜 오지 않아야만 되는가 자문할 때에 그에게 거기 응할 만한 대답은 없었다. 이 '오지 않는다'는 구는 엘리자베트로서 자기가 근 두 달이나 혜숙의 집에 안 갔다는 것을 생각하게 하였다.

'이러다는 이환씨 생각이 나겠다.'

이와 같은 생각이 나는 고로 그는 곧 생각의 끝을 다른 데로 옮겼다. 이와 같이 이 생각에서 저 생각, 또 다른 생각 왔다 갔다 할 때 문이 열리며 남작 부인이 낮에는 '어찌할꼬' 하는 근심을 띠고 들어왔다.

"어찌 좀 나으세요?"

"네, 좀 나은 것 같아요."

대답하고 엘리자베트는 자기가 무슨 병이나 앓던 것같이 알고 있는 부인이 불쌍하게 생각났다.

부인은 말을 할 듯 할 듯하면서 한참이나 우물거리다가,

"그런데요."

하고 첫말을 내었다.

"네."

엘리자베트는 본능적으로 대답하였다.

부인의 낯에는 '말할까 말까' 하는 표정이 똑똑히 나타나 있었다. 그러다가 입을 또 연다.

"아까 복손이(남작의 아들 이름) 어른이 들어와 말하는데요……"

엘리자베트는 마음이 뜨끔하였다. 부인은 말을 연속한다.

"선생님은 이즈음 학교에도 안 가시고 그 애들과도 놀지 못하신다구요. 게다가 병까지 나셨다구, 얼마 좀 평안히 나가서 쉬시라고, 자꾸 그러래는수."

부인의 낯에는 말한 거 잘못하였다 하는 표정이 나타났다.

말을 다 들은 엘리자베트는 벌떡 일어섰다. 그는 무엇이 어찌되는지는 모르고 무의식히 자기 행리(行李)⁶를 꺼내어 거기에 자기 책을 넣기 시작하였다. 그의 손은 본능적으로 움직였다.

엘리자베트의 행동을 물끄러미 보던 부인은 물었다.

"이 밤에 떠나시려구요? 어디로?"

엘리자베트는 우덕덕 정신을 차렸다. 그의 배에서는 뜻 없이 큰소리의 웃음이 폭발하여 나온다. 놀라는 것같이, 우스운 것같이. 부인도 따라 웃는다.

한참이나 웃은 뒤에 둘은 함께 웃음을 뚝 그쳤다. 엘리자베트는 웃음 뒤에 울음이 떠받쳐 올라왔다. 자연히 가는 소리의 울음이 그의 목에서 나온다.

이것을 본 부인은 갑자기 미안해졌던지 엘리자베트를 위로한다.

"울지 마십쇼. 얼마든 여기 계세요. 제가 말씀 잘 드릴 테니……"

"아니, 전 가겠어요."

"어디, 갈 곳이 있어요?"

"갈 곳이……"

"있어요?"

"예서 한 사십 리 나가서 오촌모(五寸母)가 한 분 계세요."

"그렇지만…… 이런 데 계시다가…… 촌……"

부인의 눈에도 이슬이 맺힌다.

"제가 말씀…… 잘 드릴 것이니…… 그냥 계시지요."

"아니야요. 저 같은 약한 물건은 촌이 좋아요. 서울 있어야……"

부인의 눈에서는 눈물이 한 방울 뚝 떨어진다.

"서울 몇 해 있을 동안에…… 갖은 고생 다 하고…… 하던 것을 부인께서 구해주셔서……"

부인의 눈에서는 눈물이 뚝뚝 치마 앞자락에 떨어진다.

"참 은혜는…… 내일 떠나지요."

엘리자베트는 눈물을 썻고 머리를 들었다.

"내일!? 며칠 더 계시……"

"떠나지요."

"이 장마 때……"

"……"

"장마나 걷은 뒤에 떠나시면……"

"그래두 떠나지요."

7

이튿날 아침 열시쯤 엘리자베트가 탄 인력거는 서울 성밖에 나섰다.

해는 떴지마는 보스럭비는 보슬보슬 내리붓고 엘리자베트의 맞은편에는 일곱 빛이 영롱한 무지개가 반원형으로 벌리고 있다.

비와 인력거의 셀룰로이드 창을 꿰어서 어렴풋이 이 무지개를 바라보면서, 엘리자베트는 뜨거운 눈물을 뚝뚝 떨어뜨리고 있었다. 어젯밤에, 남작 부인에게 자기 같은 약한 것에게는 촌이 좋다고 밝히 말하기는 하였지만, 그래도 반생 이상을 서울서 지낸 엘리자베트는 자기 둘째 고향을 떠날 때에 마음에 떠나기 설운 생각이 없지 못하였다.

뿐만 아니라 서울에 자기 사랑 이환이가 있고 자기에게 끝없이 동정하는 남작 부인이 있지 않으냐, 엘리자베트는 부인이 친절히 준 돈을 만져보았다.

이렇게 서울에게 섭섭한 생각을 가진 엘리자베트는 몸은 차차 서울을 떠나지만 마음은 서울 하늘에서만 떠돈다. 어젯밤에 밤새도록 잠도 안 자고 내일은 꼭 서울을 떠나야 한다고 생각하여, 양심이 싫다는 것을 억지로 그렇게 해결까지 한 그도, 막상 서울을 떠나는 지금에 이르러서는, 만약 자기가 말할 용기만 있으면 이제라도 인력거를 돌이켜서 서울로 향하였으리라 생각지 않을 수가 없었다. 치만 그에게는 그리할 용기가 없었다. 아니, 제일 말하기가 싫었고 인력거꾼에게 웃기우기가 싫었다. 그러는 것보다도, 그는 말은 하고 싶었지만, 마음속의 어떤 물건이 그것을 막았다. 그는 입술을 악물었다.

인력거는 바람에 풍겨서 한편으로 기울어졌다가 이삼 초 뒤에 도로 바로 서서 다시 앞으로 나아간다. 장마 때 바람은 윙! 소리를 내면서 인력거 뒤로 달아난다.

엘리자베트의 머리에는, 갑자기 '생각날 듯 생각날 듯하면서 채 생각나지 않는 어떤 물건'이 떠올랐다. 그는 생각해보았다. 한참 동안 이것저것 생각하다가 남작, 그는 가렵고도 가려운 자리를 찾지 못한 때와 같이 안타깝고 속이 타는 고로 살눈썹을 부들부들 떨었다. '남작'이 자기 생각의 원몸에 가까운 것 같고도 채 생각나지 않았다.

'남작이 고운가 미운가. 때릴까 안을까. 오랠까 쫓을까.'

그는 한참이나 남작을 두고 이리저리 생각하다가 탁 눈을 치뜨면서 주먹을 꼭 쥐었다. 이제야 겨우 그 원몸이 잡혔다.

"재판!"

그는 중얼거렸다.

그렇지만 남작을 걸어서 재판하는 것은 엘리자베트에게는 큰 문제에 다름없었다. 남작 부인에게 얻은 위로금이 재판 비용으로는 넉넉하겠지만, 자기를 끝없이 측은히 여기는 부인에게 남편이 잘못한 일을 알게 하는 것은 엘리자베트에게는 차마 못할 일이다. 이 일을 알면 부인은 제 남편을 어찌 생각할까, 엘리자베트 자기를 어찌 생각할까. 남작 집안의 어지러움—엘리자베트는 한숨을 후 하니 내쉬었다. 그것뿐이냐, 서울에는 자기 사랑 이환이가 있다. 만약 재판을 하면 그 일이 신문에 나겠고, 신문에 나면 이환이가 볼 것이다. 이환이가 이 일을 알면 자기를 어떻게 생각할까, 또 몇백 명 동창은 어떻게 생각할까, 세상은 어떻게 생각할까.

"재판은 못하겠다."

그는 중얼거렸다.

그렇지만 남작의 미운 짓을 볼 때에는, 엘리자베트는 가만있지 못할 것같이 생각된다. 자기는 남작으로 인하여 바람과 앞길을 잃어버리지 않았느냐. 자기는 남작으로 인하여 바람과 앞길 밖에 사랑과 벗과 모든 즐거움까지 잃어버리지 않았느냐. 그런 후에 자기는 남작으로 인하여 서울과는 온전히 떠나지 않으면 안 되지 않게 되었느냐. 이와 같은 남작을…… 이와 같은 죄인을……

"아무래도 재판은 하여야겠다."

그는 다시 중얼거렸다.

그러면서도 그는 자기로도 재판을 하여야 할지 안 하여야 할지 똑똑히 해결치를 못하였다. 하겠다 할 때에는 갑(甲)이 그것을 막고, 못하겠다 할 때에는 을(乙)이 금하였다.

'집에 가서 천천히 생각하자.'

그는 속이 타는 고로 억지로 이렇게 마음을 먹고 생각의 끝을 다른 데로 옮겼다.

이 생각에서 떠난 그의 머리는 걷잡을 새 없이 빨리 동작하였다. 그의 머리는 남작에서 S, 이환, 혜숙, 서울, 오촌모, 죽은 어버이들로 왔다 갔다 하였다. 한참 이리 생각한 후에 그의 흥분하였던 머리는 좀 내려앉고 몸이 차차 맥이 나면서 그것이 전신에 퍼진 뒤에 머리와 가슴이 무한 상쾌하게 되면서 눈이 자연히 감겼다. 수레가 흔들리는 것이 그에게는 양상스러웠다.

졸지도 않은 채 깨지도 않고 근덕근덕하면서 한참 갈 때에 우르륵 우렛소리가 나므로 그는 눈을 번쩍 떴다. 하늘은 전면이 시커멓게 되고 그 새에서는 비의 실이 헬 수 없이 많이 땅에까지 맞닿았다. 비 곁에 또 비 비 밖에 비 비 위에 구름 구름 위에 또 구름이라 형용할 수밖에 없는 이 짓은, 엘리자베트에게 큰 무서움을 주었다.

'저 무지한 인력거꾼 놈이……'

그는 온몸을 부들부들 떨었다.

사면은 다만 어두움뿐이고 그 큰 길에도 사람 다니는 것 하나도 보이지 않았다. 툭툭툭툭 하는 인력거의 비 맞는 소리, 물 괸 곳에 비 오는 소리, 외앵 하고 달아나는 장마 때 바람 소리, 인력거꾼의 식식거리는 소리, 자기의 두근거리는 가슴 소리—엘리자베트의 떨림은 더 심해졌다.

그는 떨면서도 조그만 의식을 가지고 구원의 길이 어디 있지나 않은가 하고 셀룰로이드 창을 꿰어서 앞을 내다보았다. 창을 꿰고 비를 꿰고 또 비를 꿰어서 저편 한 이십 간 앞에 조그마한 방성 하나가 엘리자베트의 눈에 띄었다.

"아!"

그는 안심의 숨을 내쉬었다.

'저것이 만약?'

그는 갑자기 생각난 듯이 눈을 비비고 반만큼 일어서서 뚫어지게 내다보았다. 가슴은 뚝뚝 소리를 낸다……

어렴풋이 보이는 그 방성에 엘리자베트는 상상을 가하여 보기 시작하였다. 앞집만 보일 때에는 상상으로 뒷집을 세우고 그것이 보일 때에는 또 상상의 집을 세워서 한참 볼 때에 그 방성은 자기 오촌모가 있는 마을로 엘리자베트의 눈에 비쳤다.

엘리자베트는 털썩 주저앉았다. 온몸이 흥분하여 피곤해지고 가슴이 뛰노는 고로 서 있을 힘이 없었다. 가슴과 목 뒤에서는 뚝뚝 소리를 더 빨리 더 힘 있게 낸다.

가뜩이나 더디게 걷던 인력거가 방성 어귀에 들어서서는 더 느리게 걷는다……

엘리자베트는 흥분한 눈으로 가슴을 뛰놀리면서 그 방성을 보았다. 길에 사람 하나 없다. 평화의 이 촌은 작년보다 조금도 달라진 것이 없다. 작년에 보던 길 좌우편에만 벌려 있던 이십여 호의 집은 역시 내게 상관있나 하는 낯으로 엘리자베트를 맞는다.

그 방성 맨 끝, 뫼 바로 아래 있는 엘리자베트의 오촌모의 집에 인력거는 닿았다. 비의 실은 그냥 하늘과 땅을 맞맨 것같이 보이면서 힘 있게 쪽쪽 내리쏟다.

엘리자베트는 인력거에서 내렸다.

세 시간 동안이나 앉아서 온 그의 다리는 엘리자베트의 자유로
되지 않았다. 그는 취한 것같이 비틀비틀하며 마치 구름 위를 걷
는 것같이 허둥허둥 낮은 대문을 들어섰다. 비는 용서 없이 엘리
자베트의 머리에서 가는 모시 저고리 치마 구두로 내리쏟는다.

대문 안에 들어선 엘리자베트는 어찌할지를 몰라서 담장에 몸
을 기대고 우두커니 서 있었다.

그때에 마침 때 좋게 오촌모가 무슨 일로 밖에 나왔다.

"아주머니!"

엘리자베트는 무의식히 고함을 치고 두어 발자국 나섰다.

오촌모는 늙은 눈을 주름살 많은 손으로 비비고 잠깐 엘리자베
트를 보다가,

"엘리자베트냐."

하면서 뛰어나와 마주 붙들었다.

"어떻게 왔냐? 자 비 맞겠다. 아이구 이 비 맞은 것 봐라. 들어
가자. 자, 자."

"인력거가 있어요."

하고 엘리자베트는 땅에 발이 닿지 않는 것 같은 걸음으로 허둥
허둥 인력거꾼에게 짐을 들여오라 명하고, 오촌모와 함께 어둡고
낮고 시시한, 냄새 나는 방 안에 들어왔다.

"전엔 암만 오래두 잘 안 오더니, 어찌 갑자기 왔냐?"

오촌모는 눈에 다정한 웃음을 띠고 물었다.

엘리자베트는 진리 있는 거짓말을 한다.

"서울 있어야 이젠 재미두 없구 그래서……"

"으응!"

오촌모는 말의 끝을 높여서 엘리자베트의 대답을 비인(非認)한다.

"네 상에 걱정빛이 뵌다. 무슨 걱정스러운 일이라도 있냐?"

'바로 대답할까.'

엘리자베트가 생각하는 동시에 입은 거짓말을 했다.

"걱정은 무슨 걱정이요. 쯧."

엘리자베트는 혀를 가만히 찼다. 왜 거짓말을 해……

"그래두 젊었을 땐 남 모르는 걱정이 많으니라."

'대답할까.'

엘리자베트는 갑자기 생각했다. 가슴이 뛰놀기 시작한다. 치만 기회는 또 지나갔다. 오촌모는 딴말을 꺼낸다.

"그런데 너 점심 못 먹었겠구나. 채려다 주지, 네 촌밥 먹어봐라. 어찌 맛있나."

오촌모는 나갔다.

"짐 들여왔습니다."

하는 인력거꾼의 소리가 나므로 엘리자베트는 나가서 짐을 찾고 들어와 앉아서, 밖을 내다보았다.

뜰 움푹움푹 들어간 데마다 물이 고였고 물 고인 데마다 비로 인하여 방울이 맺혀서 떠다니다가는 없어지고, 또 새로 생겨서 떠다니다가는 없어지곤 한다. 초가집 지붕에서는 누렇고 붉은 처마물이 그치지 않고 줄줄 흘러내린다.

한참이나 눈이 멀거니 뜰을 바라보고 있을 때에 오촌모가 밥과 달걀, 반찬, 김치 등 간단한 음식을 엘리자베트를 위하여 차려왔다.

엘리자베트는 점심을 먹은 뒤에 또 뜰을 내다보기 시작하였다. 뜰 한편 구석에는 박 넌출이 하나 답답한 듯이 웅크러뜨리고 있었다. 잎 위에는 빗물이 고여 있다가 바람이 불 때마다 잎이 기울어지며, 고였던 물이 땅에 쭈르륵 쏟아지는 것이 엘리자베트의 눈에 똑똑히 보였다. 그 잎들 아래는 허옇고 푸른 크담한 박 하나가 잎이 바람에 움직일 때마다 걸핏걸핏 보였다.

박 넌출 아래서 머구리*가 한 마리 우덕덕 뛰어나왔다. 본래부터 머구리를 무서워하던 엘리자베트는 머리를 빨리 돌렸다. 머구리에게 무서움을 가지는 동시에 엘리자베트의 머리에는 아까의 걱정이 떠올랐다.

그는 낯을 찡그리고 한숨을 후 내쉬었다.

이것을 본 오촌모는 물었다.

"왜 그러냐? 한숨을 다 짚으면서…… 네게 아무래두 걱정이 있기는 하구나."

엘리자베트는 마음이 뜨끔하였다. 그러면서도, 이 기회 넘겼다가는……

"아주머니!"

그는 흥분하고 떨리는 소리로 오촌모를 찾았다.

"왜, 왜 그러냐? 이야기 다 해라."

"서울은 참 나쁜 뎁디다그려……"

엘리자베트는 울기 시작하였다.

"자, 왜?"

"하—아!"

엘리자베트는 울음이 섞인 한숨을 쉬었다.

"아 왜 그래?"

"아— 어찌할까요."

"무엇을 어찌해. 자 왜 그러느냐?"

"난 죽고 싶어요."

엘리자베트는 쓰러졌다.

"딴소리한다. 왜 그래? 자 이야기해라."

오촌모는 어른다.

엘리자베트는 끊었다 끊었다 하면서 무한 간단하게 자기와 남작의 새를 이야기한 뒤에, 재판하겠단 말로 말을 끝내었다.

"너 같은 것이 강가(姜家) 집에……"

엘리자베트의 말을 들은 오촌모는 성난 소리로 책망하였다.

괴로운 침묵이 한참 연속하였다. 아주머니의 책망을 들을 때에 엘리자베트는 울음소리까지 그쳤다.

한참 뒤에, 오촌모는 엘리자베트가 불쌍하였던지 이제 방금 온 것을 책망한 것이 미안하였던지 말을 돌린다.

"그래두 재판은 못한다. 우리는 상것이고 저편은 양반이 아니나?"

아직 채 작정치 못하고 있던 엘리자베트의 마음이 이 말 한마디로 온전히 작정되었다. 그는 아주머니의 말을 우쩍 반대하고 싶었다.

"재판에두 양반 상놈이 있나요?"

"그래두 지금은 주먹 천지란다."

엘리자베트는 눈살을 찌푸렸다. 양반 상놈 문제에 얼토당토않은 주먹을 내놓는 아주머니의 무식이 그에게는 경멸스럽기도 하고 성도 났다. 그렇지만 그 말의 진리는 자기가 지낸 일로 미루어 보아도 그르달 수가 없었다. 그래도 재판은 꼭 하고 싶었다.

"그래두 해요!"

"그리 하고 싶으면 하기는 해라마는……"

"그럼 아주머니!"

"왜."

"이 동리에 면소가 있나요?"

"응 있다. 무엇 하려구?"

"거기 가서 재판에 대하여 좀 물어보아주시구려……"

"싫다야…… 그런 일은."

"그래두…… 아주머니까지…… 그러시면……"

엘리자베트의 낯은 울상이 되었다. 이것이 불쌍하게 보였던지 오촌모는 면서기를 찾아갔다.

이튿날 엘리자베트는 남작을 걸어서, 정조 유린에 대한 배상 및 위자료로서 오천 원, 서생아(庶生兒) 승인, 신문상 사죄 광고 게재 청구 소송을 경성지방법원에 일으켰다.

8

늘 그치지 않고 줄줄 내리붓던 비는 종시 조선 전지(全地)에 장마를 지웠다.

엘리자베트가 있는 마을 뒷뫼에서도 간직해두었던 모든 샘이 이번 비로 말미암아 터져서 개골가에 있는 집 몇은 집채같이 흘러내려오는 물로 인하여 혹은 떠내려가고 혹은 무너졌다.

매일 흰 물방울을 안개같이 내면서 붉붉 흘러내려가는 물을 보면서 엘리자베트는 몇 가지 일로 느끼고 있었다. 그 가운데는 반성도 없지 않았다.

이번 이와 같이 큰 재판을 일으킨 것이 엘리자베트의 뜻은 아니다. 법률을 아는 사람이 '그리하여야 좋다'는 고로 엘리자베트는 으쓱하여서 그리할 뿐이다. 그에게는 서생아 승인으로 넉넉하였다.

"에이 썅."

그는 만날 이 일이 생각날 때마다 혀를 차며 중얼거렸다.

서울을 떠난 것도 그의 느낌의 하나이다. 차라리 반성의 하나이다. 오촌모는 "에이구 내 딸 에이구 내 딸" 하며 크담한 엘리자베트의 궁둥이를 두드리며 사랑하였고, 엘리자베트는 여왕과 같이 가만히 앉아서 모든 일을 오촌모를 부려먹었지만, 그것만으로 그는 만족지를 못하였다. 그는 낮고 더럽고 답답하고 덥고 시시한 냄새 나는 촌집보다 높고 정한 서울집이 낫고, 광목 바지 입고 상투 틀고 낯이 시꺼먼 원시적인 촌무지렁이들보다 맥고모자에 궐련 물고 가는 모시 두루마기 입은 서울 사람이 낫다. 굵은 광당포 치마보다 가는 모시 치마가 낫고, 다 처진 짚신보다 맵시 나는 구두가 낫다. 기름머리에 맵시 나게 차린 후에 파라솔을 받고 장안 큰 거리를 팔과 궁둥이를 저으면서 다니던 자기 모양을 흐린 하늘에 그려볼 때에는, 엘리자베트는 자기에게도 부끄럽도록 그 그림자가 예뻐 보였다.

장마는 걷혔다.

장마 뒤의 촌집은 참 분주하였다. 모를 옮긴다 김을 맨다 금년 추수는 이때에 있다고, 각 집이 모두 늙은이 젊은이 할 것 없이 나서서 활동을 한다. 각 곳에서 중양가(重陽歌)의 처량한 곡조, 농부가의 웅장한 곡조가 일어나서 뫼로 반향하고 들로 퍼진다.

자농(自農) 밭 몇 뙈기와 뒤뜰에 텃밭을 가진 엘리자베트의 오촌모의 집도 꽤 분주하였다. 자농 밭은 삯을 주어서 김을 매고 텃밭만 오촌모 자기가 감자와 파 이종을 하기로 하였다.

뻔뻔 놀고 있기가 무미도 하고 갑갑도 한 고로, 엘리자베트는 아주머니를 도와서 손에 익지 않은 일을 하고 있었다.

첫 번에는 일하기가 죽게 어려웠지마는, 좀 연습된 뒤에는 땀으로 온몸이 젖고 몸이 곤해진 뒤에 나무 그늘 아래서 상추쌈에 고추장으로 밥을 먹고 얼음과 같은 찬 우물물을 마시는 것은 참 엘리자베트에게는 위에 없는 유쾌한 일이 되었다. 첫 번에는 심심 끄기로 시작하였던 일을 마지막에는 쾌락으로 하게 되었다.

그러는 새에도 틈만 있으면 그는 집 뒤 뫼에 올라가서 서울을 바라보고 한숨을 짓고 있었다.

보얀 여름 안개로 둘러싸여서 아침 햇빛을 간접으로 받고 보얗
게 반짝거리는 아침 서울, 너무 강하여 누렇게까지 보이는 여름
햇빛을 정면으로 받고 여기저기서 김을 무럭무럭 내는 낮 서울,
새빨간 저녁놀을 받고 모든 유리창은 그것을 몇십 리 밖까지 반
사하여 헬 수 없는 땅 위의 해를 이루는 저녁 서울, 그 가운데 우
뚝 일어서 있는 푸른 남산, 잿빛 삼각산, 먼지로 싸인 큰 거리, 울
긋불긋한 경복궁, 동물원, 공원, 한강, 하나도 엘리자베트에게 정
답게 생각 안 나는 것이 없고, 느낌 안 주는 것이 없었다.

'아— 내 서울아, 내 사랑아

　나는 너를 바라본다

　　붉은 눈으로 더운 사랑으로……

아침 해와 저녁 놀, 잿빛 안개

　흩어진 더움 아래서, 나는 너를

　　아— 나는 너를 바라본다.

　천 년을 살겠냐 만 년을 살겠냐.

　　내 목숨 다하기까지, 내 삶 끝나기까지,

　　　나는 너를 그리리라.'

처량한 곡조로 엘리자베트는 부르곤 하였다.

엘리자베트는 한 자리를 정하고 뫼에 올라갈 때에는 언제든지
거기 앉아 있었다. 뒤에는 큰 소나무를 지고 그 솔 그늘 아래 꼭

한 사람이 앉아 있기 좋으리 만한 바위가 하나 있었다. 그것이 엘리자베트가 정한 자리다.

그 바위 두어 걸음 앞에서 여남은 길 되는 절벽이 있었다.

이 절벽을 내려다볼 때마다 그의 마음속에는 한 기쁨이 움직였다.

종시 재판 날이 왔다.

9

재판 전날, 엘리자베트는 오촌모와 함께 서울로 들어와서 재판소 곁 어떤 객줏집에 주인을 잡았다.

서울을 들어설 때에 엘리자베트는, 한 달밖에는 떠나 있지 않았으되 그렇게 그리던 서울이므로 기쁨의 흥분으로 몸이 죽게 피곤해져서 부들부들 떨면서 객줏집에 들었다.

'혜숙이나 만나지 않을까, 이환씨나 만나지 않을까, S 혹은 부인이나 혹은 남작이나 만나지 않을까.'

그는 반가움과 무서움과 바람으로 머리를 푹 숙이고 곁눈질을 하면서 아주머니와 함께 거리들을 지나갔다. 할 수 있는 대로는 좁은 길로……

그는 하룻밤 새도록 모기와 빈대와 홍분, 걱정 들로 말미암아 잠도 잘 못 자고, 이튿날 낮이 뚱뚱 부어서 제 시간에 재판소에 들어왔다.

아주머니는 방청석으로 보내고 자기 혼자 원고석(原告席)에 와 앉을 때에는, 엘리자베트는 자기도 어찌 되는지를 모르도록 마음이 뒤숭숭하였다. 염통은 한 분(分) 동안에 여든일곱 번이나 뛰놀고 숨도 한 분 사이에 스무 번 이상을 쉬게 되었다. 땀은 줄줄 기왓골에 빗물 흐르듯 흘러서 짠물이 자꾸 눈과 입으로 들어온다. 서울 들어오느라고 새로 갈아입은 엘리자베트의 빈사 저고리와 바지허리는 땀으로 소낙비 맞은 것보다 더 젖게 되었다.

삼 분쯤 뒤에 그는 마음을 좀 진정하여 장내를 둘러보았다.

방청석에는 아주머니 혼자 낯에 근심을 띠고 눈이 둥그레져서 있었고 피고석에는 남작이 머리를 저편으로 돌리고 있었다.

남작을 볼 때에 그는 갑자기 죄송스러운 생각이 났다.

'오죽 민망할까. 이런 데 오는 것이 남작에게는 오죽 민망할까? 내가 잘못했지, 재판은 왜 일으켜? 남작은 나를 어찌 생각할까? 또 부인은……?'

그는 이제라도 할 수만 있으면 재판을 그만두고 싶었다. 짐짓 자기가 남작에게 져주고 싶기까지 하였다.

그는 머리를 좀더 돌이켰다. 거기는 남작의 대리인인 변호사가 엄연히 앉아 있었다. 만장을 무시하는 낯으로 자기 혼자만이 재판을 좌우할 능력이 있다는 낯으로 변호사는 빈 재판석을 둘러보고 있었다.

변호사를 볼 때에 엘리자베트는 남모르게,

"아!"

하는 절망의 소리를 내었다. 자기의 변론이 어찌 변호사에게 미칠까, 그의 머리에는 똑똑히 이 생각이 떠올랐다. 남작에 대한 미움이 마음속에 솟아 나왔다. 자기를 끝까지 지우려고 변호사까지 세운 남작이 어찌 아니꼽지를 않을까. 그는 외면한 남작을 흘겨보았다.

판사, 통변, 서기 들이 임석하고 재판은 시작되었다. 규정의 순서가 몇이 지나간 뒤에 원고가 변론할 차례가 이르렀다. 규정대로 사는 곳과 이름 들을 물은 뒤에 엘리자베트는 변론하여야 하게 되었다. 엘리자베트는 벌떡 일어서서 묻는 말에는 대답하였지만 변론은 나오지를 않았다. 재판소가 빙빙 도는 것 같고 낯에서는 불덩이가 나올 것 같았다. 그러다가,

'이래서는 안 되겠다. 용기를 내어야지.'
생각할 때에 얼마의 용기는 회복되었다.

그는 끊었다 끊었다 하면서 자기의 청구를 질서 없이 설명하였다.

"더 할 말은 없나?"
엘리자베트의 말이 끝난 뒤에 주석 판사가 물었다.

"없어요."
엘리자베트는 말이 하기 싫은 고로 겨우 중얼거리고 앉았다.

'겨우 넘겼다.'
엘리자베트는 앉으면서 괴로운 숨을 내쉬면서 생각하였다.

피고가 변론할 차례가 되었다. 변호사는 일어서서 웅장한 큰 소리로, 만장을 누르는 소리로, 장내가 웅웅 울리는 소리로 말하기 시작하였다.

원고의 말은 모두 허황하다. 그 증거가 어디 있는가? 있으면 보고 싶다. 잉태하였다 하니 거짓말인지도 모르거니와, 설혹 잉태하였다 하여도 그것이 남작의 자식인 증거가 어디 있는가? 자기 자식이니까 떨어뜨리려고 병원에 데리고 갔다 원고는 말하지만, 주인이 자기 집에 가정교사가 병원에 좀 데려다 달랄 때 데려다 줄 수가 없을까? 피고가 자기 일이 나타날까 저퍼서 원고를 내쫓았다 원고는 말하지마는 다른 일로 내보냈는지 어찌 아는가? 원고는 당시에는 학교에도 안 가고 가정교사의 의무도 다하지 않고 게다가 탈까지 났으니, 누가 이런 식객을 가만두기를 좋아할까? 어떻든 원고에게는 정신 이상이 있는 것을 잊어서는 안 된다.

엘리자베트는 변호사가 '원고의 말은 허황하다' 할 때에 마음이 뜨끔하였다. '남작의 자식인지 어찌 알까' 할 때에 가슴에서 '툭' 하는 소리를 들었다. 병원 이야기가 나올 때에 머리가 어지러워지는 것을 깨달았다. 그후에는 어찌 되는지 몰랐다. 청각은 가졌지만 듣지는 못하였다. 다만 둥둥 하는 사람의 말소리가 한 백 리 밖에서 나는 것같이 들렸을 뿐이고 아무것도 의식지를 못하였다. 유도에 목 끼운 때와 같이 온몸이 양상스러워지는 것이 구름을 타고 하늘을 떠다니는 것 같았다.

그가 바른 의식 상태로 들기 비롯한 때는 판사가 '더 할 말이 없느냐'고 물을 때이다.

판사가 묻는 말을 똑똑히 알아듣지 못하고 또 말하기도 싫은 엘리자베트는 다만,

"네."

하고 대답할 수밖에는 없었다. 그런 뒤에는 그의 눈앞에는 검은 물건이 왔다 갔다 움직움직하는 것만 보였다. 무엇인지는 똑똑히 알지 못하였다.

한참 있다가 판결은 났다. 원고의 주장은 하나도 증거가 없다. 그런 고로 원고의 청구는 기각한다.

이 말을 겨우 알아들은 엘리자베트는 가슴에서 두번째 '툭' 하는 소리를 들었다. 그 뒤에는 정신이 아득해지고 말았다.

몇 시간 동안을 혼미 상태로 지낸 후에 겨우 정신이 좀 드는 때는 그는 이상한 방 안에 앉아 있었다. 껌껌한 그 방은 사면 침척(針尺) 두 자밖에는 안 되었다. 뿐만 아니라 그 방은 들썩들썩 움직인다.

'흥 재미있구나!'

그는 생각하였다.

그렇지만 이와 같은 한가한 생각이 그의 머리에 오랫동안 머물지를 못하였다. 높이 세 치, 길이 다섯 치쯤 되는 조그만 구멍으로 자기 아주머니가 보일 때에 엘리자베트는 펄떡 정신을 차렸다. 그때야 그는 자기 있는 곳은 보교(步轎) 안이고, 벌써 아주머니의 집에 다 이르렀고, 아까 판결받은 것이 생각났다.

보교는 놓였다.

엘리자베트는 우덕덕 보교에서 뛰어내리다가 꼬꾸라졌다. 발이 저린 것을 잊고 뛰어내리던 그는 엎드러질 수밖에는 없었다.

"에구머니!"

아주머니는 엘리자베트가 또다시 기절을 한 줄 알고 고함을 치며 뛰어왔다.

엘리자베트는 '죽어라' 하고 발이 저린 것을 참고 일어서서 뛰어 방 안에 들어와 꼬꾸라졌다.

그는 울음도 안 나오고 웃음도 안 나왔다. 다만,

'야단났구만, 야단났구만.'
생각만 하였다.

그렇지만 어디가 야단나고 어떻게 야단났는지는 그는 몰랐다. 다만, 어떤 큰 야단난 일이 어느 곳에 있기는 하였다.

오촌모가 들어와 흔드는 것도 그는 모른 체하고 다만 씩씩거리며 엎디어 있었다.

'야단, 야단.'

그의 눈에는 여러 가지 환상이 보인다. 네모난 사람, 개, 우물거리는 모를 물건, 뫼보다도 크게도 보이고 주먹만 하게도 보이는 검은 어떤 물건, 아주머니, 연필—이것이 모두 합하여 그에게는 야단으로 보였다.

오촌모가 펴준 자리에 누워서도 그는 이런 그림자들만 보면서 씩씩거리며 있었다.

10

이튿날 아침.

엘리자베트는 눈을 번쩍 뜨고 방 안을 둘러보았다. 아주머니는

방 안에 없었다. 부엌에서 덜겅거리는 고로 거기 있나 보다 그는
생각하였다.

　전에는 그리 주의하여 보지 않았던 그 방 안의 경치에서 병인의
날카로운 눈으로 그는 새로운 맛있는 것을 여러 가지 보았다.

　제일 눈에 뜨이는 것은, 담벽 사면에 붙인 당지들이다. 일본 포
속(布屬)들에서 꺼내어 붙인 듯한 그 당지들을 엘리자베트는 흥
미의 눈으로 하나씩 하나씩 건너보았다.

　그 다음에 보인 것은 천장 서까래 틈에 친 거미줄들이다. 엘리
자베트는 그 가운데 하나를 자세히 보았다. 그가 보고 있는 동안
에 윙 하니 날아오던 파리가 한 마리 그 줄에 걸렸다. 거미줄은
잠깐 흔들리다가 멎고 어디 있댔는지 보이지 않던 거미가 한 마
리 빨리 나와서 파리를 발로 옮긴다. 파리는 깃을 벌리고 도망하
려 애를 쓰기 시작하였다. 거미줄은 대단히 떨렸다. 그렇지만 조
금 뒤에 파리는 죽었는지 거미줄의 흔들림은 멎고 거미 혼자서
발발 파리를 두고 돌아다닌다. 엘리자베트는 바르륵 떨면서 머리
를 돌이켰다.

　'저 파리의 경우와…… 내 경우가, 어디가 다를까? 어디
가……?'

　엘리자베트가 움직일 때에 파리가 한 마리 윙 나타났다. 그 파
리의 날기를 기다리고 있었던지 다른 파리들도 일제히 웅— 날
았다가 도로 각각 제자리에 앉는다……

　엘리자베트는 눈을 감았다. 상쾌한 졸음이 짜르륵 엘리자베트
의 온몸에 돌았다. 엘리자베트는 승천하는 것 같은 쾌미를 누리

고 있었다.

이때에 오촌모가 샛문을 벌컥 열며 들어왔다.

엘리자베트는 눈을 번쩍 떴다. 오촌모는 들어와서 물에 젖은 손을 수건에 씻은 뒤에 엘리자베트의 머리곁에 와 앉았다.

"좀 나은 것 같으냐?"

"무엇 낫지 않아요."

"어디가 아파? 어젯밤 새도록 헛소릴 하더니……"

"헛소리까지 했어요?"

엘리자베트는 낯에 적적한 웃음을 띠고 묻는 대답을 하였다.

"그런데 어디가 아픈지는 일정하게 아픈 데가 없어요. 손목 발목이 저릿저릿하는 것이 온몸이 다 쏘아요. 꼭…… 첫몸할 때……"

"왜 그런고…… 원."

"왜 그런지요……"

잠깐의 침묵이 생겼다.

"앗!"

좀 후에 엘리자베트는 작은 소리로 날카로운 부르짖음을 내었다. 낯에는 무한 괴로움이 나타났다.

"왜 그러냐!?"

오촌모는 놀라서 물었다.

"봤다는 안 되어요."

엘리자베트는 억지로 웃으면서 말했다.

"그럼 보지 않을 것이니 왜 그러냐?"

"묻지두 말구요!"

"묻지두 않을 것이니 왜 그래?"

"그럼 안 묻는 건가요?"

"그럼 그만두자…… 그런데 미음 안 먹겠냐?"

"좀 이따 먹지요."

엘리자베트는 괴로운 낯을 하고 팔과 다리를 꼬면서 앓는 소리를 내고 있다가 참다 못하여 억지로 말했다.

"아주머니 요강 좀 집어주세요."

오촌모는 근심스러운 낯으로 물끄러미 엘리자베트를 들여다보다가 말없이 요강을 집어주었다.

엘리자베트는 요강을 타고 앉았다. 나올 듯 나올 듯하면서도 나오지 않는 오줌은 그에게 큰 아픔을 주었다. 한 십 분 동안이나 낯을 무한 찡그리고 있다가 내어놓을 때는 그 요강은 피오줌으로 가득 찼다.

"피가 났구나!"

오촌모는 놀란 소리로 물었다.

"……네."

"떨어지려는 것이로구나."

"그런가 봐요."

말은 끊어졌다.

엘리자베트의 마음은 무한 설렁거렸다. 그 가운데는 저픔과 반가움이 섞여 있었다.

"깨를 어떻게 먹으면 올라붙기는 한다더라만……"

잠깐 후에 아주머니가 말을 시작했다.

"그건 올라붙어 무엇 해요."

엘리자베트는 낯을 찡그리고 대답하였다.

"그래도 낙태로 죽는 사람두 있너니라……"

엘리자베트는 대답을 하려다가 말이 하기 싫은 고로 그만두었다.

말은 또 끊어졌다.

엘리자베트는 '죽어도 좋아요'라고 대답하려 하였다.

'죽으면 뭣 하는가.'

그는 병적으로 날카롭게 된 머리로 생각해보았다.

'내게 이제 무엇이 있을까? 행복이 있을까? 없다. 즐거움은? 그것도 없다. 반가움은? 물론 없지. 그럼 무엇이 있을까? 먹고 깨고 자는 것뿐―그 뒤에는? 죽음! 그 밖에 무엇이 있을까? 아무것도 없다. 그것뿐으로도 살 가치가 있을까? 살 가치가 있을까? 아, 아! 어떨까? 없다! 그러면? 나 같은 것은 죽는 편이 나을까? 물론. 그럼 자살? 아!'

'자살? (그는 사지를 부들부들 떨었다.) 모르겠다. 살아지는 대로 살아보자. 죽는 것도 무섭지 않고, 사는 것도 싫지도 않고―'

이때에 오촌모가 말을 시작했다.

"내가 가서 물어보고 올라."

"그만두세요."

그는 우덕덕 놀라면서 무의식히 날카롭게 말하였다.

"그래두 내 잠깐 다녀오지."

아주머니는 일어서서 밖으로 나갔다.

아주머니가 나간 뒤에 그는 또 생각해보았다.

내 근 이십 년 생애는 어떠하였는가? 앞일은 그만두고 지난 일로…… 근 이십 년 동안이나 살면서, 남에게, 사회에게 이익한 일을 하나라도 하였는가? 벗들에게 교과를 가르친 일—이것뿐! 이것을 가히 사회에 이익한 일이라 부를 수가 있을까? (그는 입술을 부들부들 떨었다.)

웅! 하나 있다! '표본!' (그는 괴로운 웃음을 씩— 웃었다.) 이후 사람을 경계할 만한 내 사적! 곧 '표본!' 표본 생활 이십 년…… 아……!

그러니 이것도 내가 표본이 되려서 되었나? 되기 싫어서도 되었지. 헛데로 돌아간 이십 년, 쓸데없는 이십 년, '나'를 모르고 산 이십 년, 남에게 깔리어 산 이십 년. 그동안에 번 것은? 표본! 그동안에 한 일은? 표본!

그는 피곤해진 고로 눈을 감았다. 더움과 추움이 그를 쏘았다. 그는 추워서 사지를 보들보들 떨면서도 이마와 모든 틈에는 땀을 줄줄 흘리고 있었다. 아래는 수만 근 되는 추를 단 것같이 대단히 무거웠다.

괴로움과 한참 싸우다가 오촌모의 돌아옴이 너무 더딘 고로 그는 그만 잠이 들었다.

자는 동안에 여러 가지 그림자가 그의 앞에서 움직였다. 네모난 사람이 어떤 모를 물건을 가지고 온다. 그 뒤에는 개가 따라온다. 방성 뒷산에서 뫼보다도 큰 어떤 검은 물건이 수없이 많이 흐늘

흐늘 날아오다가, 엘리자베트가 있는 방 앞에 와서는 주먹만 하게 되면서 그의 품속으로 뛰어 들어온다. 하나씩 하나씩 다 들어온 다음에는 도로 하나씩 하나씩 흐늘흐늘 날아 나가서 차차 커지며 뫼만 하게 되어 도로 산 가운데서 쓰러져 없어진다. 다 나갔다가는 도로 들어오고 다 들어왔다가는 도로 나가고, 자꾸자꾸 순환되었다. 엘리자베트는 앓는 소리를 연발로 내며 이 그림자들을 보고 있었다.

이렇게 무서운 그림자를 한참 보고 있을 때에,

"애 미음 먹어라."

하는 오촌모의 소리가 나는 고로 눈을 번쩍 떴다.

그는 미음 그릇을 들고 들어오는 아주머니를 관찰하기 시작하였다.

'저런 큰 그릇을 원 어찌 들고 다니노? 키도 댓 자밖에는 못 되는 노파가……'

오촌모가 미음 그릇을 놓은 다음에 엘리자베트는 그것을 먹으려고 엎디었다. 아픔이 온몸에 쭉 돌았다……

"숟갈이 커서 어찌 먹어요?"

그는 놋숟갈을 보고 오촌모에게 물었다. 그는, '숟갈이 커서 들지를 못하겠다'는 뜻으로 한 말이다.

"어제두 먹던 것이 커?"

엘리자베트는 안심하고 숟갈을 들었다. 그것은 뜻밖에 크지도 않고 무겁지도 않았다. 그는 곁에 놓인 흰 가루를 미음에 치고 먹기 시작하였다.

"아이고 짜다."

그는 한 술 먹은 뒤에 소리를 내었다.

"짜기는 왜 짜? 사탕가루를 많이 치구······"

병으로 날카롭게 된 그의 신경은 그의 자유로 되었다. 마치 최면술에 피술자(被術者)가 시술자(施術者)의 명령을 절대로 복종하여, 단 것도 시술자가 쓰다 할 때에는 쓰다 생각하는 것과 같이 그의 신경도 절대로 그의 명령을 좇았다. 흰 가루를 소금이라 생각할 때에는 짜게 보였으나 사탕가루라 생각할 때에는 꿀송이보다도 더 달았다. 그렇지만 그의 신경도 한 가지는 복종치를 않았다. 아픔이 좀 나았으면 하는 데는 조금도 순종치를 않았다.

미음을 먹는 동안에 오촌모가 투덜거렸다.

"스무 집이나 되는 동리 가운데서 그것 아는 것이 하나두 없단 말인가 원······"

"무엇이요?"

엘리자베트는 미음을 삼키고 물었다.

"그 올라붙는 방문(方文) 말이루다. 원 깨를 어짠대든지······"

엘리자베트는 성이 나서 대답을 안 하였다.

미음을 다 마신 다음에 돌아누우려다가 그는,

"읽!"

소리를 내고 그 자리에서 꼬꾸라졌다. 어디가 아픈지 똑똑히 모를 아픔이 온몸을 쿡 쏘았다. 정신까지 어지러웠다.

"어찌? 더하냐?"

"물이 쏟아져요."

엘리자베트는 똑똑한 말로 대답하였다.

"어째?"

"바람이 부는지요?"

"애 정신 채레라."

엘리자베트는 후덕덕 정신을 차리면서,

"내가 원 정신이 없어졌는가?"

하고 간신히 천장을 향하고 누웠다. 천장에는 소가 두 마리 풀을
뜯어 먹고 있었다. 엘리자베트는 무서워서 부들부들 떨기 시작하
였다. 두 마리의 소는 싸움을 시작했다.

'떨어지면……?' 생각할 때에 한 마리는 그의 배 위에 떨어졌
다. 일순간 뜨끔한 아픔 뒤에는 아무렇지도 않았다.

'앍' 소리를 내고 그는 다시 천장을 보았다. 소는 역시 두 마리
지만 이번은 춤을 추고 있다.

"표본 생활 이십 년!"

그는 중얼거리고 담벽을 향하여 돌아누웠다. 거기서는 남작과
이환과 돼지와 파리가 장거리 경주를 하고 있었다.

'홍! 재미있다. 누구가 이길 터인고?'

그는 생각하였다.

조금 있다가 그는 생각난 듯이 수군거렸다.

"표본 생활 이십 년!"

11

그가 눈을 아무 데로 향하든지 어떤 그림자는 거기 벌려 있었다. 그가 자든지 깨든지 어떤 그림자는 거기서 움직였다. 이렇게 엘리자베트는 사흘을 지냈다.

그러는 동안 다함이 없는 철학이 감춰져 있는 것 같고도 아무 뜻이 없는 헛말같이도 생각되는 말구가 흔히 무의식히 그의 머리에 떠올랐다.

'표본 생활 이십 년!'

그는 이 말을 여러 번 거푸 하였다.

이렇게 사흘째 되는 저녁, 복거리 낮보다도 더 훈훈 타는 저녁, 등과 사지 맨 끝에서 시작하여 짜르륵 온몸에 도는 추위의 쾌미를 역증(逆症)⁹으로 받으면서 잠과 깸의 가운데서 돌던 엘리자베트는 오촌모의 소리에 놀라 흠칠하면서 깨었다.

"왜 그리 앓는 소리를 하나? (혼잣말로) 탈인지 무엇인지 낫지두 않구."

"아─유─ 죽겠다아─ 하아─"

엘리자베트는 눈을 감은 채로 아주머니의 소리 나는 편으로 돌아누우면서 신음했다. 그렇지만 그에게는 아프리라 생각하는 데서 나온 아픔밖에는 아픔이 없었다.

"왜 그래? 참 앓는 너보다두 보는 내가 더 속상하다. 후!"

오촌모도 한숨을 쉰다.

"아이구 덥다!"

오촌모는 빨리 부채를 집어서 엘리자베트를 부치면서 말했다.

"내 부쳐줄 것이니 일어나서 이 오미잣물을 마세봐라."

오미자라는 소리를 들은 그는 귀가 버썩하였다. 어렸을 때부터 오미자를 좋아하던 그는 이불 속에서 꿈질꿈질 먹을 준비를 시작하였다. 오늘은 그의 머리는 똑똑해졌다. 그림자가 안 보였고 아픔도 덜어졌다.

오촌모는 자기도 한 숟갈 떠먹어본 뒤에 권한다.

"아이구 달다. 자 먹어봐라."

엘리자베트는 눈을 뜨고 엎디어서 오미잣물을 마셨다. 새큼하고 단 가운데도 말할 수 없는 아름다운 냄새를 가진 오미잣물은 병인인 엘리자베트에게 위에 없는 힘을 주었다. 그는 단숨에 한 사발이나 되는 물을 다 마셔버렸고 도로 누웠다.

"맛있지?"

"네."

"그런데 어떠냐, 아프기는?"

엘리자베트는 다만 씩 웃었다. 다 큰 것이 드러누워서 다 늙은 아주머니를 속상케 함에 대한 미안과, 크담한 것이 '읽읽' 앓은 부끄러움이 합하여 낳은 웃음을 그는 다만 감추지 않고 정직하게 웃은 것이다.

"오늘은 정신 좀 들었냐? 며칠 동안 별한 소릴, 어더런 소릴 하던지?…… 응!…… 응! 무얼 '표본 생울 이십 년'이라던지?"

"표본 생활 이십 년!"

엘리자베트는 생각난 듯이 무의식히 소리를 내었다.

"웅! 그 소리 그 소리!"

오촌모도 생각난 듯이 지껄였다.

"아이 덥다!"

엘리자베트는 이불을 차 던지고 고함을 쳤다.

"웅, 부쳐주지."

어느덧 부채질을 멈추었던 오촌모는 다시 부치기 시작했다.

속에서 나오는 태우는 듯한 더움과 밖에서 찌르는 무르녹이는 듯한 더위와 사늘쩍한 부채 바람이 합하여, 엘리자베트의 몸에 쪼르륵 소름이 돋게 하였다. 소름 돋을 때와 부채의 시원한 바람의 쾌미는 그에게 졸음이 오게 하였다. 그는 구름 타고 하늘에 올라가는 맛으로 잠과 깸의 가운데서 떠돌고 있었다.

몇 시간 지났는지 몰랐다. 무르녹이기만 하던 날은 소낙비로 부어내린다. 그리 덥던 날도 비가 오면서는 서늘해졌다. 방 안은 습기로 찼다. 구팡[10]에 내려져서 튀어나는 물방울들은 안개비와 같이 되면서 방 안으로 몰려 들어온다.

그는 눈을 번쩍 떴다. 어느덧 역한 냄새 나는 모기장이 그를 덮었고 그의 곁에는 오촌모가 번뜻 누워서 답답한 코를 골고 있었다. 위에는 불티를 잔뜩 앉히고 그 아래서 숨찬 듯이 할락할락하는 석유 램프는 모기장 밖에서 반딧불같이 반짝거리며 할딱거리고 있었다.

'가는 목숨이로라도 살아지는껏 살아라.'

그 램프는 소곤거리는 것 같다.

엘리자베트는 일어나서 요강을 모기장 밖에서 들여왔다.

한참 타고 앉았다가 '악' 소리를 내고 그는 엎어졌다. 가슴은 뛰놀고 숨도 씩씩해졌다. 마음은 무한 설렁거렸다. 맥도 푹 났다.

한참 엎디어 있다가 그는 생각난 듯이 벌떡 일어나서 요강을 내놓고 번갯불과 같이 빨리 그 속에 손을 넣어서 주먹만 한 핏덩이를 하나 꺼내었다.

'내 것.'

그의 머리에 번갯불과 같이 이 생각이 지나갔다.

그의 머리에는 모순된 두 가지 생각이 일어났다.

'내 것.'

참 자식에 대한 사랑이 그 핏덩어리에게 일어났다.

'이것 때문에……'

그는 그 핏덩이에 대하여 무한한 미움이 일어났다.

'이것도 저 아니꼬운 남작의 것, 나는 이것 때문에……'

이 두 가지 생각의 반사 작용으로 그는 핏덩이를 힘껏 단단히 쥐었다. 거기에 미움이 있고 사랑이 있었다.

그는 그 핏덩이를 씹어 먹고 싶었다. 거기도 미움이 있고 사랑이 있었다.

그는 그것을 쥔 채로 드러누웠다. 맥이 나서 앉아 있을 힘이 없었다.

드러누운 그에게는 얼토당토않은 딴생각이 두어 가지 머리에 났다. 이것도 잠깐으로 끝나고 잠이 들었다.

이삼 푼의 잠이 그를 스치고 지나간 뒤에 그는 눈을 번쩍 뜨면서 무의식히 중얼거렸다.

"표본 생활 이십 년!"

그 다음 순간 그에게는 별한 생각이 머리에 떠올랐다.

'약한 자의 슬픔!'

'천하에 둘도 없는 명언이루다.'

그는 생각하였다.

그는 이 문제를 두고 논문 비슷이, 소설 비슷이 하나 지어보고 싶은 생각이 났다. 그는 생각해보았다.

자기의 설움은 약한 자의 슬픔에 다름없었다. 약한 자기는 누리에게 지고 사회에게 지고 '삶'에게 져서, 열패자(劣敗者)의 지위에 이르지 않았느냐?! 약한 자기는 이환에게 사랑을 고백지 못하고 S와 혜숙에게서 참말을 듣지 못하고 남작에게 저항치를 못하고 재판석에서 좀더 굳세게 변론치를 못하여 지금 이 지경에 이르지 않았느냐?!

'그렇지만 이것은 밖이 약한 것이다. 좀더 깊이, 안으로!'

그는 생각하였다.

자기가 아직까지 한 일 가운데서 하나라도 자기에게서 나온 것이 어디 있느냐? 반동(反動) 안 입고 한 일이 어디 있느냐? 남작 집에서 나온 것도 필경은 부인이 좀더 있으라는 반동에서 나온 것이 아니냐? 병원 안에 들어간 것도 필경은 집으로 돌아올 전차가 안 보임에 있지 않으냐? 병원으로 향한 것도 그렇다. 재판을 시작한 것은? 오촌모가 말리는 반동을 받았다! 모든 일이 다 그렇다!

"이십 세기 사람이 다 그렇다."

그는 힘 있게 중얼거렸다.

"어떻든…… 응! 그렇다! 문제는 '이십세기 사람'이라고 치고, 첫 줄을 '약한 자의 슬픔'으로 시작하여 마지막 줄을 '현대 사람의 다의 약함'으로 끝내자."

그는 자기 짓던 글을 생각하고 중얼거렸다.

'표본 생활 이십 년이란 구는 꼭 넣어야겠다.'

그는 생각하였다. 그리고 글을 속으로 생각하기 시작하였다.

이리 짓고 저리 지어서, 이만하면 완전하다 생각할 때 그는 마지막 구를 소리를 내어서 읽었다.

"현대 사람 다의 약함!"

그런 다음에는 그의 머리에 한 공허가 생겼다. 그 공허가 가슴으로 퍼질 때에 그는 맥이 나고 발끝과 손끝에서 그 공허가 일어날 때에 그는 눈을 감았다. 눈이 무한 무거워졌다. 그 공허가 온몸에 퍼질 때에 그는 '후—' 숨을 내쉬면서 잠이 들었다.

12

"저런! 원 저런!"

이튿날 아침 엘리자베트에게 어젯밤 변동을 듣고 눈이 둥그레져서 그 핏덩이를 들여다보며 오촌모는 지껄였다.

엘리자베트는 탁 그 핏덩이를 빼앗아서 이불 아래 감춘 뒤에 낯을 붉히며 이유 없이 씩 웃었다.

"어떻든 네 속은 시원하겠다. 밤낮 떨어지면 떨어지면 하더니—"

오촌모는 비웃는 듯이 입살을 주었다.

아깟번에 웃은 엘리자베트는 이번에도 웃지 않으면 안 되게 되었다. 그는 억지로 입과 눈으로만 일순간의 웃음을 웃은 뒤에 곧 낯을 도로 쭉 폈다. 그리고 미안스러운 듯이 오촌모의 낯을 들여다보았다. 오촌모의 낯에는 가련하다는 표정이 똑똑히 보였다.

'역시 가련한 것이루구나!'

그는 속으로 고함을 쳤다.

'그것도 내 것이 아니냐!?'

어머니가 자식에게 가지는 육친의 정다움이 엘리자베트의 마음에 일어났다. 그는 몰래 손을 더듬어서 겁적겁적하고 흐늘거리는 그 핏덩이를 만져보았다.

'어디가 엉덩이구 어디가 머리 편인고?'

하고 그는 손가락으로 핏덩이를 두드리고 쓸어주고 있었다. 차디 찬 핏덩이에서도 엘리자베트는 다스한 맛이 올라오는 것을 깨달았다.

'사람이란 이런 것이루다.'

그는 생각하였다.

물끄러미 한참 그를 들여다보던 오촌모는 도로 전과 같은 사랑의 낯이 되며 생각난 듯이 말했다.

"잊었댔다. 오늘은 장날이 되어서 서울 잠간 들어갔다 와야겠다. 무엇 먹고 싶은 것은 없냐? 있으면 말해라. 사다 줄 거니……"

"없어요."

엘리자베트는 팔딱 정신을 차리며 무의식히 중얼거렸다. '서울' 소리를 듣고 그는 갑자기 가슴이 뛰놀기 시작하였다.

'저런 노파가 다 서울을 다니는데 내가 어찌……'

그는 오촌모를 쳐다보면서 생각하였다. 그러다가 갑자기 오촌모를 찾았다.

"아주머니!"

"왜?"

"서울 들어가세요?"

그의 목소리는 흥분으로 떨렸다.

"응."

엘리자베트는 비쭉해졌다. 오촌모의 '응'이란 대답뿐은 그를 만족시키지 못하였다. '응, 들어가겠다'든지 '응, 다녀올란다'든지 좀더 친절히 똑똑히 대답 안 한 오촌모가 그에게는 밉게까지 보였다.

그렇지만 그의 정조(情調)는 그의 비쭉한 것을 뚫고 위에 올라오기에 넉넉하였다. 그는 좀더 힘 있게 떨리는 소리로 오촌모를 찾았다.

"아주머니!"

"왜?"

오촌모는 또 그렇게 대답하였다.

"나두 함께 가요!"

"어딜?"

"서울!"

"딴소리한다. 넌 편안히 누워 있어얀다."

오촌모의 낯에는 무한한 동정이 나타났다.

"그래두…… 가구 싶어요!"

그의 눈에는 눈물이 고였다.

"내 다 구경해다 줄 거니 잘 누워 있거라. 너 다 나은 다음에 한 번 들어가 실컷 돌아다니자. 그래두 지금은 못 간다."

"길 다 말랐어요?"

그는 뚱딴짓소리를 물었다.

"응, 소낙비니깐 땅 위로만 흘렀지 속은 안 뱄더라."

"뒤뜰 호박두 익었지요 인제. 메칠 동안 나가보지두 못해 서……"

그의 목소리는 자못 떨렸다.

"아까 가보니깐 아직 잘 안 익었더라."

잠깐 말은 끊어졌다. 조금 뒤에 엘리자베트는 떨리는 소리로 말했다.

"아― 서울 가보구……"

"걱정 마라. 이제 곧 가게 되지."

"아주머니!"

"왜 그러냐?"

"그 애들이 아직 날 기억할까요?!"

"그 애덜이라니?"

"함께 공부하던 애들이요."

"하하! (한숨을 쉬고) 걱정 마라. 거저 걱정 마라. 내가 있지 않냐? 인젠 그깟 것들이 무엇에 쓸데가 있어? 나하구 이렇게 편안히 촌에서 사는 것이 오죽 좋으냐! 아무 걱정 없이…… 지난 일은 다 꿈이다. 꿈이야! 잊구 말어라."

'강한 자!'

엘리자베트는 속으로 고함을 쳤다.

'아주머니는 강한 자이고 나는 약한 자이고…… 그 사이에 무슨 차별이 있을꼬?!'

"내 다녀올 것이니 편안히 누워 있거라."

오촌모는 말하면서 봇짐을 들고 나간다.

"무얼 사다 줄꼬 원. 복숭아나 났으면 사다 줄까. 우리 딸을……"

엘리자베트는 자기 생각만 연속하여 하였다. 스스로 알지는 못하였으나 어떤 회전기(回轉期) 위기 앞에 선 그는 산후(産後)의 날카로운 머리를 써서 꽤 똑똑한 해결을 얻을 수가 있었다.

그렇다! 나도 시방은 강한 자이다. 자기의 약한 것을 자각할 그 때에는 나도 한 강한 자이다. 강한 자가 아니고야 어찌 자기의 약점을 볼 수가 있으리요?! 어찌 알 수가 있으리요?! (그의 입에는 이김의 웃음이 떠올랐다.) 강한 자라야만 자기의 약한 곳을 찾을 수가 있다.

약한 자의 슬픔! (그는 생각난 듯이 중얼거렸다.) 전의 나의 설움은 내가 약한 자인 고로 생긴 것밖에는 더 없었다. 나뿐 아니라, 이 누리의 설움, 아니 설움뿐 아니라 모든 불만족, 불평 들이 모두 어디서 나왔는가? 약한 데서! 세상이 나쁜 것도 아니다! 인류가 나쁜 것도 아니다! 우리가 다만 약한 연고인밖에 또 무엇이 있으리요. 지금 세상을 죄악 세상이라 하는 것은 이 세상이, 아니! 우리 사람이 약한 연고이다! 거기는 죄악도 없고 속임도 없다. 다만 약한 것!

약함이 이 세상에 있을 동안 인류에게는 싸움이 안 그치고 죄악이 안 없어진다. 모든 죄악을 없이 하려면은 먼저 약함을 없이 하여야 하고, 지상 낙원을 세우려면은 먼저 약함을 없이 하여야 한다.

만일 약한 자는, 마지막에는 어찌 되노? ……이 나! 여기 표본이 있다. 표본 생활 이십 년 (그는 생각난 듯이 웃으면서 중얼거렸다) 나는 참 약했다. 일 하나라도 내가 하고 싶어서 한 것이 어디 있는가! 세상 사람이 이렇다 하니 나도 이렇다, 이 일을 하면 남들은 나를 어찌 볼까 이런 걱정으로 두룩거리면서 지냈으니 어찌 이 지경에 이르지 않았으리요! 하고 싶은 일은 자유로 해라. 힘써서 끝까지! 거기서 우리는 사랑을 발견하고 진리를 발견하리라!

'그렇지만 강한 자가 되려면은……!'

그는 생각해보았다.

'내가 너희에게 새 계명을 주노니 사랑하라!' (그는 기쁨으로 눈에 빛을 내었다.) 그렇다! 강함을 배는 태(胎)는 사랑! 강함을 낳는 자는 사랑! 사랑은 강함을 낳고, 강함은 모든 아름다움을 낳는

다. 여기, 강해지고 싶은 자는, 아름다움을 보고 싶은 자는, 삶의 진리를 알고 싶은 자는, 인생을 맛보고 싶은 자는 다 참사랑을 알아야 한다.

만약 참 강한 자가 되려면은? 사랑 안에서 살아야 한다. 우주에 널려 있는 사랑, 자연에 퍼져 있는 사랑, 천진난만한 어린아이의 사랑!

'그렇다! 내 앞길의 기초는 이 사랑!'

그는 이불을 차고 벌떡 일어나 앉았다. 그의 앞에는 끝없는 넓은 세계가 벌여 있었다. 누리에 눌리어 살던 그는 지금은 그 위에 올라섰다. 그의 입에는 온 우주를 쳐 누른 기쁨의 웃음이 떠올랐다.

배따라기

좋은 일기이다.

좋은 일기라도, 하늘에 구름 한 점 없는—우리 '사람'으로서는 감히 접근 못할 위엄을 가지고, 높이서 우리 조그만 '사람'을 비웃는 듯이 내려다보는, 그런 교만한 하늘은 아니고, 가장 우리 '사람'의 이해자인 듯이 낮추 뭉글뭉글 엉기는 분홍빛 구름으로서 우리와 서로 손목을 잡자는 그런 하늘이다. 사랑의 하늘이다.

나는, 잠시도 멎지 않고 푸른 물을 황해로 부어내리는 대동강을 향한, 모란봉 기슭 새파랗게 돋아나는 풀 위에 뒹굴고 있었다.

*

이날은 삼월 삼질, 대동강에 첫 뱃놀이하는 날이다. 까맣게 내려다보이는 물 위에는, 결결이 반짝이는 물결을 푸른 놀잇배들이 타고 넘으며, 거기서는 봄 향기에 취한 형형색색의 선율이, 우단보다도 부드러운 봄 공기를 흔들면서 날아온다. 그리고 거기서 기생들의 노래와 함께 날아오는 조선 아악(雅樂)은 느리게, 길게, 유창하게, 부드럽게, 그리고 또 애처롭게, 모든 봄의 정다움과 끝까지 조화하지 않고는 안 두겠다는 듯이, 대동강에 흐르는 시커먼 봄물, 청류벽에 돋아나는 푸르른 풀 어음,[1] 심지어 사람의 가슴속에 봄에 뛰노는 불붙는 핏줄기까지라도, 습기 많은 봄 공기를 다리 놓고 떨리지 않고는 두지 않는다.

봄이다. 봄이 왔다.

부드럽게 부는 조그만 바람이, 시커먼 조선 솔을 꿰며, 또는 돋아나는 풀을 스치고 지나갈 때의 그 음악은, 다른 데서는 듣지 못할 아름다운 음악이다.

아아, 사람을 취케 하는 푸르른 봄의 아름다움이여! 열다섯 살부터의 동경(東京) 생활에, 마음껏 이런 봄을 보지 못하였던 나는, 늘 이것을 보는 사람보다 곱 이상의 감명을 여기서 받지 않을 수 없다.

평양성 내에는, 겨우 툭툭 터진 땅을 헤치면 파릇파릇 돋아나는 나무새기[2]와 돋아나려는 버들의 어음으로 봄이 온 줄 알 뿐 아직 완전히 봄이 안 이르렀지만, 이 모란봉 일대와 대동강을 넘어 보이는 가나안 옥토를 연상시키는 장림(長林)에는 마음껏 봄의 정다움이 이르렀다.

그리고 또 꽤 자란 밀보리들로 새파랗게 장식한 장림의 그 푸른빛. 만족한 웃음을 띠고 그 벌에 서서 내다보는 농부의 모양은 보지 않아도 생각할 수가 있다.

구름은 자꾸 하늘을 날아다니는 모양이다. 그 밀 위에 비쳤던 구름의 그림자는 그 구름과 함께 저편으로 물러가며, 거기는 세계를 아까 만들어놓은 것 같은 새로운 녹빛이 퍼져나간다. 바람이나 조금 부는 때는 그 잘 자란 밀들은 물결같이 누웠다 일어났다 일록일청(一綠一靑)으로 춤을 춘다. 그리고 봄의 한가함을 찬송하는 솔개들은, 높은 하늘에서 동그라미를 그리면서 더욱더 아름다운 봄에 향기로운 정취를 더한다.

"다스한 봄정에 솟아나리다. 다스한 봄정에 솟아나리다."

나는 두어 번 소리 나게 읊은 뒤에 담배를 붙여 물었다. 담뱃내는 무럭무럭 하늘로 올라간다.

하늘에도 봄이 왔다.

하늘은 낮았다. 모란봉 꼭대기에 올라가면 넉넉히 만질 수가 있으리만큼 하늘은 낮다. 그리고 그 낮은 하늘보담은 오히려 더 높이 있는 듯한 분홍빛 구름은 뭉글뭉글 엉기면서 이리저리 날아다닌다.

나는 이러한 아름다운 봄 경치에 이렇게 마음껏 봄의 속삭임을 들을 때는 언제든 유토피아를 아니 생각할 수 없다. 우리가 시시각각으로 애를 쓰며 수고하는 것은, 그 목적은 무엇인가. 역시 유토피아 건설에 있지 않을까. 유토피아를 생각할 때는 언제든 그 '위대한 인격의 소유자'며 '사람의 위대함을 끝까지 즐긴' 진나라 시황(秦始皇)을 생각지 않을 수 없다.

우리가 어찌하면 죽지를 아니할까 하여, 소년 삼백을 배에 태워

불사약을 구하려 떠나보내며, 예술의 사치를 다하여 아방궁을 지으며, 매일 신하 몇천 명과 잔치로써 즐기며, 이리하여 여기 한 유토피아를 세우려던 시황은, 몇만의 역사가가 어떻다고 욕을 하든, 그는 참말로 인생의 향락자이며 역사 이후의 제일 큰 위인이라고 할 수가 있다. 그만한 순전한 용기 있는 사람이 있고야 우리 인류의 역사는 끝이 날지라도 한 '사람'을 가졌었다고 할 수 있다.

"큰사람이었다."

하면서 나는 머리를 흔들었다.

이때다, 기자묘 근처에서 무슨 슬픈 음률이 봄 공기를 진동시키며 날아오는 것이 들렸다.

나는 무심코 귀를 기울였다.

「영유 배따라기」다. 그것도 웬만한 광대나 기생은 발꿈치에도 미치지 못하리만큼, 그만큼 그 배따라기의 주인은 잘 부르는 사람이었다.

비나이다, 비나이다.
산천후토 일월성신 하나님전 비나이다.
실낱같은 우리 목숨 살려달라 비나이다.
에—야, 어그여지야.

여기까지 이르렀을 때에 저편 아래 물에서 장구 소리와 함께 기생의 노래가 울려오며 배따라기는 그만 안 들리게 되었다.

나는 이 년 전 한여름을 영유서 지내본 일이 있다. 배따라기의 본고장인 영유를 몇 달 있어본 사람은 그 배따라기에 대하여 언제든 한 속절없는 애처로움을 깨달을 것이다.

영유, 이름은 모르지만 ×산에 올라가서 내다보면 앞은 망망한 황해이니, 그곳 저녁때의 경치는 한번 본 사람은 영구히 잊을 수가 없으리라. 불덩이 같은 커다란 시뻘건 해가 남실남실 넘치는 바다에 도로 빠질 듯 도로 솟아오를 듯 춤을 추며, 거기서 때때로 보이지 않는 배에서 '배따라기'만 슬프게 날아오는 것을 들을 때엔 눈물 많은 나는 때때로 눈물을 흘렸다. 이로 보아서, 어떤 원의 아내가 자기의 모든 영화를 낡은 신같이 내던지고 뱃사람과 정처 없는 물길을 떠났다 함도 믿지 못할 말이랄 수가 없다.

영유서 돌아온 뒤에도 그 '배따라기'는 내 마음에 깊이 새겨져 잊으려야 잊을 수가 없었고, 언제 한번 다시 영유를 가서 그 노래를 한 번 더 들어보고 그 경치를 다시 한 번 보고 싶은 생각이 늘 떠나지를 않았다.

*

장구 소리와 기생의 노래는 멎고 배따라기만 구슬프게 날아온다. 결결이 부는 바람으로 말미암아 때때로는 들을 수가 없으되, 나의 기억과 곡조를 종합하여 들은 배따라기는 이 대목이다.

강변에 나왔다가
나를 보더니만

혼비백산하여

꿈인지 생시인지

와르륵 달려들어

섬섬옥수로 부쳐잡고

호천망극하는 말이

'하늘로서 떨어지며

땅으로서 솟아났나

바람결에 묻어 오고

구름길에 쌔여 왔나'

이리 서로 붙들고 울음 울 제

인리 제인이며

일가친척이 모두 모여

여기까지 들은 나는 마침내 참지 못하고 벌떡 일어서서 소나무 가지에 걸었던 모자를 내려 쓰고, 그곳을 찾으러 모란봉 꼭대기에 올라섰다. 꼭대기는 좀더 노랫소리가 잘 들린다. 그는, 배따라기의 맨 마지막, 여기를 부른다.

밥을 빌어서

죽을 쑬지라도

제발 덕분에

뱃놈 노릇은 하지 마라

에―야 어그여지야

그의 소리로써 방향을 찾으려던 나는 그만 그 자리에 섰다.

"어딘가? 기자묘? 혹은 을밀대(乙密臺)?"

그러나 나는 오래 서 있을 수가 없었다. 어떻든 찾아보자 하고, 현무문으로 가서 문밖에 썩 나섰다. 기자묘의 깊은 솔밭은 눈앞에 쫙 퍼진다.

"어딘가?"

나는 또 물어보았다.

이때에 그는 또다시 배따라기를 시초부터 부른다. 그 소리는 왼편에서 온다.

왼편이구나 하면서, 소리 나는 곳을 더듬어서 소나무 틈으로 한참 돌다가, 겨우, 기자묘치고는 그중 하늘이 넓고 밝은 곳에 혼자서 뒹굴고 있는 그를 찾아내었다. 내가 생각한 바와 같은 얼굴이다. 얼굴, 코, 입, 눈, 몸집이 모두 네모나고 그의 이마의 굵은 주름살과 시커먼 눈썹은 고생 많이 함과 순진한 성격을 나타낸다.

그는 어떤 신사가 자기를 들여다보는 것을 보고 노래를 그치고 일어나 앉는다.

"왜? 그냥 하지요."

하면서 나는 그의 곁에 가 앉았다.

"머……"

할 뿐 그는 눈을 들어서 터진 하늘을 쳐다본다.

좋은 눈이었다. 바다의 넓고 큼이 유감없이 그의 눈에 나타나 있다. 그는 뱃사람이라 나는 짐작하였다.

"고향이 영유요?"

"예, 머, 영유서 나기는 했디만 한 이십 년 영윤 가보디두 않았시요."

"왜, 이십 년씩 고향엘 안 가요?"

"사람의 일이라니 마음대로 됩데까?"

그는, 왜 그러는지, 한숨을 짓는다.

"거저, 운명이 데일 힘셉디다."

운명의 힘이 제일 세다는 그의 소리는 삭이지 못할 원한과 뉘우침이 섞여 있다.

"그래요?"

나는 다만 그를 건너다볼 뿐이다.

한참 잠잠하니 있다가 나는 다시 말하였다.

"자, 노형의 경험담이나 한번 들어봅시다. 감출 일이 아니면 한번 이야기해보소."

"머, 감출 일은……"

"그럼, 어디 들어봅시다그려."

그는 다시 하늘을 쳐다보았다. 그러나 좀 있다가,

"하디요."

하면서 내가 담배를 붙이는 것을 보고 자기도 담배를 붙여 물고 이야기를 꺼낸다.

"닞히디두 않는 십구 년 전 팔월 열하룻날 일인데요."

하면서 그가 이야기한 바는 대략 이와 같은 것이다.

그가 살던 마을은 영유 고을서 한 이십 리 떠나 있는, 바다를 향한 조그만 어촌이다. 그가 살던 조그만 마을(서른 집쯤 되는)에서 그는 꽤 유명한 사람이었다.

그의 부모는 모두 열댓 세 났을 때 돌아갔고, 남은 사람이라고는 곁집에 딴살림하는 그의 아우 부처와 그 자기 부처뿐이었다. 그들 형제가 그 마을에서 제일 부자이고 또 제일 고기잡이를 잘하였고 그중 글이 있었고 배따라기도 그 마을에서 빼어나게 그 형제가 잘 불렀다. 말하자면 그 형제가 그 동네의 대표적 사람이었다.

팔월 보름은 추석 명절이다. 팔월 열하룻날 그는 명절에 쓸 장도 볼 겸, 그의 아내가 늘 부러워하는 거울도 하나 사올 겸, 장으로 향하였다.

"당손네 집에 있는 것보다 큰 것이요. 낮디 말구요."

그의 아내는 길까지 따라 나오면서 잊지 않도록 부탁하였다.

"안 닞어."

하면서 그는 떠오르는 새빨간 햇빛을 앞으로 받으면서 자기 마을을 나섰다.

그는 아내를 (이렇게 말하기는 우습지만) 고와했다. 그의 아내는 촌에는 드물도록 연연하고도[3] 예쁘게 생겼다. (그는 나에게 이렇게 말하였다.)

"성내(평양) 덴줏골(갈보촌)을 가두 그만한 거 쉽디 않갔시요."

그러니까 촌에서는, 그리고 그 당시에는 남에게 우습게 보이도록 그 내외의 새는 좋았다. 늙은이들은 계집에게 혹하지 말라고 흔히 그에게 권고하였다.

부처의 새는 좋았지만—아니 오히려 좋으므로 그는 아내에게 샘을 많이 하였다. 그리고 그의 아내는 시기를 받을 일을 많이 하였다. 품행이 나쁘다는 것이 아니라, 그의 아내는 대단히 천진스럽고 쾌활한 성질로서 아무에게나 말 잘하고 애교를 잘 부렸다.

그 동네에서는 무슨 명절이나 되면, 집이 그중 정결함을 평계삼아 젊은이들은 모두 그의 집에 모이고 하였다. 그 젊은이들은 모두 그의 아내에게 '아즈마니'라 부르고, 그의 아내는 '아즈바니 아즈바니' 하며 그들과 지껄이고 즐기며, 그 웃기 잘하는 입에는 늘 웃음을 흘리고 있었다. 그럴 때마다 그는 한편 구석에서 눈만 힐금거리며 있다가 젊은이들이 돌아간 뒤에는 불문곡직하고 아내에게 덤벼들어 발길로 차고 때리며, 이전에 사다 주었던 것을 모두 걷어 올린다. 싸움을 할 때에는 언제든 곁집에 있는 아우 부처가 말리러 오며, 그렇게 되면 언제든 그는 아우 부처까지 때려주었다.

그가 아우에게 그렇게 구는 데는 이유가 있었다. 그의 아우는, 시골 사람에게는 쉽지 않도록 늠름한 위엄이 있었고, 만날 바닷바람을 쏘였지만 얼굴이 희었다. 이것뿐으로도 시기가 된다 하면 되지만, 특별히 아내가 그의 아우에게 친절히 하는 데는, 그는 속이 끓어 못 견디었다.

그가 영유를 떠나기 반년 전쯤—다시 말하자면 그가 거울을 사러 장에 갈 때부터 반년 전쯤 그의 생일날이었다. 그의 집에서는 음식을 차려서 잘 먹었는데, 그에게는 괴상한 버릇이 있었으니, 맛있는 음식은 남겨두었다가 좀 있다 먹고 하는 것이 습관이었다. 그의 아내도 이 버릇은 잘 알 터인데 그의 아우가 점심때쯤 오니까, 아까 그가 아껴서 남겨두었던 그 음식을 아우에게 주려 하였다. 그는 눈을 부릅뜨고 '못 주리라'고 암호하였지만 아내는 그것을 보았는지 못 보았는지 그의 아우에게 주어버렸다. 그는 마음속이 자못 편치 못하였다. '트집만 있으면 이년을……' 그는 마음먹었다.

그의 아내는 시아우에게 상을 준 뒤에 물러오다가 그만 그의 발을 조금 밟았다.

"이년!"

그는 힘껏 발을 들어서 아내를 냅다 찼다. 그의 아내는 상 위에 거꾸러졌다가 일어난다.

"이년, 사나이 발을 짓밟는 년이 어디 있어!"

"거 좀 밟아서 발이 부러졌쉐까?"

아내는 낯이 새빨개져서 울음 섞인 소리로 고함친다.

"이년! 말대답이……"

그는 일어서서 아내의 머리채를 휘어잡았다.

"형님! 왜 이리십니까."

아우가 일어서면서 그를 붙잡았다.

"가만있거라, 이놈의 자식."

하며 그는 아우를 밀친 뒤에 아내를 되는대로 내리쳤었다.

"죽일 년, 이년! 나가거라!"

"죽에라, 죽에라! 난, 죽어도 이 집에선 못 나가!"

"못 나가?"

"못 나가디 않구. 뉘 집이게……"

이때다. 그의 마음에는 그 '못 나가겠다'는 아내의 마음이 푹 들이박혔다. 그 이상 때리기가 싫었다. 우두커니 눈만 흘기고 있다가 그는,

"망할 년, 그럼 내가 나갈라."

하고 그만 문밖으로 뛰어나와서,

"형님, 어디 갑니까."

하는 아우의 말에는 대답도 안 하고, 곁동네 탁주집으로 뒤도 안 돌아보고 가서, 거기 있는 술 파는 계집과 술상 앞에 마주 앉았다.

그날 저녁 얼근히 취한 그는 아내를 위하여 떡을 한 돈어치 사 가지고 집으로 돌아왔다.

이리하여 또 서너 달은 평화가 이르렀다. 그러나 이 평화가 언제까지든 계속될 수가 없었다. 그의 아우로 말미암아 또 평화는 쪼개져나갔다.

오월 초승부터 영유 고을 출입이 잦던 그의 아우는, 오월 그믐께부터는 고을서 며칠씩 묵어 오는 일이 많았다. 함께, 고을에 첩을 얻어두었다는 소문이 퍼졌다. 이 소문이 있은 뒤는 아내는 그의 아우가 고을 들어가는 것을 벌레보다도 더 싫어하고, 며칠 묵

어나 오는 때면 곧 아우의 집으로 가서 그와 담판을 하며 심지어 동서 되는 아우의 처에게까지 못 가게 하지 않는다고 싸우는 일이 있었다. 칠월 초승께 그의 아우는 고을에 들어가서 열흘쯤 묵어 온 일이 있었다. 이때도 전과 같이 그의 아내는 그의 아우며 제수와 싸우다 못하여, 마침내 그에게까지 와서 아우가 그런 못된 데를 다니는 것을 그냥 둔다고, 해보자 한다. 그 꼴을 곱게 보지 않았던 그는 첫마디로 고함을 쳤다.

"네게 상관이 무에가? 듣기 싫다."

"못난둥이. 아우가 그런 델 댕기는 걸 말리디두 못하구!"

분김에 이렇게 그의 아내는 고함쳤다.

"이년, 무얼?"

그는 벌떡 일어섰다.

"못난둥이!"

그 말이 채 끝나기 전에 그의 아내는 악 소리와 함께 그 자리에 거꾸러졌다.

"이년! 사나이에게 그따윗 말버릇 어디서 배완!"

"에미네 때리는 건 어디서 배왔노! 못난둥이."

그의 아내는 울음소리로 부르짖었다.

"상년 그냥? 나갈, 우리 집에 있디 말구 나갈."

그는 내리찧으면서 부르짖었다. 그리고 아내를 문을 열고 밀쳤다.

"나가디 않으리!"

하고 그의 아내는 울면서 뛰어나갔다.

"망할 년!"

토하는 듯이 중얼거리고 그는 그 자리에 주저앉았다.

그의 아내는 해가 져서 어두워져도 돌아오지 않았다. 일단 내쫓기는 하였지만 그는 아내의 돌아옴을 기다리고 있었다. 어두워져서도 그는 불도 안 켜고 성이 나서 우들우들 떨면서 아내가 돌아오기를 기다렸다. 그러나 그의 아내의 참 기쁜 듯이 웃는 소리가 그의 아우의 집에서 밤새도록 울렸다. 그는 움쩍도 안 하고 그 자리에 앉아서 밤을 새운 뒤에, 새벽 동터올 때 아내와 아우를 죽이려고 부엌에 가서 식칼을 가지고 들어와서 문을 벌컥 열었다.

그의 아내로서 만약 근심스러운 얼굴을 하고 그 문밖에 우두커니 서서 문을 들여다보고 있지 않았다면, 그는 아내와 아우를 죽이고야 말았으리라.

그는 아내를 보는 순간 마음에 가득 차는 사랑을 깨달으면서, 칼을 내던지고 뛰어나가서 아내의 머리채를 휘어잡고, 이년 하면서 들어와서 뺨을 물어뜯으면서 함께 이리저리 자빠져서 뒹굴었다.

그런 이야기를 다 하려면 끝이 없으되 다만 '그' '그의 아내' '그의 아우' 세 사람의 삼각관계는 대략 이와 같았다.

각설—

거울은 마침 장에 마음에 맞는 것이 있었다. 지금 것과 대보면 어떤 때는 코도 크게 보이고 입이 작게도 보이는 것이지만, 그 당시에는, 그리고 그런 촌에서는 둘도 없는 귀물이었다.

거울을 사가지고 장을 본 뒤에 그는 이 거울을 아내에게 주면 그 기뻐할 모양을 생각하며, 새빨간 저녁 햇빛을 받는 넘치는 듯한 바다를 안고, 자기 집으로, 늘 들러 오던 탁주집에도 안 들러서 돌아왔다.

그러나 그가 그의 집 방 안에 들어설 때에는 뜻도 안 하였던 광경이 그의 눈에 벌여 있었다.

방 가운데는 떡상이 있고, 그의 아우는 수건이 벗어져서 목 뒤로 늘어지고 저고리 고름이 모두 풀어져가지고 한편 모퉁이에 서 있고, 아내도 머리채가 모두 뒤로 늘어지고 치마가 배꼽 아래 늘어지도록 되어 있으며, 그의 아내와 아우는 그를 보고 어찌할 줄을 모르는 듯이 움쩍도 안 하고 서 있었다.

세 사람은 한참 동안 어이가 없어서 서 있었다. 그러나 좀 있다가 마침내 그의 아우가 겨우 말했다.

"그놈의 쥐 어디 갔니?"

"흥! 쥐? 훌륭한 쥐 잡댔구나!"

그는 말을 끝내지도 않고 짐을 벗어던지고 뛰어가서 아우의 멱살을 그러잡았다.

"형님! 정말 쥐가—"

"쥐? 이놈! 형수하고 그런 쥐 잡는 놈이 어디 있니?"

그는 아우를 따귀를 몇 대 때린 뒤에 등을 밀어서 문밖에 내던졌다. 그런 뒤에 이제 자기에게 이를 매를 생각하고 우들우들 떨면서 아랫목에 서 있는 아내에게 달려들었다.

"이년! 시아우와 그런 쥐 잡는 년이 어디 있어!"

그는 아내를 거꾸러뜨리고 함부로 내리짖었다.

"정말 쥐가…… 아이 죽겠다."

"이년! 너두 쥐? 죽어라!"

그의 팔다리는 함부로 아내의 몸 위에 오르내렸다.

"아이, 죽갔다. 정말 아까 적으니(시아우)가 왔기에 떡 먹으라
구 내놓았더니—"

"듣기 싫다! 시아우 붙은 년이, 무슨 잔소릴……"

"아이, 아이, 정말이야요. 쥐가 한 마리 나……"

"그냥 쥐?"

"쥐 잡을래다가……"

"샹년! 죽어라! 물에래두 빠데 죽얼!"

그는 실컷 때린 뒤에, 아내도 아우처럼 등을 밀어 내쫓았다. 그
뒤에 그의 등으로,

"고기 배때기에 장사해라!"

하고 토하였다.

분풀이는 실컷 하였지만, 그래도 마음속이 자못 편치 못하였다.
그는 아랫목으로 가서 바람벽*을 의지하고 실신한 사람같이 우두
커니 서서 떡상만 들여다보고 있었다.

한 시간…… 두 시간……

서편으로 바다를 향한 마을이라 다른 곳보다는 늦게 어둡지만,
그래도 술시(戌時)쯤 되어서는 깜깜하니 어두웠다. 그는 불을 켜
려고 바람벽에서 떠나서 성냥을 찾으러 돌아갔다.

성냥은 늘 있던 자리에 있지 않았다. 그래서 여기저기 뒤적이노
라니까, 어떤 낡은 옷뭉치를 들칠 때에 문득 쥐소리가 나면서 무

엇이 후덕덕 뛰어나온다. 그리하여 저편으로 기어서 도망한다.

"역시 쥐댔구나."

그는 조그만 소리로 부르짖었다. 그리고 그만 그 자리에 맥없이 털썩 주저앉았다.

아까 그가 보지 못한 때의 광경이 활동사진과 같이 그의 머리에 지나갔다.

아우가 집에를 온다. 아우에게 친절한 아내는 떡을 먹으라고 아우에게 떡상을 내놓는다. 그때에 어디선가 쥐가 한 마리 뛰어나온다. 둘(아우와 아내)이서는 쥐를 잡노라고 돌아간다. 한참 성화시키던 쥐는 어느 구석에 숨어버린다. 그들은 쥐를 찾느라고 뒤룩거린다. 그럴 때에 그가 집에 들어선 것이다.

"샹년, 좀 있으믄 안 들어오리……"

그는 억지로 마음먹고 그 자리에 드러누웠다.

그러나 아내는 밤이 가고 날이 밝기는커녕 해가 중천에 올라도 돌아오지를 않았다. 그는 차차 걱정이 나서 찾아보러 나섰다.

아우의 집에도 없었다. 동네를 모두 찾아보아도 본 사람도 없다 한다.

그리하여, 낮쯤 한 삼사 리 내려가서 바닷가에서 겨우 아내를 찾기는 찾았지만 그 아내는 이전 같은 생기로 찬 산 아내가 아니요, 몸은 물에 불어서 곱이나 크게 되고, 이전에 늘 웃음을 흘리던 예쁜 입에는 거품을 잔뜩 문, 죽은 아내였다.

그는 아내를 업고 집으로 돌아오기까지 정신이 없었다.

이튿날 간단하게 장사를 하였다. 뒤에 따라오는 아우의 얼굴에

는,

　'형님, 이게 웬일이오니까.'

하는 듯한 원망이 있었다.

　장사를 지낸 이튿날부터 아우는 그 조그만 마을에서 없어졌다. 하루 이틀은 심상히 지냈지만, 닷새 엿새가 지나도 아우는 돌아오지 않았다. 그래서 알아보니까, 꼭 그의 아우같이 생긴 사람이 오륙 일 전에 멧산자 보따리를 하여 진 뒤에 시뻘건 저녁 해를 등으로 받고 더벅더벅 동쪽으로 가더라 한다. 그리하여 열흘이 지나고 스무 날이 지났지만 한번 떠난 그의 아우는 돌아올 길이 없고, 혼자 남은 아우의 아내는 매일 한숨으로 세월을 보내게 되었다.

　그도 이것을 잠자코 보고 있을 수가 없었다. 그 불행의 모든 죄는 죄 그에게 있었다.

　그도 마침내 뱃사람이 되어, 적으나마 아내를 삼킨 바다와 늘 접근하며 가는 곳마다 아우의 소식을 알아보려고, 어떤 배를 얻어 타고 물길을 나섰다.

　그는 가는 곳마다 아우의 이름과 모습을 말하여 물었으나, 아우의 소식은 알 수가 없었다.

　이리하여 꿈결같이 십 년을 지내서 구 년 전 가을, 탁탁히 낀 안개를 꿰며 연안(延安) 바다를 지나가던 그의 배는, 몹시 부는 바람으로 말미암아 파선을 하여, 벗 몇 사람은 죽고, 그는 정신을 잃고 물 위에 떠돌고 있었다.

　그가 겨우 정신을 차린 때는 밤이었다. 그리고 어느덧 그는 물

위에 올라와 있었고 그를 말리느라고 새빨갛게 피워놓은 불빛으로 자기를 간호하는 아우를 보았다.

그는 이상히도 놀라지도 않고 천연하게 물었다.

"너, 어딯게 여기 완?"

아우는 잠자코 한참 있다가 겨우 대답하였다.

"형님, 거저 다 운명이외다."

따뜻한 불기운에 깜빡 잠이 들려다가 그는 화닥닥 깨면서 또 말했다.

"십 년 동안에 되게 파랬구나."[5]

"형님, 나두 변했거니와 형님두 몹시 늙으셨쉐다."

이 말을 꿈결같이 들으면서 그는 또 혼혼(昏昏)히[6] 잠이 들었다. 그리하여 두어 시간, 꿀보다도 단 잠을 잔 뒤에 깨어보니, 아까같이 새빨간 불은 피어 있지만 아우는 어디로 갔는지 없어졌다. 곁의 사람에게 물어보니까, 아우는 형의 얼굴을 물끄러미 한참 들여다보고 있다가 새빨간 불빛을 등으로 받으면서 터벅터벅 아무 말 없이 어둠 가운데로 스러졌다 한다.

이튿날 아무리 알아보아야 그의 아우는 종적이 없어지고 알 수 없으므로 그는 하릴없이 다른 배를 얻어 타고 또 물길을 떠났다. 그리하여 그의 배가 해주에 이르렀을 때, 그는 해주 장에 들어가서 무엇을 사려다가 저편 맞은편 가게에 걸핏 그의 아우 같은 사람이 있으므로 뛰어가서 보니 그는 벌써 없어졌다. 배가 해주에는 오래 머물지 않으므로 그의 마음은 해주에 남겨두고 또다시 바닷길을 떠났다.

그 뒤 삼 년을 이리저리 돌아다녔어도 아우는 다시 볼 수가 없었다.

그리하여 삼 년을 지내서 지금부터 육 년 전에, 그가 탄 배가 강화도를 지날 때에, 바다를 향한 가파른 뫼켠에서 바다를 향하여 날아오는 '배따라기'를 들었다. 그것도 어떤 구절과 곡조는 그의 아우 특식으로 변경된, 그의 아우가 아니면 부를 사람이 없는, 그 '배따라기'이다.

배가 강화도에는 머무르지 않아서 그저 지나갔으나, 인천서 열흘쯤 머무르게 되었으므로, 그는 곧 내려서 강화도로 건너가 보았다. 거기서 이리저리 찾아다니다가 어떤 조그만 객줏집에서 물어보니, 이름도 그의 아우요 생긴 모습도 그의 아우인 사람이 묵어 있기는 하였으나, 사나흘 전에 도로 인천으로 갔다 한다. 그는 곧 돌아서서, 인천으로 건너와서 찾아보았지만, 그 조그만 인천서도 그의 아우를 찾을 바가 없었다.

그 뒤에 눈 오고 비 오며 육 년이 지났지만, 그는 다시 아우를 만나보지 못하고 아우의 생사까지도 알 수가 없다.

*

말을 끝낸 그의 눈에는 저녁 해에 반사하여 몇 방울의 눈물이 반득인다.

나는 한참 있다가 겨우 물었다.

"노형 계수는?"

"모르디요. 이십 년을 영유는 안 가봤으니깐요."

"노형은 이제 어디루 갈 테요?"

"것두 모르디요. 덩처가 있나요? 바람 부는 대로 몰려댕기디요."

그는 다시 한 번 나를 위하여 배따라기를 불렀다. 아아, 그 속에 잠겨 있는 삭이지 못할 뉘우침, 바다에 대한 애처로운 그리움.

노래를 끝낸 다음에 그는 일어서서 시뻘건 저녁 해를 잔뜩 등으로 받고 을밀대로 향하여 더벅더벅 걸어간다. 나는 그를 말릴 힘이 없어서 멀거니 그의 등만 바라보고 앉아 있었다.

그날 밤, 집에 돌아와서도 그 배따라기와 그의 숙명적 경험담이 귀에 쟁쟁히 울려서 잠을 못 이루고, 이튿날 아침 깨어서 조반도 안 먹고 기자묘로 뛰어가서 또다시 그를 찾아보았다. 그가 어제 깔고 앉았던, 풀은 모두 한편으로 누워서 그가 다녀감을 기념하되, 그는 그 근처에 보이지 않았다. 그러나, 그러나 배따라기는 어디선가 쟁쟁히 울려서 모든 소나무들을 떨리지 않고는 안 두겠다는 듯이 날아온다.

"모란봉(牧丹峰)이다. 모란봉에 있다."

하고 나는 한숨에 모란봉으로 뛰어갔다. 모란봉에는 사람이 하나도 없다. 부벽루(浮壁樓)에도 없다.

"을밀대다."

하고 나는 다시 을밀대로 갔다. 을밀대에서 부벽루를 연한, 지옥까지 연한 듯한 골짜기에 물 한 방울을 안 새이리라고 빽빽이 난 소나무의 그 모든 잎잎은 떨리는 배따라기를 부르고 있지만, 그는 여기도 있지 않다. 기자묘의, 하늘을 향하여 퍼져나간 그 모든 소나무의 천만의 잎잎도, 그 아래쪽 퍼진 천만의 풀들도, 모두 그 배따라기를 슬프게 부르고 있지만, 그는 이 조그만 모란봉 일대에서 찾을 수가 없었다.

강가에 나가서 알아보니 그의 배는 오늘 새벽에 떠났다 한다.

그 뒤에 여름과 가을이 가고 일 년이 지나서 다시 봄이 이르렀으되, 잠깐 평양을 다녀간 그는 그 숙명적 경험담과 슬픈 배따라기를 남겨두었을 뿐, 다시 조그만 모란봉에 나타나지 않는다.

모란봉과 기자묘에 다시 봄이 이르러서, 작년에 그가 깔고 앉아서 부러졌던 풀들도 다시 곧게 대가 나서 자줏빛 꽃이 피려 하지만, 끝없는 뉘우침을 다만 한낱 '배따라기'로 하소연하는 그는, 이 조그만 모란봉과 기자묘에서 다시 볼 수가 없었다. 다만 그가 남기고 간 '배따라기'만 추억하는 듯이 기념하는 듯이 모든 잎잎이 속삭이고 있을 따름이다.

태형 笞刑
—옥중기 獄中記의 일절—節

"기쇼오(기상)!"

잠은 깊이 들었지만 조급하게 설렁거리는 마음에, 이 소리가 조그맣게 들린다. 나는 한순간 화닥닥 놀라 깨었다가 또다시 잠이 들었다.

"여보, '기쇼'야. 일어나요."

곁의 사람이 나를 흔든다. 나는 돌아누웠다. 이리하여 한 초, 두 초, 꿀보다도 단 잠을 즐길 적에 그 사람은 또 나를 흔든다.

"잠 깨구 일어나소."

"누굴 찾소?"

이렇게 나는 물었다. 머리는 또다시 나락(奈落)의 밑으로 미끄러져 들어간다.

"그러디 말구 일어나요. 지금 오(五)방 뎅껭(점검)합넨다……"

"여보, 십 분 동안만 제발 더 자게 해주."

"그거야 내가 알갔소? 간수한테 들키믄 당신 혼나갔게 말이디."

"에이! 누가 남을 잠두 못 자게 해! 난 잠들은 데 두 시간두 못 됐구레. 제발 조꼼만 더……"

이 말이 맺기 전에 나의 넓은 침실과 그 머리맡의 담배를 걸핏 보면서 나는 또다시 혼혼히 잠이 들었다. 그때에 문득 내게 담배를 한 고치 주는 사람이 있으므로 그 담배를 먹으려 할 때에, 아까 그 사람(나를 흔들던 사람)은 또다시 나를 흔든다.

"기쇼 불렀소. 뎅껭꺼정 해요. 일어나래두……"

"어보! 이제 남 겨우 또 짐들었는데 깨우긴 왜……"

"뎅껭해요."

나는 벌컥 역정을 내었다.

"뎅껭이면 어떻단 말이요! 그래 노형 상관있소?"

"그만둡시다. 그러나 일어나 나오."

"남 이제 국수 먹고 담배 먹는 꿈 꾸랬는데……"

이 말을 하려던 나는 생각만 할 뿐 또다시 잠이 들었다. 또 한 초, 두 초, 단꿈에 빠지려던 나는 곁방에서 들리는 제걱거리는 칼 소리와 문을 덜컥덜컥 여는 소리에 펄덕 놀라서 일어나 앉았다. 그러나 온몸을 취케 하던 졸음은 또다시 머리를 덮는다. 나는 무릎을 안고 머리를 묻은 뒤에 또다시 잠이 들었다. 또 한 초, 두 초, 시간은 흐른다. 덜컥! 마침내 우리 방문을 여는 소리가 났다. 나는 갑자기 굴복을 하고 머리를 들었다. 이미 잘 아는 바이거니와 한 초 전에 무거운 잠에 취하였던 사람이라고는 생각 안 되도록 긴장된다.

덜컥 하는 소리와 함께 문이 열리며 간수가 서넛 들어섰다.

"뎅껭."

다섯 평이 좀 못 되는 방에는 너무 크지 않나 생각되는 우렁찬 소리가 울리며, 경험으로 말미암아 숙련된 흐르는 듯한 (우리의 대명사인) 번호가 불린다. 몇 호, 몇 호, 이렇게 흐르는 듯이 불러오던 간수부장은 한 번호에 머물렀다.

"나나햐쿠나나주욘고(칠백칠십사) 호."

아무 대답이 없다.

"나나햐쿠나나주욘고 호."

자기의 대명사—더구나 일본말로 부르는 것을 알아듣지 못한 칠백칠십사 호의 영감(곧 내 뒤에 앉은)은 역시 대답이 없었다. 나는 참다 못해 그를 꾹 찔렀다. 놀라서 덤비는 대답이 그때야 겨우 들렸다.

"예, 하이!"

"난고 하야쿠 헨지오 시나이(왜 빨리 대답을 아니 해)? 이리 와!"

이렇게 부장은 고함쳤다. 그러나 영감은 가만있었다. 고요한 가운데 소리 하나 없다.

"이리 오너라!"

두번째 소리가 날 때에 영감은 허리를 구부리고 그의 앞에 갔다. 한순간 공기를 헤치는 날카로운 소리와 함께, 이것 역시 경험 때문에 손 익게 된 솜씨인, 드는 손 보이지 않는 채찍은 영감의 등에 내려 맞았다.

영감은 가만있었다. 그러나 눈에는 눈물이 있었다.

칠백칠십사 호 뒤의 번호들이 불린 뒤에 정신 차리라는 책망과 함께 영감은 자기 자리에 돌아오고, 감방 문은 다시 닫혔다.

이상한 일이거니와 한 사람이 벌을 받으면 방 안의 전체가 떨린다. (공분〔公憤〕[1]이라든가 동정이라든가는 결코 아니다.) 몸만 떨릴 뿐 아니라 염통까지 떨린다. 이 떨림을 처음 경험한 것은 경찰서에서 세 시간을 연하여 맞은 뒤에 구류실에 들어가서 두 시간 동안을 사시나무 떨듯 떨던 때였다. 죽지나 않나까지 생각하였다. (지금은 매일 두세 번씩 당하는 현상이거니와······)

방은 죽음의 방같이 소리 하나 없다. 숨도 크게 못 쉰다. 누구나 곁을 보면 거기는 악마라도 있는 것처럼 보려도 안 한다. 그들에게 과연 목숨이 남아 있는지?

좀 있다가 점검이 끝났는지 간수들의 발소리가 도로 우리 방 앞을 지나갔다. 그때 아까 그 영감의 조그만 소리가 겨우 침묵을 깨뜨렸다.

"집엔, 그 녀석(간수)보담 나이 많은 아들이 두 녀석이나 있쉐다가레······"

*

덥다.

몇 도인지 백십 도 혹은 그 이상인지도 모르겠다.

매일 아침 경험하는 바와 같이 동쪽 하늘에 떠오르는 해를, '저 해가 이제 곧 무르녹일 테지' 생각하면 그 예언을 맞히려는 듯이 해는 어느덧 방 안을 무르녹인다.

　다섯 평이 좀 못 되는 이 방에, 처음에는 스무 사람이 있었지만, 몇 방을 합칠 때에 스물여덟 사람이 되었다. 그때에 이를 어찌하노 하였다. 진남포 감옥에서 공소로 넘어온 사람까지 하여 서른네 사람이 되었을 때에 우리는 한숨을 쉬었다. 그러나 신의주와 해주 감옥에서 넘어온 사람까지 하여 마흔한 사람이 된 때에 우리는 한숨도 못 쉬었다. 혀를 채였다.

　곧 처마 끝에 걸린 듯한 뜨거운 해는 그침 없이 더위를 보낸다. 몸속에 어디 그리 물이 많았던지 아침부터 그침 없이 흘린 땀은 그냥 멎지 않고 흐른다. 한참 동안 땀에 힘없이 앉아 있던 나는 마지막 힘을 내어 담벽을 기대고 흐늘흐늘 일어섰다. 지옥이었다. 빽빽이 앉은 사람들은 모두들 힘없이 머리를 숙이고 입을 송장같이 벌리고, 흐르는 침과 땀을 씻을 생각도 안 하고 먹먹히 앉아 있다. 둥그렇게 구부러진 허리, 맥없이 무릎 위에 놓인 팔, 뚱뚱 부은 짓퍼런 얼굴에 힘없이 벌려진 입, 정기 없는 눈, 흩어진 머리와 수염, 모든 것은 죽은 사람이었다. 이것이 과연 아침에 세면소까지 뛰어갔으며 두 시간 전에 점심 먹느라고 움직인 사람들인가. 나의 곤하여 둔하게 된 감각에도 눈이 쓰린 역한 냄새가 쏜다.

　그들은 무얼 하여 여기 왔나. 바람 불고 잘 자리 있고 담배 있는 저 세상에서 무얼 하러 여기 왔나. 사랑스런 손주가 있는 사람도 있겠지. 예쁜 아내가 있는 사람도 있겠지. 제가 벌어 먹이지 않으면 굶어 죽을 어머니가 있는 사람도 있겠지. 그리고 그들은 자유로 먹고 마시고 자유로 바람을 쏘이고 자유로 자고 있었을 테다. 그러면 그들이 어떤 요구로 여기를 왔나.

그러나 지금의 그들의 머리에는, 독립도 없고 자결도 없고 자유도 없고 사랑스러운 아내나 아들이며 부모도 없고 또는 더위를 깨달을 만한 새로운 신경도 없다. 무거운 공기와 더위에게 괴로움받고 학대받아서 조그맣게 두개골 속에 웅크리고 있는 그들의 피곤한 뇌에 다만 한 가지의 바람이 있다 하면, 그것은 냉수 한 모금이었다. 나라를 팔고 고향을 팔고 친척을 팔고 또는 뒤에 이를 모든 행복을 희생하여서라도 바꿀 값이 있는 것은 냉수 한 모금밖에는 없었다.

즉 그때에 눈에 걸핏 떠오른 것은 (때때로 당하는 현상이거니와) 쫄쫄 쫄쫄 흐르는 샘물과 표주박이었다.

"한 잔만 먹여다고, 제발……"

나는 누구에게 비는지 모르게 빌었다. 그리고 힘없는 눈을 또다시, 몸과 몸이 서로 닿아서 썩어서 몸에는 종기투성이요 전 인원의 십분의 칠은 옴쟁이[2]인 무리로 향하였다. 침묵의 끝없는 시간은 그냥 흐른다.

나는 도로 힘없이 앉았다.

"에, 더워 죽겠다!"

마지막 '죽겠다'는 말은 똑똑히 들리지 않도록 누가 토하는 듯이 말하였다. 그러나 아무도 거게 대꾸할 용기가 없는지 또 끝없는 침묵이 연속된다.

머리나 몸 가운데 어느 것이든 노동하지 않고는 사람은 못 사는
것이다. 그 사람들이 몇 달 동안을 머리를 쓸 재료가 없이 몸을
움직일 틈이 없이 지내왔으니 어찌 견딜 수가 있을까. 그것도 이
더위에……

더위는 저녁이 되어가며 차차 더해진다. 모든 세포는 개개의 목
숨을 가진 것같이, 더위에 팽창한 몸의 한 부분이라고는 생각할
수가 없었다. 무겁고 뜨거운 공기가 허파에 들어갔다가 나올 때
마다 더위는 더해진다. 이러고야 어찌 열병 환자가 안 날까?

닷새 전에 한 사람 병감으로 나가고, 그저께 또 한 사람 나가고,
오늘 또 두 사람이 앓고 있다.

우리는 간수가 와서 병인을 병감으로 데리고 나갈 때마다, 부러
운 눈으로 그들을 보았다. 거기는 한 방에 여남은 사람밖에는 두
지 않았다. 그리고 그들에게는 '물'약을 주었다. 뿐만 아니라, 그
들은 맑은 공기를 마실 기회가 있었다.

*

"오늘이 일요일이지요?"

나는 변기 위에 올라앉아서 어두운 전등빛에 이를 잡으면서 곁
에 서 있는 사람에게 물었다. (우리는 하룻밤을 삼분하고, 사람을

삼분하여 번갈아 잠을 자고, 남은 사람은 서서 기다리기로 하였다.)

"내니 압네까? 좋은 팁네다만, 삼일날인지 주일날인디……"

그러나 종소리는 그냥 뗑―뗑― 고요한 밤하늘에 울려온다. 그것은 마치, '여기는 자유로 냉수를 마시고 넓은 자리에서 잘 수 있는 사람이 있다'는 것처럼……

"사람의 얼굴이 좀 보구 싶어서……"

"그래요. 정 사람의 얼굴이 보구파요."

"종소리 나는 저 세상엔 물두 있을 테지. 넓은 자리두 있을 테지. 바람두, 바람두, 불 테지……"

이렇게 나는 중얼거렸다.

"물? 물? 여보, 말 마오. 나두 밖에 있을 땐 목마르면 물두 먹구 넓은 자리에서 잔 사람이외다."

그는 성가신 듯이 외면을 한다.

그 말을 듣고 보니 나도 밖에 있을 때는 자유로 물을 먹었다. 자유로 버드렁거리며 잤다. 그러나 그것은 지나간 옛적의 꿈과 같이 머리에 남아 있을 뿐이다.

"아이스크림두 있구."

이번은 이편의 젊은 사람이 나를 꾹 찔렀다.

"아이스크림? 그것만? 여보, 그것만? 내겐 마누라두 있소. 뜰의 유월도(六月桃)두 거반 익어갈 때요!"

나는 이렇게 말하였다. 즉 아까 영감이 성가신 듯이 도로 나를 보며 말한다.

"마누라? 여보, 젊은 사람이 왜 그런 철없는 소리만 하오? 난 아들이 둘씩이나 있었소. 삼월 야드렛날 뫼골짜기에서 만세 부를 때 집안이 통 떨테나서 불렀소구레. 그르누래는데 툭탁툭탁 총소리가 나더니 데켄 앞에 있던 맏이가 꼬꾸러딥데다가레. 그래서 그리구 가볼래는데 이번은 넢에 있던 둘째두 또 꼬꾸러디디요. 한꺼번에 아들 둘을 잡아먹구…… 그래서 정신없이 덤비누래니낀…… 음! 그런데 노형은 마누라? 마누라가 대테 무어이요."

"그래서 어찌 됐소?"

나는 그냥 이를 잡으면서 물었다.

"내가 알갔소? 난 곧 잽헤왔으니낀. 밥두 차입 안 하구 우티두 안 보내는 걸 보느낀 죽었나 뻬다."

"난 어디카구."

이번은 한 서너 사람 격하여 있는 마흔아믄 난 사람이 말을 시작하였다.

"그날 자꾸 부르구 있누래니끼, 그 헌병놈들이 따라옵데다. 그래서 도망딜 해서, 멧기슭에꺼정은 갔는데 뒤를 보아야 더 뛸 데가 없습데다가레. 궁한 쥐, 괭이게 달려든다구 할 수 있습데까? 맞받아 나갔디요. 그르닝낀 총을 놓기 시작하는데 그러구 여게서 하나 더게서 하나 푹푹 된장독 넘어디덧 꼬꾸라디는데……"

그는 여기서 잠깐 말을 멈추고 그때 일을 생각하는 듯하더니 다시 말을 시작한다.

"그르누래는데 우리 아우가 맞아 넘어딥데다가레. 그래서 뒤집어 업구 도망할래는데 옆틴 데 덮틴다구 그만 나꺼정 맞아 넘어뎄디요. 정신을 차리닝낀 발세 밤인데 들이 춥기만 해요. 움쪽을 못하갔는 걸 게와 벌벌 기어서 좀 가누라니낀 웅성웅성하는 사람 소리가 나요. 아, 사람의 소릴 들으니낀 푹 맥이 풀리는데 고만 쓰러데서 움쪽을 못하갔시요. 그래서 헐떡거리구 가만있누래는데 발자국 소리가 가까워오더니 '여게두 죽은 놈 하나 있다' 하더니 발루 툭 찹데다가레. 그래서 앓는 소릴 하니낀 죽디 않았다구 것에다가 담는데, 그때 보느낀 헌병덜이야요. 사람이 막다른 골에 들믄 죽디 않게 났습데다. 약질두 안 하구 그대루 내버레둔 것이이진 다 나아시요."

하며 그가 피투성이의 저고리 자락을 들치니까 거기는 다 나은 흐무러진 총알 자리가 있다.

"난 우리 아버진 (난 맹산서 왔지요) 우리 아바진 헌병대 구류장에서 총 맞아 없어시요. 오십 인이 나를 구류장에 몰아넣구 기관총으루…… 도죽놈들!"

그러나 우리들(자지 않고 서서 기다리기로 한) 가운데도 벌써 잠이 든 사람이 꽤 많았다. 서서 자는 사람도 있다. 변기 위 내 곁에 앉았던 사람도 끄덕끄덕 졸다가 툭 변기에서 떨어졌다. 그리고 떨어진 그대로 잔다. 아래 깔린 사람도 송장이 아닌 증거로는 한두 번 다리를 버둥거릴 뿐 그냥 잔다.

나도 어느덧 잠이 들었는지 모르겠다. 가슴이 답답하여 깨니까 (매일 밤 여러 번씩 당하는 현상이거니와) 내 가슴과 머리는 온통 남의 다리(수십 개의) 아래 깔려 있다. 그것들을 우므적우므적 겨우 뚫고 일어나서 그냥 어깨에 걸려 있는 몇 개의 남의 다리를 치워버리고 무거운 김을 뱉었다.

다리 진열장이었다. 머리와 몸집은 다 어디 갔는지 방 안에 하나도 안 보이고, 다리만 몇 겹씩 포개이고 포개이고 하여 있다. 저편 끝에서 다리가 하나 버드렁거리는가 하면 이편 끝에서는 두 다리가 움질움질하고…… 그것도 송장의 것과 같은 시퍼런 다리를. 이, 사람의 세계를 멀리 떠난 그들에게도 사람과 같이 꿈이 꾸어지는지(냉수 마시는 꿈이라도 꾸는지 모르겠다) 때때로 다리들 틈에서 꿈소리가 나온다.

아아, 그들도 집에 돌아만 가면 빈약하나마 제나 잘 자리는 넉넉할 것을……

저편 끝에서 다리가 일여덟 개 들썩들썩하더니 그 틈으로 머리가 하나 쑥 나오다가 긴 숨을 내쉬고 도로 다리 속으로 스러진다.

이것을 어렴풋이 본 뒤에 나도 자려고 맥난' 몸을 남의 다리에 기대었다.

                              *

아침 세수를 할 때마다 깨닫는 것은, 나는 결코 파래지 않았다는 것이었다. 부었는지 살쪘는지는 모르지만, 하루 종일 더위에 녹고 밤새도록 졸음과 땀에게 괴로움받은 얼굴을 상쾌한 찬물로 씻을 때마다 깨닫는 바가 이것이다. 거울이 없으니 내 얼굴은 알 수 없고 남의 얼굴은 점진적이니 모르지만 미끄러운 땀을 씻고 보둥보둥한 뺨을 만져볼 때마다 나는 결코 파래지 않았다는 것을 깨닫는다. 그리고 이 세수 뒤의 두세 시간이 우리의 살림 가운데 는 그중 값이 있는 살림이며 그중 사람 비슷한 살림이었다. 이때 뿐이 눈에는 빛이 있고 얼굴에는 산 사람의 기운이 있었다. 심지 어는 머리도 얼마간 동작하며 혹은 농담을 하는 사람까지 생기게 된다. 좀(단 몇 시간만) 지나면 모든 신경은 마비되고 머리를 늘이 고 떠도 보지를 못하는 눈을 지르감고 끓는 기름과 같이 숨을 헐 떡거릴 사람과 이 사람들 새에는 너무 간격이 있었다.

"이따는 또 더워질 테지요?"

나는 곁의 사람에게 이렇게 말하였다.

"더워요? 덥긴 왜 더워? 이것 보구려. 오히려 추운 편인 데……"

그는 엄청스럽게 몸을 떨어본 뒤에 웃는다.

아직 아침은 서늘할 유월 중순이었다. 캘린더가 없으니 날짜는 똑똑히 모르되 음력 단오를 좀 지난 때였다. 하루 종일 받은 더위 를 모두 방산한 아침은 얼마간 서늘하였다.

"노형, 어제 공판 갔댔디요?"

이렇게 나는 그 사람에게 물었다.

"예."

"바깥 형편이 어떻습디까?"

"형편꺼정이야 알겠소? 거저 포플러두 새파랗구, 구름도 세차 게 날아다니구, 다 산 것 같습니다. 땅바닥꺼정 움직이는 것 같 구. 사람들두 모두 상판이 시커먼 것이 우리 보기에는 도둑놈 관 상입니다."

"그것을 한번 봤으면……"

나는 한숨을 쉬었다. 삼월 그믐 아직 두꺼운 솜옷을 입고야 지낼 때에 여기를 들어온 나는 포플러가 푸른빛이었는지 녹빛이었는지 똑똑히 모른다.

"노형두 수일 공판 가겠디요."

"글쎄 언제 한번은 갈 테지요. 그런데 좋은 소식은 못 들었소?"

"글쎄, 어제 이야기한 거같이 쉬 독립된답디다."

"쉬?"

"한 열흘 있으면 된답디다."

나는 거게 대꾸를 하려 할 때에 곁방에서 담벽 두드리는 소리가 들렸다. 그것은 ㄱㄴㄷ과 ㅏㅑㅓㅕ를 수(數)로 한 우리의 암호 신보(暗號信報)였다.

"무, 엇, 이, 오."

이렇게 두드렸다.

"좋, 은, 소, 식, 있, 소, 독, 립, 은, 다, 되, 었, 다, 오."

"어, 디, 서, 들, 었, 소."

"오, 늘, 아, 침, 차, 입, 밥, 에, 편, ㅈ."

여기까지 오던 신호는 뚝 끊어졌다.

"보구려. 내 말이 옳지 않나……"

아까 사람이 자랑스러운 듯이 수군거렸다.

"곁방에서 공판 갈 사람 불러낸다. 오늘은……"

"노형, 꼭, 가디."

"글쎄, 꼭 가야겠는데. 사람두 보구, 시퍼런 나무들두 보구, 넓은 데를……"

그러나 우리 방에서는 어제 간수부장에게 매 맞은 그 영감과 그 밖에 영원 맹산 등지 사람 두셋이 불려 나갈 뿐, 나는 역시 그 축에서 빠졌다.

'언제든, 한번 간다.'

나는 맛없고 골이 나서 속으로 중얼거렸다. 그러나 그 '언제든'이 과연 언제일까. 오늘은 꼭 오늘은 꼭 이리하여 석 달을 밀려온 나였다. '영구'와 같이 생각되는 석 달을 매일 아침마다 공판 가기를 기다리면서 지내온 나였다. '언제 한때'란 과연 언제일까? 이런 석 달이 열 번 거듭하면 서른 달일 것이다.

"노형은 또 빠뎄구려."

"싫으면 그만두라지. 도죽놈들!"

"이제 한번 안 가리까?"

"이제? 이제가 대체 언제란 말이오? 십 년을 기다려두 그뿐, 이십 년을 기다려두 그뿐……"

"그래두 한번이야 안 가리까?"

"나 죽은 뒤에 말이오?"

나는 그에게까지 성을 내었다.

좀 뒤에 아침밥을 먹을 때까지도 나의 마음은 자못 편치 못하였다. 그것은 바깥 구경할 기회를 빨리 지어주지 않는 관리에게 대함이람보다, 오히려 공판에 불려 나가게 된 행복된 사람들에 대한 무거운 시기에 가까운 것이었다.

점심을 먹고, 비린내 나는 냉수를 한 대접 다 마신 뒤에 매일 간
수의 눈을 기어가면서 장난하는 바와 같이, 밥그릇을 당기어서
거게 아직 붙어 있는 밥알을 모두 뜯어서 이기기 시작하였다. 갑
갑하고 답답하고 서로 이야기하는 것을 허락지 않고 공상을 하자
하여도 인전 벌써 재료가 없어진 우리가 가질 수 있는, 다만 하나
의 오락이 이것이었다. 때가 묻어서 새까맣게 될 때는 그 밥알은
한 덩어리의 떡으로 변한다. 그 떡은, 혹은 개, 혹은 돼지, 때때로
는 간수의 모양으로 빚어져서 마지막에는 변기 속으로 들어간
다……

한참 내 손 속에서 움직이던 떡덩이는, 뿔은 좀 크게 되었지만
한 마리의 얌전한 소가 되어 내 무릎 위에 섰다. 나는 머리를 들
었다.

아직 장난에 취하여 몰랐지만 해는 어느덧 또 무르녹이기 시작
하였다. 빈대 죽인 피가 여기저기 묻은 양회(洋灰)[4] 담벽에는 철
창 그림자가 똑똑히 그려져 있다. 사르는 듯한 더위는 등지고 있
는 창밖에서 등을 탁 치고, 안고 있는 담벽에서 반사하여 가슴을
탁 치고, 곁에 빽빽이 있는 사람의 열기로 온몸을 썩인다. 게다가
똥오줌 무르녹은 냄새와, 살 썩은 냄새와 옴약내에, 매일 수없이
흐르는 땀 썩은 냄새를 합하여, 일종의 독가스를 이룬 무거운 기
체는 방에 가라앉아서 환기까지 되지 않는다. 우리의 피곤하여

둔하게 된 감각으로도, 넉넉히 깨달을 수 있는 역한 냄새였다. 간수가 가까이 와서 들여다보지 않는 것도 당연한 일이었다.

그러고 보니 생각나거니와 나뿐 아니라 온 사람의 몸에는 종기 투성이였다. 가득 차고 일변 증발하는 변기 위에 올라앉아서 뒤를 볼 때마다 역정 나는 독한 습기가 엉덩이에 묻어서, 거기서 생긴 종기를 이와 빈대가 온몸에 퍼져서 종기투성이 아닌 사람이 없었다.

땀은 온몸에 뚝뚝—이라는 것보다, 좔좔 흐른다.

"에—땀."

나는 힘없이 중얼거렸다. 이상한 수수께끼와 같은 일이 있었다. 밥 먹은 뒤에 냉수를 벌걱벌걱 마시면 이삼십 분 뒤에는 그 물이 모두 땀으로 되어 땀구멍으로 솟는다. 폭포와 같다 하여도 좋을 땀이 목과 가슴에서 흘러서, 온몸에 벌레 기어다니는 것같이 그 불쾌함은 말할 수 없다.

그러나 땀을 씻는 사람은 하나도 없다. 손가락 하나라도 움직이면 초열지옥(焦熱地獄)에라도 떨어질 것같이, 흐르는 땀을 씻으려는 사람도 없다.

'얼핏 진찰감(診察監)에 보내어다고.'

나의 피곤한 머리는 이렇게 빌었다. 아침에 종기를 핑계 삼아 겨우 빌어서 진찰하러 갈 사람 축에 든 나는, 지금 그것밖에는 바랄 것이 없었다. 시원한 공기와 넓은 자리를 (다만 일이십 분 동안이라도) 맛보는 것은 여간한 돈이나 명예와는 바꿀 수 없는 귀중한 것이었다. 그것뿐 아니라, 입감 이래로 안부는커녕 어느 감방에 있는지도 모르는 아우의 소식도 알는지도 모르겠다.

즉 뜻하지 않게 눈에 떠오른 것은 집의 일이었다. 희다 못하여 노랗게까지 보이는 햇빛에 반사하는 양회 담벽에 먼저 담배와 냉수가 떠오르고 나의 넓은 자리가 (처음 순간에는 어렴풋하였지만) 똑똑히 나타났다. (어찌하여 고런 조그만 일까지 똑똑히 보였던지 아직껏 이상하게 생각하거니와) 파리만 한 마리, 성냥갑에서 담뱃갑으로 도로 성냥갑으로 왔다 갔다 한다.

"쌍!"

나는 뜨거운 기운을 뱉었다.

"파리까지 자유로 날아다닌다."

성내려야 성낼 용기까지 없어진 머리로 억지로 성을 내고, 눈에서 그 그림자를 지워버리려 하였다. 그러나 담배와 냉수는 곧 없어졌지만 성가신 파리는 끝끝내 떨어지지를 않았다.

나는 손을 들어서 (마치 그 파리를 날리려는 것같이) 두어 번 얼굴을 부친 뒤에 맥없이 아까 만든 소를 쥐었다.

*

공기의 맛이 달다고는, 참으로 경험해보지 못한 사람은 뜻도 못할 일일 것이다. 역한 냄새 나는 뜨거운 기운을 뱉고 달고 맑은 새 공기를 들이마시는 처음 순간에는, 기절할 듯이 기뻤다.

서늘한 좋은 일기였다. 아까는 참말로 더웠는지 더웠으면 그 더위는 어디로 갔는지, 진찰감으로 가는 동안 오히려 춥다 하여도 좋을 만치 서늘하였다.

그러나 그보다도 더 기쁜 것은 거기서 아우를 만난 일이었다.

"어느 방에 있니?"

나는 머리를 간수에게 향한 대로 조그만 소리로 물었다.

"사(四)감 이(二)방에."

나는 좀 있다가 또 물었다.

"몇 사람씩이나 있니? 덥지?"

"모두덜 살이 뚱뚱 부었어……"

"도죽놈들. 우리 방엔 사십여 인이 있다. 몸뚱이가 모두 썩는다. 집에 오히려 널거서 거정인 자리가 있건만, 너 그새 앓지나 않었니?"

"감옥에선 앓을래야 병이 안 나. 더워서 골치만 쏘디……"

"어떻게 여기(진찰감) 나왔니?"

"배 아프다구 거짓부리하구……"

"난 종처투성이다. 이것 봐라."

하면서 나는 바지를 걷고 푸릿푸릿한 종기를 내놓았다.

"그런데 너희 방에 옴쟁이는 없니?"

"왜 없어……"

그는, 누구도 옴쟁이고 누구도 옴쟁이고, 알 이름 모를 이름 하여 한 일여덟 사람 부른다.

"그런데 집에서 면회는 왜 안 오는디……"

"글쎄 말이다. 모두들 죽었는지……"

문득 아직껏 생각도 해보지 않은 일이 머리에 떠오른다. 석 달

126

동안을 바깥 사람이라고는 간수들밖에는 보지 못한 우리에게는 바깥이 어떤 형편인지는 모를 지경이었다. 간혹 재판소에 갔다 오는 사람도 있기는 하지만, 거기 다니는 길은 야외라, 성 안은 아직 우리가 여기 들어올 때와 같이 음음한 기운이 시가를 두르고 상점은 모두 철전(撤廛)[5]을 하고 있는지, 혹은 전과 같이 거리에는 홍정이 있고 집 안에는 웃음소리가 터지며 예배당에는 결혼하는 패도 있으며 사람들은 석 달 전에 일어난 그 사건을 거반 잊고 있는지 보기는커녕 알지도 못할 일이었다. 일가나 친척의 소소한 일은 더구나 모를 일이었다.

"다 무슨 변이 생겼나 보다."

"그래두 어제 공판 갔던 사람이 재판소 앞에서 맏형을 봤다는데……"

아우는 근심스러운 얼굴로 이렇게 말하였다. 그러나 그 아우의 마지막 '봤다는데'라는 말과 함께,

"천십칠 호!"

하고 고함치는 소리가 귀에 울리었다. 그것은 내 번호였다.

"네!"

"딘찰."

나는 빨리 일어서서 의사의 앞으로 갔다.

"오데가 아파?"

"여기요."

하고 나는 바지를 벗었다. 의사는 내가 내려놓은 엉덩이와 넓적다리를 얼핏 들여다보고, 요만 것을…… 하는 듯한 얼굴로 말없

이 간호수에게 내맡긴다. 거기서 껍진껍진한 고약을 받아서 되는 대로 쥐어바르고 이번은 진찰 끝난 사람 축에 앉았다.

이때에 아우는 자기 곁에 앉은 사람과 (나 앉은 데까지 들리도록) 무슨 이야기를 둥둥 하고 있었다.

나는 깜짝 놀라서 간수를 보았다. 간수는 아우를 주목하는 모양이었다.

나는 기지개를 하는 듯이 손을 들었다. 아우는 못 보았다. 이번은 크게 기침을 하였다. 그러나 그는 못 들은 모양이었다. 가슴이 떨리기 시작하였다.

'알귀야 할 터인데.'

몸을 움즉움즉하여 보았지만 그는 이야기에 정신이 팔려서 그냥 그치지 않고 하다가 간수가 두어 걸음 자기에게 가까이 올 때야 처음으로 정신을 차리고 시치미를 떼었다. 그러나 간수는 용서하지 않았다.

채찍의 날카로운 소리가 한 번 나는 순간 아우는 어깨에 손을 대고 쓰러졌다.

피와 열이 한꺼번에 솟아올라 나는 눈이 아득해졌다.

좀 있다가 감방으로 돌아올 때에 빨리 곁눈으로 아우를 보니, 나를 보내는 그의 눈에는 눈물이 가득하여 있었다. 무엇이 어리고 순결한 그의 눈에 눈물을 고이게 하였나?

나는 바라고 또 바라던 달고 맑은 공기를 맛보기는 맛보았지만, 이를 맛보기 전보다 더 어둡고 무거운 머리를 가지고 감방으로 돌아오게 되었다.

*

저녁을 먹은 뒤에 더위에 쓰러져 있던 나는 아직 내가지 않은 밥그릇에서 젓가락을 꺼내어 손수건 좌우편 끝을 조금씩 감아서 부채와 같이 만들어서 부쳐보았다. 훈훈하고 냄새 나는 바람이 땀 위를 살짝 스쳐서, 그래도 조금의 서늘함을 맛볼 수가 있었다. 이만 지혜가 어찌하여 아직 안 났던고. 나는 정신 잃은 사람같이 팔을 둘렀다. 이 감방 안에서는 처음의, 냄새는 나지만 약간의 바람이 벌레 기어다니는 것같이 흐르던 가슴의 땀을 증발시키느라고 꿀 같은 냉미를 준다. 천장에 딱 붙은 전등이 켜졌다. 그러나 더위는 줄지 않았다. 손수건의 부채는 온 방 안이 흉내 내어 나의 뒷사람으로 말미암아 등도 부쳐졌다. 썩어진 공기가 움직인다.

그러나 우리들의 부채질은 재판소에서 돌아오는 사람들 때문에 중지되지 않을 수가 없었다. 우리 방에서 나갔던 서너 사람도 돌아왔다. 영원 영감도 송장 같은 얼굴로 돌아왔다.

나는 간수가 돌아간 뒤에 머리는 앞으로 향한 대로 손으로 영감을 찾았다.

"형편 어떻습디까?"

"모르갔소."

"판결은 어찌 되었소?"

영감은 대답이 없었다. 그의 입은 바늘로 호라매지나' 않았나? 그러나 한참 뒤에 그는 겨우 대답하였다. 그의 목소리는 대단히 떨렸다.

"태형(笞刑) 구십 도랍니다."

"거 잘됐구려! 이제 사흘 뒤에는, 담배두 먹구, 바람두 쏘이구…… 난 언제나……"

"여보! 잘돼시요? 무어이 잘됐단 말이오? 나이 칠십 줄에 들어서서 태 맞으면— 말하기두 싫소. 난 아직 죽긴 싫어! 공소했쉐다!"

그는 벌컥 성을 내어 내게 달려들었다. 그러나 그의 말을 들은 뒤의 내 성도 그에게 지지를 않았다.

"여보! 시끄럽소. 노망했소? 당신은 당신이 죽겠다구 걱정하지만, 그래 당신만 사람이란 말이오? 이 방 사십여 인이 당신 하나 나가면 그만큼 자리가 넓어지는 건 생각지 않소? 아들 둘 다 총 맞아 죽은 다음에 뒤상* 하나 살아 있으면 무얼 해? 여보!"

나는 곁에 있는 다른 사람들에게 향하였다.

"여게 태형 언도를 공소한 사람이 있답니다."

나는 이상한 소리로 껄껄 웃었다.

다른 사람들도 영감을 용서치 않았다. 노망하였다. 바보로다. 제 몸만 생각한다. 내쫓아라. 여러 가지의 폄[貶]이 일어났다.

영감은 대답이 없었다. 길게 쉬는 한숨만 우리의 귀에 들렸다. 우리들도 한참 비웃은 뒤에는 기진하여 잠잠하였다. 무겁고 괴로운 침묵만 흘렀다.

바깥은 어느덧 어두워졌다. 대동강 빛과 같은 하늘은 온 세상을 덮었다. 그 밑에서 더위와 목마름에 미칠 듯한 우리들은 아무

말 없이 앉아 있었다. 우리들의 입은 모두 바늘로 호라매지나 않았나.

그러나 한참 뒤에 마침내 영감이 나를 찾는 소리가 겨우 침묵을 깨뜨렸다.

"여보."

"왜 그러오?"

"그럼 어떡하란 말이오?"

"이제라두 공소를 취하해야지!"

영감은 또 먹먹하였다. 그러나 좀 뒤에 그는 다시 나를 찾았다.

"노형 말이 옳소. 내 아들 두 놈은 정녕코 다 죽었쉐다. 난 나혼자 이제 살아서 무얼 하겠소? 취하하게 해주소."

"진작 그럴 게지. 그럼 간수 부릅니다."

"그래주소."

영감은 떨리는 소리로 말하였다.

나는 패통[9]을 쳤다. 간수는 왔다. 내가 통역을 서서 그의 뜻(이라는 것보다 우리의 뜻)을 말하매 간수는 시끄러운 듯이 영감을 끌어내갔다.

자리에 돌아올 때에 방 안 사람들의 얼굴을 보니, 그들의 얼굴에는 자리가 좀 넓어졌다는 기쁨이 빛나고 있었다.

*

모깡,[10] 이것은 우리가 십여 일 만에 한 번씩 가질 수 있는 우리의 가장 큰 행복이다.

"모깡!"

간수의 호령이 들릴 때에 우리들은 줄을 지어서 뛰어나갔다.

뜨거운 해에 쪼인 시멘트 길은 석 달 동안을 쉰 우리의 발에는
무섭게 뜨거웠다. 그러나 그것은 우리의 즐거움의 하나였다. 우
리는 그 길을 건너서 목욕통 있는 데로 가서 옷을 벗어던지고, 반
고형(半固形)이라 하여도 좋을 꺼룩한 목욕물에 뛰어 들어갔다.

무엇이라고 형용할 수 없는 즐거움이었다. 곧 곁에는 수도가 있
다. 거기서는 어쨌든 맑은 물이 나온다. 그것은 우리들의 머리에
서 한때도 떠나보지 못한 '달콤한 냉수'였다. 잠깐 목욕통 속에서
덤빈 나는 수도로 나와서 코끼리와 같이 물을 먹었다.

바깥에는 여러 복역수들이 일을 하고 있었다. 그것도 (갑갑함에
겨운) 우리들에게는 부러움의 푯대였다. 그들은 마음대로 바람을
쏘일 수가 있었다. 목마르면 간수의 허락을 듣고 물을 먹을 수가
있다. 뿐만 아니라, 그들에게는 갑갑함이 없었다.

즉, 어느덧 그치라는 간수의 호령이 울렸다. 우리의 이십 초 동
안의 목욕은 이에 끝났다. 우리는 (매를 맞지 않으려고) 시간을
유여치 않고 빨리 옷을 입은 뒤에 간수를 따라서 감방으로 돌아
왔다.

꼭 가장 더울 시각이었다. 문을 닫는 다음 순간, 우리는 벌써 더
위 속에 파묻혔다. 더위는 즐거움 뒤의 복수라는 듯이 용서 없이
우리를 내리쪼인다.

"벌써 덥다!"

나는 혼잣말로 중얼거렸다.

"매를 맞구라두 좀더 있을걸……"

누가 이렇게 말한다. 서너 사람의 웃음 비슷한 소리가 들렸다. 그러나 그 뒤에는 먹먹하였다. 몇 시간 동안의 침묵이 연속되었다.

우리는 무서운 소리에 화닥닥 놀랐다. 그것은 단말마의 부르짖음이었다.

"히도쓰(하나), 후다쓰(둘)."

간수의 헤어나가는 소리와 함께,

"아이구 죽겠다, 아이구, 아이구!"

부르짖는 소리가 우리의 더위에 마비된 귀를 찔렀다. 우리는 더위를 잊고 모두들 머리를 들었다. 우리의 몸은 한결같이 떨렸다. 그것은 태 맞는 사람의 부르짖음이었다.

서른까지 헨 뒤에 간수의 소리는 없어지고 태 맞는 사람의 앓는 소리만 처량히 우리의 귀에 들렸다.

둘째 사람이 태형대에 올라간 모양이다.

"히도쓰."

하는 간수의 소리에 연한 것은,

"아유!"

하는 기운 없는 외마디의 부르짖음이었다.

"후다쓰."

"아유!"

"미쓰(셋)."

"아유!"

우리는 그 소리의 주인을 알았다. 그것은 어젯밤 우리가 내쫓은 그 영원 영감이었다. 쓰린 매를 맞으면서도 우렁찬 신음을 할 기운도 없이 '아유!' 외마디의 소리로 부르짖는 것은 우리가 억지로 매를 맞게 한, 그 영감이었다.

"요쓰(넷)."

"아유!"

"이쓰쓰(다섯)."

"후 —"

나는 저절로 목이 늘어지는 것을 깨달았다. 나의 머리에는 어젯밤 그가 이 방에서 끌려 나갈 때의 꼴이 떠올랐다.

"칠십 줄에 든 늙은이가 태 맞구 살길 바라갔소? 난 아무캐 되든 노형들이나……"

그는 이 말을 채 맺지 못하고 초연히 간수에게 끌려 나갔다. 그리고 그를 내쫓은 장본인은 이 나였다.

나의 머리는 더욱 숙여졌다. 멀거니 뜬 눈에서는 눈물이 나오려하였다. 나는 그것을 막으려고 눈을 힘껏 감았다. 힘 있게 닫긴 눈은 떨렸다.

눈을 겨우 뜰 때

1

이것은 1918년에 평양에서 생긴 조그만 비극의 하나이다.

2

위, 아래, 동서남북, 모두 불이다.

강 좌우편 언덕에 달아놓은 불, 배에서 빛나는 수천의 불, 지걱거리며 오르내리는 수없는 배, 배 틈으로 조금씩 보이는 물에서 반짝이는 푸른 불, 언덕과 배에서 지절거리는 사람의 떼, 그 지절거림을 누르고 때때로 크게 울리는 기생의 노래, 그것을 모두 싼 어두운 대기에 반사하는 빛, 강렬한 사람의 냄새—유명한 평양 사월 파일의 불놀이의 경치를 순서 없이 벌여놓으면 대개 이것이다.

도깨비 어두움에 모여들고 사람은 불에 모여든다. 그들은 거기서 삶을 찾고 즐거움을 찾고 위안을 찾으려 한다.

사정없이 조그만 틈까지라도 비추는 해에게 괴로움을 받던 '사람'들은 비추면서도 덮어주고 빛나면서도 여유가 있고 나타내면서도 감싸주는 불 아래로 모여들지 않을 수가 없다. 정답게 빛나는 불 밑에서 그들은 웃으며 즐기며 춤추며 날뛰면서, 하루 종일 받은 괴로움을 잊으며, 또는 오늘날에 이를 어지러움을 생각지 않으려 한다. 그리고 이 불을 그리는 사람의 마음을 가상 똑똑히 나타낸 자가 사월 파일의 불놀이이다.

불을 그리는 '사람'은 온갖 궁리를 다하여 불 아래 모여 즐길 기회를 지어내었다. 이리하여 야회, 댄스, 일루미네이션, 요릿집, 야시, 모든 것은 생겨났다. 그러나 만족함을 모르는 '사람'은 이것뿐으로 넉넉지 아니하였다. 여기 일 년에 한 번 혹은 두 번씩, 만인이 함께 모여서 함께 즐기며 함께 덤빌 기회를 또한 만들어내었다. 그리고 우리의 그것은 사월 파일의 불놀이이다.

몇 해 동안을 벼르기만 하고 하지는 못하였던 불놀이가 금년에는 실현된다 할 때에 평양 사람의 마음은 뛰었다. 여드렛날 해 있을 때부터 오륙백 짝의 배는 불과 음식을 준비하고 각 장사들은 전을 걷고 불놀이 구경 준비에 분주하였다. 이리하여 해가 용악으로 넘고 여드렛날 반달이 차차 빛을 내며 자줏빛 하늘이 차차 푸르게 검게 밤으로 들어설 때까지는 해에게 괴로움을 받던 사람

들의 불을 그려 모여드는 무리, 외로움에 슬퍼하던 사람들의 흥
성거림을 찾아 모여드는 무리, 한 해 동안을 수판에 머리를 썩이
던 사람들의 하룻밤의 안락을 얻으려 모여드는 무리, 또는 유명
한 '불놀이'를 그려 평양을 찾아 모여드는 딴 곳 사람의 무리, 그
가운데 돈벌이에 눈을 희번덕거리며 다니는 계집의 무리들로서
십 리 길이 되는 해관 선창에서 부벽루까지에 총총 달아놓은 등
아래는 수만 명으로 헬 사람의 병풍이 세어지고, 재간껏 장식한
오륙백 짝의 배에는 먼저 주선함으로 탈 수 있게 된 행복된 사람
으로 가득 찼다. 평양성 내에는 늙은이와 탈난 사람이 집을 지킬
뿐 모두 대동강가로 모여들었다.

　반월도와 해관 선창에서 쏘는 연화[煙火]가 금[金]박 하늘에 퍼
지면서 부벽루에서 해관 선창까지 총총 달아놓은 등과 자라옷에
서 모래섬을 따라 아래 상림까지 세워놓은 홰에는 불이 켜졌다.
이것을 기다리던 모든 배들은 일제히 형형색색의 불을 켜 달고 잔
잔한 대동강을 노 젓는 소리 한가하게 청류벽을 향하여 올라간다.

　수없는 불이 물 위에 움직이고 번하게 빛나는 대기 썩 위에 수
없는 연화가 형형색색으로 퍼져나갈 때 뭇 배와 청류벽 기슭과
반월도에서 띄워 내려보내는 큰 수박만큼씩 한 불방석들은 물줄
기를 따라서 아래로 아래로 흘러간다.

　강 건너 모래섬에 한 간마다 세워놓은 횃불은 간간 부는 바람으
로 말미암아 춤을 추어서 물속에 비친 자기 그림자를 놀리고 있
다. 그치지 않고 쏘는 연화는 공중에서 이상하게 퍼지면서 수만
의 불티를 날린다. 그리고 물 위에는 형형색색의 배가 불과 사람

으로 장식하고, 기름보다도 잔잔하고 구름보다도 검고 수정보다
도 맑은 물 위를 헤어다닌다. 배와 물에서 띄워 내려보내는 수없
는 불방석들은 목숨의 불꽃같이 가느다랗게 불붙으면서 아래로
아래로 흘러간다. 불, 불, 불천지다. 강 좌우편에 단 불, 물에 뜬
불, 매화포의 불, 그것들이 비친 물속의 불, 도로 하늘로 반사한
대기의 빛. 거기에 또 여기저기서 나는 기생의 노래 학생의 노래
조선 아악[雅樂]. 이리하여 대동강, 모란봉, 부벽루, 청류벽, 능라
도, 반월도, 모래섬, 그 일대는 불로 변하고 사람으로 장식되고
음악으로 싸였다.

'배가 한 짝 얻고 싶다.'
뭍에 서 있는 사람들의 말하지 않는 말은 이것이겠지. 한 짝 배
를 얻어 타고 마음껏 불 속에 잠겨서 불을 즐기고 삶을 즐기는 것
은 얼마나 유쾌한 일이랴. 여기는 온갖 것을 초월한 '삶'의 문제가
있다. 그리고 또 그만큼 배 한 짝을 얻어 탄 사람은 행복된 사람
이었다.

금패도 이 행복된 사람 가운데의 하나였다.

3

금패가 탄 배에는 금패 밖에 기생 둘과 손님 셋이 탔다. 이리하

여 그들의 배는 배 틈들을 꿰이면서 고즈넉이 고즈넉이 부벽루를 향하여 올라갔다.

금패는 배 난간에 걸터앉아서 앞뒤 좌우를 흐르는 배의 불들도 바라보며 이곳저곳서 날아오는 삼현육각에도 귀를 기울이다가, 거기도 겨운 뒤에는 W라는 손님의 곁에 가 앉아서 이야기를 끄집어내었다. 시간을 보낼 핑계가 없어서 괴로워하는 그들 새에는 여러 가지의 쓸데없는 소리가 바뀌었다. 누가 애를 뱄는데 그 애의 아버지가 Y라거니 X라거니, 누가 휴업을 하였거니, 누가 살림을 들어갔거니, 이런 쓸데없는 이야기를 하고 있는 동안에, 배는 능라도 아래 이르렀다. 불놀이를 구경하러 (오히려 '보이러'라는 편이 옳을지는 모르나) 떠난 배들은 여기서 쉬면서 술을 먹는 사람은 술을 먹고 술을 안 먹는 사람은 웃고 덤비며 어떤 사람은 모란봉 꼭대기에 올라가서 불야성을 이룬 대동강 일대를 구경도 하다가 열한 시 혹은 열두 시쯤 각각 자기 떠난 곳으로 돌아가는 것이었다. 그들의 배도 거기에 머물렀다.

"한잔 하세."

"하세."

아직 반[半]취를 지나지 못한 손님들은 술을 요구하였다. 그러나 이 말이 맺기 전에 금패의 동그랗고 예쁜 손에는 벌써 맥주병이 들렸다. 불로 말미암아 금빛이 도는 맥주는 잔에 부어졌다. 그리하여 이 배에도 점점 흥이 돌게 되었다.

일배 일배 부일배[一盃一盃復一盃]로 이윽고 취흥이 배 안에 돌고 컵의 왕복이 더디게 되었다. 금패는 까닭은 모르지만 엉덩이를 들추어주는 것 같은 기쁨을 참지 못하여 가만히 장구를 끌어당겼다.

"한—한마디 듣잤군, 애!"

혀 꼬부라진 소리가 신음하였다.

금패는 월선에게 눈짓을 하였다. 가장 흥성스러운 '방아타령' 한마디는, 월선의 입에서 부드럽고 아름답게 나왔다. 에헤— 에헤야. 에라 찧어라 방에—ㄹ다. 반 넘어 늙었으니 다시 젊지는 에라 못할러라. 유탕한 월선의 소리는 숙련한 금패의 장구와 함께, 높고 낮게 그 시끄러운 불놀이 소리 가운데서도 빼어나게 울려나간다.

금패가 노래를 받았다.

엣다— 좋구나.
이십오현 탄야월에
불승청원 저 기러기.
긴 갈순 한 대를 입에다 물고,
부러진 지처귀 옆에 끼고,
점점이 날아드니,
평시 낙안이
—에라 이 아니냐.

좋다, 잘한다, 때때로 술 취한 콧소리가 신음하는 듯이 울려온다.

금패는 유쾌한 마음이 되어, 노래를 주고받고 하였다. 시끄러이 웅성거리는 불놀이 소리 가운데 빼어나게 예쁘게 울리는 이 소리는 뭇 배들의 주의를 끌지 않고는 두지 않았다. 구경 배까지 몇이 둘러섰다.

마지막 서로 얼굴을 바라보며 금패가, 영산홍로 봄바람에 넘노느니 황봉백접이라고 냅다 뽑을 때는 저 먼 데 배에서까지 잘한다 소리가 울렸다.

이리하여 방아타령은 끝났다.

금패는 자랑스러운 듯한 얼굴로 장구를 밀어놓고 사이다를 한 잔 부어가지고 월선이를 끌고 뱃전에 가 앉았다. 그리고 불에 잠겨서 삶을 즐기는 몇만 명의 사람을 보면서 놉시다 놉시다 젊어서 놉시다, 나이가 많아서 백수가 되면 못 노나니라고 조그만 소리를 읊었다. 그때에 월선이가 금패를 꾹 찔렀다.

"얘 데것 봐라. 녀학도들이 다 있구나."

"녀학도가? 어디?"

금패는 수심가를 멈추고 월선이 가리키는 편을 보았다. 그때에는 (곧 금패의 배 뒤에 달린) 그 배에서도 금패의 배를 손가락질하면서 여기서까지 넉넉히 들리게 소곤거린다.

"기생 봐라."

"어디? 정!"

금패는 자랑스러운 듯한 적개심으로 머리를 잔뜩 들고 경멸하는 눈을 여학생의 배에 향하였다.

"고곤, 꽤 곱디 얘."

하는 여학생의 손가락은 금패에게 향하였다. 금패는 성내주고 싶은 듯한, 자랑하고 싶은 듯한 마음으로 코웃음을 웃은 뒤에 머리를 월선에게 향하였다. 그러나 열두 시를 치는 시계를 여덟시까지 들은 사람은 나머지의 넷을 안 들으려야 안 들을 수 없다. 금패의 귀도 그 여학생들에게 기울어졌다.

"망측해라. 그러케 손꾸락질하믄 보잤구나."

"본덜."

"멜 하타니 속으루 욕하디."

"속으루나 욕한덜."

"그래두 봐라. 숙고사 치마에, 비취 비나에, 꽤 말숙하게 채렸데이."

"그까짓 거!"

"그까짓 거라니. 너 그래 그리캐 채렜니?"

"안 채레서! 좀."

"바루! 있기나 한 것 겉구나."

"없어두 그까진 껀 부럽딜 않어!"

"잘 안 부럽잤다. 여자치구 고운 옷 안 부러워하는 사람은, 암만 그래두 없어!"

"옷이나 잘 닙으면 멀 해. 너 이제 십 년만 디내 봐라. 데것들의 꼴이 뭐이 되나. 미처 시집두 못 가구, 구주주하게⋯⋯"

그 뒤에는 그들의 이야기는 다른 문제로 넘어갔다. 그리고 이제 오 분이 지나지 못하여 그들은 이제 그 이야기를 잊어버릴 테지. 그런 이야기를 하였는지 안 하였는지도 잊어버릴 테지. 설혹 기억을 한다 하여도 가장 변변치 않은 이야기를 한마디 하였다 하는 이상은 기억지 않을 테지. 그러나 그 이야기가 금패에게는 날카로운 송곳보다도 더 뾰족한 끝이 있었다.

4

금패는 성이 났다.

그러나 그의 성난 까닭이 무엇인가? 여학생들이 거짓말을 하였나? 아니, 그들의 말은 처음부터 끝까지 참말이었다. 그리고 또 참말이므로 금패도 성이 났다. 만약 여학생들이 거짓말을 하였다면 금패는 한낱 코웃음으로 그들을 경멸해주었을 뿐일 터이다. 그러면 그의 노여움의 대상은 누구였던가. 그의 노여움과 그 여학생들 새에는 얼마의 새 틈이 있었다. 맥주에 맛이 든 손님들도 아니었다. 금패의 부모도 아니었다. 금패 자기도 아니었다. 그러면 무엇이냐. 금패의 머리에 떠오른 것은 금패 자기의 경우였다. 처지였다. (나는 이 기회를 타서 금패의 경력을 좀 써보려 한다.)

그는 쾌활한 성질이었다. 여덟 살까지 속곳뿐으로 길에 나와서 사내애들과 싸우던 것도 아직 그의 기억에 남아 있는 바였다. 아홉 살에 그는 기생의 빛나는 살림을 그려 기생 서재에 붙여달라 하여 성공하였다. 그리하여 열네 살 시사할 때까지에 그는 기생의 일반 재주에 그다지 남한테 지지 않게까지 되었다.

금패는 사내라는 것에게 흥미를 가지게 되었다. 길에서 곁눈으

로 자기를 보는 사내라도 만나면 집에 돌아와서는 거울과 마주
앉아 몇 시간씩 자기 얼굴을 들여다보며 즐겨하고 하였다. 여학
생이라는 것이 차차 변하여졌다. 전에는 서른 살 이상의 늙은 여
학생들이 많더니 차차 어린 여학생이 보이게 되었다. 그와 함께
여학생의 풍조가 차차 사치하게 되었다. 금패는 이것을 '여학생
이 기생을 본받는다' 부르고 이긴 자의 쾌락을 맛보는 마음으로
이를 보았다.

노세 젊어서 노세
늙어를 지면은 못 노너니.

이 노랫가락 한 구절은 그가 가장 즐기는 노래였다.
때때로 여학생들이 기생을 경멸하는 것을 볼 때에는 그는 분하
기는커녕 도리어 통쾌하였다. 그들(여학생들)은 자기네 기생과
같이 마음껏 '거드럭거리'지 못하므로 시기함이라 금패는 이렇게
생각하였다. 그리고 노래하라 놀라 웃으라 즐기라 거드럭거리라
하여 끝까지 젊음을 즐기고 삶을 즐기려 하였다.
이리하여 이러한 몇 해는 지났다.
그러나 그에게도 비극의 한 막이 생기게 되었다. 이 비극을 일
으키게 한 사람(우리는 그의 이름을 A라 하자) A라 하는 사람은
어디서 금패를 보았던지 그 뒤부터는 만날 금패를 달래기 시작하
였다. 금패는 그를 싫어하였다. A는 얼굴이 그리 못생기지는 않
았지만 빛이 없었고 귀가 빈상(貧相)으로 생기고 게다가 돈이 없

는 사람이었다. 뿐만 아니라 가장 마음에 안 드는 점은 A라는 사람은 '멋'을 모르는 사람이었다.

어떤 날 밤, 어떤 청요릿집에서 표지가 왔으므로 가보매 A가 혼자서 술(먹을 줄을 모르는 사람이었는데)을 꽤 먹고 졸면서 앉아 있다가 금패를 보고 인사를 한다. 금패는 시치미를 떼었다.

A는 한참 먹먹히 앉아 있다가, 마치 소학생이 선생 앞에 나가듯 겨우 금패의 가까이 와서 금패의 손에 봉투지를 하나 쥐여주었다. (뒤에 보니 그것은 돈 오십 원이 든 것이었다.) 금패는 아무 대답도 아니하였다. 그러나 A의 저픔을 띤 어린애와 같은 눈과 동작은, 얼마간 그에게 사랑스러이 보였다. 그날 밤, A는 금패의 집에서 잤다.

한번 따뜻함을 본 A는 그 뒤에 여러 번 금패를 달랬다. 그러나 푼푼이 몇 달을 모은 오십 원을 한꺼번에 써버린 그에게는 다시는 돈이 안 생겼다. 금패는 그를 물리쳤다.

눈보라 몹시 하는 어떤 밤이었다. 금패는 요릿집에서 늦도록 놀다가 밤중에 집에 돌아오니까 A가 눈을 하얗게 뒤집어쓰고 금패의 방문 밖에서 (우들우들 떨면서) 금패가 돌아오기를 기다리고 있었다. 술이 잔뜩 취해서…… 금패는 벌컥 성을 내며 무얼 하러 왔느냐고 물었다. A는 대답 없이 그 자리에 쓰러져서 엉엉 울기 시작하였다. 이 꼴을 어이가 없어 한참 들여다보던 금패는 자기 아버지와 막간(행랑) 사람을 찾아서 A를 내쫓아달라 하였다. A는 아무 저항 없이 끌려 나갔다.

그날 밤 금패는 꿈자리가 자못 좋지 못하였다. 몇 번을 못된 꿈에 놀라서는 깨었다.

　이튿날 금패의 집에서 멀지 않은 곳에 A가 얼어 죽어 있는 것을 그는 알았다. 뿐만 아니라, 그(A)의 주머니에서는 (미리 죽을 계획을 하였던지) '자기는 어떤 여자를 사모하였다. 그러나 여자는 자기를 경멸한다. 자기의 사무친 마음은 풀 바가 없다. 자기는 애타는 마음을 스러지우기 위하여 이 목숨을 끊어버린다. 그러나 자기는 역시 그 여자를 미워하거나 원망하지는 않는다'라는 글까지 나왔다. 그리고 그 '어떤 여자'란 물론 금패 자기였다.

　이 일이 있은 뒤에 금패의 마음은 크게 변하였다. 그리고 또 이 일로 말미암아, 금패는 두 가지 일을 깨달았다. 첫째는 사람의 앞에는 '죽음'이라는 커다란 그림자가 있다는 것이었다. 금패 자기의 앞에도 그것은 확실히 있었다. 그것은 언제 뛰쳐나올지 모를 것이었다. 십 분 전에도 안 보이던 그 그림자가 십 분 뒤에 벌써 뛰쳐나온 것을 그는 보았다. 또 둘째는 이 세상에는 '돈과 멋' 밖에 '참과 참그리움'이 있다는 것을 그는 깨달았다. 전 재산(오십 원이라는 돈은 큰돈이 아닌 동시에 또는 한 사람의 전 재산 이상이었다)을 던져서라도 얻고자 한 '참'과 온 목숨을 던져서라도 아픈 마음을 잊어버리고자 한 참사랑을 보았다. 이것은 금패의 마음에 크게 영향되었다. 이때부터 그에게는 남에게 모를 한숨이 생기고, 남에게 모를 눈물이 생겼다. 밤중에 요릿집에서 쓸쓸한 자기 집에 돌아와서 거울과 마주 앉아 하소연할 때, 달뜬 밤 뛰노는 젊은 피를 거문고로 하늘에 아뢸 때, 또는 잠든 평양 시가를 둘러볼 때, 혹은 가을 아침 보얀 안개 틈으로 노 젓는 소리를 들으면서 물에 떠 놀 때, 남에게는 모르지만 웃고 즐기는 그의 마음 깊은 속에는 떨리는 듯한 뛰노는 듯한 또는 쪼개지는 듯한 약하고도 강한 느낌이 잠겨 있었다. 정랑[情郎]들과 즐거이 놀고 있을 때도 마음속에는 (언제 터질지 모르는) 어떤 한숨이 숨어 있었다.

이동안 그의 머리에는 언제 배었는지 모르지만 한 가지의 문제가 성장하였다.

'굵고 짧게 사는 것이 정말이냐, 가늘고 길게 사는 것이 정말이냐.'

A를 생각할 때에 그는 굵고 짧게 사는 것의 무서움을 깨닫는다. 그러나 (또한 A를 미루어) 언제 죽을지 모르는 이 세상에서 구태여 그다지 구차스럽게 굴 것도 없다.

그리고 그는 한탄하였다—인생 오십 년은 결코 짧지 않다. 그이상 살자면 지루하리라. 그러나 그 '오십 년'은 젊고 기쁘게 지내고 싶은 것이라고. 그러나 이것은 도저히 못 될 일이라 할 때에 그는 외로움을 깨달았다.

이리하여 그의 쾌활한 반면에는 음울이 생기고, 웃음의 반면에는 눈물이 생기게 되었다.

5

눈물 머금은 수정 같은 금패의 맑은 눈은, 다시 천천히 여학생들의 배에 향하였다. 그러나 두 배 새에는 어느덧 밝게 장식한 용각선〔龍閣船〕이 끼여서 아까 기생들을 혹독히 폄하던 그 여학생은 겨우 등이 조금 보일 뿐이었다.

그러나 그 조금 보이는 (무엇을 설명하느라고 들썩거리는) 등은 역시 이렇게 말하는 것 같다.

'이제 십 년만 지나 봐. 그 꼴이 무어이 되나……'

금패는 아직 여학생들이 시집간 뒤의 살림을 엿본 적이 없었다. 그러므로 그는 온전히 그를 몰랐다. 그러나 금패의 짐작으로서 바르다 하면, 그것은 봄에 뫼에 핀 진달래와 같은 것이었다. 연한 자줏빛으로 빛나는 것—그것이 여학생들의 이 뒷살림에 다름없었다. 피아노, 책을 보고 있는 마누라, 양복한 어린애, 여행, 그것이 그들의 이 뒤의 살림에 다름없었다. 그리고 그것은 큰 즐거움에 다름없었다.

그러나—

"이제 십 년을 지나 보아!"

자기네의 이 뒷살림은 과연 여학생들의 말과 같이 구주주할까? 금패는 그것을 똑똑히 생각지 않으려 하였다. 그러나 그동안에 순서 없이 몇 가지의 생각은 저절로 그의 머리에 지나갔다. 첩, 병, 매음, 매, 본마누라, 싸움, 이것이었다. 자기네의 앞에 막혀 있는 그림자는 이것이었다.

금패는 고진감래〔苦盡甘來〕란 말을 들었다. 흥진비래〔興盡悲來〕란 말을 들었다.

고진감래가 나은지 흥진비래가 나은지 그것은 똑똑히 가릴 수가 없으되, 어두운 자기의 앞은 넉넉히 볼 수가 있었다. 언제까지

빛날지는 모르되 그 빛이 없어지고 그의 얼굴에 어두운 티가 떠오를 때는, 그 '홍진비래'가 나타날 것은 자기가 살아 있다는 것처럼 똑똑한 일이었다. 그것은 무서운 일이며 또한 (따라서) 싫은 일이었다.

그때는 어찌할꼬, 그때는 어찌 될꼬, 이것이 그의 머리에 처음으로 떠오른, 또 처음으로 생각하여야 할 문제에 다름없었다.

금패는 무거운 머리를 아래로 숙였다. 곧 배 곁으로 가늘게 불붙는 불방석 하나가 그의 장래를 풀려는 수수께끼와 같이 아래로 아래로 흘러갔다. 이것을 잠깐 따라가던 그의 눈은 다시 천천히 들렸다. 뜨거운 눈물이 몇 방울 그의 치마 앞자락에 떨어졌다. 그것은 자포자기의 눈물이었다. 그리고 또 절망의 눈물에 다름없었다.

금패가 아직껏 경멸하던 것은 여학생들의 '현재'였다. 그러나 한번 '장래'를 볼 때에는 두 자 새에는 헤아리지 못할 커다란 구렁텅이가 있었다.

즉 여학생들에 대한 더할 나위 없는 적개심이 그의 마음에 일어났다. 서늘한 빛이 나던 그의 눈은 독을 품고 여학생들의 배 편을 보았다. 그러나 그 배는 벌써 어디론가 없어지고, 요릿배 몇이 그 근처에 움직일 뿐이었다.

금패는 외로움을 깨닫고 W의 곁으로 갔다. 누구에게든 한마디의 따뜻한 위로가 듣고 싶었다. 그러나 손님들은 벌써 술에 취하여 정신을 못 차리고 있다. 금패는 다시 배 속으로 가서 앉았다.

우리가 피차에 남북에 살아도

불변심(不變心) 석 자는 꼭 잊지 마세.

가까운 어느 배에서 갑자기 찢어지는 듯한 소리가 나며, 장구가
장단을 맞춘다. 그 뒤에는 큰 웃음소리……

하마터면 처마에 떨어질 뻔한 눈물을 빨리 씻고 그는 고즈넉이
머리를 들었다. 벌써 저편에 가 있는 용각선에서 삼현육각의 부
드러운 소리가 은은히 날아온다.

6

열두 시쯤 그들의 배는 돌아섰다.

요릿집 앞에 배가 닿은 다음에, 금패는 불구경에서 돌아가는
사람들 틈을 꿰이고 잠깐 요릿집에 들어서 시간표를 찾은 뒤에,
인력거는 그만두고 걸어서 이문골로 들어섰다. 거기는 사람도
적었다.

금패는 무거운 머리를 아래로 숙이고 천천히 걸었다. 아까 여
학생들에게 비웃긴 때와는 온전히 다른 외로움이 그를 괴롭게 하
였다.

—사람이 살아간다는 것은 과연 무엇인가. 먹고 입고 일하고
또 먹고 자고, 이튿날도 또 같은 일을 거푸 하고. 오십 년이라기
도 하고 백 년이라기도 하는 일생을 이렇게 지내니, 살아간다는

것은, 다만, 이것을 뜻함인가. 즐거운 꿈을 꿈이라 업신여기니, 살아가는 동안에 때때로 이르는 즐거움과 즐거운 꿈 새에 과연 구별이 있는가. 없는 자는 있기를 바라고 있는 자는 더 있기를 바라니, 사람이 살아간다는 것은 다만 욕심 채움을 뜻함인가. 젊어서 죽은 사람을 애달프다 하니 늙은 뒤에는 뜻하지 않은 즐거움이 이르는가.

　─또한 기생이라는 자기네의 지위를 아직껏 자기도 보통과 다른 것으로 알아두었고 남들도 그렇게 알았으나 어디가 다르냐. 자기네들에게도 느낌이 있었다, 슬픔이 있었다, 기쁨과 웃음이 있었다, 애처로움이 있었다, 다른 데가 어디냐. 자기네들도 같은 궤도를 밟아서 나아가다가 마침내 죽는 데까지 이를 테지. 그 뒤에 또 같은 궤도를 밟아서 죽은 뒤에 오 년만 지나면 이 세상에서 온전히 잊어버리고 말 테지. 오래 살자는 것은 무엇이며 죽기 싫다는 것은 무엇인고. 이것도 다만 끝없는 사람의 욕심에 지나지 못하는가.

　마음을 누르는 듯한 들추는 듯한 괴로운 생각은 꼬리를 이어서 그의 머리에 떠올랐다.

　하마터면 그저 지날 뻔한 자기의 집 앞에서 정신을 차리고 발을 대문으로 향하려다가 금패는 멈춰 섰다. 그의 귀에는 한 개의 음률이 들렸다. 그것은 아름다운 음조였다. 커다란 물결이 바다에 넘치는 듯, 때때로는 조그만 벌레가 신음하는 듯, 고요한 밤하늘에 울려나가는 그것은 탁문군의 「상부련〔想夫戀〕」 한 곡조의 거문고 소리였다.

이것은 금패가 돌아오기를 기다리는 금패의 아우가 뜯는 것이
었다.

금패는 발을 멈추고 귀를 기울였다.

끓는 열정으로 뜯는 한 구절의「상부련」은 어르는 듯 아뢰는 듯
은은히 울려온다.

잠깐 서서 이를 듣던 금패는, 가만히 대문 안으로 들어서서 안
으로 잠그고 누구냐고 묻는 아우의 물음에 대답하고, 자기 방에
들어가서 옷을 갈아입은 뒤에 거울과 마주 앉았다.

마음을 들추는 괴로운 생각은 또다시 금패를 눌렀다. 눈이 멀거
니 앉아 있는 그의 머리에는 또다시 머리 없고 꼬리 없는 생각이
지나가고 지나가고 하였다.

그러나 얼마 동안을 이렇게 앉아 있던 금패는 손을 들어 머리를
쓰다듬었다. 이제껏 엄숙한 빛이 있던 그의 얼굴에는 독을 머금
은 비웃음이 떠올랐다.

'겉지두 않은 생각을 하구 있댔다.'

그는 이렇게 거울에 비친 자기의 얼굴에게 말하였다.

지금의 금패에게 말하라면 '인생'이란 풀기 쉬운 수수께끼였다.
그러나 사람들은 그렇게 해석하기가 싫어서 뭉갤 뿐, '인생'이란
것같이 풀기 쉬운 수수께끼는 다시없었다. 한마디로 말하자면 같
잖고, 변변치 않고, 괴롭고 쓸쓸한 것, 이것이 '인생'이었다. 그리
고 이 괴롭고 변변치 않고 같잖고 쓸쓸한 '인생'을 살아갈 유일의
방책은 순간순간의 쾌락을 취할 것, 이것밖에는 도리가 없다. 오
는 날의 일을 생각하면 무엇 하랴. 오늘 밤 어떤 일이 생길지 모

르는 이 인생에서……

장생술[長生術] 거짓말아,
불사약[不死藥] 그 뉘 본고.
진황총(秦皇塚), 한무릉(漢武陵)도,
모연추초[暮烟秋草]뿐이로다.
인생이,
일장춘몽[一場春夢]이니,
아니 놀고 어이리.

그는 속으로 읊으면서 벌떡 일어서서 아우의 방으로 건너갔다.
아직 쓴 것을 모르는 아우는 거문고를 밀어놓고 어느덧 잠이 들
어 있다. 순결한 두 젖을 내놓고 숨소리 고즈넉이 잠이 들어 있다.
금패는 그의 머리 곁에 가 앉아서, 널따란 아우의 댕기를 어루
만지면서 그의 달같이 밝고 모란같이 예쁜 얼굴을 사랑스러이 들
여다보았다.
—너는 아직 아무것도 모른다. 사람이란 무엇인지 사내란 어떤
것인지 우리 '기생'이란 어떤 것인지…… 무엇을 보든 기쁘고 즐
겁고, 무엇을 대하든 춤추고 날뛰고 싶은 때—지금이 제일이느
니라. 그러나 네게도 바람과 물결이 이를 테지. 그날이 멀지 않았
구나. 더러움을 모르는 네 눈에서 피눈물이 나며, 지금 고즈넉이
들썩거리는 네 가슴이 찢어지는 것 같을 날, 그날이 멀지 않았구
나. 더러움을 모르고 저픔을 모르는 너는 그날에 얼마나 놀라랴.

그날이 얼마나 무서우랴. 그러나 피할 수 없는 운명이다. 고요히, 싫어도 이르는 그날을 기다리지 않을 수 없는 것이 우리의 운명이다. 어찌하랴.

금패는 아우의 손을 꼭 잡았다. 고요히 잠들었던 아우의 눈은 조금 벌려졌다. 금패는 참지 못하여 눈같이 흰 아우의 가슴에 머리를 묻었다. 뜨거운 눈물이 그의 눈에서 흘렀다.

7

날이 차차 더워지면서, 대동강 위의 뱃놀이는 더욱더 많아지고 취케 하는 듯한 따뜻함에 한잔 술로써 미인과 마주 앉아 가는 봄을 조상하려는 사람이 더 늘었다.

금패도 분주하게 되었다. 뱃놀이, 연회, 술좌석, 모든 것은 그를 기다렸다.

하염없이 불려 가는 금패는 그래도 돌아올 때는 얼마의 유쾌함은 얻고 하였다. 평양 명기, 자랑스러운 이 한마디는 기쁨을 낳고 기쁨은 유쾌를 낳아서 쓰러지고 싶은 그의 마음을 얼마는 위로를 하였다.

그러나,

"십 년을 지나 보아."

파일 밤에 들은 이 한마디로 말미암아 생긴 마음의 허물은 없어지지를 않았다.

"언제 죽을지 모르는 이 인생에서……"

과연 이 한마디는 그 허물을 없이 할 수가 있을까. 돌이켜,

"백 살까지 살지도 모르는 이 인생에서……"

라면 어찌 되노.

이리하여 알 듯한 모를 듯한 보이는 듯한 안 보이는 듯한 저픔은, 그의 마음 깊은 데서 떠나지를 않았다.

그는 모든 것을 보려 하였다. 들으려 하였다. 알려 하였다. 생각하려 하였다.

그는 그가 교제하는 사회 범위 안에서 모든 것을 보고 들으려 하였다. 그러나 술을 먹고는 꺼꾸러져서 정신을 못 차리는 소위 손님과, 자기가 이즈음 서방을 안 한다고 밤낮 힐책하는 어버이와, 이성의 냄새를 그리는 무르익은 아우와, 이것밖에는 본 것이 없었다. 음란한 노래와 음란한 말과 변변치 않은 헛소리밖에는 들은 것이 없었다.

그는 그의 머리 그의 지식이 허락하는 한, 모든 것을 알려 하고 생각하려 하였다. 그러나 이전에 안 바 그 이상 새 지식은 나오지 않았고 더 깊이 생각하려면 머리가 섞바뀔 뿐 모든 것은 수수께끼가 되어버리고 하였다. 이리하여 그의 계획이 낳은 바는 다만 신경 과민과 수면 부족뿐이고 모든 예기는 틀려버렸다.

그 가운데 그가 다만 하나 안 바는, 그는 결코 남에게 온전한 사람의 대접은 못 받고 있다는 심히 불유쾌한 점이었다. 손님은 그들(기생들)을 '업신여길 수 있으므로 사랑스러운 동물'로 알았다. 부모는 '돈벌이하는 잡은 것'으로 대하였다. 예수교인은 마귀로

알았다. 도학자는 요물로 알았다. 어린애들은 '영문 앞의 도상'이라고 비웃어줄 곱게 차린 동물로 알았다. 노동자는 '자기네도 돈만 있으면 살 수 있는 물건'으로 알았다. 늙은이나 젊은이나 한결같이 그들은 다만 춘정[春情]을 파는 아름다운 동물로 알 뿐, 한 개 인격을 가진 '사람'으로는 보지 않았다. 그를 사랑하는 자나 그를 미워하는 자나 또는 (돈이나 경우로 말미암아) 감히 접근치도 못하는 자까지도 그를 어떤 음란스런 생각 아래서 볼 뿐 한 개 사람으로는 안 보았다.

금패는 이전에 자기네를 대단히 업신여기는 어떤 사회 사람들도 자기네와 친근코 싫어하는 눈치를 보고, 역시 사내란 약한 것이고 위선의 덩어리라고 기뻐한 적이 있었으나, 이것 역시 자기네를 사람으로 보지 않고 춘정을 파는 아름다운 동물이라 생각함에 있다 하매 끝없는 모욕의 느낌을 깨닫지 않을 수가 없었다.

이리하여 새로 발견하는 사실은 어떤 것이든 금패의 마음을 더 상케 하는 칼이 아닌 자 없었다. 이 한 문제도 금패의 머리에 꽤 크게 울렸다.

이리하여 웃기 잘하고 쾌활하고 이야기 잘하고 노래 잘하고 애교 있던 금패는 불과 며칠 새에 웃었다 울었다 성내었다 생각하였다 하는 신경질의 금패로 변하였다.

그러는 동안에 또 한 사건이 금패에게 이르렀다.

8

어떤 따뜻한 날이었다.

금패는 가벼운 마음으로 열두 시쯤 조반을 먹고 세수를 한 뒤에 자기 방에 돌아왔다. 일기의 탓인지 금패는 별로 마음이 내려앉지 않게 유쾌하였다. (이날은 서남풍이 사람의 젊은 마음을 충동하듯 솔솔 불었다. 하늘에는 구름이 분홍빛으로 엉기면서 날아다녔다. 나비가 뜰에 떠다녔다.) 그는 벗의 집에라도 놀러 갈까 하였으나 그것은 썩 마음이 붙지 않아서 어찌할까 하고 손을 비비며 앉아 있을 때에 대문에서 나는 자기를 찾는 손님의 소리를 들었다. 금패는 내다보았다. (이전에 너덧 번 함께 놀아본) Y라 하는 손님이 알지 못할 손을 하나 데리고 왔다.

"오래간만이외다그레. 어서 들어오세요."

금패는 되었다 하는 마음상으로 그들을 환영하였다.

"어디 가는 길인가?"

이렇게 Y가 물었다.

"괜티 않아요. 들어오세요."

"그럼 들어가세."

하면서 Y는 새 손님을 재촉하여 방 안에 들어왔다.

"그새 어디 가셋대시요?"

"음."

"어디요?"

"여기저기 좀……"

Y는 희미한 대답을 하였다. 그러고 몇 가지의 이야기가 왔다 갔다 한 뒤에 Y는 새 손님을 향하여 일어로 물었다

"어때?"

"꽤 이쁜데……"

하고 새 손님은 씩 웃었다.

금패는 새 손님을 기생집에 처음으로 와본 사람이라고 감정하였다. 그러나 새 손님은 (대담히도) 수리와 같은 눈으로 정면으로 금패의 낯을 본다. 금패는 그것을 피할 겸 담배를 붙여서 권하였다.

새 손님은 담배를 받고 또 한 번 씩 웃은 뒤에 (역시 일어로) Y에게 말하였다.

"이상해."

"무어이."

"난 젊은 여성 앞에선 얼굴이 달아서 동작을 마음대로 못하는데, 이 기생이라는 여성께 배알할 때는 (내 첫 경험이지만) 머 마치 암탉이나 암캐와 마주 선 것 이상 마음의 변화가 안 생기는구만……"

"그만두어! 여긴 철학 연구소가 아니야."

Y도 웃으면서 좀 핀잔을 주는 듯이 말하였다. 그러나 새 손님은 예사로이 (눈으로만 별하게 웃으면서) 말을 계속하였다—물론 그 가운데는 기생집에 처음 온 사람이 항용 하는 태도로 좀 지어 하는 듯한 쾌활함이 있기는 있었지만.

"자네네 같은 유객에게는 장소의 구별이나 할 말 안 할 말의 구별이 있는지는 모르지만 내게 말하라면 일반이지. 그들이 사람이 아니라구 감정했을 것 같으면 아무 데서구 직토[直吐]하구, 또……"

"사람이 아니면 그래 무에란 말이야?"

Y는 새 손님의 말을 닥채여¹ 물었다.

"듣구 싶은가?"

새 손님은 머리를 끄덕이며 웃었다. Y는 가만있었다. 대답이 없으니까 새 손님은 자기 혼자서 대답을 하였다.

"나두 실상은 사람이 아니라군 안 해. 가만! 그래 사람이 아니야! 확실히 사람이 아니야. 박쥐일세 박쥐!"

"박쥐? 밤에 밥벌이한다구?"

"음. 오히려 박쥐는 새이구두 조류에 못 드는 것처럼 기생은 사람이구두 인류에 못 든다는 편이 옳을 테지……"

금패는 얼굴에 피가 한꺼번에 솟아 올라오는 것을 깨달았다. 너무 심한 말이었다. 그들은 물론 금패가 일어를 모르는 줄 알고 한 것이겠지만 설혹 모른다 하여도 당자를 곁에 두고 이렇게까지 하는 것은 너무 혹독한 일이었다. 금패는 새 손님을 처음 보는 순간 벌써 되지 않은 녀석인 줄 알았다(고 생각하였다).

그러나 새 손님은 금패를 주의치 않는 듯싶었다. 박쥐에서 시작된 이야기는 이렇게 변하였다.

―자기는 아직 기생이라는 것을 교제는커녕 알지도 못하였다. 그저께 여기(평양)를 내려올 때에 기차에 자기 맞은편에 기생이

앉아 있었는데 이것이 자기로서는 기생과 가장 가까이 앉아본 첫 경험이다. 그러나 자기의 짐작 내지 직감은 대개는 틀려본 적이 없다(는 것을 자기는 안다). 이 직감으로 기생을 볼 때에—

이렇게 마치 연설하듯 설명해오던 새 손님은 한 번 담배를 뺀 뒤에 말을 연하여 한다.

"그렇지 그것, 껌 발춘기[發春器], 그것이야. 소위 손님네라는 자네네들두 그것으루 알지 않나? 기생의 부모두 그것 판매인으로 자임하구. 짐승두 어버이의 사랑을 받는데…… 또 기생 자기네들두 그것으로 생각허구. 어때 내 말이 거짓말인가?"

Y는 대답이 없었다. 새 손님은 또다시 이야기를 이었다.

"징역꾼…… 그래. 이 세상에 사람이구 사람의 대접을 해주지두 않구 받지두 못하는 종류의 사람은 기생 밖에 징역꾼이란 것이 또 있기는 하군…… 음 그런데 여기 특별히 주의하여야 할 현상은 무엇이냐 하면, 두 자 다 (사람은커녕) 짐승보다두 썩 못한 대우와 속박을 받구 있다는 점이네. 그것은 나보다두 자네가 더 잘 알겠네. 이고도 이 못 되는 자, 다시 말하자면 섬석이, 그것은 자기 이하의 종류의 대우보다두 더 못한 대우를 받는단 말이야. 그런데 여기 더 안된 것은 기생이라는—사람이라 해주지—기생이라는 '사람'은 자기네의 생활에 만족은커녕 오히려 만심[慢心][2]을 품구 있지 않나? 자기는 '기생 각하'루라구…… 나는 이렇게 생각했네. 사람이란 온 경우와 환경을 따라서 이렇게까지 극단의 바보두 되구 이렇게까지 근성의 꼬리까지 썩는 것이냐구…… 우리들은 우리들 자기의 생활에두 만족을 못하는데……"

금패는 까닥 안 하고 이런 말을 다 들었다. 뿐만 아니라, 손님들이 돌아갈 때에도 조금도 이전과 틀림없이 인사를 하였다. 그러나 그의 마음은 찢어지는 것같이 아팠다.

9

이러한 한 달 새에—금패의 성격은, 노파와 같이 늙고, 도학자와 같이 까다로워졌다.

마음을 대단히 충동시키는 듯한 어떤 저녁이었다.

그것은 첫여름에 흔히 있는 (더운 듯한 서늘한 듯한) 날로서 달 없는 초승 하늘에는 겨우 직녀가 반득이며 길모퉁이마다 단소 부는 무리가 모여 있는 이런 저녁이었다.

그리고 또 젊은 평양 사람들로서 대동강 가에 거치지 않을 수 없게 하는, 무엇을 속삭이는 듯한 저녁이었다.

금패는 저녁을 먹은 뒤에 불표(임시 휴업)를 달고 대동강 가에 나섰다.

하늘은 벌써 새까맣게 되었다. 개밥바락별³도 벌써 안 보이게 되었다. 엷은 구름같이 보이는 은하만이 하늘에 밝다 일컬을 유일의 것이었다.

대동문이나 연광정에서 하루 종일 패수[浿水]가 흐르는 것을 들여다보고 앉아서도 조금의 갑갑함도 깨닫지 않던 선조의 피를 받은 평양 사람들은 벌써 꽤 많이 대동강 가에 모여들었다.

금패는 천천히 발을 옮겨서 옥류병(玉流屛) 위로 가서 아래를 내려다보았다. 새까만 물 가운데 은하수의 그림자로 금패는 어두운 가운데 오르내리는 수없는 매생이를 보았다. 그 가운데는 창가를 하는 사람도 있었다. 조선 노래를 부르는 사람도 있었다. 시조를 읊는 사람도 있었다. 만돌린을 뜯는 사람도 있었다. 그리고 그들은 대동강의 깊음과 매생이의 작음이며 또는 물에 빠져 죽는 사람의 존재를 온전히 부인하는 듯이 희희낙락히 오르내린다.

이것을 한참 내려다보던 금패는 자기도 물 위에 떠 놀고 싶은 생각이 나서 어떤 매생이 주인집에 가서 한 짝 얻어 타고 나섰다. 왼편 팔을 가볍게 움직일 때에 매생이는 미끄러지듯이 대동강 위에 떠나간다. 어디로 갈까 하고 잠깐 주저한 뒤에 금패는 반월도를 향하여 가만가만히 저어 올라갔다. 어두움 가운데 갑자기 소리가 날 때에 거기를 보면 매생이가 있다. 조용한 가운데 갑자기 물소리가 날 때에 거기를 보면 또한 매생이가 있다. 평양 사람은 죄 매생이에 있지 않나 생각되도록 대동강 위는 흥성스러웠다.

조용함을 찾으러 나온 금패는 매생이들을 피하면서 가만히 반월도를 향하여 올려 저었다. 이리하여 반월도 아랫머리까지 저어 올라간 그는 윗머리까지 가고 싶었으나 팔이 곤해졌으므로 그만 닻을 주기로 하였다. 사실 거기도 (때때로 뜻하지 않은 어두운 데서 매생이가 뛰쳐나오기는 하지만) 조용한 편이었다. 금패는 닻을 첨벙 물에 떨어뜨리고 매생이에 드러누웠다.

인공적이라 하여도 좋도록 예쁜 높은 하늘이었다. 거기는 황금빛 별들이 반득이고 있었다. 때때로 기러기가 날아다니는 것이 보였다.

금패는 이것을 바라보면서 (그것은 극히 막연하지만) '무궁〔無窮〕'이라 하는 것을 보았다. 별 위에 또 별 그 위에 또 별, 그 위에 (어디까지 연속하였는지 모르는 한없는) 또 무엇, 그리고 그것은 '무궁'의 심벌에 다름없었다. 그 큰 하늘에 비기건대 사람은 참으로 더럽고 불쌍한 것이었다. 사람이 살려고 애를 쓰는 것은 마치 너른 바다에 빠진 조그만 벌레가 벗어날 길을 찾음과 마찬가지일 것이었다. 헤매면 무엇 하고 애쓰면 무엇 하랴 마침내는 '운명'이라는 큰 힘에게 지지 않을 수 없을 것이다. 바다에 빠진 벌레로서 만약 (가장 조그만 것으로라도) 즐길 기회만 있다 하면 그것을 기껏 과장하여 즐기는 것이 그에게는 그중 정당하고 그중 영리한 처세법이라 아니할 수가 없다. 즐겨두어라 놀아두어라 걱정하면 무엇 하고 애태우면 무엇 하랴, 그것도 마침내는 사라지고 너른 하늘과 거기서 반득이는 별만 영구히 남아서 사람의 쓰러짐을 비웃고 있을 테다……

금패는 꿈꾸듯 이런 생각을 하며 누워 있었다.

10

매생이에 부딪혀서 좌우편으로 갈라지면서 똘똘 흐르는 물소리는 그를 졸음 오게 하였다.

몇 번 정신을 차려보았으나 규칙 바르게 나는 물소리는 피곤한 그를 또다시 취하게 하고 하였다. 달콤한 꿈에서 깨기는 싫었으나 온전히 잠이 들면 안 되겠다 생각하고, 그는 일어나서 세수를 한 번 하고 다시 누울 작정으로 매생이 속으로 갔다.

금패는 자기가 어찌 되었는지 몰랐다. 다만 머리에서 흐르는 물을 입으로 푸— 푸— 뿌리면서 매생이 전을 붙잡고 물에서 매생이로 올라오려고 애를 쓰는 자기를 그는 발견하였다. 그는 어느덧 매생이에서 떨어진 것이었다.

온갖 힘과 애를 다 써서 겨우 매생이에 올라온 그는 몸을 사시나무와 같이 떨었다. 추위와 무서움이 한꺼번에 그를 습격하였다. 그러나 그 무서움은 무엇에 대한 것인지 그는 몰랐다. 저편 앞에 왈왈하는 여울에 물 흐르는 소리까지 그의 두려움을 더하게 하였다.

그는 무서움을 참지 못하여 옷을 짤 겨를도 없이 빨리 떨리는 손으로 노를 저어서 시가 쪽으로 향하였다. 여울에 들어서면서 매생이는 무서운 물힘에 몰려서 쏜살같이 이편 쪽(시가 쪽) 언덕에 가까이 왔다. 금패는 조금 안심되어 눈을 들었다. 사람의 말소리까지 들렸다.

이때야 그는 겨우 정신을 가다듬고 사람의 눈에 아니 뜨이는 곳으로 매생이를 저어가서 옷을 하나씩 벗어서 짜 입은 뒤에 다시 시가 쪽 언덕 매생이 주인집 선창에 갖다 대었다. 그리고 매생이 주인집에는 들르지 않고 좁은 길로 빠져서 자기 집에 돌아와서 (아직 대문이 열린 것을 다행히) 몰래 자기 방에 들어왔다.

방은 아까 불을 끄고 나간 대로 그대로 있었다. 그는 불은 켜지 않고 손으로 더듬어서 옷을 얻어 갈아입은 뒤에 물에 젖은 옷은 뭉쳐서 한편 모퉁이에 박고 쓰러지듯이 그 자리에 엎드렸다. 그의 마음은 맥나고 괴상하게 떨렸다. 온갖 저픔은 그의 마음을 눌렀다. 그러나 그 저픔은 모두 수수께끼와 같이 이상하게 범벅된 모를 것들이었다.

이러한 불안 속에서도 그는 다만 한 가지뿐을 똑똑히 의식하였다. 그것은 아까 그때 자기 앞에 갑자기 나타난 '죽음'이라는 검은 그림자에 대한 것이었다. 그리고 그 가운데는 아까 그때 자기는 왜 온전히 죽어버리지 않았나 하는 생각도 섞여 있었다.

11

아낙네들이 기다리는 오월 단오가 이르렀다.

우리는 무엇이니 무엇이니 하는 전설적 문제를, 끄집어낼 필요가 없다. 그러나 차차 속되어가고 차차 없어져가는 이전의 아름다운 풍속을 돌아다볼 때에, 한 애처로운 느낌을 깨닫지 않을 수가 없다.

단오 명절은 아낙네의 날이다. 남인금제[男人禁制]의 불문율을 걸어놓은 아낙네의 날이다. 일 년 동안을 '마누라'라는 신성한 직업에 골몰하였던 그들이 하루 동안을 편안히 쉬는 날이다.

지금은 없어졌지만 그 당시의 젊은 평양 여인의 기껏 잘 차린 뒷모양은 사람으로 하여금 신성한 느낌을 일으키게 한 것이었다. 기다란 은향색 치마에, 남빛 배자로 장식한 송화빛 저고리와, 그 위에 나비와 같이 예쁘게 올라앉은 수건 새로 때때로 펄럭이는 새빨간 댕기의 뒷모양은, 사람으로 하여금 정욕이니 육욕이니 하는 생각을 온전히 초월한 신성한 느낌을 일으키게 한다. 그것은 극도로 조화된 인공미였다. '사람'이라는 것보다 오히려 인형에 가까운 아름다움이었다. 그리고 따라서 '자연'이라는 것보다 한 예술품이랄 수가 있었다.

아침 동안에 마음껏 차림을 차린 그들은, 열한 시쯤부터 치치 떼를 지어서 동산으로 모여든다. 동산에는 그들을 기다리는 그넷줄이며 각 장사들이 벌써 준비되어 있다. 이리하여 오후 두 시쯤까지에는 동산은 젊은 아낙네들로 메워진다. 이때에 만약 우리가 모란봉 꼭대기나 을밀대에 가서 동산을 내려다보면, 거기는 각색 농후한 색채가 흐트러지고 섞여서 범벅으로 뭉기고 있는 것을 볼 수가 있다. 그리고 또 가지 좋은 소나무마다 늘어져 있는 그넷줄에는 은향색과 남빛이 범벅으로 팔락이며, 그 그넷줄 아래는 차례를 기다리는 개미와 같이 조그만 여러 가지의 빛이 아물거리고 있는 것을 볼 수 있다.

동산에 모여드는 아낙네들은 일 년에 한 번 이르는 이 명절에는 모든 일을 생각지 않고 모든 일을 잊어버리려 한다. 그들은 늘 지켜오던 모든 예의와 염치를 내던지고, 마음껏 자유롭게 마음껏 유쾌하게 이날을 보내려 한다. 그들은 다른 때는 천스럽다고 곁에도 가지 않던 분을, 이날은 마음껏 회게 바르며, 행랑 갈보들과 같이 그넷줄 아래서 뛸 순서를 다투며, 심지어는 단오의 평양을 구경 온 외촌[外村] 사람들의 두룩거리는 얼굴에 터지는 듯한 웃음까지 부어준다. 웃음소리, 지껄이는 소리, 다툼 소리, 그네를 밟는 소리, 서로 찾는 소리―이리하여 환락의 날은 차차 저물어서 해가 칠성문 위에서 차차 벌겋게 될 때는 그들은 내일 다시 이를 자유로울 날을 생각하면서 떼를 지어서 각각 자기 집으로 돌아간다.

하룻밤의 단꿈에 피곤함을 모두 지워버린 그들은 이튿날 아침 다시 모양을 차리고 뒷동산으로 모여든다. 거기는 어제와 같은 즐겁고 흐트러지고 자유로운 날이 다시 그들을 기다린다. 그들은 오월 초엿새의 유쾌한 명절을 또 어제와 같이 지난다.

초이렛날(마지막 날)은 그들은 기자묘에 모여서 일 년에 한 번 이르는 자유로운 명절의 마지막 날에 상당하도록 가장 성대히 가장 유쾌히 가장 즐겁게 논다. 이러다가 해가 용악으로 넘어가렬 때쯤은, 지금 집에서 자기를 기다리고 있는 남편이며 또는 며칠 전에 말구어만[4] 두고 시작은 안 하였던 자기의 모시 치마를 머리 속에 그리면서, 각각 자기의 가정으로 돌아간다.

이리하여 아낙네의 명절은 막을 닫힌다.

12

첫 명절날(닷샛날) 금패는 모든 뱃놀이와 술좌석을 물리치고 친한 손님 몇이(W·H·K)와 더불어 어죽[5]놀이를 떠나기로 하였다.

어죽놀이에는 맞춤인 일기였다. 오월대고는 뜨거운 날이었지만 물에 들어서서 일을 하여야만 할 그들에게는 맞춤인 일기였다. 뿐만 아니라, 회강(廻江)하여 주암까지 가서 죽을 쑤려고 나선 그들에게는 없지 못할 밀물은, (벌써 아침 열시쯤부터 밀기 시작하였지만) 그들이 떠나는 낮 열두 시쯤은 대동강을 바다와 같이 넓게하고도 무엇이 부족하여 그냥 오른다. 게다가 대동강 특유의 달콤한 서남풍은 밀물에 몰려 올라가는 그들의 배의 힘을 더욱 보태어서 배는 쏜살같이 반월도를 뒤로 감돌아서 능라도 뒤로 위로 위로 올라갔다.

단오 명절은 동산에만 이르지 않고 쥐무덤 자라웃까지도 이르렀다. 자라웃의 무성한 수양버드나무에도 그넷줄이 늘어져 있고, 당시에 유행한 송화빛과 은향색이 그 그넷줄 위에서 춤을 춘다. 약간 부는 바람에 불려 올라가듯 너울너울 앞으로 높이 솟았다가는 다시 은향색 치마를 휘날리면서 뒤로 솟아오르고—그럴 때마다 '쉬—' 하는 힘을 주는 계집애의 아름다운 소리는 날아온다.

금패네 배는 그것을 멀리 바라보면서 능라도로 붙어서 그냥 위로 올라갔다. 이리하여 그들의 배가 주암 어떤 어죽 쑤기 좋은 자리 앞에 이른 때는 오후 두 시 반쯤, 기껏 올랐던 밀물이 그 반동으로 속력을 다하여 찌기[6] 시작한 때였다.

"거, 어죽 쑤기 좋은 자리루다."

과연 거기는 어죽 쑤기에는 능라도나 반월도 근방에는 쉽지 않

을 만치 온갖 것을 갖춘 자리였다. 물 바닥은 대동강 특유의 가는
모래요, 물 맑고 언덕은 잔디밭이요, 그 위에는 커다란 수양버들
이 좋은 그림자를 띠고 있다. 앞으로는 기역자로 꺾어지면서 능
라도 때문에 두 가닥으로 갈라진 대동강을 끼고, 평양성 내가 멀
리 바라보인다. 그들은 거기서 내렸다. 그 뒤로 사공이 닭이며,
쌀, 나무, 짠지, 또는 솥들을 나르고 자리를 정하여 거기 솥을 걸
자리를 자갯돌로 쌓아놓았다.

"자, 누가 닭을 잡겠나."

H라는 손님이 둘러보면서 말하였다.

"내 닭 백정 노릇 하마."

K가 대답하고 버선을 벗어 던진 뒤에 다리를 걷고 칼과 닭을 가
지고 물가로 갔다.

W는 솥에 물을 넣고 불을 때고, H는 쌀을 씻고, 이렇게 직분은
작정되었다.

금패는 별로 말할 수 없이 마음이 즐거워서 연엽이와 같이 풀밭
도 거닐며 또는 송화빛과 은향색이 개미같이 얽혀 있는 모란봉
근처도 바라보며 때때로는 일을 하는 손님들에게 농담도 던져보
며, 그럴 때마다 이유 없이 큰 소리로 웃고 하였다.

"데 뒤에 가보자."

"가보자꾼."

연엽의 동의에 금패는 가볍게 대답을 한 뒤에, 손님들을 내버리
고 풀 향기를 마시면서 차차 동리로 가까이 갔다. 이리하여 동리
앞에 거진 이르매 거기도 단오 명절이라고 아이들은 모두 새 옷

을 입고 멀리 바라보이는 데는 그넷줄도 늘어져 있다.

"돼지에게 은방울 단 것 같구나."

연엽이가 촌 아이들이 자기네 뒤를 따라오는 것을 보고 이렇게 금패에게 말하였다.

"가만 애. 돼지구 뭐이구 더게서 찾나 브다."

금패는 손님들 있는 편으로 돌아서 보았다. 과연 K는 어느덧 닭을 다 죽였는지 두 마리의 닭을 높이 두르면서 금패의 편을 향하여 고함친다.

"너희들 한 마리씩 돼라."[7]

"발세 물 끓었나요?"

"끓기는 샘시레 털꺼정 물쿘다."

"툅세다가레. 것두 걱정이외까?"

금패와 연엽이는 K에게로 달음박질하여 가서 뜨거운 물이 뚝뚝 흐르는 닭을 한 마리씩 받아가지고 물가로 갔다. 끓는 물에 잘 무른 털은 손을 댈 새가 없이 툭툭 빠졌다.

"잘은 뽑아딘다."

"네 핸 잘 뽑히니? 내 핸 당초에 안 뽑아디누나……"

이러케 연엽이가 머리는 닭에게 향한 대로 대답하였다.

"바꾸어달라니?"

"정 바꾸아주렴."

"찍! 먹갔니?"

금패는 연엽에게 농담을 한 번 던진 뒤에 닭의 털을 새빨갛게까지 벗겼다.

"다 뒀쉐다."

금패는 언덕을 향하여 고함쳤다.

"뒀으면 배 가르구 각을 뜨렴."

K가 금패를 향하여 고함쳤다.

금패는 칼을 집어다가 닭의 각을 뜨고 배를 가르고 내장을 꺼내고 하여 모든 요리를 끝낸 뒤에 바가지에 담아가지고 솥 걸어놓은 데로 갔다.

"수구했네."

H가 닭을 받아서 솥 속에 넣었다.

"나리들 재간이 이만하갔소?"

금패는 자랑스러운 듯이 돌아서면서 담배를 붙여 물었다.

연엽의 닭도 되었다. 물도 넣었다. 인제는 불을 때는 W밖에는 할 일이 없었다.

뽕두 딸 겸, 님두 볼 겸…… 금패는 가는 소리로 부르면서 혼자 강가로 나왔다. 물결이라고 부르기에는 너무 사랑스러운 조그만 물결이 찰삭찰삭 강가 모래 위를 스치고 달아나고 한다. 물속에는 작은 고기 새끼들이 닭의 털을 희롱하며 팔딱거린다.

그는 꿈꾸는 듯한 눈으로 이것을 들여다보면서 머리로는 '살림살이'라는 것을 그려보았다. 남편과 아내가 힘을 같이하여 온갖 일을 하며 틈 있을 때마다 같이 즐거이 웃고 날뛰며―아아, 과연 그것은 아름다운 '살림살이'에 다름없었다. '어죽놀이' 그것은 살림살이의 한 단편의 축도에 다름없었다. 만약 '살림살이'로서 과연 어죽놀이와 같다 할 양이면 그것은 이야기에 들은 '극락세계'

그것에 다름없었다. 남편의 근심은 아내가 같이 슬퍼하고 아내의 걱정에 남편이 근심하고—과연 그들 앞에 걱정이 있다 하면 그것이 무엇이며 근심이 있다 하면 그것이 무엇이랴. 그것은 봄을 만난 눈이며 물을 만난 소금이 아닐까.

금패는 이런 생각을 하며 앉아 있었다.

13

"금패두 고기 뜯게."

금패는 펄떡 놀라서 일어섰다. 저편에서는 잘 무른 닭의 고기를 솥에서 꺼내어놓고 뜯기 시작한 모양이다. 금패는 가만가만 그리로 갔다.

"무얼 하댔니? 외딴 데서 함자서?"

연엽이가 이렇게 금패에게 말을 걸었다.

고구천변 일륜홍 부상에 둥실 높이 떠…… 금패는 대답 대신으로 노래를 하면서 고기를 뜯기 시작하였다. 이리하여 다섯 사람은 고기 바가지에 둘러앉아서 뼈를 추리고 고기는 모두 모아서 쌀과 함께 솥 속에 넣은 뒤에 마침내 기다리던 술추렴을 시작하였다.

"아씨들은 뼉다구나 핥게."

"누굴 개—ㄴ 줄 압니까?"

하면서 금패는 뼈를 하나 집어서 거기 아직 붙어 있는 고기를 뜯어 먹기 시작하였다.

해는 벌써 모란봉 마루를 넘기 시작하였다. 강물은 그 해에 반사하여 새빨간 빛을 그들에게 보낸다. 땅에까지 닿을 듯한 수양버들이 그들을 덮기는 덮었으나 서편 쪽으로 넘어간 해는 그 버드나무 아래로 또는 똘똘 흐르는 물결로 반사하여 그들이 앉아 있는 곳도 새빨갛게 되었다.

"아이구 눈 시다—나두 한잔 주소고레. 당신네만 잡숫갔소?"

금패는 우쩍 들어앉으면서 말하였다.

"애, 너두 술 먹을 줄 아니?"

"애개개 망측해라, 그만두라우 얘."

K와 연엽이가 눈이 둥그레서 금패를 보았다.

"어디 한잔 멕여보자."

그러나 금패의 얼굴이 농담이 아닌 것을 보고 W가 농 삼아 금패에게 한 잔 주었다. 금패는 그것을 받아서 꿀거덕 삼켰다.

"에 용타."

어느 손님이 말하였다. 그러나 금패의 눈에서는 눈물이 나오려 하였다.

"아이구 쓰다."

그는 침을 덜걱덜걱 삼키면서 겨우 말하였다.

"네 봐라. 먹을 줄두 모르는 걸…… 이담엔 아예 먹디 말아."

"마사무네완 다르다."

"다르디 않구."

첫 잔에 금패는 벌써 눈술과 귀에 더위를 깨달았다.

그러나 그 다음 잔도 그는 빠지지 않고 먹었다. 어떤 까닭인지
는 모르지만 그의 마음은 술을 요구하였다. 차차 뒷목에서 뚝뚝
소리가 나기 시작하였지만 점점 흥이 돌아가는 손님들을 볼 때에
그의 마음에서는 술을 요구하였다.

　"아이구 급하다."

　석 잔 넉 잔 하여 다섯 잔 여섯 잔까지 먹고 얼굴이 시커멓게까
지 되었을 때에, 그는 어지러움을 참지 못하여 그만 그 자리에 쓰
러졌다. 손님의 너 먹어라 나 먹어라 하는 소리는, 마치 강 건너
편에서 나는 것같이 흐리게 그의 귀에 들리게 되었다. 손님들이
제 가까이 있는지 없는지도 그는 몰랐다. 온몸의 무게가 허파에
모인 것같이, 허파가 괴롭기 짝이 없었다. 그는 누구든지 붙잡으
려고 두 손을 들어서 휘저으면서 그만 신음하였다.

　"사람 살리소고레."

　"왜 그러니?"

　누가 이렇게 물었다.

　"죽가시요."

　"글쎄, 술은 먹을 줄두 모르는 꼴에 왜 먹는담. 좌우간 배루 가
자. 데려다 줄게. 거게 누워 있거라."

　"배엔 싫어요."

　"싫긴 뭐이! 그러다가 게우면은 어디칼라구. 자 널어나라."

　"가만. 움쭉을 못하가시요. 움직이면 게우갔시요."

　금패는 구역을 참으며 겨우 중얼거렸다.

　"이걸 또 업어다 주야나? 하하하하 글쎄 술은……"

하면서 그 손님은 금패를 들어 업었다.

금패는 손님에게 매달려 배까지 가서 내려서 치마를 뒤집어쓰고 드러누웠다. 손님은 친절히 방석을 말아서 베개 삼으라고 금패의 머리에 고여주고 도로 술추렴하는 데로 돌아갔다.

금패의 뒷목에서는 핏줄이 뛰노느라고 머리까지 들썩거렸다. 그의 눈에서는 눈물이 하염없이 흘렀다.

그의 눈물, 그것은 다만 술 때문이 아니었다. 잠깐 그림자를 감추었던 온갖 슬픔은 미친 바람과 같이 그의 마음에 떠올랐다. 뿐만 아니라, 그 슬픔은 다른 때와 달라서 어망처망하게 크게 된 대규모의 슬픔이었다. 그리고 한 가지씩 순서 있게 나오는 슬픔이 아니고, 여러 십 가지의 슬픔이 함께 얽힌 범벅의 슬픔이었다. 게다가 그 가운데는 '살림살이'라 하는 어떤 '걱정'에 가까운 무엇까지 숨어 있었다.

14

이튿날 어떤 뱃놀이에 불려 갔던 금패는 돌아오는 길에 끔찍하고 무서운 일을 보았다. 그들의 배가 모란봉까지 갔다가 청류벽 기슭으로 붙어서 내려오는 때였다. 배가 '정위 정관조(正尉 鄭觀朝)'라고 크게 새긴 아래를 지나갈 때에 갑자기 무엇이 철썩하는 소리를 들었다. 배에 탔던 모든 사람은 일제히 머리를 소리 나는 편으로 향하였다. 거기는 바위 위에 (감감하니 높이 보이는 청류벽 위에서 떨어진 듯한) 열서넛 난 계집애 하나가 약간 다리를 움직이며 꼬꾸라져 있었다. 배에 탔던 사람은 모두 일어섰다. 그러나 언덕에 와하니 모여드는 사람의 떼 때문에 계집애는 가려서 보이지 않게 되었다. 다만 지금 방금 죽느니 골이 짜개져 헤어졌느니 입으로 피를 쏟느니 하는 이야기만 들렸다. 순사도 달려왔다.

"거즉, 거즉."

"누군디 아는 사람 없소?"

"에, 불사해!"

이와 같은 소리가 웅성스러이 들렸다.

"에구 끔찍해. 내려가세."

손님이 배를 재촉하였다.

금패는 몸을 떨고 돌아서면서 월선에게 말을 붙였다.

"아이구, 끔찍두 해라."

"오늘 밤 눈에 버레서 어디캐 자나."

"아까와라. 데 앤 아무것두 모르구 죽었갔디?"

"알긴? 도무지 열서넛에 난 거이…… 기 애 부모가 알믄 죽갔 대갔구나."

금패는 한숨을 쉬고 앉았다.

월선의 '아무것두 모른다'는 것은 '성'을 뜻함이었다. 그러나 금패의 '아무것두 모른다'는 것은 결코 그런 뜻에서 나온 것이 아니었다. 금패의 뜻의 한 가지는 그 애는 아직 살아나가는 데 대한 아무 저픔이며 두려움을 모르고 죽었겠다 하는 것이었다. 그러나 그보다도 더 마음속에 깊이 들어박힌 것은 그 애는 한순간 전에도 제가 죽을 것을 몰랐겠다 하는 것이었다.

그날 밤, 집에 돌아와서도 그는 한잠을 이루지 못하였다.

아까 그 계집애의 죽음에서 시작된 그의 머리는 몇 해 전 자기에게 쫓겨 나가서 길가에서 얼어 죽은 A며, 자기와 친하던 기생 몇의 죽음, 더욱 (무엇에 만족치 못하였는지 그 당시에 한창 말썽이 많았던) '네코이라즈(猫いらず)'[8]를 먹고 죽은 화선의 죽음이며, 또는 저를 친누이와 같이 사랑해주던 O라 하는 손님의 죽음이며, 술좌석에서 갑자기 뇌일혈로 꼬꾸라져 죽은 N이라는 손님의 죽음을, 순서 없이 생각하였다. 그리고 그는 한숨을 짚었다— '죽음' 그것은 무섭지 않다. 그러나 이를 생각하며 계획하고 실행하는 것이 무서운 일이라고……

이리하여 그의 머리에는 '죽음'이란 문제가 성장하기 비롯하였다.

15

마지막 명절날 아우의 조름에 못 견디어서 금패는 기자묘에 오르기로 하였다. 아우에게 몇 번 채근을 받으며 겨우 차리고 나선 때는, 오후 두 시쯤이었다. 큰 거리는 차리고 나선 아낙네로 찼다.

아침에는 그리 마음이 없었던 금패도, 이 큰 길에 빼곡히 다니는 아낙네들을 보며 약간 분홍빛을 띤 흰 구름이 빠질 듯이 떠 있는 하늘과, 거기 날아다니는 잠자리와 제비를 보며 아까 거울에 비쳤던 제 예쁜 그림자를 생각할 때에 차차 마음이 흥성스러워지기 시작하였다.

그들은 그때 갓 닦아놓은 신작로로 겹겹이 쌓인 먼지와 아낙네들 틈을 꿰이며 칠성문 밖으로 빠져서 기자묘에 이르렀다. 그 넓은 기자묘의 무성한 소나무들도 먼지와 흐늘거리는 사람의 범벅에게 눌려서, 없는 듯하였다.

"형애야, 데 사람 봐라."

"구데기 겉구나."

금패는 가볍게 대답하면서 길에서 벗어나서 초뚝에 내려섰다.

"금주야, 어디루 가자니?"

"형애 너 가구픈 데 가자꾼."

"나 가구픈 데? 그럼 여게 있자꾼."

하며 금패는 털썩 주저앉았다.

"가만. 더―게 영월이성 있나 부다. 거게 가자우."

금주는 이렇게 형을 재촉하였다. 금패는 아우가 손가락질하는 편으로 머리를 천천히 돌렸다. 거기는 영월이라 누구라 기생이 대여섯 명 그넷줄 아래 둘러서 있고, 한 쌍은 올라서 쌍그네를 뛴다. 금패는 말없이 일어서서 그리로 갔다.

"금패 오누나. 너 같은 학자님두 이른 델 댕기니? 글쎄 오늘은 해가 서에서 뜨더라."

재잘거리기 좋아하는 영월이는 금패를 보는 순간, 벌써 마주 나오면서 이야기를 시작하였다.

"금주가 너무 오재기에."

"좌우간 온 김에 건네나 한번 뛔라. 애 홍련이 산월이 다 내려라. 학자님 한번 뛰래자."

"곤해서 좀 쉐서 뛰갔다."

하며 금패는 어떤 소나무 그루에 털썩 걸터앉았다. 이즈음 충분히 자지 못하고 맛있게 먹지 못하고 고민으로 날을 보내어 무한 몸이 약해진 데다가, 어젯밤에 한잠을 못 이루고 오늘 또 그 사람과 먼지 틈을 꿰이고 온 금패는, 사실 그네 뛸 용기가 없었다. 그는 눈을 가늘게 뜨고 힘없이 그넷줄을 바라보았다. 줄에는 쌍그네 뛰던 홍련이와 산월이는 벌써 내리고 새 계집애가 올라가서 한창 뛰고 있었다. 뒤로 거반 땅과 평행으로까지 올랐다가는 '쉬一' 하는 소리와 함께 너울너울 나비와 같이 펄럭이며 앞으로 솟아오르고 그럴 때마다 소나무는 그루까지 부러질 듯이 흔들린다. 가지는 우적우적하였다. 그러고 만약 그 가지가 한번 부러만 지는 지경이면 그넷줄 위에서 즐겨하던 그 계집애는 당장에 송장으로 변할 것이었다.

이것을 보는 때에 금패는 어제 청류벽 위에서 떨어져 죽은 계집애를 생각하였다. 하루살이와 같다. 이슬과 같다. 실낱 같다. 또는 봄꿈과 같다. 예부터 인생이란 것을 폄한* 여러 가지의 경구가 있었지만 그 백만의 경구가 과연 어제 그 한순간의 사실을 나타낼 수가 있을까. 한순간 전에 청류벽 위에서 꽃을 따느라고 돌아다니며 즐기던 계집애(그에게도 내일 입을 옷이며 먹을 음식이 있었을 테다. 내일 학교에 가면 어제 공연히 결석하였다고 선생에게 꾸지람 들을 걱정도 가졌을 테다. 또는 남이 헤아리지 못할 아름다운 꿈과 같은 바람도 있었을 테다)가 한순간 뒤에는 벌써 청류벽 아래 송장이 되어 누워 있었다. 혹은 아직까지 그 계집애의 어머니는 자기 딸의 죽음을 모르고 가벼운 여름옷을 짓고 있는지도 모를 테지. 엄한 아버지가 자기 딸의 돌아옴의 늦음을 성내어 들어오면 꾸짖으려고 기다리고 있는지도 모를 테지. 또는 누이가 돌아오기 전에 어서 다 먹으려고 과자에 덤벼드는 어린 오라비가 있을지도 모를 일이다. 그러나 그 계집애는 지금 어디서 무엇을 생각하고 있노.

"형애 너 한번 뛔라!"

금주가 한 손은 그넷줄을 쥔 채로 헐떡이며 형에게 고함쳤다. 금패는 펄떡 정신을 차리며 무의식히 그넷줄로 가서 올라섰다. 팔과 다리가 떨렸다.

금주는 그넷줄을 뒤로 우쩍 끌고 갔다가 앞으로 내어쏘았다. 금패는 발을 굴렀다. 그네는 차차 높이 올랐다. 뒤에서 구르고 앞에서 구르고 이리하여 흐느적거리는 송화빛과 은향색의 물결은 금패의 발 아래서 움직이게 되었다. 모든 사람들을 눈 아래 굽어보면서 금패는 더욱 궁굴렸다.

"쉬—"

그네는 구름까지 올라가듯 솟았다. 서늘한 바람이 이마와 콧등과 귀를 스치고 뒤로 달아났다. 먼지와 소나무 위를 넘어서 을밀대의 지붕도 보이게 되었다.

"잘은 올라간다."

180

아래서 누가 높은 소리로 고함쳤다.

이때에 우정인지 혹은 저절로인지 (금패 자기도 똑똑히 몰랐으나) 오른편 손아귀의 힘이 조금 풀리는 것을 그는 깨달았다. 그 다음 순간, 그는 그넷줄에서 땅바닥에 철썩하니 떨어졌다.

16

이리하여 대기 가운데 떠돌던 조그만 티끌 하나는, 겨우 눈을 뜰 때, 자기의 사위[四圍][10]의 너무 크고 넓음에 놀라서, 소리도 못 내고 도로 그 자리에 쓰러졌다.

「눈을 겨우 뜰 때」의 서편은 끝났다. 계속하여 쓰고 싶기는 하지만, 한 단편을 해를 걸쳐서 써나간다는 것도 재미없을뿐더러, 겨울이 되면 늘 약해지는 작자의 몸이 또한 온전치 못한 듯하므로 본편은 이다음 좋은 기회를 기다리기로 하고, 이로써 한 단락을 맺으려 한다. 이뿐으로도 한 독립한 작품이 되겠음에……

감자

싸움, 간통, 살인, 도적, 구걸, 징역, 이 세상의 모든 비극과 활극의 근원지인, 칠성문 밖 빈민굴로 오기 전까지는, 복녀의 부처는 (사농공상의 제2위에 드는) 농민이었다.

복녀는, 원래 가난은 하나마 정직한 농가에서 규칙 있게 자라난 처녀였다. 이전 선비의 엄한 규율은 농민으로 떨어지자부터 없어졌다 하나, 그러나 어딘지는 모르지만 딴 농민보다는 좀 똑똑하고 엄한 가율이 그의 집에 그냥 남아 있었다. 그 가운데서 자라난 복녀는 물론 다른 집 처녀들과 같이 여름에는 벌거벗고 개울에서 멱 감고, 바짓바람으로 동리를 돌아다니는 것을 예사로 알기는 알았지만, 그러나 그의 마음속에는 막연하나마 도덕이라는 것에 대한 저픔'을 가지고 있었다.

그는 열다섯 살 나는 해에 동리 홀아비에게 팔십 원에 팔려서 시집이라는 것을 갔다. 그의 새서방(영감이라는 편이 적당할까)이

라는 사람은 그보다 이십 년이나 위로서, 원래 아버지의 시대에
는 상당한 농군으로서 밭도 몇 마지기가 있었으나, 그의 대로 내
려오면서는 하나 둘 줄기 시작해서 마지막에 복녀를 산 팔십 원
이 그의 마지막 재산이었다. 그는 극도로 게으른 사람이었다. 동
리 노인들의 주선으로 소작 밭깨나 얻어주면, 종자만 뿌려둔 뒤
에는 후치[2]질도 안 하고 김도 안 매고 그냥 내버려두었다가는, 가
을에 가서는 되는대로 거두어서 '금년은 흉년이네' 하고 전주(田
主)집에서는 가져도 안 가고 자기 혼자 먹어버리고 하였다. 그러
니까 그는 한 밭을 이태를 연하여 부쳐본 일이 없었다. 이리하여
몇 해를 지내는 동안 그는 그 동리에서는 밭을 못 얻으리만큼 인
심을 잃고 말았다.

　복녀가 시집을 간 뒤 한 삼사 년은 장인의 덕택으로 이렁저렁
지나갔으나, 이전 선비의 꼬리인 장인은 차차 사위를 밉게 보기
시작하였다. 그들은 처가에까지 신용을 잃게 되었다.

　그들 부처는 여러 가지로 의논하다가 하릴없이 평양성 안으로
막벌이로 들어왔다. 그러나 게으른 그에게는 막벌이나마 역시 되
지 않았다. 하루 종일 지게를 지고 연광정에 가서 대동강만 내려
다보고 있으니, 어찌 막벌이인들 될까. 한 서너 달 막벌이를 하다
가, 그들은 요행 어떤 집 막간(행랑)살이로 들어가게 되었다.

　그러나 그 집에서도 얼마 안 하여 쫓겨 나왔다. 복녀는 부지런
히 주인집 일을 보았지만 남편의 게으름은 어찌할 수가 없었다.
매일 복녀는 눈에 칼을 세워가지고 남편을 채근하였지만, 그의
게으른 버릇은 개를 줄 수는 없었다.

"뱃섬 좀 치워달라우요."

"남 졸음 오는데. 님자 치우시관."

"내가 치우나요?"

"이십 년이나 밥 먹구 그걸 못 치워!"

"에이구, 칵 죽구나 말디."

"이년, 뭘."

이러한 싸움이 그치지 않다가, 마침내 그 집에서도 쫓겨 나왔다.

이젠 어디로 가나? 그들은 하릴없이 칠성문 밖 빈민굴로 밀리어 나오게 되었다.

칠성문 밖을 한 부락으로 삼고 그곳에 모여 있는 모든 사람들의 정업[正業]³은 거지요, 부업으로는 도적질과 (자기네끼리의) 매음, 그 밖에 이 세상의 모든 무섭고 더러운 죄악이었다. 복녀도 그 정업으로 나섰다.

*

그러나 열아홉 살의 한창 좋은 나이의 여편네에게 누가 밥인들 잘 줄까.

"젊은 거이 거랑질은 왜."

그런 소리를 들을 때마다 그는 여러 가지 말로, 남편이 병으로 죽어가거니 어쩌거니 핑계는 대었지만, 그런 핑계에는 단련된 평양 시민의 동정은 역시 살 수가 없었다. 그들은 이 칠성문 밖에서도 가장 가난한 사람 가운데 드는 편이었다. 그 가운데서 잘 수입되는 사람은 하루에 오 리짜리 돈뿐으로 일 원 칠팔십 전의 현금을 쥐고 돌아오는 사람까지 있었다. 극단으로 나가서는 밤에 돈벌이 나갔던 사람은 그날 밤 사백여 원을 벌어가지고 와서 그 근처에서 담배 장사를 시작한 사람까지 있었다.

복녀는 열아홉 살이었다. 얼굴도 그만하면 빤빤하였다. 그 동리여인들이 보통 하는 일을 본받아서 그도 돈벌이 좀 잘하는 사람의 집에라도 간간 찾아가면 매일 오륙십 전은 벌 수가 있었지만, 선비의 집안에서 자라난 그는 그런 일은 할 수가 없었다.

그들 부처는 역시 가난하게 지냈다. 굶는 일도 흔히 있었다.

*

기자묘 솔밭에 송충이가 끓었다. 그때, 평양 '부〔府〕'에서는 그 송충이를 잡는 데 (은혜를 베푸는 뜻으로) 칠성문 밖 빈민굴의 여인들을 인부로 쓰게 되었다.

빈민굴 여인들은 모두 다 지원을 하였다. 그러나 뽑힌 것은 겨우 오십 명쯤이었다. 복녀도 그 뽑힌 사람 가운데 한 사람이었다.

복녀는 열심으로 송충이를 잡았다. 소나무에 사다리를 놓고 올라가서는, 송충이를 집게로 집어서 약물에 잡아넣고 잡아넣고, 그의 통은 잠깐 새에 차고 하였다. 하루에 삼십이 전씩의 공전이 그의 손에 들어왔다.

그러나 대엿새 하는 동안에 그는 이상한 현상을 하나 발견하였다. 그것은 다른 것이 아니라, 젊은 여인부 한 여남은 사람은 언제나 송충이는 안 잡고 아래서 지절거리며 웃고 날뛰기만 하고 있는 것이었다. 뿐만 아니라, 그 놀고 있는 인부의 공전은 일하는 사람의 공전보다 팔 전이나 더 많이 내어주는 것이다.

감독은 한 사람뿐이지만 감독도 그들이 놀고 있는 것을 묵인할 뿐 아니라, 때때로는 자기까지 섞여서 놀고 있었다.

어떤 날 송충이를 잡다가 점심때가 되어서, 나무에서 내려와서 점심을 먹고 다시 올라가려 할 때에 감독이 그를 찾았다.

"복네, 애 복네."

"왜 그릅네까?"

그는 약통과 집게를 놓은 뒤에 돌아섰다.

"좀 오나라."

그는 말없이 감독 앞에 갔다.

"애, 너, 음…… 데 뒤 가보디 않갔니?"

"뭘 하레요?"

"글쎄, 가야……"

"가디요, 형님."

그는 돌아서면서 인부들 모여 있는 데로 고함쳤다.

"형님두 갑세다가레."

"싫다 애. 둘이서 재미나게 가는데, 내가 무슨 맛에 가갔니?"

복녀는 얼굴이 새빨갛게 되면서 감독에게로 돌아섰다.

"가보자."

감독은 저편으로 갔다. 복녀는 머리를 수그리고 따라갔다.

"복네 좋았구나."

뒤에서 이러한 고함 소리가 들렸다. 복녀의 숙인 얼굴은 더욱
발갛게 되었다.

그날부터 복녀도 '일 안 하고 공전 많이 받는 인부'의 한 사람으
로 되었다.

*

복녀의 도덕관 내지 인생관은 그때부터 변하였다.

그는 아직껏 딴 사내와 관계를 한다는 것을 생각해본 일도 없었
다. 그것은 사람의 일이 아니요 짐승이 하는 짓으로만 알고 있었
다. 혹은 그런 일을 하면 탁 죽어지는지도 모를 일로 알았다.

그러나 이런 이상한 일이 어디 다시 있을까. 사람인 자기도 그
런 일을 한 것을 보면, 그것은 결코 사람으로 못할 일이 아니었
다. 게다가 일 안 하고도 돈 더 받고, 긴장된 유쾌가 있고, 빌어먹
는 것보다 점잖고……

일본말로 하자면 '삼박자(三拍子)' 같은 좋은 일은 이것뿐이었
다. 이것이야말로 삶의 비결이 아닐까. 뿐만 아니라, 이 일이 있
은 뒤부터, 그는 처음으로 한 개 사람이 된 것 같은 자신까지 얻
었다.

그 뒤부터는, 그의 얼굴에는 조금씩 분도 바르게 되었다.

일 년이 지났다.

그의 처세의 비결은 더욱더 순탄히 진척되었다. 그의 부처는 이제는 그리 궁하게 지내지는 않게 되었다.

그의 남편은 이것이 결국 좋은 일이라는 듯이 아랫목에 누워서 벌신벌신 웃고 있었다.

복녀의 얼굴은 더욱 예뻐졌다.

"여보, 아즈바니, 오늘은 얼마나 벌었소?"

복녀는 돈 좀 많이 번 듯한 거러지를 보면 이렇게 찾는다.

"오늘은 많이 못 벌었쉐다."

"얼마?"

"도무지 열서너 냥."

"많이 벌었쉐다가레, 한 댓 냥 꿰주소고래."

"오늘은 내가……"

어쩌고어쩌고 하면, 복녀는 곧 뛰어가서 그의 팔에 늘어진다.

"나한테 들킨 댐에는 꿰구야 말아요."

"나 원 이 아즈마니 만나문 야단이더라. 자, 꿰주디. 그 대신 응? 알아 있디?"

"난 몰라요. 해해해해."

"모르문, 안 줄 테야."

"글쎄, 알았대두 그른다."

그의 성격은 이만큼까지 진보되었다.

*

가을이 되었다.

칠성문 밖 빈민굴의 여인들은 가을이 되면 칠성문 밖에 있는 중국인의 채마밭에 감자(고구마)며 배추를 도적질하러 밤에 바구니를 가지고 간다. 복녀도 감자깨나 잘 도적질해 왔다.

어떤 날 밤, 그는 감자를 한 바구니 잘 도적질해가지고, 이젠 돌아오려고 일어설 때에, 그의 뒤에 시꺼먼 그림자가 서서 그를 꽉 붙들었다. 보니, 그것은 그 밭의 소작인인 중국인 왕서방이었다. 복녀는 말도 못하고 멀진멀진 발 아래만 내려다보고 있었다.

"우리 집에 가."

왕서방은 이렇게 말하였다.

"가재문 가디. 흰, 것두 못 갈까."

복녀는 엉덩이를 한 번 홱 두른 뒤에 머리를 젖히고 바구니를 저으면서 왕서방을 따라갔다.

한 시간쯤 뒤에 그는 왕서방의 집에서 나왔다. 그가 밭고랑에서 길로 들어서려 할 때에, 문득 뒤에서 누가 그를 찾았다.

"복네 아니야?"

복녀는 홱 돌아서서 보았다. 거기는 자기 곁집 여편네가 바구니를 끼고 어두운 밭고랑을 더듬더듬 나오고 있었다.

"형님이댔쉐까? 형님두 들어갔댔쉐까?"

"님자두 들어갔댔나?"

"형님은 뉘 집에?"

"나? 눅서방네 집에. 님자는?"

"난 왕서방네…… 형님 얼마 받았소?"

"눅서방네 그 각쟁이놈, 배추 세 폐기……"

"난 삼 원 받았디."

복녀는 자랑스러운 듯이 대답하였다.

십 분쯤 뒤에 그는 자기 남편과, 그 앞에 돈 삼 원을 내어놓은
뒤에, 아까 그 왕서방의 이야기를 하면서 웃고 있었다.

*

그 뒤부터 왕서방은 무시(無時)로⁴ 복녀를 찾아왔다.

한참 왕서방이 눈만 멀진멀진 앉아 있으면, 복녀의 남편은 눈치
를 채고 밖으로 나간다. 왕서방이 돌아간 뒤에는 그들 부처는, 일
원 혹은 이 원을 가운데 놓고 기뻐하고 하였다.

복녀는 차차 동리 거지들한데 애교를 파는 것을 중지하였다. 왕
서방이 분주하여 못 올 때가 있으면 복녀는 스스로 왕서방의 집
까지 찾아갈 때도 있었다.

복녀의 부처는 이제 이 빈민굴의 한 부자였다.

                    *

  그 겨울도 가고 봄이 이르렀다.

  그때 왕서방은 돈 백 원으로 어떤 처녀를 하나 마누라로 사오게
되었다.

  "흥."

  복녀는 다만 코웃음만 쳤다.

  "복녀, 강짜⁵하겠구만."

  동리 여편네들이 이런 말을 하면, 복녀는 흥 하고 코웃음을 웃
고 하였다.

  내가 강짜를 해? 그는 늘 힘 있게 부인하고 하였다. 그러나 그
의 마음에 생기는 검은 그림자는 어찌할 수가 없었다.

  "이놈 왕서방, 네 두고 보자."

  왕서방의 색시를 데려오는 날이 가까웠다. 왕서방은 아직껏 자
랑하던 기다란 머리를 깎았다. 동시에 그것은 새색시의 의견이라
는 소문이 쫙 퍼졌다.

  "흥."

  복녀는 역시 코웃음만 쳤다.

  마침내 색시가 오는 날이 이르렀다. 칠보단장에 사인교〔四人
轎〕⁶를 탄 색시가, 칠성문 밖 채마밭 가운데 있는 왕서방의 집에
이르렀다.

  밤이 깊도록, 왕서방의 집에는 중국인들이 모여서 별한 악기를

뜯으며 별한 곡조로 노래하며 야단하였다.

복녀는 집 모퉁이에 숨어 서서 눈에 살기를 띠고 방 안의 동정을 듣고 있었다.

다른 중국인들은 새벽 두시쯤 하여 돌아갔다. 그 돌아가는 것을 보면서 복녀는 왕서방의 집 안에 들어갔다. 복녀의 얼굴에는 분이 하얗게 발려 있었다.

신랑 신부는 놀라서 그를 쳐다보았다. 그것을 무서운 눈으로 흘겨보면서, 그는 왕서방에게 가서 팔을 잡고 늘어졌다. 그의 입에서는 이상한 웃음이 흘렀다.

"자, 우리 집으로 가요."

왕서방은 아무 말도 못하였다. 눈만 정처 없이 두룩두룩하였다. 복녀는 다시 한 번 왕서방을 흔들었다.

"자, 어서."

"우리, 오늘 밤 일이 있어 못 가."

"일은 밤중에 무슨 일."

"그래두, 우리 일이……"

복녀의 입에 아직껏 떠돌던 이상한 웃음은 문득 없어졌다.

"이까짓 것."

그는 발을 들어서 치장한 신부의 머리를 찼다.

"자, 가자우 가자우."

왕서방은 와들와들 떨었다. 왕서방은 복녀의 손을 뿌리쳤다.

복녀는 쓰러졌다. 그러나 곧 다시 일어섰다. 그가 다시 일어설 때는, 그의 손에는 얼른얼른하는 낫이 한 자루 들려 있었다.

"이 되놈, 죽어라, 죽어라, 이놈, 나 때렸디! 이놈아, 아이구, 사람 죽이누나."

그는 목을 놓고 처울면서 낫을 휘둘렀다. 칠성문 밖 외딴 밭 가운데 홀로 서 있는 왕서방의 집에서는 일장의 활극이 일어났다. 그러나 그 활극도 곧 잠잠하게 되었다. 복녀의 손에 들려 있던 낫은 어느덧 왕서방의 손으로 넘어가고, 복녀는 목으로 피를 쏟으면서 그 자리에 고꾸라져 있었다.

*

복녀의 송장은 사흘이 지나도록 무덤으로 못 갔다. 왕서방은 몇 번을 복녀의 남편을 찾아갔다. 복녀의 남편도 때때로 왕서방을 찾아갔다. 둘의 사이에는 무슨 교섭하는 일이 있었다. 사흘이 지났다.

밤중에 복녀의 시체는 왕서방의 집에서 남편의 집으로 옮겼다.

그리고 그 시체에는 세 사람이 둘러앉았다. 한 사람은 복녀의 남편, 한 사람은 왕서방, 또 한 사람은 어떤 한방 의사. 왕서방은 말없이 돈주머니를 꺼내어, 십 원짜리 지폐 석 장을 복녀의 남편에게 주었다. 한방의의 손에도 십 원짜리 두 장이 갔다.

이튿날 복녀는 뇌일혈로 죽었다는 한방의의 진단으로 공동묘지로 가져갔다.

광염狂炎 소나타

독자는 이제 내가 쓰려는 이야기를, 유럽의 어떤 곳에 생긴 일이라고 생각하여도 좋다. 혹은 사오십 년 뒤에 조선을 무대로 생겨날 이야기라고 생각하여도 좋다. 다만, 이 지구상의 어떠한 곳에 이러한 일이 있었는지도 모르겠다, 있는지도 모르겠다, 혹은 있을지도 모르겠다, 가능성뿐은 있다—이만치 알아두면 그만이다.

그런지라, 내가 여기 쓰려는 이야기의 주인공 되는 백성수(白性洙)를 혹은 알벨트라 생각하여도 좋을 것이요 찜이라 생각하여도 좋을 것이요 또는 호모(胡某)나 기무라모(木村某)로 생각하여도 괜찮다. 다만 사람이라 하는 동물을 주인공 삼아가지고 사람의 세상에서 생겨난 일인 줄만 알면……

이러한 전제로써, 자 그러면 내 이야기를 시작하자.

"기회(찬스)라 하는 것이 사람을 망하게도 하고 흥하게도 하는 것을 아시오?"

"네, 새삼스러이 연구할 문제도 아닐걸요."

"자, 여기 어떤 상점이 있다 합시다. 그런데 마침 주인도 없고 사환도 없고 온통 비었을 적에 우연히 그 앞을 지나가던 신사가 —그 신사는 재산도 있고 명망도 있는 점잖은 사람인데—그 신사가 빈 상점을 들여다보고 혹은 이렇게 생각할 수도 있지 않아요? 통 비었으니깐 도적놈이라도 넉넉히 들어갈 게다, 들어가서 훔치면 아무도 모를 테다, 집을 왜 이렇게 비워둔담…… 이런 생각 끝에 혹은 그 그 뭐랄까 그 돌발적 변태 심리로써 조그만 물건 하나(변변치도 않고 욕심도 안 나는)를 집어서 주머니에 넣는 경우가 있을지도 모르지 않겠습니까?"

"글쎄요."

"있습니다. 있어요."

어떤 여름날 저녁이었다. 도회를 떠난 교외 어떤 강변에 두 노인이 앉아서 이런 이야기를 하고 있었다. 그 기회론을 주장하는 사람은 유명한 음악비평가 K씨였다. 듣는 사람은 사회 교화자의 모씨였다.

"글쎄 있을까요?"

"있어요. 좌우간 있다 가정하고 그러한 경우에는 그 책임은 어디 있습니까?"

"동양 속담말에 외밭서는 신 끈도 다시 매지 말랬으니 그 신사가 책임을 질까요?"

"그래버리면 그뿐이지만 그 신사는 점잖은 사람으로서 그런 절대적 기묘한 찬스만 아니더라면 그런 마음은커녕 염〔念〕'도 내지 않을 사람이라 생각하면 어찌 됩니까?"

"……"

"말하자면 죄는 '기회'에 있는데 '기회'라는 무형물은 벌은 할 수가 없으니깐 그 신사를 가해자로 인정할 수밖에는 지금은 없지요."

"그렇습니다."

"또 한 가지―사람의 천재라 하는 것도 경우에 따라서는 어떤 '기회'가 없으면 영구히 안 나타나고 마는 일이 있는데, 그 '기회'란 것이 어떤 사람에게서 그 사람의 '천재'와 '범죄 본능'을 한꺼번에 끌어내었다면 우리는 그 '기회'를 저주하여야겠습니까 축복하여야겠습니까?"

"글쎄요."

"선생은 백성수라는 사람을 아시오?"

"백성수? 자, 기억이 없는데요."

"작곡가로서 그―"

"네, 생각납니다. 유명한 「광염(狂炎) 소나타」의 작가 말씀이지요?"

"네, 그 사람이 지금 어디 있는지 아십니까?"

"모릅니다. 뭐 발광했단 말이 있었는데—"

"네, 지금 ××정신병원에 감금돼 있는데 그 사람의 일대기를 이야기할게 들으시고 사회 교화자로서의 의견을 말씀해주십쇼."

*

내가 이제 이야기하려는 백성수의 아버지도 또한 천분[天分]² 많은 음악가였습니다. 나와는 동창생이었는데 학생 시대부터 벌써 그의 천분은 넉넉히 볼 수가 있었습니다. 그는 작곡과를 전공하였는데 때때로 스스로 작곡을 하여서는 밤중에 혼자서 피아노를 두드리고 하여서 우리들로 하여금 뜻하지 않고 일어나게 하고 하였습니다. 그리고 우리는 그 밤중에 울려오는 야성적 선율에 몸을 소스라치고 하였습니다.

그는 야인(野人)이었습니다. 광포스런 야성은 때때로 비위에 틀리면 선생을 두들기기가 예사이며 우리 학교 근처의 술집이며 모든 상점 주인들은 그에게 매깨나 안 얻어맞은 사람이 없었습니다. 그러한 야성은 그의 음악 속에 풍부히 잠겨 있어서 오히려 그 야성적 힘이 그의 예술을 더 빛나게 하는 것이었습니다.

그러나 그가 학교를 졸업하고 난 뒤에는 그 야성은 다른 곳으로 발전되고 말았습니다. 술! 술! 무서운 술이었습니다. 아침부터 저녁까지, 저녁부터 아침까지, 술잔이 그의 입에서 떠나지를 않았습니다. 그리고 술을 먹고는 여편네들에게 행패를 하고, 경찰서에 구류를 당하고, 나와서는 또 같은 일을 하고……

작품? 작품이 다 무엇이외까. 술을 먹은 뒤에 취흥에 겨워 때때로 피아노에 앉아서 즉흥으로 탄주를 하고 하였는데 지금 생각하면 그 귀기(鬼氣)가 사람을 엄습하는 힘과 야성 (베토벤 이래로 근대 음악가에서 발견할 수 없던) 그런 보물이라 하여도 좋을 것이 많았지만 우리들은 각각 제 길 닦기에 바쁜 사람이라 주정꾼의 즉흥악을 일일이 베껴둔다든가 그런 일은 꿈에도 생각하지 않았습니다.

우리들은 그의 장래를 생각하여 때때로 술을 삼가기를 권고하였지만 그런 야인에게 친구의 권고가 무슨 소용이 있겠습니까.

"술? 술은 음악이다!"

하고는 하하하하 웃어버리고 다시 술집으로 달아나고 합니다.

그러한 지 칠팔 년이 지난 뒤에 그는 아주 폐인이 되고 말았습니다. 술이 안 들어가면 그의 손은 떨렸습니다. 눈에는 눈곱이 꼈습니다. 그리고 술이 들어가면, 술이 들어가면 그는 그 광포성을 발휘하였습니다. 누구를 물론하고 붙잡고는 입에 술을 부어넣어주었습니다. 그러다가는 장소를 불문하고 아무 데나 누워서 잡니다.

사실 아까운 천재였습니다. 우리들 새에는 때때로 그의 천분을 생각하고 아깝게 여기는 한숨이 있었지만 세상에서는 그 '장래가 무서운 한 천재'가 있었다는 것은 몰랐었습니다.

그러는 동안에 그는 어떤 양가의 처녀를 어떻게 관계를 맺어서 애까지 뱄습니다. 그러나 그 애의 출생을 보지 못하고 아깝게도 심장마비로 죽어버리고 말았습니다.

그 유복자로 세상에 나온 것이 백성수였습니다.

그러나 우리는 백성수가 세상에 출생되었다는 풍문만 들었지, 그 애 아버지가 죽은 뒤부터는 그 애의 소식이며 그 애 어머니의 소식은 일절 몰랐습니다. 아니, 몰랐다는 것보다, 그 집안의 일은 우리의 머리에서 온전히 잊어버리고 말았습니다.

*

삼십 년이라는 세월이 흘렀습니다.

십 년이면 산천도 변한다 하는데 삼십 년 새의 변천을 어찌 이루 다 말하겠습니까. 좌우간 그동안에 나는 내 이름을 닦아놓았습니다. 아시다시피 지금 K라 하면 이 나라에서 첫손가락을 꼽는 음악비평가가 아닙니까. 견실한 지도적 비평가 K라면 이 나라의 음악계의 권위이며, 이 나의 한마디는 음악가의 가치를 결정하는 판결문이라 하여도 옳을 만치 되었습니다. 많은 음악가가 내 손 아래서 자랐으며 많은 음악가가 내 지도로써 이름을 날렸습니다.

*

재작년 이른 봄 어떤 날이었습니다.

그때 나는 조용한 밤중의 몇 시간씩을 ○○예배당에 가서 명상으로 시간을 보내는 것이 습관이 되어 있었습니다. 언덕 위에 홀로 서 있는 집으로서 조용한 밤중에 혼자 앉아 있노라면 때때로 들보[3]에서 놀라 깬 비둘기의 날개 소리와 간간이 기둥에서 뚝뚝 하는 소리밖에는 아무 소리도 들리지 않는, 말하자면 나 같은 괴 상한 성미를 가진 사람이 아니면 돈을 주면서 들어가래도 들어가 지 않을 음침한 집이었습니다. 그러나 나 같은 명상을 즐기는 사 람에게는 다른 데서 구하기 힘들도록 온갖 것을 가진 집이었습니 다. 외따로고 조용하고 음침하며 간간이 알지 못할 신비한 소리 까지 들리며 멀리서는 때때로 놀란 듯한 기적(汽笛) 소리도 들리 는…… 이것뿐으로도 상당한데, 게다가 이 예배당에는 피아노도 한 대 있었습니다. 예배당에는 오르간은 있을지나 피아노가 있는 곳은 쉽지 않은 것으로서 무슨 흥이나 날 때에는 피아노에 가서 한 곡조 두드리는 재미도 또한 괜찮았습니다.

그날 밤도 (아마 두시는 지났을걸요) 그 예배당에서 혼자서 눈 을 감고 조용한 맛을 즐기고 있노라는데, 갑자기 저편 아래에서 재재 하는 소리가 납디다. 그래서 눈을 번쩍 뜨니까 화광이 충천 하였는데, 내다보니까 언덕 아래 어떤 집이 불이 붙으며 사람들 이 왔다 갔다 야단이었습니다.

이렇게 말하면 어떨지 모르지만 그다지 멀지 않은 곳에서 불붙 는 것을 바라보는 맛도 괜찮은 것이었습니다. 일어서는 불길이며 퍼져나가는 연기, 불씨의 날아나는 양, 그 가운데 거뭇거뭇 보이 는 기둥, 집의 송장, 재재거리는 사람의 무리, 이런 것은 어떻게 생각하면 과연 시도 될지며 음악도 될 것이었습니다. 옛날에 네 로가 로마의 불붙는 것을 바라보면서, 자기는 비파를 들고 노래 를 하였다는 것도 음악가의 견지로 보면 그다지 나무랄 것이 아니었습니다.

나도 그때에 그 불을 보고 차차 흥이 났습니다.

……네로를 본받아서 나도 즉흥으로 한 곡조 두드려볼까. 어렴풋이 이런 생각을 하며 나는 그 불을 정신없이 바라보고 있었습니다.

그때였습니다. 갑자기 덜컥덜컥하는 소리가 들리더니 예배당 문이 열리며 웬 젊은 사람이 하나 낭패한 듯이 뛰어 들어왔습니다. 그리고 무엇에 놀란 사람같이 두리번두리번 사면을 살피더니 그래도 내가 있는 것은 못 보았는지 저편에 있는 창 안에 가서 숨어 서서 아래서 붙는 불을 내다봅니다.

나도 꼼짝을 못하였습니다. 좌우간 심상스런 사람은 아니요 방화범이나 도적으로밖에는 인정할 수 없지 않겠습니까? 그래서 꼼짝을 못하고 서 있노라니 그 사람은 한숨을 쉽니다. 그리고 맥없이 두 팔을 늘이고 도로 나가려고 발을 떼려다가 자기 곁에 피아노가 놓인 것을 보더니 교의를 끌어다 놓고 피아노 앞에 주저앉고 말겠지요. 나도 거기는 그만 직업적 흥미에 끌렸습니다. 그래서 무엇을 하나 보자 하고 있노라니까 뚜껑을 열더니 한 번 뚱하고 시험을 해보아요. 그리고 조금 있더니 다시 뚱뚱 하고 시험을 해보겠지요.

이때부터 그의 숨소리가 차차 높아가기 시작했습니다. 씩씩거리며 몹시 흥분된 사람같이 몸을 떨다가 벼락같이 양손을 키 위에 갖다가 덮었습니다. 그 다음 순간으로 C샤프 단음계의 알레그로가 시작되었습니다.

처음에는 다만 흥미로써 그의 모양을 엿보고 있던 나는 그 알
레그로가 울려나오는 순간 마음은 끝까지 긴장되고 흥분되었습
니다.

그것은 순전한 야성적 음향이었습니다. 음악이라 하기에는 너
무 힘 있고 무기교(無技巧)였습니다. 그러나 음악이 아니라기에
는 거기는 너무 괴롭고도 무겁고 힘 있는 '감정'이 들어 있었습니
다. 그것은 마치 야반의 종소리와도 같이 사람의 마음을 무겁고
음침하게 하는 음향인 동시에 맹수의 부르짖음과 같이 사람으로
하여금 소름 돋치게 하는 무서운 감정의 발현이었습니다. 아아
그 야성적 힘과 남성적 부르짖음, 그 아래 감추어 있는 침통한 수
림과 아픔, 순박하고도 아무 기교가 없는 그 표현!

나는 털썩 그 자리에 주저앉고 말았습니다. 그리고 음악가의 본
능으로써 뜻하지 않고 주머니에서 오선지와 연필을 꺼내었습니
다. 피아노의 울려 나아가는 소리에 따라서 나의 연필은 오선지
위에서 뛰놀았습니다.

좀 급속도로 시작된 빈곤, 거기 연하여 주림, 꺼져가는 불꽃과
같은 목숨, 그러한 것을 지나서 한참 연속되는 완서조(緩徐調)의
압축된 감정, 갑자기 튀어져 나오는 광포. 거기 연한 쾌미(快味)
홍소(哄笑)—이리하여 주화조(主和調)로서 탄주[彈奏]⁴는 끝이
났습니다. 더구나 그 속에 나타나 있는 압축된 감정이며 주림 또
는 맹렬한 불길 등이 사람의 마음에 주는 그 처참함이며 광포성
은 나로 하여금 아직 '문명'이라 하는 것의 은택에 목욕해보지 못
한 야인을 연상케 하였습니다.

202

탄주가 다 끝이 난 뒤에도 나는 정신을 못 차리고 망연히 앉아 있었습니다. 물론 조금이라도 음악의 소양이 있는 사람일 것 같으면 이제 그 소나타를 음악에 대하여 정통으로 아무러한 수양도 받지 못한 사람이 다만 자기의 천재적 즉흥뿐으로 탄주한 것임을 알 것입니다. 해결이 없이 감칠도 화현(減七度和絃)이며 증육도 화현(增六度和絃)을 범벅으로 섞어놓았으며 금칙(禁則)인 병행 오팔도(並行五八度)까지 집어넣은 것으로서, 더구나 스케르초⁵는 온전히 뽑아먹은, 대담하다면 대담하고 무식하다면 무식하달 수도 있는 방분 자유한 소나타였습니다.

이때에 문득 내 머리에 떠오른 것은 삼십 년 전에 심장마비로 죽은 백ㅇㅇ였습니다. 그의 음악으로서 만약 정통적 훈련만 뽑고 거기다가 야성을 더 집어넣으면 지금 내 눈앞에 있는 그 음악가의 것과 같은 것이 될 것이었습니다. 귀기가 사람을 엄습하는 듯한 그 힘과 방분스런 표현과 야성—이것은 근대 음악가에게 구하기 힘든 보물이었습니다.

그 소나타에 취하여 한참 정신이 어리둥절히 앉았던 나는 고즈넉이 일어서서, 그 피아노 앞에 서서 그의 어깨에 가만히 손을 얹었습니다. 한 곡조를 타고 나서 아주 곤한 듯이 정신이 없이 앉아 있던 그는 펄떡 놀라며 일어서서 내 얼굴을 보았습니다.

"자네 몇 살 났나?"

나는 그에게 이렇게 첫말을 물었습니다. 가슴이 답답한 나로서는 이런 말밖에는 갑자기 다른 말이 생각 안 났습니다. 그는 높은 창에서 들어오는 달빛을 받고 있는 내 얼굴을 한순간 쳐다보고 머리를 돌이키고 말았습니다.

"배고프나?"

나는 두번째 그에게 물었습니다.

그는 시끄러운 듯이 벌떡 일어섰습니다. 그리고 달빛이 비친 내 얼굴을 정면으로 바라보다가,

"아, K선생님 아니세요?"

하면서 나를 붙들었습니다. 그래서 그렇노라고 하니깐,

"사진으로는 늘 봤습니다마는……"

하면서 다시 맥없이 나를 놓으며 머리를 돌렸습니다.

그 순간, 그가 머리를 돌이키는 순간 달빛에 얼핏, 나는 그의 얼굴을 처음으로 보았습니다. 그리고 나는 거기서 뜻밖에 삼십 년 전에 죽은 백○○의 모습을 발견하였습니다.

"자, 자네 이름이 뭐인가?"

"백성수……"

"백성수? 그 백○○의 아들이 아닌가. 삼십 년 전에, 자네가 나오기 전에 세상 떠난……"

그는 머리를 번쩍 들었습니다.

"네? 선생님 어떻게 아세요?"

"백○○의 아들인가? 같이두 생겼다. 내가 자네의 아버지와 동창이네. 아아, 역시 그 애비의 아들이다."

그는 한숨을 길게 쉬며 머리를 수그려버렸습니다.

*

나는 그날 밤 그 백성수를 데리고 집으로 돌아왔습니다. 그리고
비록 작곡상 온갖 법칙에는 어그러진다 하나 그만치 힘과 정열과
야성으로 찬 소나타를 거저 버리기가 아까워서 다시 한 번 피아
노에 올라앉기를 명하였습니다. 아까 예배당에서 내가 베낀 것은
알레그로가 거의 끝난 곳부터였으므로 그 전 것을 베끼기 위해서
였습니다.

그는 피아노를 향하여 앉아서 머리를 기울였습니다. 몇 번 손으
로 키를 두드려보다가는 다시 머리를 기울이고 생각하고 하였습
니다. 그러나 다섯 번 여섯 번을 다시 해보았으나 아무 효과도 없
었습니다. 피아노에서 울려나오는 음향은 규칙 없고 되지 않은
한낱 소음(騷音)에 지나지 못하였습니다. 야성? 힘? 귀기? 그런
것은 없었습니다. 감정의 재뿐이 있었습니다.

"선생님 잘 안 됩니다."

그는 부끄러운 듯이 연하여 고개를 기울이며 이렇게 말하였습니다.

"두 시간도 못 되어서 벌써 잊어버린담?"

나는 그를 밀어놓고 내가 대신하여 피아노 앞에 앉아서 아까 베
낀 그 음보를 펴놓았습니다. 그리고 내가 베낀 곳부터 다시 시작
하였습니다.

화염! 화염! 빈곤, 주림, 야성적 힘, 기괴한 감금당한 감정! 음
보를 보면서 타던 나는 스스로 흥분이 되었습니다. 미상불[6] 그때

광염 소나타 205

는 내 눈은 미친 사람같이 번득였으며 얼굴은 홍분으로 새빨갛게 되었을 것이었습니다.

즉 그때에 그가 갑자기 달려들더니 나를 떠밀쳐버렸습니다. 그리고 자기가 대신하여 앉았습니다.

의자에서 떨어진 나는 너무 홍분되어 다시 일어날 힘도 없이 그 자리에 앉은 대로 그의 양을 쳐다보았습니다. 그는 나를 밀쳐버린 다음에 그 음보를 들고서 읽기 시작하였습니다. 아아 그의 얼굴! 그의 숨소리가 차차 높아지면서 눈은 미친 사람과 같이 빛을 내기 시작하였습니다. 그러더니 그 음보를 홱 내던지며 문득 벼락같이 그의 두 손은 피아노 위에 덮업혔습니다.

'C샤프 단음계'의 광포스런 '소나타'는 다시 시작되었습니다. 폭풍우같이 또는 무서운 물결같이 사람으로 하여금 숨 막히게 하는 그 힘, 그것은 베토벤 이래로 근대 음악가에서 보지 못하던 광포스런 야성이었습니다. 무섭고도 참담스런 주림, 빈곤, 압축된 감정, 거기서 튀어져 나온 맹염(猛炎), 공포, 홍소―아아 나는 너무 숨이 답답하여 뜻하지 않고 두 손을 홰홰 내저었습니다.

*

그날 밤이 새도록, 그는 홍분이 되어서 자기의 과거를 일일이 다 이야기하였습니다. 그 이야기에 의지하면 대략 그의 경력이 이러하였습니다.

그의 어머니는 그를 밴 뒤에 곧 자기의 친정에서 쫓겨 나왔습니다.

그때부터 그의 가난함은 시작되었습니다.

그러나 교양이 있고 어진 그의 어머니는 품팔이를 할지언정 성수는 곱게 길렀습니다. 변변치는 않으나마 오르간 하나를 준비해 두고, 그가 잠자려 할 때에는 슈베르트의 「자장가」로써 그의 잠을 도왔으며 아침에 깨일 때는 하루 종일 유쾌히 지내게 하기 위하여 도 랜드의 「세컨드 왈츠」로써 그의 원기를 돋우었습니다.

그는 세 살 났을 적에 어머니의 품에 안겨서 오르간을 장난해보 았습니다. 이 오르간을 장난하는 것을 본 어머니는 근근이 돈을 모아서 그가 여섯 살 나는 해에 피아노를 하나 샀습니다.

아침에는 새소리, 바람에 버석거리는 포플러잎, 어머니의 사랑, 부엌에서 국 끓는 소리, 이러한 모든 것이 이 소년에게는 신비스 럽고도 다정스러워 그는 피아노에 향하여 앉아서 생각나는 대로 키를 두드리고 하였습니다.

이러한 가운데 고이 소학과 중학도 마쳤습니다. 그러는 동안에 음악에 대한 동경은 그의 가슴에 터질 듯이 쌓였습니다.

중학을 졸업한 뒤에는 인젠 어머니를 위하여 그는 학업을 중지 하지 않을 수가 없었습니다. 그는 어떤 공장의 직공이 되었습니 다. 그러나 어진 어머니의 교육 아래서 길러난 그는 비록 직공은 되었다 하나 아주 온량한 사람이었습니다.

그리고 음악에 대한 집착은 조금도 줄지 않았습니다. 비록 돈이 없어서 정식으로 음악 교육은 못 받을망정 거리에서 손님을 끄느 라고 틀어놓은 유성기 앞이며 또는 일요일날 예배당에서 찬양대의 노래에 젊은 가슴을 뛰놀리던 그였습니다. 집에서는 피아노 앞을 떠나본 일이 없었습니다.

때때로 비상한 감흥으로 오선지를 내놓고 음보를 그려본 적도 한두 번이 아니었습니다. 그러나 이상한 것은 그만치 뛰놀던 열정과 터질 듯한 감격도 음보로 그려놓으면 아무 긴장도 없는 싱거운 음계가 되어버리고 하였습니다. 왜? 그만치 천분이 있고 그만치 열정이 있던 그에게서 왜 그런 재와 같은 음악만 나왔느냐고 물으실 테지요. 거기 대하여서는 이따가 설명하리다.

감격과 불만, 열정과 재, 비상한 흥분과 그 흥분에 대한 반비례되는 시원치 않은 결과 이러한 불만의 십 년이 지났습니다.

*

그의 어머니는 문득 몹쓸 병에 걸렸습니다.

자양과 약값, 그의 몇 해를 근근이 모았던 돈은 차차 줄기 시작하였습니다. 조금이라도 안락한 생활이 되기만 하면 정식으로 음악에 대한 교육을 받으려고 모아두었던 저금은 그의 어머니의 병에 다 들어갔습니다. 그러나 그의 어머니의 병은 차도가 보이지 않았습니다.

그리하여, 그와 내가 그 예배당에서 만나기 전 해 여름 어떤 날, 그의 어머니는 도저히 회복할 가망이 없는 중태에까지 빠지게 되었습니다. 그러나 그때는 벌써 그에게는 돈이라고는 다 떨어진 때였습니다.

그날 아침, 그는 위독한 어머니를 버려두고 역시 공장에를 갔습니다. 그러나 아무리 하여도 마음이 놓이지 않아서 일을 중도에 그만두고 집으로 돌아왔습니다. 그때는 어머니는 벌써 혼수상태에 빠져 있었습니다. 가슴이 덜컥 내려앉은 그는 황급히 다시 뛰어나갔습니다. 그러나 어디로? 무얼 하러? 뜻 없이 뛰어나와서 한참 달음박질하다가, 그는 문득 정신을 차리고 의사라도 청할 양으로 히끈 돌아섰습니다.

그때였습니다. 아까 내가 말한 바 '기회'라는 것이 그때에 그의 앞에 나타났습니다. 그것은 조그만 담뱃가게 앞이었는데 가게와 안방과의 새의 문은 닫혀 있고 안에는 미상불 사람이 있을지나 가게를 보는 사람은 눈에 안 띄었습니다. 그리고 그 담배 상자 위에는 오십 전짜리 은전 한 닢과 동전 몇 닢이 놓여 있었습니다.

그는 자기로도 무엇을 하는지 몰랐습니다. 의사를 청하여 오려면, 다만 몇십 전이라도 돈이 있어야겠단 어렴풋한 생각만 가지고 있던 그는, 한 번 사면을 살핀 뒤에 벼락같이 그 돈을 쥐고 달아났습니다.

그러나 그는 이십 간도 뛰지 못하여 따라오는 그 집 사람에게 붙들렸습니다.

그는 몇 번을 사정하였습니다. 마지막에는 자기의 어머니가 명재경각이니, 한 시간만 놓아주면 의사를 어머니에게 보내고 다시 오마고까지 해보았습니다. 그러나 그런 말은 모두 헛소리로 돌아가고, 그는 마침내 경찰서로 가게 되었습니다.

경찰서에서 재판소로 재판소에서 감옥으로—이러한 여섯 달

동안에 그는 이를 갈면서 분해하였습니다. 자기 어머니의 운명이 어찌 되었나. 그는 손과 발을 동동 구르면서 안타까워했습니다. 만약 세상을 떠났다 하면 떠나는 순간에 얼마나 자기를 찾았겠습니까. 임종에도 물 한 잔 떠 넣어줄 사람이 없는 어머니였습니다. 애타하는 그 모양, 목말라하는 그 모양을 생각하고는 그 어머니에게 지지 않게 자기도 애타하고 목말라했습니다.

반년 뒤에 겨우 광명한 세상에 나와서 자기의 오막살이를 찾아가매 거기는 벌써 다른 사람이 들어 있었으며 그의 어머니는 반년 전에 아들을 찾으며 길에까지 기어 나와서 죽었다 합니다.

공동묘지를 가보았으나 분묘조차 발견할 수가 없었습니다.

이리하여 갈 곳이 없이 헤매던 그는 그날도 역시 잘 곳을 찾으러 헤매다가 그 예배당(나하고 만난)까지 뛰쳐 들어온 것이었습니다.

*

여기까지 이야기해오던 K씨는 문득 말을 끊었다. 그리고 마도로스 파이프를 꺼내어 담배를 피워가지고 빨면서 모씨에게 향하였다.

"선생은 이제 내가 이야기한 가운데 모순된 점을 발견 못하셨습니까?"

"글쎄요."

"그럼 내가 대신 물으리다. 백성수는 그만치 천분이 많은 음악가였는데 왜 그 「광염 소나타」(그날 밤의 소나타를 「광염 소나타」라고 그랬습니다)를 짓기 전에는 그만치 흥분되고 긴장되었다가도 일단 음보로 만들어놓으면 아주 힘없는 것이 되어버리고 했겠습니까?"

"그게야 미상불 그때의 흥분이 「광염 소나타」를 지을 때의 흥분만 못한 연고겠지요."

"그렇게 해석하세요? 듣고 보니 그것은 한 해석이 되기는 합니다. 그러나 나는 그렇게 해석 안 하는데요."

"그럼 K씨는 어떻게 해석하십니까?"

"나는, 아니, 내 해석을 말하는 것보다 그 백성수한테서 내게로 온 편지가 한 장 있는데, 그것을 보여드리리다. 선생은 오늘 바쁘시지 않으세요?"

"일은 없습니다."

"그러면 우리 집까지 잠깐 같이 가보실까요?"

"가지요."

두 노인은 일어섰다.

도회와 교외의 경계에 달린 K씨의 집에까지 두 노인이 이른 때는 오후 너덧시가 된 때였다.

두 노인은 K씨의 서재에 마주 앉았다.

"이것이 이삼 일 전에 백성수한테서 내게로 온 편지인데 읽어보세요."

K씨는 서랍에서 기다란 편지 뭉치를 꺼내어 모씨에게 주었다. 모씨는 받아서 폈다.

"가만, 여기서부터 보세요. 그 전에는 쓸데없는 인사이니까."

*

……(중략) 그리하여 그날도 또한 이제 밤을 지낼 집을 구하느라고 돌아다니던 저는 우연히 그 집, 제가 전에 돈 오십여 전을 훔친 집 앞에까지 이르렀습니다. 깊은 밤 사면은 고요한데 그 집 앞에서 잘 곳을 구하느라고 헤매던 저는 문득 마음속에 무서운 복수의 생각이 일어났습니다. 이 집만 아니었더면, 이 집 주인이 조금만 인정이라는 것을 알았더면, 저는 그 불쌍한 제 어머니로서 길에까지 기어 나와서 세상을 떠나게 하지는 않았겠습니다. 분묘가 어디인지조차 알지 못하여 꽃 한 번 갖다가 꽂아보지 못한 이러한 불효도 이 집 때문이외다. 이러한 생각에 참지를 못하여, 그 집 앞에 가려 있는 볏짚에다가 불을 놓았습니다. 그리고 거기 서서 불이 집으로 옮아가는 것을 다 본 뒤에 갑자기 무서운 생각이 나서 달아났습니다.

좀 달아나다 보매 아래서는 벌써 사람이 꾀어들기 시작한 모양인데 이때에 저의 머리에 타오르는 생각은 통쾌하다는 생각과 달아나려는 생각뿐이었습니다. 그리하여 저는 몸을 숨기기 위하여 앞에 보이는 예배당 안으로 뛰어 들어갔습니다.

거기서 불이 다 꺼지도록 구경을 한 뒤에 나오려다가 피아노를 보고……

＊

"이 보세요."

K씨는 편지를 보는 모씨를 찾았다.

"비상한 열정과 감격은 있어두 그것이 그대로 표현 안 된 것이 그것 때문이었습니다. 즉 성수의 어머니는 몹시 어진 사람으로서 어렸을 때부터 성수의 교육을 몹시 힘을 들여서 착한 사람이 되도록, 이렇게 길렀습니다그려. 그 어진 교육 때문에 그가 하늘에서 타고난 광포성과 야성이 표면상에 나타나지를 못하였습니다. 그 타오르는 야성적 열정과 힘이 음보로 그려놓으면 아주 힘없는, 말하자면 김빠진 술과 같이 되고 하는 것이 모두 그 때문이었습니다그려. 점잖고 어진 교훈이, 그의 천분을 못 발휘하게 한 셈이지요."

"흠."

"그것이, 그 사람 성수가, 감옥 생활을 할 동안에 한 번 씻기기는 하였으나, 그러나 사람의 교양이라 하는 것은 온전히 씻지는 못하는 것이외다.

그러다가, 그 '원수'의 집 앞에서 갑자기, 말하자면 돌발적으로 야성과 광포성이 나타나서 불을 놓고 예배당 안에 숨어 서서 그 야성적 광포적 쾌미를 한껏 즐긴 다음에, 그에게서 폭발하여 나온 것이 그 「광염 소나타」였구려.

일어서는 불길, 사람의 비명, 온갖 것을 무시하고 퍼져나가는 불의 세력—이런 것은 사실 야성적 쾌미 가운데 으뜸이 되는 것이니깐요."

"……"

"아셨습니까. 그러면 그 다음에 그 편지의 여기부터 또 보세요."

*

……(중략) 저는 그날의 일이 아직 눈앞에 어리는 듯하외다. 선생님이 저를 세상에 소개하시기 위하여 늙으신 몸이 몸소 피아노에 앉으셔서 초대한 여러 음악가들 앞에서 제「광염 소나타」를 탄주하시던 그 광경은 지금 생각하여도 제 눈에서 눈물이 나오려 합니다. 그때에 그 손님 가운데 부인 손님 두 분이 기절을 한 것은 결코「광염 소나타」의 힘뿐이 아니고 선생의 그 탄주의 힘이 많이 섞인 것을 뉘라서 부인하겠습니까. 그 뒤에 여러 사람 앞에 저를 내세우고,

"이 사람이「광염 소나타」의 작자이며 삼십 년 전에 우리를 버려두고 혼자 간 일대의 귀재 백○○의 아들이외다."

고 소개를 하여주신 그때의 그 감격은 제 일생에 어찌 잊사오리까.

그 뒤에 선생님께서 저를 위하여 꾸며주신 방도 또한 제 마음에 가장 맞는 방이었습니다. 널따란 북향 방에 동남쪽 귀에 든든한 참나무 침대가 하나, 서북쪽 귀에 아무 장식 없는 참나무 책상과 의자, 피아노가 하나씩, 그 밖에는 방 안에 장식이라고는 서남쪽

벽에 커다란 거울이 하나 있을 뿐, 덩그렇게 넓은 방은 사실 밤에 전등 아래 앉아 있노라면 저절로 소름이 끼치도록 무시무시한 방이었습니다. 게다가 방 안은 모두 꺼먼 칠을 하고, 창밖에는 늙은 홰나무의 고목이 한 그루 서 있는 것도 과연 귀기가 돌았습니다. 이러한 가운데서 선생님은 저로 하여금 방분스러운 음악을 낳도록 애써주셨습니다.

저도 그런 환경 아래서 좋은 음악을 낳아보려고 얼마나 애를 썼겠습니까. 어떤 날 선생님께 작곡에 대한 계통적 훈련을 원할 때에 선생님은 이렇게 대답하셨습니다.

"자네게는 그러한 교육이 필요가 없어. 마음대로 나오는 대로 하게. 자네 같은 사람에게 계통적 훈련이 들어가면 자네의 음악은 기계화해버리고 말아. 마음대로 온갖 규칙과 규범을 무시하고 가슴에서 터져나오는 대로⋯⋯"

저는 이 말씀의 뜻을 똑똑히는 몰랐습니다. 그러나 대략한 의미뿐은 통하였습니다. 그리하여 저는 마음대로 한껏 자유스러운 음악의 경지를 개척하려 하였습니다.

그러나 그동안에 제가 산출한 음악은 모두 이상히도 저의 이전(제 어머니가 아직 살아 계실 때)의 것과 마찬가지로 아무러한 힘도 없는 음향의 유희에 지나지 못하였습니다.

저는 얼마나 초조하였겠습니까. 때때로 선생님께서 채근[採根][7] 비슷이 하시는 말씀은 저로 하여금 더욱 초조하게 하였습니다. 그리고 마음이 초조하면 초조할수록 제게서 생겨나는 음악은 더욱 나약한 것이 되었습니다.

저는 때때로 그 불붙던 광경을 생각해보았습니다. 그리고 그때에 통쾌하던 감정을 되풀이해보려 하였습니다. 그러나 그것 역시 실패에 돌아갔습니다.

때때로 비상한 열정으로 음보를 그려놓은 뒤에 몇 시간을 지나서 다시 한 번 읽어보면 거기는 아무 힘이 없는 개념만 있고 하였습니다.

저의 마음은 차차 무거워지기 시작하였습니다. 그리고 큰 기대를 가지고 계신 선생님께도 미안하기가 짝이 없었습니다.

"음악은 공예품과 달라서 마음대로 만들고 싶은 때에 되는 것이 아니니 마음 놓고 천천히 감흥이 생긴 때에……"

이러한 선생님의 위로의 말씀을 듣기가 제 살을 깎아먹는 듯하였습니다. 그러나 제 마음상은 인제는 제게서 다시 힘 있는 음악이 나올 기회가 없는 것같이만 생각되었습니다.

이러한 동안에 무위의 몇 달이 지나갔습니다.

어떤 날 밤중, 가슴이 너무 무겁고 가슴속에 무엇이 가득 찬 것같이 거북하여서, 저는 산보를 나섰습니다. 무거운 머리와 무거운 가슴과 무거운 다리를 지향 없이 옮기면서 돌아다니다가 저는 어떤 곳에서 커다란 볏짚 낟가리를 발견하였습니다.

이때의 저의 심리를 어떻게 형용하였으면 좋을지 저는 모르겠습니다. 저는 무슨 무서운 적(敵)을 만난 것같이 긴장되고 흥분되었습니다. 저는 사면을 한 번 살펴보고, 그 낟가리에 달려가서 불을 그어서 놓았습니다. 그리고 갑자기 무서움증이 생겨서 돌아서서 달아나다가, 멀찌가니까지 달아나서 돌아보니까, 불길은 벌써

216

하늘을 찌를 듯이 일어났습니다. 왁, 왁, 꺄, 꺄, 사람들이 부르짖는 소리도 들렸습니다. 저는 다시 그곳까지 가서, 그 무서운 불길에 날아 올라가는 볏짚이며, 그 낟가리에 연달아 있는 집을 헐어내는 광경을 구경하다가 문득 흥분되어서 집으로 돌아왔습니다.

그날 밤에 된 것이 「성난 파도」였습니다.

그 뒤에 이 도회에서 일어난, 알지 못할 몇 가지의 불은, 모두 제가 질러놓은 것이었습니다. 그리고, 불이 있던 날 밤마다 저는 한 가지의 음악을 얻었습니다. 며칠을 연하여 가슴이 몹시 무겁다가 그것이 마침내 식체와 같이 거북하고 답답하게 되는 때는 저는 뜻 없이 거리를 나갑니다. 그리고 그러한 날은 한 가지의 방화 사건이 생겨나며 그날 밤에는 한 곡의 음악이 생겨났습니다.

*

그러나 그것도 번수가 차차 많아갈 동안, 저의, 그 불에 대한 흥분은 반비례로 줄어졌습니다. 온갖 것을 용서하지 않는 불꽃의 잔혹함도, 그다지 제 마음을 긴장시키지 못하였습니다.

"차차, 힘이 적어져가네."

선생님께서 제 음악을 보시고 이렇게 말씀하신 것이 그러한 때였습니다.

그러나, 저는 게서 더할 도리가 없었습니다. 하는 수 없이 저는 한동안 음악을 온전히 잊어버린 듯이 내버려두었습니다.

*

　모씨가 성수의 마지막 편지를 여기까지 읽었을 때에, K씨가 찾았다.

　"재작년 봄에서 가을에 걸쳐서, 원인 모를 불이 많지 않았습니까. 그것이 죄 성수의 장난이었습니다그려."

　"K씨는 그것을 온전히 모르셨습니까?"

　"나요? 몰랐지요. 그런데, 그 어떤 날 밤이구려. 성수는 기대에 반해서, 우리 집으로 온 지 여러 달이 됐지만, 한 번도 힘 있는 것을 지어본 일이 없겠지요. 그래서, 저 사람에게 무슨 흥분될 재료를 줄 수가 없나 하고 혼자 생각하며 있더랬는데, 그때에 저—편—"

　K씨는 손을 들어 남편 쪽 창을 가리켰다.

　"저—편 꽤 멀리서 불붙는 것이 눈에 뜨입디다그려. 그래서 저것을 성수에게 보이면, 혹 그때의 감정(그때는, 나는 그 담배 장수네 집에 불이 일어난 것도 성수의 장난인 줄은 꿈에도 생각 안 했구려)을 부활시킬지도 모르겠다, 이렇게 생각하구 성수의 방으로 올라가려는데, 문득 성수의 방에서 피아노 소리가 울려나옵니다그려. 나는 올라가려던 발을 부지중 멈추고 말았지요. 역시 C샤프 단음계로서, 제일곡은 뽑아먹고, 아다지오에서 시작되는데, 고요하고 잔잔한 바다, 수평선 위로 넘어가려는 저녁 해, 이러한 온화한 것이 차차 스케르초로 들어가서는 소낙비, 풍랑, 번개질,

218

무서운 바람 소리, 우레질, 전복되는 배, 곤해서 물에 떨어지는 갈매기, 한 번 뒤집어지면서 해일에 쓸려나가는 동네 사람의 부르짖음—흥분에서 흥분, 광포에서 광포, 야성에서 야성, 온갖 공포와 포학한 광경이 눈앞에 어릿거리는데, 이 늙은 내가 그만 흥분에 못 견디어, 뜻하지 않고 '그만두어달라'고 고함친 것만으로도 짐작하시겠지요. 그리고 올라가서 보니깐, 그는 탄주를 끝내고 피곤한 듯이 피아노에 기대고 앉아 있고, 이제 탄주한 것은 벌써 「성난 파도」라는 제목 아래 음보로 되어 있습디다."

"그러면 성수는 불을 두 번 놓고, 두 음악을 얻었다는 말씀이지요?"

"그렇지요. 그리고, 그 뒤부터는 한 십여 일 건너서는 하나씩 지었는데, 그것이 지금 보면, 한 가지의 방화 사건이 생길 때마다 생겨난 것이었습니다. 그러나, 그의 편지마따나, 얼마 지나서부터는 차차 그 힘과 야성이 적어지기 시작했지요. 그래서—"

"가만계십쇼. 그 사람이 그 다음에도 「피의 선율」이나 그 밖에 유명한 곡조를 여러 개 만들지 않았습니까?"

"글쎄 말이외다. 거기 대한 설명은 그 편지를 또 보십쇼. 여기서부터 또 보시면 알리다."

*

……(중략) ××다리 아래로서 나오려는데, 무엇이 발길에 채는 것이 있었습니다. 성냥을 그어가지고 보니깐, 그것은 웬 늙은

이의 송장이었습니다. 저는 그것이 무서워서 달아나려다가, 돌아
서려던 발을 다시 돌이켰습니다. 그리고,

　선생님은 이제 제가 쓰는 일을 이해해주실는지요. 그것은 너무
도 기괴한 일이라 저로서도 믿어지지 않는 일이었습니다. 그 송
장을 타고 앉았습니다. 그리고 그 송장의 옷도 모두 찢어서 사면
으로 내던진 뒤에, 그 벌거벗은 송장을, (제 힘이라 생각되지 않
는) 무서운 힘으로써 높이 쳐들어서, 저편으로 내던졌습니다. 그
런 뒤에는, 마치 고양이가 알을 가지고 놀듯, 다시 뛰어가서 그
송장을 들어서, 도로 이편으로 던졌습니다. 이렇게 몇 번을 하여
머리가 깨지고, 배가 터지고─그 송장은 보기에도 참혹스러이
되었습니다. 그리하여 그 송장을 다시 만질 곳이 없이 된 뒤에,
저는 그만 곤하여 그 자리에 앉아서 쉬려다가 갑자기 마음이 긴
장되고 흥분되어서, 집으로 달려왔습니다.

　그날 밤에 된 것이 「피의 선율」이었습니다.

*

"선생은 이러한 심리를 아시겠습니까?"

"글쎄요."

"아마, 모르실걸요. 그러나 예술가로서는 능히 머리를 끄덕일
수 있는 심리외다. 그리고 또 여기를 읽어보십시오."

*

……(중략) 그 여자가 죽었다는 것은 제게는 사실 뜻밖이었습니다.

저는, 그날 밤 혼자 몰래 그 여자의 무덤을 찾아갔습니다. 그리고 칠팔 시간 전에 묻어놓은 그의 무덤의 흙을 다시 파서 그의 시체를 꺼내어놓았습니다.

푸르른 달빛 아래 누워 있는 아름다운 그의 모양은 과연 선녀와 같았습니다. 가볍게 눈을 닫고 있는 창백한 얼굴, 곧은 콧날, 풀어헤친 검은 머리—아무 표정도 없는 고요한 얼굴은 더욱 처염함*을 도왔습니다. 이것을 정신이 없이 들여다보고 있던 저는 갑자기 흥분이 되어, 아아, 선생님 저는 이 아래를 쓸 용기가 없습니다. 재판소의 조서를 보시면 저절로 아실 것이올시다.

그날 밤에 된 것이 「사령(死靈)」이었습니다.

*

"어떻습니까?"

"……"

"네?"

"……"

"언어도단이에요? 선생의 눈으로는 그렇게 뵈시리다. 또 여기를 읽어보십쇼."

*

……(중략) 이리하여 저는 마침내 사람을 죽인다 하는 경우에
까지 이르렀습니다. 그리고 한 사람이 죽을 때마다 한 개의 음악
이 생겨났습니다. 그 뒤부터 제가 지은 그 모든 것은 모두 다 한
사람씩의 생명을 대표하는 것이었습니다.

*

"인전 더 보실 것이 없습니다. 그런데 그만큼 보셨으면 성수
에 대한 대략한 일은 아셨을 터인데, 거기 대한 의견이 어떻습
니까?"

"……"

"네?"

"어떤 의견 말씀이오니까?"

"어떤 '기회'라는 것이 어떤 사람에게서, 그 사람이 가지고 있
는 천재와 함께, '범죄 본능'까지 끌어내었다 하면, 우리는 그 '기
회'를 저주하여야겠습니까 혹은 축복하여야겠습니까? 이 성수의
일로 말하자면 방화, 사체 모욕, 시간[屍姦], 살인, 온갖 죄를 다
범했어요. 우리 예술가협회에서 별로 수단을 다 써서 정부에 탄
원하고 재판소에 탄원하고 해서 겨우 성수를 정신병자라 하는 명

목 아래 정신병원에 감금했지, 그렇지 않으면 당장에 사형이 아닙니까. 그런데 이제 그 편지를 보셔도 짐작하시겠지만 통상시에는 그 사람은 아주 명민하고 점잖고 온화한 청년입니다. 그러나, 때때로 그, 뭐랄까, 그 흥분 때문에 눈이 아득해져서 무서운 죄를 범하고 그 죄를 범한 다음에는 훌륭한 예술을 하나씩 산출합니다. 이런 경우에 우리는 그 죄를 밉게 보아야 합니까, 혹은 그 범죄 때문에 생겨난 예술을 보아서 죄를 용서하여야 합니까?"

"그게야 죄를 범치 않고 예술을 만들어냈으면 더 좋지 않습니까?"

"물론이지요. 그러나 이 성수 같은 사람도 있는 것이니깐 이런 경우엔 어떻게 해결하렵니까?"

"죄를 벌해야지요. 죄악이 성하는 것을 그냥 볼 수는 없습니다."

K씨는 머리를 끄덕였다.

"그렇겠습니다. 그러나 우리 예술가의 견지로는 또 이렇게 볼 수도 있습니다. 베토벤 이후로는 음악이라 하는 것이 차차 힘이 빠져가서 꽃이나 계집이나 찬미할 줄 알고 연애나 칭송할 줄 알아서 선이 굵은 것은 볼 수가 없이 되었습니다. 게다가 엄정한 작곡법이 있어서 그것은 마치 수학의 방정식과 같이 작곡에 대한 온갖 자유스런 경지를 제한해놓았으니깐 이후에 생겨나는 음악은 새로운 길을 개척하기 전에는 한 기술이 될 것이지 예술이 될 수는 없습니다. 예술가에게는 이것이 쓸쓸해요. 힘 있는 예술, 선이 굵은 예술, 야성으로 충일된 예술——우리는 이것을 기다린 지 오랬습니다. 그럴 때에, 백성수가 나타났습니다. 사실 말이지 백성수의 그새의 예술은 그 하나하나가 모두 우리의 문화를 영구히 빛낼 보물입니다. 우리의 문화의 기념탑입니다. 방화? 살인? 변변치 않은 집개, 변변치 않은 사람개는 그의 예술의 하나가 산출되는 데 희생하라면 결코 아깝지 않습니다. 천 년에 한 번, 만 년에 한 번 날지 못 날지 모르는 큰 천재를, 몇 개의 변변치 않은 범죄를 구실로 이 세상에서 없이 하여버린다 하는 것은 더 큰 죄악이 아닐까요. 적어도 우리 예술가에게는 그렇게 생각됩니다."

K씨는 마주 앉은 노인에게서 편지를 받아서 서랍에 집어넣었다. 새빨간 저녁 해에 비쳐서 그의 늙은 눈에는 눈물이 번득였다.

배회 徘徊

'노동은 신성하다.'

이러한 표어 아래 A가 P고무공장의 직공이 된 지도 두 달이 지났다.

자기의 동창생들이 모두, 혹은 상급 학교로 가고, 혹은 회사나 상점의 월급쟁이가 되며, 어떤 이는 제 힘으로 제 사업을 경영할 동안, A는 상급 학교에도 못 가고 직업도 구하지 못하여 헤매다가 뚝 떨어지면서 고무공장의 직공으로 되었다.

'노동은 신성하다.'

'제 이마에서 흐르는 땀으로써 제 입을 쳐라.'

'너의 후손으로 하여금 게으름과 굴욕적 유산에 눈이 어두워지지 않게 해라.'

이러한 모든 노동을 찬미하는 표어를 그대로 신봉한 바는 아니지만, 오랫동안 헤매다가 마침내 직공이라는 그룹에서 그가 자기

자신을 발견하게 되었을 때는, 일종의 승리자와 같은 기쁨을 그는 마음속에 깨달았다. 그것은 사회에 이겼다기보다도—전통성에 이겼다기보다도—한번 꺾어지면서 일종의 반항심이라는 것보다도, —자기도 인제는 제 힘으로 살아가는 한 개 사람이 되었다는 우월감에서 나온 기쁨이었다.

"우으로—우으로."

생고무를 베어서 휘발유를 바르며, 혹은 틀에 끼워서 붙이며, 인제는 솜씨 익은 태도로 끊임없이 손을 움직이며, 그는 때때로 소리까지 내어 이렇게 혼자 중얼거렸다.

그러나 이 공장에 들어와서 한 주일이 지나고 열흘이 지나고 한 달이 지나는 동안, 그는, 여기서도 움직이는 온갖 게으름과 시기와 허욕을 보았다. 힘을 같이하여 자기네의 길을 개척해나가야 할 이 무리의 새에도 온갖 시기와 불순한 감정의 흐름을 보았다. 남직공들이 지은 신은 비교적 공평되이 검사되었지만, 여직공이 지은 신은 그의 얼굴의 곱고 미움으로, '합격품'과 '불량품'의 수효가 훨씬 달랐다. 생고무판의 배급에도 불공평이 많았다. 서로 남의 신을 깎아먹으려고 틈을 엿보았다. 자기가 일을 빨리 하려기보다 남을 더디게 하려기에 더 노력하였다. 혹은 남이 지어놓은 신을 못 보는 틈에 얼른 손톱으로 자리를 내놓는 일까지 흔히 있었다. 점심 시간에는 서로 입에 담지 못할 음담으로 시간을 보냈다.

이러한 모든 엄벙벙의 거친 감정과 살림 아래서, A는 오로지 자기의 길을 개척하려고 힘썼다. 사람으로서의 감정과 사랑과 양심을 잃지 않으려—그리고 밖으로는 늙은 어머니와 사랑하는 처자의 입을 굶기지 않으려—휘발유 브러시와 룰러는 연하여 고무판 위에 문질러지며 굴렀다.

"우으로—우으로."

*

그것은 A가 이 공장에 들어온 지 두 달이 지난 어떤 봄날이었다. 일을 끝내고 한 달에 두 번씩 내주는 공전을 받은 뒤에 그가 막 집으로 돌아가려고 도시락통을 꽁무니에 찰 때였다.

"여보게 A. 놀러 가세."

A와 같은 상에서 일하는 B가 찾았다. C, D, 두 사람도 문밖에서 기다리고 있었다.

"나? 나도 놀러 가잔 말인가?"

"같이 가자기에 찾지."

"그럼, 내, 집에 잠깐 들러서—"

"이 사람 걱정 심할세. 잠깐만 다녀가게. 이 사람 그렇게 비싸게 굴면 못써."

"그래라."

그는 다시 무슨 말을 못하고 따라갔다.

그들은 그 공장에서 그다지 멀지 않은 어떤 집까지 이르러서 주인을 찾지도 않고 줄레줄레 신발을 문 안에 들여 벗은 뒤에 들어갔다. A는 의외의 얼굴을 하였다. 그 집 안주인은 공장 근처에 있는 서른댓쯤 난 여인이었다.

B는 그 여인에게 엄지손가락을 쳐들어 보였다.

"어디 갔소?"

"내보냈지. 놀다 오라구 오십 전 줘서……"

"잘됐어. 넷만 데려다 주."

"넷? 넷이 있을까. 하여간 잠깐 기다려요. 가보구 오께."

여인은 일어나서 옷을 갈아입고 밖으로 나갔다.

"A도 앉게나. 왜 뻣뻣 서 있어?"

"B. 난 먼저 가겠네."

"또 나온다. 앉어."

"참 가봐야겠어."

"몹시는 비싸다. 사람이 그렇게 비싸면 못써."

"비싼 게 아니라—"

A는 하릴없이 주저앉았다.

잠깐 다녀오마고 나간 주인 여인은 한 시간이나 넘어 지난 뒤에
야 겨우 돌아왔다.

"자, 한턱 내야지."

그 여인의 이런 소리와 함께 뒤로는 다른 젊은 여인 넷이 들어
왔다.

"저 얼간이와 또 맞선담. 좌우간 이리 와."

B는 선등 서서 들어오는 어떤 뚱뚱한 젊은 여인을 손짓하며 웃
었다.

"저 싱검둥이와 또 놀아? 에라 놀아줘라."

얼간이란 그 여인도 대꾸를 하면서 B의 곁으로 내려와 앉았다.

C도 하나 맡았다. D도 하나 맡았다. 그리고, A의 몫으로 남은 것은 같은 P고무공장의 여직공으로 다니는 십팔구 세 난 도순(道順)이라는 뚱뚱한 계집애였다. 그러나 공장에서 일할 때와 달리, 비단옷을 입고 얼굴에는 분도 약간 발랐다.

이것을 한 번 둘러본 뒤에 A는 불쾌함을 참지 못하여 몸을 일으켰다.

"B, 난 먼저 가겠네."

"에이 못난 자식, 가고 싶으면 가. ……여보게 우리 좋은 친구끼리 놀러 왔다가 혼자 먼저 간다면 우리가 자미 있겠나? 한 시간만 있다가 같이 가세."

A는 일으켰던 몸을 다시 하릴없이 주저앉혔다.

*

남녀 여덟 명은 둘러앉았다.

술상도 들어왔다. 잡수세요, 먹어라, 먹자, 먹는다, 술은 돌기 비롯하였다.

"샌님. 먹게."

술잔은 연하여 A에게로 왔다. A는 한 잔도 사양치 못하고 다 받아먹었다. 그러나 첫 잔부터 불쾌한 기분 아래서 받은 술은, 그 수가 많아감과 함께 불쾌도 따라 늘어갔다. 술을 먹을 줄을 모르는 A는 차차 자기가 취해 들어가는 것을 똑똑히 의식하면서 주

는 대로 받아 마셨다. 사양하려면 B가 막았다. 술잔을 받아놓고
조금이라도 지체하면 여인들이 채근하였다.

"하하하하. 맛있지?"

A가 술을 삼킬 때마다 낯을 찡그리는 것을 보고, B는 재미있는
듯이 손뼉을 치고 하였다. 여인들도 깔깔 웃어대었다.

되는대로 되어라! 몇 잔 안 되어서 벌써 얼근히 취한 A는 마음
의 불쾌와 몸의 불쾌가 가속도로 늘어가는 것을 마치 남의 일과
같이 재미있게 관찰하면서 오는 술잔은 오는 대로 다 받아먹었
다. 다섯 잔이 열 잔이 되고, 열 잔이 스무 잔이 됨을 따라, 그의
눈살은 더욱 찌푸려졌다.

—이게 무슨 일이냐. 무슨 거친 생활이냐. 너희에게는 너희의
봉급을 손꼽아 기다리는 어버이나 처자가 없느냐. 술? 환락? 술
보다도 환락보다도 먼저 너희의 사람으로서의 인격을 완성시키는
것이 너희의 할 일이 아니냐. 우으로! 우으로! 술에 취한 몽롱한
눈으로 어두운 등잔 아래서 뭉기며 헤적이는 몇 개의 몸집을 바
라보던 그는 뜻하지 않고 숨을 길게 쉬었다.

"망측해. 우시네."

곁에 앉아서 술을 따르고 있던 도순이가 A의 얼굴을 쳐다보
았다.

"뭐? A가 울어?"

B가 이편으로 머리를 홱 돌렸다. A는 얼굴을 돌렸다. 눈물이 나
온 바는 아니었지만, 취한 그들에게 얼굴을 보이기가 싫었다.

"A, 우나? 도련님. 샌님. 하하하하, 또 한 잔 들게. —도라지,

도라지, 도라지—까. 은률 금산포 도라지—까(콧노래를 부르며)
하하하하. 뚱뚱보. 그렇지? A, 또 한 잔 먹어라."

"B. 난 정 먼저 가겠네."

"가? 가갸거겨는 언역지 초요, 이마털 뽑기는 난봉지 초로다.—
이 자식, 글쎄 가기는 어딜 간단 말이냐. 푸른 술 있겠다, 미희[美
姬]¹ 있겠다—야, 너무 비싸게 굴지 말어라. 천 냥짜리다, 만 냥
짜리다. 십만 냥 쥐라. 자 또 한 잔."

A는 또 받아 마셨다.

"하하하하. 십만 냥이라는 바람에 또 먹었구나. 먹은 담에는 열
냥짜리다. 그러나 A, 내 말 듣게. 나도—나도—"

B는 지금껏 뚱뚱보에게 걸고 있던 왼팔을 풀어서 양 팔꿈치로
술상을 짚었다. 그리고 얼굴을 A의 앞으로 가까이 하였다.

"A, 자네, 정 우나? 울지 말게."

울지도 않는 A에게 울지 말라고 권고하는 B는 자기 눈에 갑자
기 고인 눈물은 의식지 못하는 모양이었다.

"울 게 아니라네. 세상사가 다 그렇다네. 나도 상당한 학부를
졸업한 사람일세. 처음에는 자네와 같은 생각을 품고 있었지. 세
상을 좀더 엄숙하게 보자고…… 그러나 틀렸어. 세상에 어디 엄
숙이 있나? 예수? 석가여래? 모두 다 샌님이야. 이 뚱뚱보 얼간
이보담도—"

B는 한 번 탁 계집을 붙안았다가 놓았다.

"듣기 싫어. 싱검둥이."

"꼴에 비싸게 구네. A! 자네 밥만 먹고 살겠나? 반찬도 있어야

고 물도 있어야지. 돈 있는 놈의 반찬은 명월관, 식도원에 있고, 우리 반찬은 이 뚱뚱보, 말라꽁일세그려. 자네네 그 올빼미—도순이 말일세. 오죽이나 얌전한가. 우리 얼간이하구 바꾸어볼까. 하하하하, 또 한 잔 먹게. 탄력 있는 몸집, 그래 어때?"

B는 술을 따라서 A에게는 주지 않고 자기가 마셨다. 하하하하, 쾌활히 웃는 그의 오른편 눈은 그 웃음에 적당하게 쾌활한 빛이 있었지만 커다랗게 뜬 왼편 눈에서는 눈물이 뺨으로 흘러내렸다.

"A, C, D, 그러구 이 요물들아. 내 말을 들어라. 오늘이 우리 아버지 생신이다. 저녁에 고등어를 사가지고 가마 했다. 그렇지만 고등어가 다 뭐야. 술이다. 술이야. 어따, A, 너 또 한 잔 먹어라."

"B. 그럼 자네도 집에 가야겠네그려."

"나? 내일 저녁에 가지. 남의 걱정까지는 말고 술이나 먹어라. 그렇지만, A. 이까짓 자식들—"

B는 손을 들어서 C와 D를 가리켰다.

"자식들과는 이야기할 게 없지만, 때때로 생각하지 않는 바가 아니야. 상당한 학부까지 마치었다는 자식이, 그래 십여 년을 배운 것을 써먹지도 못하고 고무신을 붙여서 한 켤레에 오 전씩 받는 것, 이것을 가지고—이걸 술도 안 먹고야 어쩌겠나. A. 울지 말게, 울지 말어."

B는 수건을 내어 제 눈물을 씻었다.

*

좀 뒤에 도순이의 집까지 몰아넣으려는 것을, 몸을 빼쳐서 피한 A는, 취한 술을 깨우기 위하여 공원에 갔다.

고요한 밤의 공원이었다. 전등불에 비쳐서 A는 그 나무들의 늘어진 가지에서 장차 터지려는 탄력을 보았다. 겨울의 혹독한 바람 아래서도 자포(自暴)를 일으키지 않고 오랫동안 기다린 그 가지들의, 겨우내 간직하였던 힘과 생활력을 한꺼번에 써보려는 그 자랑을 보았다.

"우으로—우으로. 좀더 사람다이."

이 나뭇가지의 용기와, 아까의 B의 자포적 기분의 두 가지를, 마음속에 그려놓고 비교할 때에는 어느 편을 도울지 헤아리지 못하였다. B의 말에도 그럴듯한 근거가 있었다. 아무 바람과 광명을 발견할 수 없는 이 환경 아래서 혼자서 우으로 광명으로 손을 저으며 헤매면 그것이 무슨 쓸데가 있으랴. 필경에는 실망에 실망을 거듭한 뒤에는 또다시 침락[沈落]의 생활에 빠져들어가지 않을 수가 없지 않으랴. 그러면 도대체 장래의 실망이라는 것을 맛보지 않게, 지금부터, 침락의 생활을 시작하는 것이 도리어 옳지 않을까. 우으로? 우으로? 무엇이 우으로냐?

"술이다, 술이야."

아까 B가 부르짖던 그 부르짖음은 A 자기의 "우으로, 우으로"라고 부르짖는 그 부르짖음보다도 더 침통하고 진실한 부르짖음이 아닐까. 더 범인적(汎人的)인 부르짖음이 아닐까.

A는 연하여 피께²를 하며, 취하여 쓰러지려는 몸을 다시 일으키고 일으키고 하였다.

*

이튿날 종일을 A는 불쾌하게 지냈다. 먹을 줄을 모르는 술을 과음했기 때문에 얼굴은 뚱뚱 부었다. 가슴이 별(別)하게 쓰렸다.

그는 공장에서도 일하던 손을 뜻하지 않고 멈추고는 눈을 꺼벅 꺼벅하고 하였다.

"어때? 샌님."

B가 찾는 것도 그는 들은 체도 안 하였다. 몇 번을 저절로 눈이 도순이 있는 편으로 쏠리다가는 혼자서 혀를 차고 하였다. 주위의 인생이란 인생, 여인이란 여인이 모두 더럽게만 보였다.

"그러고도 사람이냐. 더러워! 우으로—우으로."

그는 몇 번을 혀를 차고 주먹을 부르쥐고 하였다.

일을 끝내고 집으로 돌아가렬 무렵에 B가 문밖에서 기다리고 있다가,

"또 가볼까?"

하였지만 A는 대답도 없이 지나가버렸다.

"하하하하."

뒤에서 B의 웃음소리가 들렸다.

"우으로—우으로."

A는 머리를 수그리고 걸음마다 힘을 주면서 집으로 향하였다.

*

어떤 날 점심때, 점심을 끝낸 장화공(張靴工)들은 넓은 방에 모여서 잡담들을 하고 있었다. 그때 어느 여공이 이런 말을 꺼냈다.

"이즈음 불량품이 많이 나."

"당신 면상이 멍텅구리거든."

어느 남직공이 놀렸다.

"아니야. 나도 많이 나는데."

이번은 얼굴 좀 빤빤한 계집애가 이렇게 말하였다.

"그럼 당신은 얼마나 이쁘우?"

아까의 남직공은 또 놀렸다.

"아이구. 당신은 입이 왜 그리 질으우?"

"질지 않어 물이면 어때?"

한참 이렇게 주고받을 때에, B가 쑥 나섰다.

"그럴 것들이 아니야. 내게서도 이즈음 불량품이 많이 나는데 아마 배합(配合)이 나뻐."

일종의 위신을 가지고 있는 B의 말에는 아무도 반대하는 사람이 없었다.

사실 이즈음은 불량품이 많이 났다. 그것은 얼굴 미운 여공에게서만 많이 나는 것이 아니요 남직공이며 얼굴 예쁜 여공에게서도 검사에 불합격되는 신이 많이 났다. 불량품 한 켤레를 낼 때마다 그 직공은, '불량품을 낸 벌'로서 한 켤레와 '불량품이 된 원료에 대한 보상'으로서 한 켤레—이렇게 두 켤레를 공전 안 받고 만드는 것이 고무공장의 내규였다. 그런지라, 한 켤레의 불량품을 내면 그 직공은 공전 못 받는 세 켤레(불량품까지)를 만드는 셈이었다. 잘해야 하루에 십칠팔 켤레 이상은 못 붙이는 그들이, 어떻게 해서 하루에 세 켤레만 불량품을 내놓으면, 그날은 공전 받는 일은 칠팔 켤레밖에는 못한 셈이 되는 것으로, 사실 불량품이 많이 난다 하는 것은 직공들에 대하여는 큰 문제였다.

"배합이 나빠."

B의 말을 따라서 제각기 들고 일어섰다.

"난 어제 네 켤레를 퇴맞었는데."

"난 그저께 여섯 켤레."

한 시간 전까지는 불량품 낸 것을 수치로 생각하고 그 수효를 줄이거나 감추려던 그들은, 그것의 책임이 자기네에게 있지 않은 것을 아는 동시에 각각 그 수효의 많음을 자랑하였다. 세 켤레다, 네 켤레다, 제각기 들고 일어섰다.

"여러분들. 이럴 것이 아니라, —이렇게 지껄이기나 하면 뭘 하오. 그러니까, 우리는 어떻게든 그 대책을 연구합시다."

"대책이라야 배합사를 두들겨주는밖에 수가 있나?"

누가 이런 말을 하였다.

"두들겨라."

"따려라."

몇 사람이 응하였다. 하하하, 웃는 사람도 있었다.

"담뱃불 좀 주게."

딴소리 하는 사람도 있었다.

"좀 조용들 해요. 우리 문제를 좀 구체적으로, 생각해봅시다그려."

그들은 머리를 모으고 의논하였다. 제각기 의견을 제출하였다. 그러던 끝에 마침내 B의 의견을 좇아서 지배인에게 배합사를 주의시켜달라기로 작정되었다. 그리고 그 대표자로서는 A가 뽑혔다.

A는 이 직책을 달갑게 받았다.

*

모든 장화공들의 성원 아래 그들을 문밖에 남겨두고 A는 지배인의 앞에 갔다. 지배인은 무슨 일이 났는가고 눈이 둥그렇게 되며 장부를 집어치웠다.

"무슨 일이어."

"저, 다름이 아니라—"

A는 분명하고 똑똑하게 이즈음 유화(硫化)[3]할 때에 불량품이 많이 발견되며, 이 때문에 장화공들이 받는 손해가 막심하니 배합사를 불러서 좀 주의하도록 명하여달라고 말하였다.

지배인의 명으로 배합사가 왔다.

"이즈음 배합이 나빠서 불량품이 많이 난다는데—"

이 지배인의 말에 대하여 배합사는 즉시로 반대하였다.

"네? 그럴 리가 있습니까. 꼭 저울로 달아서 이전과 같이 하는 배합에 변동이나 착오가 있을 리가 없습니다. 아마 네리(鍊)가 부족한 모양입지요."

"네리? 그럼 네리공을 불러."

네리공이 왔다.

"네리를 이즈음 어떻게 하나?"

"전과 같습니다."

"그래두 생고무 품질이 나빠서 불량품이 많이 난다고 말이 있는데."

"네리에는 부족이 없습니다. 그럼 유화가 혹은 과하거나 부족하거나 하지 않습니까. 유화시킬 때의 취급이 너무 아라이*하지는 않습니까?"

"어디 유화공을 불러봐."

유화공이 왔다.

"이즈음 유화를 어떻게 하나?"

"네?"

"이즈음 불량품이 많이 나는 건 알겠지."

"네."

"왜 잘 유화시키지 않어?"

"천만에. 붙이기를 잘못 붙이는지는 모르겠습니다마는 유화에는 잘못이 없습니다. 기압 오십 파운드로, 한 시간 반씩—과부족이 없습니다."

배합에서 네리로, 유화로, 이 세 과정의 책임자의 말을 듣는 동

238

안, A의 머리는 점점 수그러졌다. —내가 무엇 하러 여기 들어왔는가. 서로 책임을 밀고 주고…… 여기 들어온 나부터가 벌써 마음을 잘못 먹지 않았나. 사람이란, 제가 당연히 져야 할 책임까지도 남에게 밀지 않고는 살아가지 못하나. 여기 들어온 나부터가, 잘못이다. 아무리 배합이 나쁠지라도, 아무리 네리가 부족할지라도, 아무리 유화가 잘못되었을지라도 성심껏 붙이기만 하면 안 붙을 바가 아니다. 왜 그 책임을 남에게 밀려 했는가. 우으로! 우으로! 좀더 사람다이! 감격키 쉬운 그의 눈에는 눈물까지 고이려 하였다.

"자네도 듣다시피, 제각기 잘했노라니깐 어느 편이 잘못했는지 모르겠네그려. 허허허."

지배인은 수염을 쓰다듬었다.

"네. 듣고 보니, 아마 붙이기를 잘못한 것 같습니다."

A는 머리를 수그린 채 돌아서서 지배인실을 나왔다. 그가 머리를 수그리고 직공들 틈을 지나갈 때에 어떤 여공이 그를 멍텅구리라 하였다. A는 그 말은 들은 체도 않고 빨리 공장으로 돌아와서 제 모자를 뒤집어쓰고 도시락통을 뒤통수에 찼다. 그리고 막 밖으로 나오려다가 B와 마주쳤다.

"잘 만났네. 술 안 먹겠나? 내 한턱 냄세."

"뭐? 술? 만세. 좌우간 오늘 일을 끝내고—"

"에, 불쾌해!"

"왜 그러나. 하하하하. 제각기 책임을 밀던가. 그런 게라네, 사람이란 건…… 거기서, 네 저희 장화공들이 붙이기를 잘못 붙였

나 보이다 하던 자네의 태도는 예수 그리스도데, 예수 그리스도
야. 예수, 석가여래, 공자, 하하하하. 하여간 좀 있다 술을 잊어서
는 안 되네. 그리스도의 술을 얻어먹기가 쉽겠나?"

*

이튿날 아침, 몹시 목이 말라서 깬 때는, A는, 뜻밖에도 도순네
집에 있는 자기를 발견하였다. A는 벌떡 일어났다. 정신이 아뜩
하였다.

"이게 무슨 일이냐. 내가 이게 무슨 짓이냐."

무한한 자책과 불쾌 때문에 가슴이 찢어지는 듯하였다. 증오에
불붙는 눈을 도순이의 얼굴에 부었다. 얼굴에 발랐던 분이 절반
만치 져버려서 버짐 먹은 것같이 된 면상에 미소를 띠고 있는 도
순이를 보면 불쾌감이 더욱 맹렬해졌다. 그 얼굴에 침을 탁 뱉고
싶었다.

A는 황급히 일어났다. 무엇이라 그의 등을 향하여 도순이가 부
르짖었지만, 듣지도 못하였다. 문 닫고 가란 말만 간신히 들렸다.
잠에 취한……

그 집을 뛰쳐나온 그는, 자 어디로 가나 하였다. 밤을 다른 데서
보내고 이제 어슬렁어슬렁 제 집으로 돌아가기에는 그의 양심은
너무도 맑았다. 지금껏 아내 이외의 딴 계집을 접해본 일이 없는
그였다.

"무슨 짓이냐. 이 내 꼴은—"

불쾌하였다. 침이 죽과 같이 걸게 되었다. 마음은 부단히 향상을 바라면서도, 행위에 있어서 양심과 배치되는 일을 저지르는 제 약함을 스스로 꾸짖어 마지않았다. 그는 불쾌한 감정 때문에 연하여 사지를 떨면서 골목에서 거리로 거리에서 골목으로 빙빙 돌고 있었다.

"아아. 거칠은 삶이다. 바보! 바보! 왜 나는 좀더 사람답게 못되는가. 사람으로서의 사랑과 감정과 양심—이것을 왜 기르지를 못하느냐. 기르기는커녕, 있던 것조차 보전치를 못하느냐. 우으로, 우으로. 좀더 사람다이!"

그는 메스꺼운 듯이 탁 침을 뱉고 하였다.

하릴없이 공장으로는 갔다. 하루 진일을 불쾌하게 지났다. 공장에서 일할 동안 저편 여직공들의 일터에서, 무엇이 좋다고 죄죄거리는 도순이의 뒷 태도를 증오에 불붙는 눈으로 수없이 흘겼다. 벌써 잊었느냐.

"에익! 더러워. 한 사내와 한 계집의 결합이라는 것은 결코 농담이 아닐 것이다. 무지로다. 더럽다."

소리까지 내어서 중얼거리고 하였다.

여전히 천하를 태평히 보자는 B는, 일손을 멈추고 A를 돌아보며 웃었다. 그러나 A는 그의 미소에는 응치도 않고, 타는 듯한 증오의 눈을 B에게 던질 뿐이었다.

"오늘 밤도 또 가려나?"

응하지 않는 것을 탓하지 않고 B가 두 번이나 말을 붙일 때에 A는 몸까지 획 B 편에서 돌려버리고 말았다.

그러나 그날 밤 A는 혼자서 몰래 술을 몇 잔을 먹은 뒤에 또다시 도순이의 집의 문을 두드렸다. 아직 양심이 썩지 않은 A는, 자기의 양심과 어긋나는 이 행동에 대하여 억지로 자기 스스로를 속일 핑계라도 없지 않을 수가 없었다. 그는 자기 스스로를 속여서, 오늘 도순이에게 '한 사내와 한 여인의 결합이라는 것은 좀더 엄숙히 볼 문제라'는 것을 설교해주어야겠다고 핑계를 만들었다.

배합사와 장화공 새의 문제는, A의 철저치 못한 태도와, 지배인의 '허허허' 하던 웃음소리로, 한 단락을 맺은 듯하나, 그것으로 온전히 끝이 난 것이 아니었다. 이튿날도, 불량품을 낸 직공에게서마다, 배합사에 대한 원성이 나왔다. 그 이튿날도 또한 마찬가지였다. 이리하여 날이 지날수록 그들의 원망은 차차 더하였다. 그러나 거기 대하여, 구체적으로 어떻게든지 하자는 사람은, 없었다.

"제길, 도죽놈."

이것이, 그들의 최고의 원성이었다.

A는, 지배인에게 향하여, 인제부터는 잘 붙여보겠노라고 하고 나온 뒤로, 정성을 다하여 붙였다. 전에는 하루에 열여섯 컬레 평

242

균으로 붙이던 그가, 그 다음부터는, 열두 켤레를 한하고 붙였다. 그러나 이틀에 한 켤레씩은, 역시 불량품이 났다. 아무런 일에든지, '되는대로'를 표방하고 지나는 B에게서는, 하루에 평균 세 켤레가 났다.

어떤 날, A는—브러시질을 하던 손을 멈추고, B를 찾았다.

"여보게, B. 이러다가는 참 안 되겠네."

"뭐이?"

"불량품 문제 말일세."

"하하하하. 자네도 걱정이 나는가? 붙이기만 잘 붙여보게나.— 아닌 게 아니라, 걱정은 걱정일세. 그래서 어저께 나 혼자서 몰래 지배인을 찾아갔다네. 그자(지배인)허구 우리 집허구는 본시 세교 집안이기 때문에 내가 아무리 일개 직공이라 해도, 그리 괄시를 못한다네. 그래서 담판을 했지. 배합사를 내쫓아달라구. 그랬더니 그 대답이 이렇드구면. 지금의 배합사는 이 공장이 창설될 때 공장에서 일부러 고베(神戶)까지 보내서 수천 원을 색여가면서 배합법을 도적질해온 게라구. 그래서 보통 배합사면 한 달에 월급 일백이십 원은 줘야 하는데 이자에게는 그 반액 육십 원밖에는 안 준다나. 십 년 동안을 육십 원씩 주고 그 뒤부터야 보통 배합사의 봉급을 준다네그려. 그런 사정이 있으니까, 내보낼 수가 없대."

"B. 난 어젯밤에 이런 생각을 해봤는데 어떨까. 우리 장화공의 수효가 삼백 명이 아닌가. 그 삼백 명이 한 달에 네 켤레씩 불량품을 낸다면 그 공전 손해가 한 달에 육십 원이지. 그러구 불량품을 낸 배상으로 만드는 이천사백 켤레의 공짜 신까지 합하면 매달 일백팔십 원이라는 돈이 떠오르네그려. 그 떠오르는 돈으로, —즉 우리 돈으로 말일세, 우리 돈으로 우리가 배합사 한 명과 네리공 한 명을 야도우(雇)해보면 어떨까 하는 말이야. 공장 측 배합사와 네리공을 감독하는 셈일세그려. 우리가 지금 배합이나 네리가 나쁜 탓으로 받는 손해가 한 달에 한 사람에 네 켤레쯤으로 당할 것 인가. 적어도 한 사람 평균 서른 켤레는 될 것일세."

"만세. A 만세. 씨르럭 푸르럭 톨스토이식의 헷소리나 하는 자 넌 줄 알았더니 이런 지혜도 있었나? 만세 만세 만만셀세. 그렇지 만 역시 공상가의 생각일세. 도련님의 생각이야. 샌님. 도련님. 직공들이 말을 들을 줄 아나? 배합이 나빠서 한 달에 일만 원을 손해를 볼지언정 그것을 개량할 비용으로는 십 전은커녕 일 전도 안 낸다네."

"그럴 리야 있겠나?"

"그러기에 자네를 샌님이라지. 하하하하."

"사리(事理)를 설명해—"

"사리? 사리를 알 것 같으면 자네 같은 철학자나 나 같은 주정 꾼이 되지. 좌우간 말해보게나. 나쁜 일은 아니니깐."

A는 다시 브러시를 들었다. B의 이야기는 독단이었다. 사람의 사람으로서의 신성함을 무시하는 독단이었다. A는 다시 그 이야 기를 B에게 안 하려 하였다.

그리고 이튿날 공장에 출근할 때는 그는 어저께 B에게 이야기 한 것과 같은 규맹서(規盟書)를 작성해가지고 왔다.

점심때를 이용하여 그는 B에게 도장 찍기를 원하였다. B는 웃으면서 찍었다.

그러나 다른 사람에게서는 그는 좀체 도장을 받지는 못하였다.

"도장을 못 가져왔구려."

어떤 사람은 이렇게 대답하였다.

"다들 찍으면 나도 찍지요."

어떤 사람은 이렇게 대답하였다.

"집에 가서 의논해야겠네."

어떤 사람의 대답은 이것이었다.

이리하여 그가 받은 도장은 삼백 명 직공 가운데서 겨우 열서너 사람에 지나지 못하였다.

그날 일을 끝내고 몹시 불유쾌하여 돌아가렬 때에 B가 따라왔다.

"어때? 몇 사람이나 받았나?"

"에익! 더러워! 짐승만도 못한 것들."

"하하하하. 안 찍던가? 글쎄 내가 그러지 않던가. 안 찍네, 안 찍어."

"돼지! 개!"

"몹시 노여우신 모양일세그려. 술 먹구 싶지 않은가? 한턱 내게나."

A는 B의 얼굴을 바라보았다. 그리고 B의 얼굴에 뱉으려고 준비하던 침을 탁 땅에 뱉은 뒤에 돌아서서 빠른 걸음으로 집으로 향하였다.

*

도순이와의 일이 있은 뒤부터, A는 자주 도순이를 찾았다. 도순이의 집을 다녀온 이튿날마다 몹시 불쾌하여, 다시는 안 가려 혼자 맹서하고 하였다. 그러나 그의 발은 뜻하지 않고 그리로 향해지고 하는 것이었다.

공장에서는 도순이와 A는 서로 모른 체하였다. 처음 한동안은 도순이가 말을 걸어보려 하였으나 A가 부끄러워 피하고 하였다. 그 뒤부터는 도순이도 모른 체하였다. 간간 도순이가 A의 곁으로 지나가다가 몰래 꼬집고 하는 것뿐이었다.

*

그것은 오월 단오가 가까운 어떤 날이었다.

A가 집에서 저녁을 먹고 거리(?)에라도 나갈까 하고 망설이고 있을 때에 아내가 찾았다.

"어디 또 나갈려우?"

"응."

"여보, 응이 대체 뭐요, 응이 뭐야. 집안 꼴을 좀 봐요. 쌀이 있소, 내일모레가 명절인데, 아이 옷이 있소?"

"우루사이 온나다나."⁵

"할말 없으면 저런 말 한담."

246

아내는 어이없는지 픽 하고 웃어버렸다. A도 그만 웃어버렸다. 그리고 싱겁게 귀동이(그의 두 살 난 아들)를 두어 번 얼러본 뒤에 집을 나섰다.

집을 나선 그는 B를 찾아가서 B를 문간까지 불러내었다.

"여보게 B. 돈 한 이 원만 취해주게."

"밤중에 돈은 해서 뭘 하겠나?"

"집에 쌀이 떨어졌네그려."

"뭐? 쌀? 그게야 되겠나. 가만있게. 이 원으로 되겠나? 한 오원 줄까?"

A는 B의 얼굴을 바라보았다. 천하만사를 되는대로 해나가는 듯한 B―그가 집에는 생활 비용을 여유 있게 남겨두며, 친구의 청구에 두말없이 꾸어주는 그의 태도. 눈물이 나오려 하였다.

"오 원이면 더 좋지."

"잠깐 기다리게."

B는 들어가서 제 아버지(?)와 중얼중얼하더니 오 원을 가지고 나왔다.

"자, 쓰게. 딴 데는 쓰지 말게."

"이 사람아."

이런 일에 감격키 쉬운 A는, 눈물이 나오려는 것을 막고 B에게 사례를 하고 돌아섰다.

그날 밤 집에 돌아올 때는, 그는 쌀 한 말과 어린애의 인조견 저고릿감과 제 아내의 저고릿감을 각 한 채씩을 들고 돌아왔다.

집에 들어서면서 장한 듯이 홱 내던진 그 물건들을 아내는 생긋

이 웃으면서 집어치웠다. 제 저고릿감에 대하여는, 그는 그다지 기뻐하는 듯이 보이지 않았다. 한순간 펴본 뿐, 곧 집어치웠다. 자리에 누워서도, 당신의 옷이나 끊어 오지요 한 뿐 제 것에 대한 치하는 안 하였다.

이튿날 아침, A가 깨어서 세수를 하려고 문을 열 때였다. 혼자서 불을 때며, 제 저고릿감을 뒤적이고 있던 그의 아내는, A가 나오려는 바람에 얼른 감추어버렸다. 얼굴이 주홍빛이 되었다. 말도 없고 표정도 없었지만 얼마나 기뻐하는지가 역연히 보였다.

집을 나서서 공장으로 가는 동안, A의 마음은 마치 명절을 맞은 아이들같이 괴상히도 들먹거렸다. 무한 명랑하고 기뻤다. 단 일원. 그것으로 아내의 마음을 그만치 기쁘게 할 수가 있는 것이었다. 싸지 않으냐.

그는 문득 도순이를 생각하였다.

연애? 그것도 아니었다. 성의 불만? 그것도 아니었다. 유쾌? 오히려 그 반대였다. 여성 정복이라는 일종의 병적 쾌감이 그를 도순이에게 끄는 유일의 원인이었다. 그것은 더러운 감정이었다.

"우으로―우으로."

이리하여 그는 그 뒤부터는 도순이의 집을 다시 가지 않았다. 공장에서도 할 수 있는 대로 도순이를 보지 않으려 하였다.

집에 누워서 때때로 그 도순이의 일을 회상하고는 심란해질 때는 언제든지 귀동이를 찾았다.

"야 귀동아."

"어."

"응, 너 착하지."

"까—따—빠—"

"뭘?"

"따—떼—여이!"

"그렇지. 따, 떼, 여이, 지."

그리고 그는 거기서 도순이와 만났을 때와는 온전히 종류가 다른 만족과 희열을 발견하였다. 귀동이의 까—따—빠—는 도순이의 흥에 지지 않는 매력이 있었다. 제 아내에게 무슨 물건을 사다 줄 때마다 본 체 만 체하는 아내의 태도는, 사다 주는 물건에 입을 맞추며 기뻐서 날뛰는 도순이보다도 A에게는 더 은근스럽고 흡족하였다.

그의 생활은 다시 건전한 데로 돌아섰다.

*

여름도 절반이 갔다.

그 어떤 여름날 공장을 끝내고 돌아오던 길에 A는 문득 앞에 B가 도순이를 끼고 소곤거리면서 가는 것을 보았다.

집에 돌아와서 저녁을 먹은 뒤에 곤하여 자려 하였으나 그의 마음은 공연히 뒤숭숭하였다.

"압 바."

귀동이가 찾으면서 왔다. 그러는 것을 그는 밀었다.

"저리 가."

"따 띠?"

"뭘?"

"여이 다—떼이."

"엄마한테 가."

"마?"

"응, 응."

A는 벌떡 일어났다. 더워하면서, 그는 모자를 쓰고 집을 나섰다.

야시며 거리를 일없이 빙빙 돌다가 아홉시쯤 하여 도순이의 집 앞에 가서 귀를 기울였다.

"올빼미 같으니."

"흥, 넌 싱검둥이지?"

안에서는 확실히 B와 도순이의 목소리가 들렸다. A는 문을 두드렸다. 안의 소리들은 끊어졌다. A는 두번째 두드렸다. 대답은 없었다. A는 또다시 두드렸다.

세번째야 건넌방에서 누구요 하는 소리가 들렸다.

"도순이 있어요?"

"놀러 나갔소."

"언제쯤이오?"

"아까요."

A는 홱 돌아섰다. 나를 따는구나. 있고도 없다고? 짐승들! 더러워! 더러워!

거기서 돌아선 그는 그로부터 두 시간쯤 뒤에, 다시 도순이의 집에 이르렀다. 그때는 그는 먹을 줄 모르는 술에 정신없이 취해 있었다.

"도순이."

그는 몸 전체로 대문을 받았다. 그리고 그 여력으로 넘어진 그는 주저앉은 채로 대문을 찼다.

"도순이."

한마디 부르고는 앉은 채로 서너 번씩 대문짝을 차고 하였다. 지금 연놈이 끼고 누워 있나?

"어어. 나가네."

이윽고 안에서 대답 소리가 났다. B의 목소리였다.

"이 사람아 좀 기대려. 대문 쩌개지겠네."

안에서 문 여는 소리가 나고 신발 끄는 소리가 나고, 대문이 덜 걱덜걱하다가 열렸다.

"자. 들어가세."

A는 그만 싱겁게 일어났다.

"B인가. 난 누구라구. 가겠네. 어 취해."

"들어가세나."

"가겠네. 재미 보게. 웅? 재미 봐."

A는 뿌리치고 돌아섰다.

바보! 바보! 뭘 하러 거기까지 다시 갔던가. 이야말로 태산을 울린 뒤에 겨우 쥐 한 마리란 격이로구나. ─술과 노염과 불쾌 때문에 그는 귀가 어두워지고 눈이 어두워졌다.

"바보! 바보! 이게 무슨 창피스런 꼴이냐!"

집에만 돌아가면, 즐거운 가정이 있지 않으냐. 귀동이가, 있지

않으냐. 아내가, 있지 않으냐. 시골에는, 늙은 어머니가 있지 않
으냐. 그리고, 그들은 모두 나 하나를 힘입고 살고 있지 않으냐.
나는, 그들을 돌볼 권리와 의무가 있지 않으냐. 나는 사람이다.
우으로, 우으로.

술과 노여움으로 흥분된 그는, 혼자서 숭얼숭얼 말을 하면서,
고개를 푹 수그리고 거리거리를 비틀거리며 돌아다니고 있었다.
그러다가 어디선지 쓰러져 자버렸다.

*

이튿날—. 새벽에 길로 뛰쳐나왔다.

A는 오늘은 공장을 쉴까 하였다. 공장에서 B를 만나기가 싫었
다. 그러나 갈 데가(이 이른 새벽에) 없어서 빙빙 돌다가 오정쯤
드디어 공장으로 갔다.

"요—"

B는 여전히 손을 들어 인사하였다.

이것은 A에게는 의외였다. B는 부끄러워하려니 하였던 것이었
다. 그런 일이 있고 뻔뻔스럽게도 천연하랴? 그날 일을 하는 동안
B에 대한 시기가 차차 커가다가, 그 시기가 노염이 되고 노염은
종내 그답지 않은 일로 폭발이 되었다.

B는 자기의 브러시가 보이지를 않았던지, A의 승낙도 받지 않
고 A의 브러시를 집어갔다.

"이 자식! 남의 것 왜 집어가는 게야."

A는 붙이던 신을 상 위에 탁 놓은 뒤에 팔을 내밀었다. B는 브러시를 앗기지 않으려는 듯이 손을 뒤로 돌렸다.

"자네 것이면 좀 못 쓰겠나?"

"내 해, 내 것, 내, 내, 내 해야."

A는 숨을 덜걱덜걱하였다.

"야, A. 비싸게 굴지 말어."

"뭘? 이리 못 내겠느냐?"

"내 쓰고 주지 않으랴."

"에익!"

A는 주먹으로 B를 쥐어박았다. 눈에 충혈이 되면서 일어섰다. 이 통에 다른 직공들도 와하니 일어서서 둘러쌌다. 큰 구경이 난 것이다.

그 가운데서, 일단 넘어졌던 B는 옷의 먼지를 털면서 일어났다. A는 B가 달려들 줄 알고 그 준비를 할 때에 B는 옷을 다 털고 나서, 앞에 놓인 꽤 굵은 쇠몽치를 잡았다. 그리고 무릎을, 쇠몽치의 중간에 대고, 양손으로 쇠몽치의 양 끝을 잡아 힘써 당겼다. 쇠몽치는 그 두려운 힘에 항복하듯이 구부러졌다.

"A. 이봐. 내가 힘으로 너한테 지는 바는 아니다. 그렇지만 너한테 차마 손을 못 대겠다. 네 브러시를 쓰지 않으면 그뿐이 아니냐. 어따. 받어라. 네 브러시로라."

B는 브러시를 A에게 던졌다. 그리고 제 브러시를 얻어가지고, 방금 그 분쟁은 잊은 듯이 제 일을 시작하였다.

그 오후, A는 일할 동안 몇 번을 몰래 B를 보고 하였다. A는 지금 브러시가 아니라, 그보다 더한 것이라도 B가 달라기만 하면 곧 주고 싶었다. 아까의 제 행동을 뉘우쳤다. 부끄러운 일이라 하였다. 사람의 짓이 아니라 하였다.

저녁때 일을 끝내고 돌아가려 할 때에 A는 공장 문밖에서 B를 기다렸다.

"여보게, B."

"또 싸움을 하—"

"아까는 미안하이."

"하하하하. 사죈가. 几張面な男だな(경우 밝은 녀석일세). 세 시간도 못 지나서 사죄할 일을 왜 한담. —(또 콧노래 한 가락 부르고 나서) 그런데 A. 브러시가 그렇게 아깝던가."

A는 머리를 숙였다.

"B. 웃지 말고 대답해주게. 자네, 도순—"

"하하. 아, 알았다. 아까 그 일이 거기서 나왔구나. 이 못난 자식아, 샌님아. 야. 술이나 먹으러 가자. 오늘은 내가 한턱 내지."

A는 술을 피하고 싶었다. 그러나 B에 대한 미안한 생각은 A로 하여금 싫은 술좌석일지라도 기쁜 듯이 가지 않을 수가 없게 하였다.

*

그날 저녁을 기회로, A의 생활은 또다시 불규칙하게 되었다. 또다시 술, 계집……

254

그날 저녁 B는 A에게 얼간이를 소개하였다. 얼간이는 싱겁게 웃은 뒤에 이를 승낙하였다. A는 순교자와 같은 비창한 마음으로 이를 승낙하였고, 대단한 불쾌와 그 가운데 약간 섞여 있는 호기심으로, 얼간이의 집으로 갔다.

이날의 이 일은 마치 A에게는 아편의 독소와 같았다.

"우으로—우으로. 더욱 높은 데로."

마음으로는 여전히 향상을 바라고 부단의 자책과 공포를 느끼면서도, 그의 이성 그의 양심을 무시하고 그의 행동은 어긋나는 길로 가는 것이었다.

그날의 그 일은, A의 양심의 첨단을 갈아내는 줄이었다. 커다란 이 줄에 끝이 쏠려나간 그의 양심은, 그로 하여금 얼굴 붉힐 일을 연하여 행하게 하였다.

아침 자리에서 일어날 때는 언제든 그는 이즈음의 제 생활을 돌아보고, 커다란 부끄러움을 느끼고 하였다.

"곤쳐야겠다. 이런 생활에서 어서 떠나야겠다."

이런 생각이 아침 일어날 때마다 그의 마음을 지배하였지만, 저녁때 공장에서 돌아올 때에, 동무들이 그의 어깨를 한 번 툭 치는 것을 기회로, 그의 양심은 자취를 감추고, 또다시 그들과 어깨를 겯고, 좋지 못한 곳을 찾아가는 것이었다. 그런 뒤에는, 술과 계집과 방탕이 시작되는 것이었다.

술은, 언제던 A의 마음을 무겁게 하였다. 남들은, 술이 들어가면 마음이 더 들뜬다 하나, A의 속에 술이 들어가면, 언제든 마음이 차차 무거워갔다. 순교자와 같은 비창한 마음이 늘 생겼다. 술은, 언제든 그의 양심으로 하여금, 분기케 하였다. 제 거친 생활을 뉘우치게 하였다. 취기가 돌면 돌수록, 그는 자기의 비열하고 참되지 못한 생활과 행동을 뉘우치게 되었다. 그리고, 이런 곳에 같이 따라온 제 약한 마음을 채찍질하게 되었다.

"우으로! 우으로!"

"아아."

지금은 주량도 무척이 는 그였다.

*

불량품 문제는 이전의 그 자리에서 조금도 진척되지 않았다. 역시 불량품이 많이 났다. 그러나 거기 대하여 제각기 불평은 말하면서도 어떤 조처를 하자고 발의를 하는 사람도 없었고 생각을 해보는 사람조차 없었다.

"제길! 또?"

이것이 그들의 가장 큰 원성이었고, 가장 큰 반항이었다. 그 이상은 아무것도 없었다.

더구나 여름이라 하는 시절은, 고무 공업의 한산한 시절이라, 공장주 측에서도 아무런 조처도 없었다. 직공은 직공대로 다만 목 잘리지 않기를 위주하였다. 공장주는 공장주대로, 한산한 여름을 공전 적게 주고, 공장문 닫지 않게 지나기만 위주하였다.

이리하여 많은 '제기!'와 많은 불량품 가운데서 한산한 여름은 지나갔다.

256

*

어떤 날 낮, 배합사가 갑자기 A와 B를 찾아서, 저녁때 좀 조용히 만나기를 청하였다.

저녁때 배합사와 A와 B의 세 사람은 어떤 조용한 중국요릿집에 대좌[對坐]하였다.

처음에 두어 마디 잡담이 돌아간 뒤에, 배합사는, 옷깃을 바로하며 눈을 아래로 떨어트리고,

"오늘 부러 두 분을 청한 것은 다름이 아니라, 특별히 부탁할 일이 있어선데 들어주시겠습니까?"

고 공손히 부탁하였다.

A는 B의 얼굴을 보았다. B는 배합사의 얼굴을 보았다. 그리고 아무 대답도 없는데, 배합사는 또 말을 꺼내었다.

"들어주시겠습니까가 아니라, 꼭 들어주셔야겠습니다. 이것은 내게뿐 아니라 노형네들께도 해롭지 않은 일이외다."

"어디 말씀해보세요."

B는 담배를 붙여 물며 배합사를 바라보았다.

"네. 형공 두 분을 믿고 말씀드리리다. 다른 게 아니라, 그 배합에 대해서 언젠가도 이야기가 났었지만, ─불량품이 많이 나는 건 역시 배합이 나빠서 그래요. 부끄러운 말씀이올시다마는, 내 집안 식구가 열셋이야요. 그런데 여기서 내가 받는 월급이 겨우 육십 원이겠지요. 그걸로 어떻게 열세 식구가 살아갑니까. 보

통 배합사면 아무 데를 가든 월급이 백 원은 넘습니다. 그런데 이 공장과 나와의 새는 특별한 관계가 있어서…… 그 관계라는 것이―"

말의 순서를 잘 따질 줄 모르는 배합사의, 선후며 연락이 없는 이야기를 종합하여 듣건대―그리고 정 이해하기 어려운 곳은 다시 묻고 또 묻고 하여 알아들은 결론에 의지하건대, 그의 말의 요지는 아래와 같았다.

―먼저 그는 자기가 이 공장의 돈으로 고베까지 파견되어 배합법을 배워온 경위를 말한 뒤에, 말을 계속하여―

―자기는 분명히 그 은혜가 크기는 크다. 금전으로 바꾸지 못할 귀중한 보배, 마를 길 없는 지식의 샘(배합법이라는)을 공장의 덕으로 머리 속에 잡아넣기는 넣었다. 그 은혜의 큰 바는 모름이 아니지만, 한 달에 겨우 육십 원의 봉급으로는 열세 식구가 살아갈 수가 없다. 그러나 십 년 만기까지는 이 공장에 팔린 몸이매, 제 자유로 나갈 수도 없다.

은혜 내지는 의리와 현실 생활―이러한 딜레마에서, 헤매던 그는, 마침내 한 가지의 방책을 발견한 것이었다. 즉, 공장에서 자기를 내쫓도록 수단을 쓰는 것이었다. 그래서, 그는 부러 배합을 허투루 하여 고무가 붙지를 않도록 만들었다. 그리고, 직공 측에서 문제가 일어나기를 기다렸다.

그러나, 그의 기대와 달리, 잠시 일어나려던 문제는 사라지고, 그러는 동안에 고무 공업계의 한산기인 여름이 되어서, 그냥 잠자코 있었는데, ―아무리 하여도 육십 원의 월급으로는 열세 식구가 먹고 살 수가 없으니, 직공 측에서 운동을 하여 자기를 내쫓도록 해달라―는 것, 이것이, 그 배합사의 부탁의 뜻이었다.

"A, 자네 의견은 어떤가."

배합사의 이야기를 들은 뒤에, B는, A에게 먼저 의견을 물었다. 모든 일을 농담으로만 넘겨버리려는 B의 얼굴에도, 이때뿐은 비교적 엄숙한 기분이 있었다.

"글쎄."

A는, 이렇게 대답할 뿐이었다. 이즈음, 술과 허튼 생활로써 마비된 A의 머리로서는, 이런 일에 임하여 갑자기 옳은 판단을 내릴 수가 없었다. 온갖 일이 권태의 대상이요, '감동'이라 하는 것을 잃어버린, 한낱 기계와 같이 되어버린 A의 머리에는, 이러한 미묘한 감정에 얽힌 인생 문제는, 판단을 내릴 수가 없었다.

"글쎄."

또 한 번 뇌면서, A는, 곤한 듯이 담배를 붙여 물었다.

1. 열세 식구와 육십 원―이러한 괴로운 경지에서 배합사가 쓴 수단, 그것은 비열한 수단에 틀림이 없으나, 사랑하는 부모 처자의 구복을 위해서, 할 수 없이 쓴 수단이니 배합사의 이 행위는 용납할 것인가.

2. 저부터 살고야 볼 것인가, 남부터 살릴 것인가.

3. 배합사는 공장의 덕택으로, 일생을 써먹어도 마를 길이 없는 귀한 보배인 지식을 얻었다. 여기 대한 의리와 의무를 벗어버리려는 배합사의 행위는 옳은 것인가, 그른 것인가. 만약 옳다 할진대 그것은 너무 에고이즘이다. 그르다 할진대, 너무 도학적이다.

4. 자기의 한 가족을 위하여 몇 달 동안 삼백여 명의 직공과 수천 명의 그 가족들을 괴롭게 한 행위를 밉다 볼 것인가.

5. 비열한 행동은 해서는 못쓴다.

6. 밥은 먹고야 산다.

7. 그러나 '정당한 행위'와 '밥'이 서로 배치될 때는 어느 길을 취해야 하나.

순서 없이, 연락 없이, 그리고 한 토막의 해답도 없이, 이런 생각이 A의 머리에 얽혀서 돌아갔다.

B가 지금껏 먹던 담배를 획 내던지고, 코를 두어 번 울렸다. 배합사를 찾았다.

"좌우간 여보. 노형 혼자를 위해서 몇 달 동안 배합을 못되게 해서 삼백여 명의 직공을 손해 입혔으니 그게 무슨 비열한 짓이오? 지금 새삼스레 성내야 쓸데는 없는 일이지만, 미리 서로 어떻게든 의논을 했으면 좀더 달리 변통할 도리라도 있었지요?"

"면목 없습니다."

"면목? 면목쯤으로 당하겠소? —좌우간, 우리는 어차피 노형을 배척은 해야겠소. 그건 노형을 위해서가 아니고 우리들을 위해서 하는 일이지만…… 이 뒤 다른 데 가서라도 그런 짓은 아예 다시 하지 마시오. —A, 자네 돈 가진 것 있나?"

A는, 주머니를 뒤졌다.

"일 원밖에는 없네."

"일 원 내게."

"뭘 하겠나?"

"글쎄, 내게."

B는 돈을 받아가지고, 보이를 불러서, 회계를 명하였다. 배합사가 창황[蒼黃]히[6] 말렸다.

"이보세요. 이번 건 내 내지요. 두 분께 부탁할 일이 있어서 부러 청한 게니깐……"

"걱정 마시오. 조합식으로 합시다. 이런 부탁을 받을랴고 음식을 얻어먹었다면 우리도 속으로 불유쾌하니깐, 삼분[三分]해서 내기로 합시다."

A는 눈을 들어서, B와 배합사를 번갈아 보았다. 커다랗게 뜬 오른편 눈을 약간 떠는 뿐 아무 표정도 없는 B의 얼굴과, 부끄러움으로 풀이 죽은 배합사의 얼굴을 번갈아 보는 동안, A의 마음에는, '감동'이라고밖에는 형용할 수 없는 괴상스런 감정이 생겼다. 그리고, 그것은 이즈음 한동안은 그의 마음에서 발견할 수 없던 감정이었다.

A의 눈도 약하게 떨렸다.

*

삼사 일 동안은 그 배합사의 문제는 A와 B 두 사람이 아는 뿐 일절 누설치 않았다.

온갖 일에 대하여, 자기의 폿대와 주장은 가지고 있는 B는, 이런 일을 당할지라도, 주저하지 않고, 일을 진행시켰다.

A가 든 바,

1. 임금 인상.

2. 대우 개선.

3. 배합사 해고.

이 세 가지의 문제에 대하여, B는 웃어버렸다.

"배합사 무조건 해고."

B의 주장은 이 단 한 가지 조건이었다.

"소위 개선이라 하는 건 한 가지씩 점진적으로 해야 된다네. 한꺼번에 여러 가지를 청구했다가는 저편에서 질겁을 해서 승낙을 안 해. 지금 우리에게 절박한 문제는 배합이 아닌가. 게다가 공연히 '임금 인상'이며 '대우 개선'을 넛붙였다가는 공장주 측에서 질겁해 물러서고 말리. 한 가지씩 한 가지씩, 해나가면 손쉽게 될 가능성이 있는 걸 공연히 섣불리 덤비어서 동맹 파업이라 무엇이라 해가지고 피차에 손해를 보면 긁어 부스럼이네. 우선 급한 문제만 해결하고 기회를 봐서 서서히……"

그리고 또 이렇게 보태었다.

"또 공장주 측에서 배합사를 내쫓을 때 배합사를 유학시킨 비용을 증서로 받는다든가 하면 배합사가 불쌍하지 않은가. 우리 측에서 보면 배합사가 한 일은 괘씸하기는 하지만 그것도 무슨 악의에서 나온 바가 아니고 자기의 밥을 위해서 쓴 게니까, 그 수단이 무지하기는 하지만 그 사람의 장래도 생각해줘야 할 게야. '악의'는 용서할 수 없지만 '무지'는 용서할 여지가 있는 일이야. 그 사람도 노동잘세."

A는, 이러한 B의 말을 들을 때에, 막연하게나마, 커다란 인류애

를 느꼈다. 오른쪽 눈과 왼쪽 눈이, 제각기 활동을 하는 사팔뜨기 B의 표정에는 이런 때는 신성하고 엄숙한 기분이 넘쳤다.

이러한 삼사 일 동안, A는 금년 여름을 보낸 그 들뜬 기분을 잊었다. 때때로 불끈 그 생각이 솟아오를 때는, 그는 얼굴을 붉혔다. 그의 마음은 마치 핸들을 잡은 운전수와 같이 긴장되어 있었다. 온갖 술과 계집과 허위와 너털웃음의 들뜬 생활—여름 동안은 그렇듯 그의 마음을 끌고 그의 온 정신을 유혹하던 그 생활, —더구나, 삼사 일 전까지도, 계속되던 그 생활은, 인제는, 그에게는, 이상한 애조로서 장사당한 한 옛적의 일과 같이, 어떤 엷은 베일로 감춰져버렸다.

B는, 아무 일에든 구애됨이 없이, 낮에는 천연히 일하였다.

"네 나이는 열아홉 내 나이는 스물하나—까. 너고 나고 인제는."

늘 콧소리로 흥얼거리면서, 일변 불량품을 연하여 내면서, 때때로는 멀리 떨어져 있는 여공들의 일간을 향하여, 큰 소리로, 농담도 던지면서, 천연히 일을 하였다.

A는 B를 부러워하였다. 아무런 일에 처하여도, 자기의 본심뿐은 잃지 않는 B는, 어떤 의미로 보아서는, A에게는, 영웅으로까지 비쳤다. 아무런 일이든, B는 그 일이나 마음을 지배하였지, 거기 지배당하지는 않았다. 꼭 같은 일을, A와 B가 할지라도, A에게 있어서는, '그 일에 끌려서 행하는 것'에 반하여, B는, '그 사건을 지배'하였다. A에게는, B의 그 점이 몹시 부러웠다.

그리고, A는, 막연하게나마, 자기의 성격이라 하는 데 대하여도, 처음으로 이해의 눈이 벌어지기 비롯하였다. 공장 노동이라

하는 것은, 자기에게는 적당치 않은 것을, 어렴풋이 깨달았다. B
와 같이 굳센 성격의 주인이거나, 그렇지 않으면, 다시 소생할 여
망 없이 타락한 사람이 아닌 이상에는, 공장 노동이란, 십중팔구
는, 그 사람의 성격을 파산시키며, 품성을 타락시키며, 순진함과
향상욕을 멸망케 하는 커다란 기관이란 것도, 어렴풋이 짐작되었
다. 검은 물은 들기가 쉽고, 따라서 무서운 전파력을 가졌다는 평
범한 진리도, 다시금 느꼈다.

*

  며칠 뒤, 좀 두드러진 직공 몇 사람을 모아놓고 이번의 배합
사 문제를 내놓고, 배합사를 내쫓도록, 공장 측에 요구하자는
의향을 그들의 앞에 제출할 때에 반대가 있으리라고는 뜻도 안
하였다.
  그 반대의 이유는 이러하였다.
  "그럼 그 배합사는 부러 배합을 고약하게 해서 우리를 손해를
입혔단 말이지. 그러면 말하자면 배합사는 우리의 원순데 우리가
애써서 그 사람을 내쫓아서 봉급 많이 주는 데 갈 수 있게 해줄
필요가 어디 있단 말인가."
  거기 대하여 B는 이렇게 설명하였다.
  "여보게. 그렇게 생각할 게 아닐세. 우리는 우리를 위해서 그것
을 요구하는 것이지, 배합사를 위해서 요구하는 게 아니네. 배합
사는 잘되건 못되건 생각할 필요가 없구, 우리는 우리 문제, 즉

불량품 많이 나는 문제만 없어지면 그뿐이 아닌가. 배합사의 봉급 참견까지야 할 필요가 어디 있나?"

"글쎄 남의 일은 참견 말고 우리 일이나 하세그려. 유조건 해고던 무조건 해고던, 그것까지야 왜 참견하자나?"

—어떤 직공이 또 이렇게 반대하였다. 그리고, 제 말재간을 자랑하는 듯이 둘러보았다.

"그건 궤변이야. 궤변은 함부루 쓰면 못써!"

"궤변?"

그 직공은 '궤변'의 뜻을 모르는 모양이었다. 싱거운 듯이,

"궤변 아니야."

할 뿐 잠잠해버렸다. 다른 직공이 또 반대했다.

"노동자는 제 밥벌이만 해도 바쁜데, 원수까지 사랑할 겨를은 없네. 우린 예수교인이 아니니까."

"이 사람아. (B의 말이었다) 말을 왜 그렇게 하나. 아무리 겨를이 없다 해두, 겸사겸사에 해지는 일을 왜 부러 피하려나. 저도 좋고 나도 좋은 일을, 왜 나만 좋자고 그 사람의 일을 일부러 뽑겠나. 그 사람—배합사도 노동잘세."

"그 사람은 양복 입었데."

또 반대였다.

"나도 양복이다!"

—B는 마침내 성을 내었다. 그는 발을 구르면서 제 다 해진 양복의 앞자락을 쳐들었다. 왁하니 웃음소리가 났다.

그러나, A에게는 이것은 결코 웃지 못할 장면이었다. 다 해져서

걸레에 가까운 알파카 양복의 앞자락을 쳐들며 일어서는 B의 모양에는, 웃지 못할 엄숙함이 있었다.

문제는 진행되지 않았다. 변변치 않은 문제에 걸려서 제각기 의견을 제출하고 반대하고 하느라고, 그날은 종내 해결 짓지 못하였다. 그리고 내일 다시 모이기로 하고 그냥 헤어졌다.

이튿날 다시 회의는 열렸다.

회의의 벽두에 누가, 동맹 파업의 문제를 일으켰다. 그때에 뜻밖에도, 동맹 파업이라 하는 것은 거기 모인 사람들의 흥미를 몹시 일으켰다. 뭇 입에서는 동맹 파업을 부르짖는 소리가 높았다.

처음에는 어이없어서 방관적 태도로 입을 봉하고 있던 B가, 너무도 모든 사람의 의견이 그리로 몰리므로 종내 입을 열었다.

"여보. 일에는 순서가 있지 않소? 먼저 우리의 요구를 제출해서 그 요구가 용납되지 않으면 동맹 파업도 할 수 없는 일이지만, 동맹 파업부터 먼저 한다는 법이 어디 있소?"

"요구야 물론 안 들을 게지."

"아, 들어줄지, 안 들을지, 지나봤소? —대체 여보. 당신네들이 알고 그러우, 모르고 그러우. 어쩔 셈이오?"

"알고 모르고가 있나?"

—도리나레바[7] 「오료 고부시」를 부르는 사람도 있다.

"여보들. 순서를 밟아서 일을 하면, 혹은 무사히 우리 요구를 들어줄지도 모를 일을 동맹 파업부터, 하면 뭘 하오?"

"그러야 혼내우지."

"하하하하. 설사 혼이 난다 합시다. 혼이 나면—그동안 우리들의 집안 식구는 어떻게 무얼루 살아갈 테요?"

"그런 걱정까지 해선 큰일을 하나?"

아아. 이 무지여. 외래 사상을 잘 씹지도 않고 거저 그대로 삼켜서, 그것이면 무조건하고 좋다고 자기의 환경과 입장을 고찰하지도 못하고 덤비는 이 무리들이여. —A에게는, 딱하고 한심하기 끝이 없었다.

B와 A의 의견과, 다른 직공들의 의견의 새에는 현격한 차이가 있었다. 그 차이를 갖다가 맞붙이기는 몹시 힘들었다. 직공들의 대부분은, 공연히 '동맹 파업'이라 하는 생각에 들떠서, 사리를 생각할 여유를 잃은 모양이었다.

문제는 해결되지 못한 채로 셋째 날로 넘어갔다.

문제는 닷새째 되는 날에야 겨우 타협점을 발견하였다.

1. 배합사의 해고에 '무조건'이라는 문구를 뽑을 것.

2. 공장 측에서 직공의 요구를 듣지 않는 경우에는 동맹 파업을 하되, B와 A가 그 지도자가 되어줄 것.

이러한 조건 아래 타협이 성립된 것이었다.

*

그날 밤, A와 B는 교외에 산보를 나갔다. 벌써 저녁때는 꽤 서늘한 절기였다.

달 밝은 밤이었다. 소나무들은 땅 위에 커다란 그림자를 던져주고 있었다.

A와 B는 잠자코 걸었다.

어떤 바위에까지 가서 그들은 걸터앉았다. 그러나 말은 없었다.

한참 뒤에 A가 먼저 입을 열었다.

"B, 나는 공장을 그만둘까 븨."

"찬성이네."

B는, 간단히 대답하였다.

"그러고, 시골로 나려갈까 븨."

"찬성이네."

"이즘 한 주일을, 거의 한잠도 못 자면서 생각했는데, 참 못 견디겠어."

"글쎄. 시골을 가도, 자네 같은 결벽의 사람에게 만족이 될지 안 될지는 의문이지만, 도회보담이야 낫겠지. 가보게."

말은 또 끊어졌다.

한참 뒤에, 이번은, B가 말을 꺼냈다.

"자네 결벽도 무던하데. 좌우간, 도회—더구나 공장 노동자로서는, 그런 결벽을 가지고는 사실, 성격까지 파산하겠기에, 그 결벽을 없이 해볼랴고 나도 꽤 애를 썼지만, 자네 같은 벽창우 결벽가가, 이 세상에 있으리라고는, 뜻도 못했네. 하느님의 초특작품(超特作品)이데."

A는, 적적히 웃었다. 그리고, 담배를 꺼내어, B에게 권하

였다.

서너 모금 뻐금뻐금 빤 뒤에, A는 또 입을 열었다.

"어머님도 내려오래시고……"

"어머님? 참, 어머님도, 자네가, 놀아난 것을 눈치 채셨겠지?"

"우리 처가, 편지를 한 모양이야. 몹시 걱정하시든데……"

"부인은 나를 원망하겠네그려."

"왜 안 원망하겠나?"

"하하하하. 나도 못된 놈이지."

B는 적적히 웃었다. A도 따라 적적히 웃었다.

"자네마자 가면 난 적적할세그려."

"피차."

말이 끊어졌다. B의 움직임 없는 한편 쪽 눈에는 그럴 사라 해서 그런지 눈물이 고인 듯하였다.

B는 하늘을 우러르며 콧노래를 불렀다.

"네 나이는 열아홉, 나는 벌써 스물셋—까."

그러나 A에게는 이 노래가 몹시 구슬프게 들렸다. A는 기지개를 하면서 일어섰다.

*

이튿날 직공들은 공장에 자기네의 조건을 제출하였다. 공장 측에서는 한 주일의 유예를 청하였다. 한 주일 뒤에 가부간 회답을 하겠다는 것이었다.

그 기간이 끝나는 것을 기다리지 못하고—아니, 기다리지 않고 A는 공장을 그만두고 처자를 거느리고 시골로 떠났다.

*

A가 시골로 내려간 지 두 주일쯤 뒤에 B에게서 편지가 왔다. 그 편지에는 이런 말이 씌어 있었다.

—(상략) 공장주 측에서는 직공 측의 요구를 다 승낙하였소. 그러나 직공 측에서는 역시 만족해하지 않았소. 왜? 다름이 아니라, 직공 측에서는 '동맹 파업'이라는 것을 일종의 유희적 기분으로 기대하고 있었는데, 공장주 측에서 모든 조건을 다 승낙하였으니 '동맹 파업'을 일으킬 구실이 없어지기 때문이오. (중략)

무지의 위에 '외래 사상'을 도금한 것—이것이 현하의 조선의 상태외다.

타락과 시기의 위에 신사상이라는 것을 도금한 것—이것이 도회 노동자의 모양이외다. 외래 사상을 잘 씹지도 않고 삼켜서 소화불량증에 걸린 딱한 사람들이외다. (하략)

*

이 편지에 대하여, 한 A의 회답에 이런 말이 있었다.

―(상략) 농촌도 도회 같지는 않으나 소화불량증이 꽤 침입되어
있소. 좋은 의사가 생겨나서 좋은 약을 발명하거나 발견하지 않으
면 큰 야단이외다. (하략)

발가락이 닮았다

　노총각 M이 혼약을 하였다.

　우리들은 이 소식을 들을 때에 뜻하지 않고 서로 얼굴을 마주
보았습니다.

　M은 서른두 살이었습니다. 세태가 갑자기 변하면서 혹은 경제
문제 때문에, 혹은 적당한 배우자가 발견되지 않기 때문에, 혹은
단지 조혼(早婚)이라 하는 데 대한 반항심 때문에, 늦도록 총각으
로 지내는 사람이 많아가기는 하지만, 서른두 살의 총각은 아무
리 생각하여도 좀 너무 늦은 감이 없지 않았습니다. 그래서 그의
친구들은 아직껏 기회가 있을 때마다 그에게 채근 비슷이, 결혼
에 대한 주의를 하고 하였습니다. 그러나, M은 언제나 그런 의논
을 받을 때마다 (속으로는 매우 흥미를 가진 것이 분명한데) 겉으
로는 고소로써 친구들의 말을 거절하고 하였습니다. 그러던 M이
우리가 모르는 틈에 어느덧 혼약을 한 것이외다.

M은 가난하였습니다. 매우 불안정한 어떤 회사의 월급쟁이였습니다. 이 뿌리 약한 그의 경제 상태가 그로 하여금 늙도록 총각으로 지내게 한 듯도 합니다. 그리고 이 때문에 친구들은 M의 총각 생활을 애석히 생각하여 장가들기를 권하는 것이었습니다.

그러나 나뿐은 M이 장가를 가지 않는 데 다른 종류의 해석을 내리고 있었습니다. 의사라는 나의 직업이 발견한 M의 육체적인 결함—이것 때문에 M은 서른이 넘도록 총각으로 지낸다, 나는 이렇게 믿고 있었습니다.

M은, 학생 시대부터 대단한 방탕 생활을 하였습니다. 방탕이래야 금전상의 여유가 부족한 그는, 가장 하류에 속하는 방탕을 하였습니다. 오십 전 혹은 일 원만 생기면, 즉시로 우동집이나 유곽으로 달려가던 그였습니다. 체질상, 성욕이 강한 그는, 그 불붙는 성욕을 끄기 위하여 눈앞에 닥치는 기회는 한 번도 놓치지 않았습니다. 친구들을 만날지라도, 음식을 한턱하라기보다 유곽을 한턱하라는 그였습니다.

"질(質)로는 모르지만, 양(量)으로는 세계의 누구에게든 그다지 지지 않을 테다."

관계한 여인의 수효에 대하여 이렇게 방언〔放言〕[1]하기를 주저치 않으리만치, 그는 선택이라는 도정을 밟지 않고 '집어세었'[2]습니다. 스물서너 살에 벌써 이백 명은 넘으리라는 것을 발표하였습니다. 서른 살 때는 벌써 괴승(怪僧) 신돈(辛旽)이를 멀리 눈 아래로 굽어보았을 것입니다. 그런지라, 온갖 성병(性病)을 경험하지 못한 것이 없었습니다. 더구나, 술이 억배요, 그 위에 유달리 성욕이 강한 그는, 성병에 걸린 동안도 결코 삼가지를 않았습니다. 일 년 삼백육십여 일 그에게서 성병이 떠나본 적은 없었습니다. 늘 농이 흐르고, 한 달 건너큼 고환염(睾丸炎)으로써, 걸음걸이도 거북스러운 꼴을 해가지고 나한테 주사를 맞으러 오고 하였습니다. 그러는 동안에도, 오십 전, 혹은 일 원만 생기면 또한 성행위를 합니다. 이런지라 물론 그는 생식 능력이 없어진 사람이었습니다.

이 일을 잘 아는 나는, M이 결혼을 안 하는 이유를 여기다가 연결시켜가지고, 그의 도덕심(?)에 동정까지 하고 있었습니다. 일생을 빈곤한 가운데서 보내고, 늙은 뒤에도 슬하도 없이 쓸쓸하게 지낼 그, 더구나 자기를 봉양할 슬하가 없기 때문에, 백발이 되도록 제 손으로 이 고해를 헤엄쳐나갈 그는, 과연 한 가련한 존재이겠습니다.

이렇던 M이 어느덧 우리가 모르는 틈에 우물쭈물 혼약을 한 것이외다.

하기는 며칠 전에 이런 일이 있었습니다. 그날 저녁을 먹은 뒤에, 혼자서 신간 치료 보고서를 읽고 있을 때에 M이 찾아왔습니다. 그리고 비교적 어두운 얼굴로, 내가 묻는 이야기에도 그다지 시원치 않은 듯이 입술엣대답을 억지로 하고 있다가, 이런 질문을 나에게 던졌습니다.

"남자가 매독을 앓으면 생식을 못하나?"

"괜찮겠지."

"임질은?"

"글쎄, 고환을 오카사레루[3]하지 않으면 괜찮어."

"고환은— 내 친구 가운데 고환염을 앓은 사람이 있는데, 인제는 생식을 못하겠다고 비관이 여간이 아니야. 고환을 오카사레루하면 절대 불가능인가? 양쪽 다 앓았다는데……"

"그것도 경하게 앓았으면 영향 없겠지."

"가령 그 경하다 치면, 내가 앓은 게 그게 경한 편일까, 중한 편일까?"

나는 뜻하지 않고 그의 얼굴을 보았습니다. 중하기도 그만치 중하게 앓은 뒤에, 지금 그게 경한 게냐 중한 게냐 묻는 것이 농담으로밖에는 들리지 않았으므로…… M의 얼굴은 역시 무겁고 어두웠습니다. 무슨 중대한 선고를 기다리는 사람과 같이 눈을 푹 내리뜨고 나의 대답을 기다리고 있었습니다. 잠시 그의 얼굴을 바라본 뒤에, 나는 어이가 없어서,

"아주 경한 편이지."

이렇게 대답해버렸습니다.

"경한 편?"

"그럼."

이리하여 작별을 하였는데, 지금에 이르러 생각하면 그 저녁의 그 문답이 오늘날의 그의 혼약을 이루게 하지 않았는가 합니다.

*

M이 혼약을 하였다는 기보(奇報)를 가지고 온 것은 T라는 친구였습니다. 그때는 마침 (다 M을 아는) 친구가 너덧 사람 모여 있

을 때였습니다.

"골동(骨董) 국보 하나 없어졌다."

누가 이런 비평을 가하였습니다. 나는 T에게 이렇게 물었습니다.

"그래 연애로 혼약이 된 셈인가요?"

"연애? 연애가 다 무에요. 갈보 나까이*밖에는 여자라는 걸 모르는 녀석이, 어디서 연애의 대상을 구하겠소?"

"그럼 지참금(持參金)이라도 있답디까?"

"지참금이란 뉘 집 애 이름이오?"

나는 여기서 이 혼약에 대하여 가장 불유쾌한 한 면을 보았습니다. 삼십이 넘도록 총각으로 지낸 그로서, 연애라 하는 기묘한 정사 때문에 그 절(節)을 굽혔다면, 그것은 도리어 축하할 일이지 책할 일이 아니외다. 지참금을 바라고 혼약을 하였다 하여도, 지금의 세상에 살아가는 우리로서 (더구나 그의 빈곤을 잘 아는 처지인지라) 크게 욕할 수가 없는 일이외다. 그러나 연애도 아니요, 금전 문제도 아닌 이 혼약에서는, 가장 불유쾌한 한 가지의 결론밖에는 얻을 수가 없습니다.

"그럼—"

나는 가장 불유쾌한 어조로 이렇게 말하였습니다.

"유곽에 다닐 비용을 경제하기 위하여 마누라를 얻는 셈이구려."

이 혹평에 대하여는 T도 마땅치 않다는 듯이 나를 보았습니다.

"그렇게 혹언할 것도 아니겠지요. M도 벌써 서른두 살이던가,

276

세 살이던가, 좌우간 그만하면 차차로 자식도 무릎에 앉혀보고 싶을 게고, 그렇다고 마땅한 마누라를 선택할 길이나 방법은 없고—"

"자식? 고환염을 그만침이나 심히 앓은 녀석에게 자식? 자식은—"

불유쾌하기 때문에 경솔히도 직업적 비밀을 입 밖에 낸 나는 하던 말을 중도에 끊어버렸습니다. 그러나 이미 한 말까지는 도로 삼킬 수가 없었습니다.

"네? 그게 무슨 말씀이오?"

M의 생식 능력에 대하여 사면에서 질문이 들어왔습니다. 이미 한 말에 대하여 책임을 지지 않을 수 없는 나는, 그 말을 돌려 꾸미기에 한참 애를 썼습니다. 단언할 수는 없지만 혹은 M은 생식 능력이 없을지도 모른다. 그러나 진찰을 안 해본 바이니까, 혹은 또한 생식 능력이 있을지도 모른다. M이 너무도 싱거운 혼약을 한 데 대하여 불유쾌하여 그런 혹언은 하였지만 그 말은 취소한다. 이러한 뜻으로 꾸며대었습니다. 그리고 그 좌석에 있던 스무 살쯤 난 젊은이가,

"외려 일생을 자식 없이 지내면 편치 않아요?"

이러한 의견을 내는 데 대하여, '젊은이로서는 도저히 이해할 수 없는 혈속[血屬]'의 애정'이라는 문제와, 그 문제를 너무도 무시하는 이즘의 풍조에 대한 논평으로 말머리를 돌려버리고 말았습니다.

M은 몰래 결혼식까지 하였습니다. 그의 친구들로서 M의 결혼

식의 날짜를 미리 안 사람은 한 사람도 없었습니다. 뿐만 아니라, 지금 모두들 제각기 하는 소위 신식 혼례식을 하지 않고, 제 집에서 구식으로 하였습니다. 모 여고보 출신인 신부는 구식 결혼식이 싫다고 하였지만, M이 억지로 한 것이라 합니다.

이리하여 유곽에서는 한 부지런한 손님을 잃어버렸습니다.

*

"독점이라 하는 건 참 유쾌하거든."

결혼한 뒤에 M은 어떤 친구에게 이런 말을 하였다 합니다. 비록 연애로써 성립된 결혼은 아니지만, 그다지 실패의 결혼은 아닌 듯하였습니다. 오십 전, 혹은 일 원의 돈을 내던지고 순간적 성욕의 만족을 사던 이 노총각이, 꿈에도 생각지 못할 독점을 하였으매, 그의 긍지가 작지 않았을 것이외다. 연애결혼은 아니었지만 결혼한 뒤에 연애가 생긴 듯하였습니다. 언제든 음침한 기분이 떠돌던 그의 얼굴이, 그럴싸해서 그런지 좀 밝아진 듯하였습니다.

"복받거라."

우리들, 더구나 나는 그들의 결혼을 심축하였습니다. 처음에는 한낱 M의 성행위의 기구로 M과 결합케 된 커다란 희생물인 그의 젊은 아내를 위하여, 이것이 행복된 결혼이 되기를 축수〔祝手〕[6]하였습니다. 동기는 여하튼 결과에 있어서 아름다운 열매를 맺어라. 너의 아내로서, 한 개 '희생물'이 되지 않게 하여라. 어머니로

서의 즐거움을 맛볼 기회가 없는 너의 아내에게, 그 대신 아내로
서는 남에게 곱 되는 즐거움을 맛보게 하여라. M의 일을 생각할
때마다 진심으로 이렇게 축수하였습니다.

　신혼의 며칠이 지난 뒤부터는 M이 자기의 젊은 아내를 학대한
다는 소문이 조금씩 들렸습니다. 완력을 사용한단 말까지 조금씩
들렸습니다. 그러나, 나는 이 문제는 그다지 크게 생각지 않았습
니다. 이런 소문이 귀에 들어올 때마다, 나는 『아라비안 나이트』
의 마신(魔神)의 이야기를 머릿속에서 되풀이해보고 하였습니다.

　어떤 어부가 그물질을 하고 있었습니다. 그런데 한번 그물을 끌
어올리니까 거기는 고기는 없고, 그 대신, 병이 하나 걸려 있었습
니다. 병은 마개가 닫혀 있고, 그 위에 납으로 굳게 봉함까지 되
어 있었습니다. 어부는 잠시 주저한 뒤에 이 병의 봉함을 뜯고 마
개를 뽑아보았습니다. 즉, 병에서는 한 줄기 검은 연기가 하늘로
올라갔습니다. 그리고 하늘로 올라간 그 연기는 차차 뭉쳐서 거
기는 커다란 마신이 나타났습니다.

　"나를 이 병 속에 감금한 것은 선지자 솔로몬이다. 이 병 속에
갇혀 있는 동안 나는 스스로 맹세하였다. 백 년 안에 나를 구해주
는 사람이 있으면, 나는 그 사람에게 거대한 부(富)를 주겠다고.
그리고 백 년을 기다렸지만 아무도 나를 구해주는 사람이 없었
다. 그래서 나는 다시 맹세했다. 인제 다시 백 년 안으로 나를 구
해주는 사람이 있으면 나는 그 사람에게 이 세상에 있는 보배를
다 주겠다고. 그리고 헛되이 백 년을 더 기다린 뒤에, 백 년을 더
연기해서 그 백 년 안에 나를 구해주는 사람이 있으면, 그 사람에

게 이 세상에서 가장 큰 권세와 영화를 주겠다고— 그러나 그 백년이 다 지나도 역시 구해주는 사람은 없었다. 그래서 나는 마지막으로 다시 맹세했다. 인제 누구든지 나를 구해주는 놈이 있거든 당장에 그놈을 죽여서 그새 갇혀 있던 그 분풀이를 하겠다고."

이것이 병 속에서 나온 마신의 이야기였습니다. M이 자기의 젊은 아내를 학대한다는 소문이 들릴 때에, 나는 이 이야기를 생각지 않을 수가 없었습니다. 삼십이 지나도록 총각으로 지낸 그 고통과 고적함에 대한 분풀이를 제 아내에게 하는 것이라 했습니다. 그리고, 실컷 학대해라 실컷 학대해라, 더욱 축수하였습니다.

*

M이 결혼한 지 일 년이 거의 된 어떤 날 저녁이었습니다. 그와 나는 어떤 곳에서 저녁을 같이 하고 있었습니다.

그의 얼굴은 이날 유난히 어둡고 무거웠습니다. 그는 음식에는 거의 손을 대지 않고 술만 들이켜고 있었습니다. 본시 말이 많지 않은 그가 이날은 더욱 입이 무거웠습니다.

몹시 취하여 더 술을 먹지 못하리만치 되어서, 그는 처음으로 자발적으로 입을 열었습니다. 충혈이 된 그의 눈은 무시무시하게 번득였습니다.

"여보게, 여보게, 속이지 말구 진정으로 말해주게. 내게 생식 능력이 있겠나?"

"글쎄, 검사를 해봐야지."

나는 이만치 하여 넘기려 하였습니다.

"그럼 한번 진찰해봐주게."

"왜 갑자기—"

그는 곧 대답하려 하였습니다. 그러나 나오려던 말을 삼켰습니다. 그리고 다시 술을 한 잔 먹은 뒤에 눈을 푹 내리뜨며 말했습니다.

"아니, 다른 게 아니라, 내게 만약 생식 능력이 없다면 저 사람(자기의 아내)이 불쌍하지 않나. 그래서, 없는 게 판명되면, 아직 젊었을 때에 헤어져서 저 사람이 제 운명을 다시 개척할 '때'를 줘야지 않겠나? 그래서 말일세."

"진찰해보아야지."

"그럼 언제 해보세."

그 며칠 뒤에 나는 M의 아내가 임신했다는 소문을 듣고 깜짝 놀랐습니다. 검사해볼 필요도 없습니다. M은 그 능력이 없을 것입니다. 그런데 M의 아내는 임신했습니다.

그리고 며칠 전에 M이 검사하겠다던 마음을 짐작했습니다. 그것은 결코 그날의 제 말마따나 '아내의 장래를 위하여' 하려는 것이 아니고, 아내에 대한 의혹 때문에 해보려는 것일 것이외다. 자기도 온전히 모르는 바는 아니로되, 십중팔구는 자기는 생식 불능자일 텐데 자기의 아내는 임신을 한 것이외다.

생각하면 재미있는 연극이외다. 생식 능력이 없는 M은, 그런 기색도 뵈지 않고 결혼을 하였습니다. 그리하여 M에게로 시집을 온 새 아내는 임신을 하였습니다. 제 남편이 생식 불능자인 줄을 모르는 아내는, 뻐젓이 자기가 가진 죄의 씨를 M에게 자랑하고 있을 것이외다. 일찍이 자기가 생식 불능자인지도 모르겠다는 점을 밝혀주지 않은 M은, 지금 이 의혹의 구렁텅이에서도 제 아내를 책할 권리가 없을 것이외다. 그가 검사를 하겠다 하나, 검사를 하여서 자기의 불구자인 것이 판명된 뒤에는 어떤 수단을 취하는지 짐작도 할 수가 없습니다. 아내의 음행을 책하자면, 자기의 사기적 행위를 폭로시키지 않을 수가 없을 것이외다. 그것을 감추자면, 제 번민만 더욱 크게 할 것이외다.

어떤 날 그는 검사를 하자고 왔습니다. 그때 마침 환자가 몇 사람 밀려 있던 관계상, 나는 그를 내 사실에 가서 좀 기다리라 하고, 환자 처리를 다 하고 내려갔습니다. 그랬더니 그는 나를 기다리지 않고 돌아가버렸습니다.

이튿날 그는 다시 왔습니다. 그러나 그는 또 돌아가버렸습니다.

나는 사실 어찌하여야 할지 똑똑히 마음을 작정치 못했던 것이외다. 검사한 뒤에 당연히 사멸해 있을 생식 능력을, 살아 있다고 하자니, 그것은 나의 과학적 양심이 허락지 않는 바외다. 그러나 또한 사멸하였다고 하자니, 이것은 한 사람의 일생을 망쳐버리는 무서운 선고에 다름없습니다. M이라 하는 정당한 남편을 두고도 불의의 쾌락을 취하는 M의 아내는 분명히 책받을 여인이겠지요. 그러나 또한 다른 편으로 이 사건을 관찰할 때에, 내가 눈을 꾹 감고 그릇된 검안을 내린다면 그로 인하여, 절대로 불가능하던 M이 슬하에 사랑스런 자식(?)을 두고 거기서 노후의 위안도 얻을 수 있을 것이요, 만사가 원만히 해결될 것이외다.

내가 자유로 선택할 수 있는 두 가지의 갈림길에 서서, 나는 어느 편 길을 취하여야 할지 판단을 주저하고 있었습니다.

이 문제가 사오 일 뒤에 저절로 해결이 되었습니다. 그날도 역시 침울한 얼굴로 찾아온 M에 대하여 나는 의리상,

"오늘 검사해보자나?"

하니깐 그는 간단히 대답하였습니다.

"벌써 했네."

"응? 어디서?"

"P병원에서."

"그래서 결과는?"

"살았다데."

"?"

나는 뜻하지 않고 그의 얼굴을 보았습니다. 그것은 의외의 대답을 들은 때문이라기보다 오히려 '살았다데' 하는 음성이 너무 침통하기 때문에……

이렇게 대답하는 동안 나는 내가 하마터면 질 뻔한 괴로운 임무에서 벗어난 안심을 느끼는 동시에, P병원에서의 검안의 의외에 눈을 크게 뜨지 않을 수가 없었습니다.

내 눈을 만난 M의 눈은 낭패한 듯이 이리저리 돌아다녔습니다. 그리고 나는 그 눈으로 그가 방금 한 말이 거짓말이었음을 알았습니다.

그럼 그는 왜 거짓말을 하였나. 자기의 아내의 명예를 보호하기 위하여? 세상과 및 제 마음을 속여가면서라도 자식을 슬하에 두

어보기 위하여? 나는 그의 마음을 알 수가 없었습니다.

그가 입을 열었습니다. 무겁고 침울한 음성이었습니다.

"여보게, 자네 이런 '기모치' 알겠나?"

"어떤?"

그는 잠시 쉬어서 말을 시작했습니다.

"월급쟁이가 월급을 받았네. 받은 즉시로 나와서 먹고 쓰고 사고, 실컷 마음대로 돈을 썼네. 막상 집으로 돌아가는 길일세. 지갑 속에 돈이 몇 푼 안 남아 있을 것은 분명해. 그렇지만 지갑을 못 열어봐. 열어보기 전에는 혹은 아직은 꽤 많이 남아 있겠거니 하는 요행심도 붙일 수 있겠지만, 급기 열어보면 몇 푼 안 남은 게 사실로 나타나지 않겠나? 그게 무서워서 아직 있거니, 스스로 속이네그려. 쌀도 사야지. 나무도 사야지. 열어보면 그걸 살 돈이 없는 게, 사실로 나타날 테란 말이지. 그래서 할 수 있는 대로 지갑에서 손을 멀리하고 제 집으로 돌아오네. 그 기모치 알겠나?"

나는 머리를 끄덕였습니다.

"알겠네."

그는 다시 입을 봉하였습니다. 그러나 그때에 나는 알았습니다. M은 검사도 해보지 않은 것이외다. 그는 무서워합니다. 그는 검사를 피합니다. 자기의 아내가 임신을 하였습니다. 그것은, 상식으로 판단하여 물론 남편의 아이일 것이외다. 거기에 대하여 의심을 품을 자는 하나도 없을 것이외다. 의심을 품을 필요도 없는 것이외다. 왜? 여인이 남편을 맞으면 원칙상 임신을 하는 것이 당연한 일이니깐.

이 의심할 필요가 없는 일을 의심하다가 향기롭지 못한 결과가 나타나면 이것은 자작지얼(自作之孼)[8]로서 원망을 할 곳이 없을 것이외다. 벌의 둥지를 건드리는 것은 어리석은 짓이외다. 십중 팔구는 향기롭지 못한 결과가 나타날 '검사'를 M은 회피한 것이 외다. 절망을 스스로 사지 않으려, 그리고 번민 가운데서도 끝끝내 일루의 희망을 붙여두려 M은 온전히 '검사'라는 위험한 벌의 둥지를 건드리지 않기로 한 것이외다. 그리고 상식으로 판단할 수 있는 (제 아내의 뱃속에 있는) 자식에 대하여, 억지로 애정을 가져보려 결심한 것이외다. 검사를 하여서 정충이 살아 있다면 다행한 일이지만, 사멸하였다면 시재 제 아내와의 새에 생길 비극과 분노와 절망은 둘째 두고라도, 일생을 슬하에 혈육이 없이 보내고, 노후에 의탁할 곳을 가질 가능성조차 없는 절망의 지위에 빠지지 않을 수가 없을 것이외다.

이것은 무서운 일이외다. 상식으로 판단할 수 있는 일을 거부하고까지 이런 모험 행위를 할 필요가 없을 것이외다.

이리하여 그는 검사는 단념했지만, 마음에 있는 의혹만은 온전히 끄지를 못한 모양이었습니다. 그 뒤에 어떤 날, 그는 이런 이야기 저런 이야기 하다가 이런 말을 했습니다.

"자식은 꼭 제 애비를 닮는다면 좋겠구먼……"

거기 대하여 나는 닮는 예를 여러 가지로 들어서 말해주었습니다. 그는 한숨을 쉬었습니다.

"여인이 애를 배면 걱정일 테야. 아버지나 친할아비를 닮는다면 문제가 없겠지만, 외편을 닮거나, 그렇지 않으면, 아무도 닮지 않으면 걱정이 아니겠나. 그저 애비를 닮아야 제일이야, 하하하."

나는 대답하였습니다.

"글쎄 말이지, 내 전문이 아니니깐 이름은 기억 못하지만, 독일 소설에 이런 게 있지 않나. 「아버지」라나 하는 희곡 말일세. 자식을 낳았는데 제 자식인지 아닌지 몰라서 번민하는 그런 이야기가 있지? 그것도 아버지만 닮으면 문제가 없겠지."

"아—아, 다 구찮어."

*

M의 아내가 아들을 낳았습니다.

그 아이가 반년쯤 자랐습니다.

어떤 날 M은 그 아이를 몸소 안고 병을 뵈러 나한테 왔습니다. 기관지가 조금 상하였습니다.

약을 받아가지고도 그냥 좀 앉아 있던 M은 묻지도 않는 말을 이런 말을 하였습니다.

"이놈이 꼭 제 증조부님을 닮았다거든."

"그래?"

나는 그의 말에 적지 않은 흥미를 느끼면서 이렇게 응했습니다. 내 눈으로 보자면, 그 어린애와 M과는 아무런 관련도 없는 바인데, 그 애가 M의 할아버지를 닮았다는 것은 기이하므로…… 어린애의 진편과 외편의 근친(近親)에서 아무도 비슷한 사람을 찾아내지 못한 M의 친척은, 하릴없이 예전의 죽은 조상을 들추어낸 모양이었습니다.

그리고 그 어린애에게, 커다란 의혹과 그보다 더 커다란 희망(의혹이 오해였던 것을 바라는)은 M으로 하여금 손쉽게 그 말을 믿게 한 모양이었습니다. 적어도 신뢰하려고 마음먹게 한 모양이었습니다.

내가 자기의 말에 흥미를 가지는 것을 본 M은, 잠시 주저하다가 그가 예비하였던 둘쨋말을 마침내 꺼내었습니다.

"게다가 날 닮은 데도 있어."

"어디?"

"이보게."

M은 어린애를 왼편 팔로 가만히 옮겨서 붙안으면서, 오른손으로는 제 양말을 벗었습니다.

"내 발가락 보게. 내 발가락은 남의 발가락과 달라서 가운데 발가락이 그중 길어. 쉽지 않은 발가락이야. 한데—"

M은 강보를 들치고 어린애의 발을 가만히 꺼내어놓았습니다.

"이놈의 발가락 보게. 꼭 내 발가락 아닌가? 닮았거든……"

M은 열심으로, 찬성을 구하는 듯이 내 얼굴을 바라보았습니다. 얼마나 닮은 곳을 찾아보았기에 발가락 닮은 것을 찾아내었겠습니까.

나는 M의 마음과 노력에 눈물겨워졌습니다. 커다란 의혹 가운데서, 그 의혹을 어떻게 하여서든 삭여보려는 M의 노력은, 인생의 가장 요절할 비극이었습니다. M이 보라고 내놓은 어린애의 발가락은 안 보고 오히려 얼굴만 한참 들여다보고 있다가, 나는 마침내 이렇게 말하였습니다.

"발가락뿐 아니라, 얼굴도 닮은 데가 있네."

그리고 나의 얼굴로 날아오는 (의혹과 희망이 섞인) 그의 눈을 피하면서 돌아앉았습니다.

붉은 산

—어떤 의사의 수기

그것은 여(余)가 만주를 여행할 때의 일이었다. 만주의 풍속도 좀 살필 겸 아직껏 문명의 세례를 받지 못한 그들의 새에 퍼져 있는 병을 좀 조사할 겸 해서 일 년의 기한을 예산해가지고 만주를 시시콜콜히 다— 돌아온 적이 있었다. 그때에 ××촌이라 하는 조그만 촌에서 본 일을 여기에 적고자 한다.

*

××촌은 조선 사람 소작인만 사는 한 이십여 호 되는 작은 촌이었다. 사면을 둘러보아도 한 개의 산도 볼 수가 없는 광막한 만주의 벌판 가운데 놓여 있는 이름도 없는 작은 촌이었다.

몽고 사람 종자(從者)를 하나 데리고 노새를 타고 만주의 촌촌을 돌아다니던 여가 그 ××촌에 이른 때는 가을도 다 가고 어느덧 광포한 북국의 겨울이 만주를 찾아온 때였다.

만주의 어느 곳이라 조선 사람이 없는 곳은 없지만 이러한 오지(奧地)에서 한 동리가 죄 조선 사람뿐으로 되어 있는 곳을 만나니 반가웠다. 더구나 그 동리는 비록 모두가 중국인의 소작인이라 하나 사람들이 비교적 온량하고 정직하며 장성한 이들은 그래도 모두 천자문 한 권쯤은 읽은 사람들이었다. 살풍경[殺風景]¹한 만주—그 가운데서 살풍경한 살림을 하는 중국인이며 조선 사람의 동리를 근 일 년이나 돌아다니다가 비교적 평화스런 이런 동리를 만나면 그것이 비록 외국인의 동리라 하여도 반갑겠거든 하물며 우리 같은 동족의 동리임에랴. 여는 그 동리에서 한 십여 일 이상을 일없이 매일 호별(戶別) 방문을 하며 그들과 이야기로 날을 보내며 오래간만에 맛보는 평화적 기분을 향락하고 있었다.

'삵'이라는 별명을 가지고 있는 정익호라는 인물을 본 곳이 여기서이다.

*

익호라는 인물의 고향이 어디인지는 ××촌의 아무도 아는 사람이 없었다. 사투리로 보아서 경기 사투리인 듯하지만 빠른 말로 죄죄거리는 때에는 영남 사투리가 보일 때도 있고 싸움이라도 할 때에는 서북 사투리가 보일 때도 있었다. 그런지라 사투리로써 그의 고향을 짐작할 수가 없었다. 쉬운 일본말도 알고 한문 글자도 좀 알고 중국말은 물론 꽤 하고 쉬운 러시아말도 할 줄 아는 점 등등 이곳저곳 숱하게 주워먹은 것은 짐작이 가지만 그의 경력을 똑똑히 아는 사람은 없었다.

그는 여가 ××촌에 가기 일 년 전쯤 빈손으로 이웃이라도 오듯 후덕덕 ××촌에 나타났다 한다. 생김생김으로 보아서 얼굴이 쥐와 같고 날카로운 이빨이 있으며 눈에는 교활함과 독한 기운이 늘 나타나 있으며 바룩한 코에는 코털이 밖으로까지 보이도록 길게 났고 몸집은 작으나 민첩하게 되었고 나이는 스물다섯에서 사십까지 임의로 볼 수가 있으며 그 몸이나 얼굴 생김이 어디로 보든 남에게 미움을 사고 근접지 못할 놈이라는 느낌을 갖게 한다.

그의 장기는 투전이 일쑤며 싸움 잘하고 트집 잘 잡고 칼부림 잘하고 색시들에게 덤벼들기 잘하는 것이라 한다.

*

생김생김이 벌써 남에게 미움을 사게 되었고 게다가 하는 행동조차 변변치 못한 일만이라, ××촌에서도 아무도 그를 대척하는 사람이 없었다. 사람들은 모두 그를 피하였다. 집이 없는 그였으나 뉘 집에 잠이라도 자러 가면 그 집 주인은 두말없이 다른 방으로 피하고 이부자리를 준비해주고 하였다. 그러면 그는 이튿날 해가 낮이 되도록 실컷 잔 뒤에 마치 제 집에서 일어나듯 느직이 일어나서 조반을 청하여 먹고는 한마디의 사례도 없이 나가버린다.

그리고 만약 누구든 그의 이 청구에 응하지 않으면 그는 그것을 트집으로 싸움을 시작하고 싸움을 하면 반드시 칼부림을 하였다.

붉은 산 291

동리의 처녀들이며 젊은 색시들은 익호가 이 동리에 들어온 뒤로부터는 마음 놓고 나다니지를 못하였다. 철없이 나갔다가 봉변을 한 사람도 몇이 있었다.

'삵.'

이 별명은 누가 지었는지 모르지만 어느덧 ××촌에서는 익호를 익호라 부르지 않고 삵이라고 부르게 되었다.

"삵이 뉘 집에서 묵었나?"

"김서방네 집에서."

"다른 봉변은 없었다나?"

"요행히 없었다데."

그들은 아침에 깨면 서로 인사 대신으로 삵의 거취를 알아보고 하였다.

'삵'은 이 동리에는 커다란 암종이었다. 삵 때문에 아무리 농사에 사람이 부족한 때라도 젊고 든든한 몇 사람은 동리의 젊은 부녀를 지키기 위하여 동리 안에 머물러 있지 않을 수가 없었다. '삵' 때문에 부녀와 아이들은 아무리 더운 여름 저녁이라도 길에 나서서 마음 놓고 바람을 쏘여보지를 못하였다. '삵' 때문에 동리에서는 닭의 가리며 돼지 우리를 지키기 위하여 밤을 새우지 않을 수가 없었다.

동리의 노인이며 젊은이들은 몇 번을 모여서 삵을 이 동리에서 내쫓기를 의논하였다. 물론 합의는 되었다. 그러나 내쫓는 데 선착수할 사람이 없었다.

"첨지가 선착수하면 뒤는 내 담당하마."

"뒤는 걱정 말고 형님 먼저 말해보시오."

제각기 삵에게 먼저 달려들기를 피하였다.

이리하여 동리에서는 합의는 되었으나 삵은 그냥 태연히 이 동리에 묵어 있게 되었다.

"며늘년들이 조반이나 지었나?"

"손주놈들이 잠자리나 준비했나?"

마치 그 동리의 모두가 자기의 집안인 것같이 삵은 마음대로 이집 저 집을 드나들었다.

××촌에서는 사람이라도 죽으면 반드시 조상 대신으로,

"삵이나 죽지 않고."

하는 한마디의 말을 잊지 않고 하였다.

누가 병이라도 나면,

"에익 이놈의 병 삵한테로 가거라."

고 하였다.

암종— 누구든 삵을 동정하거나 사랑하는 사람이 없었다.

*

삵도 남의 동정이나 사랑은 벌써 단념한 사람이었다. 누가 자기에게 아무런 대접을 하든 탓하지 않았다. 보이는 데서 보이는 푸대접을 하면 그 트집으로 반드시 칼부림까지 하는 그였지만 뒤에서 아무런 말을 할지라도, 그리고 그것이 삵의 귀에까지 갈지라도 탓하지 않았다.

"흥……"

이 한마디는 그의 가장 커다란 처세 철학이었다.

흔히 곁동리 중국인들의 투전판에 가서 투전을 하였다. 때때로 두들겨 맞고 피투성이가 되어 돌아오는 일도 있었다. 그러나 그 하소연을 하는 일이 없었다. 한다 할지라도 들을 사람도 없거니와—아무리 무섭게 두들겨 맞은 뒤라도 하루만 샘물에 상처를 씻고 절룩절룩한 뒤에는 또 그 이튿날은 천연히 나다녔다.

*

여가 ××촌을 떠나기 전날이었다.

송첨지라는 노인이 그해 소출[所出]²을 나귀에 실어가지고 중국인 지주가 있는 촌으로 갔다. 그러나 돌아올 때는 그는 송장이 되었다. 소출이 좋지 못하다고 두들겨 맞아서 부러져 꺾어진 송첨지는 나귀 등에 몸이 결박되어서 겨우 ××촌으로 돌아왔다. 그리고 놀란 친척들이 나귀에서 몸을 내릴 때에 절명되었다.

××촌에서는 왁자하였다.

"원수를 갚자!"

명 아닌 목숨을 끊은 송첨지를 위하여 동리의 젊은이며 늙은이는 모두 흥분되었다. 제각기 이제라도 들고일어설 듯하였다.

그러나 그뿐이었다. 누구든 앞장을 서려는 사람이 없었다. 만약 이때에 누구든 앞장을 서는 사람만 있었다면 그들은 곧 그 지주에게로 달려갔을지 모른다. 그러나 제가 앞장을 서겠노라고 나서

294

는 사람은 없었다. 제각기 곁사람을 돌아보았다.

발을 굴렀다. 부르짖었다. 학대받는 인종의 고통을 호소하며 울었다. 그러나—그뿐이었다. 남의 일로 지주에게 반항하여 제 밥자리까지 떼이기를 꺼림인지 어쩐지는 여로는 모를 바로되 용감히 앞서서 나가는 사람은 없었다.

의사라는 여의 직업상 송첨지의 시체를 검분〔檢分〕³을 한 뒤에 돌아오는 길에 여는 삵을 만났다.

키가 작은 삵을 여는 내려다보았다. 삵은 여를 쳐다보았다.

"가련한 인생아. 인종의 거머리야. 가치 없는 생명아. 밥버러지야. 기생충아."

여는 삵에게 말하였다.

"송첨지가 죽은 줄 아우?"

여의 말에 아직껏 여를 쳐다보고 있던 삵의 눈이 아래로 떨어졌다. 그리고 여가 발을 떼려는 순간 얼핏 삵의 얼굴에 나타난 비창〔悲愴〕⁴한 표정을 여는 넘길 수가 없었다.

*

고향을 떠난 만 리 밖에서 학대받는 인종의 가엾음을 생각하고 그 밤은 여도 잠을 못 이루었다.

그 억분함을 호소할 곳도 못 가진 우리의 처지를 생각하고 여도 눈물을 금치를 못하였다.

이튿날 아침이었다.

여를 깨우러 달려오는 사람의 소리에 여는 반사적으로 일어났다.

삵이 동구 밖에서 피투성이가 되어 죽어 있다는 것이었다.

여는 삵이라는 말에 눈살을 찌푸렸다. 그러나 의사라는 직업상 곧 가방을 수습해가지고 삵이 넘어진 데까지 달려갔다. 송첨지의 장례 때문에 모였던 사람 몇은 여의 뒤로 따라왔다.

여는 보았다. 삵이 허리가 기역자로 뒤로 부러져서 밭고랑 위에 넘어져 있는 것을. 여는 달려가보았다. 아직 약간의 온기는 있었다.

"익호! 익호!"

그러나 그는 정신을 못 차렸다. 여는 응급수단을 하였다. 그의 사지는 무섭게 경련되었다.

이윽고 그가 눈을 번쩍 떴다.

"익호! 정신 드나?"

그는 여의 얼굴을 보았다. 끝이 없이 한참을 쳐다보았다.

그의 동자가 움직였다. 겨우 의의(意義)를 깨달은 모양이었다.

"선생님, 저는 갔었습니다."

"어디를?"

"그놈—지주놈의 집에."

무얼? 여는 눈물 나오려는 눈을 힘 있게 닫았다. 그리고 덥석 그의 벌써 식어가는 손을 잡았다. 잠시의 침묵이 계속되었다. 그의 사지에서는 무서운 경련이 끊임없이 일었다. 그것은 죽음의 경련이었다.

듣기 힘든 작은 그의 소리가 또 그의 입에서 나왔다.

"선생님."

"왜?"

"보구 싶어요. 전 보구 시……"

"뭐이?"

그는 입을 움직였다. 그러나 말이 안 나왔다. 기운이 부족한 모양이었다. 잠시 뒤 그는 또다시 입을 움직였다. 무슨 소리가 그의 입에서 나왔다.

"무얼?"

"보구 싶어요. 붉은 산이— 그리고 흰 옷이!"

아아 죽음에 임하여 그는 고국과 동포가 생각난 것이었다. 여는 힘 있게 감았던 눈을 고즈넉이 떴다. 그때의 삵의 눈도 번쩍 띄었다. 그는 손을 들려 하였다. 그러나 이미 부러진 그의 손은 들리지 않았다. 그는 머리를 돌이키려 하였다. 그러나 그 힘이 없었다.

그의 마지막 힘을 혀끝에 모아가지고 그는 다시 입을 열었다.

"선생님!"

"왜?"

"저것— 저것—"

"무얼?"

"저기 붉은 산이— 그리고 흰 옷이— 선생님 저게 뭐예요."

여는 돌아보았다. 그러나 거기는 황막한 만주의 벌판이 전개되어 있을 뿐이다.

"선생님, 창가 불러주세요. 마지막 소원— 창가를 해주세요. 동해물과 백두산이 마르고 닳도록—"

여는 머리를 끄덕이고 눈을 감았다. 그리고 입을 열었다. 여의 입에서는 창가가 흘러나왔다.

여는 고즈넉이 불렀다.

"동해물과 ××××."

고즈넉이 부르는 여의 창가 소리에 뒤에 둘러섰던 다른 사람의 입에서도 숭엄한 코러스는 울려나왔다.

"무궁화 삼천리 화려 강산—"

광막한 겨울의 만주벌 한편 구석에서는 밥버러지 익호의 죽음을 조상하는 숭엄한 노래가 차차 크게 엄숙하게 울렸다. 그 가운데서 익호의 몸은 점점 식었다.

광화사 狂畫師

인왕(仁王).

바위 위에 잔솔이 서고 아래는 이끼가 빛을 자랑한다.

굽어보니 바위 아래는 몇 포기 난초가 노란 꽃을 벌리고 있다. 바위에 부딪치는 잔바람에 너울거리는 난초잎.

여(余)는 허리를 굽히고 스틱으로 아래를 휘저어보았다. 그러나 아직 난초에서는 사오 척의 거리가 있다. 눈을 옮기면 계곡.

전면이 소나무의 잎으로 덮인 계곡이다. 틈틈이는 철색(鐵色)의 바위도 보이기도 하나 나무 밑의 땅은 볼 길이 없다. 만약 그 자리에 한번 넘어지면 소나무의 잎 위로 굴러서 저편 어디인지 모를 골짜기까지 떨어질 듯하다.

여의 등 뒤에도 이십삼 장[丈]이 넘는 바위다. 그 바위에 올라서면 무학(舞鶴)재로 통한 커다란 골짜기가 나타날 것이다. 여의 발 아래도 장여(丈餘)[1]의 바위다.

아래는 몇 포기 난초, 또 그 아래는 두세 그루의 잔솔, 잔솔 넘어서는 또 바위, 바위 위에는 도라지꽃. 그 바위 아래로부터는 가파른 계곡이다.

그 계곡이 끝나는 곳에는 소나무 위로 비로소 경성 시가의 한편 모퉁이가 보인다. 길에는 자동차의 왕래도 가막하게 보이기는 한다. 여전한 분요[紛擾][2]와 소란의 세계는 그곳에 역시 전개되어 있기는 할 것이다.

그러나 여가 지금 서 있는 곳은 심산이다. 심산이 가져야 할 온갖 조건을 구비하였다.

바람이 있고 암굴이 있고 산초 산화가 있고 계곡이 있고 생물이 있고 절벽이 있고 난송(亂松)이 있고―말하자면 심산이 가져야 할 유수미(幽邃味)를 다 구비하였다.

본시는 이 도회는 심산 중의 한 계곡이었다. 그것을 오백 년간을 닦고 갈고 지어서 오늘날의 경성부를 이룬 것이다.

이러한 협곡에 국도(國都)를 창건한 이태조의 본의가 어디 있었는지는 알 길이 없다. 그러나 오늘날의 한 산보객의 자리에서 보자면 서울은 세계에 유례가 없는 미도(美都)일 것이다.

도회에 거주하며 식후의 산보로서 풀대님[3] 채로 이러한 유수한 심산에 들어갈 수 있다는 점으로 보아서 서울에 비길 도회가 세계에 어디 다시 있으랴.

회흑색(灰黑色)의 지붕 아래 고요히 누워 있는 오백 년의 도시를 눈 아래 굽어보는 여의 사위에는 온갖 고산식물이 난성(亂盛)하고, 계곡에 흐르는 물 소리와 눈 아래 날아드는 기조(奇鳥)들은 완연히 여로 하여금 등산객의 정취를 느끼게 한다.

　여는 스틱을 바위틈에 꽂아놓았다. 그리고 굴러 떨어지기를 면
키 위하여 바위와 잔솔의 새에 자리 잡고 비스듬히 앉았다. 담배
를 피우고 싶었으나 잠시의 산보로 여기고 담배도 안 가지고 나
온 발이 더듬더듬 여기까지 미쳤으므로 담배도 없다.
　시야의 한편에는 이삼 장의 바위, 다른 한편에는 푸르른 하늘,
그 끝으로는 솔잎이 서너 개 어렴풋이 보인다. 그윽이 코로 몰려
들어오는 송진 냄새. 소나무에 불리는 바람 소리.
　유수키 짝이 없다. 여가 지금 앉아 있는 자리는 개벽 이래로 과
연 몇 사람이나 밟아보았을까. 이 바위 생긴 이래로 혹은 여가 맨
처음 발 대어본 것이 아닐까. 아까 바위를 기어서 이곳까지 올라
오느라고 애쓰던 그런 맹랑한 노력을 해본 바보가 여 이외에 몇
사람이나 있었을까. 그런 모험을 맛보기 위하여 심산을 찾는 용
사는 많을 것이로되 결사적 인왕 등산을 한 사람은 그리 많으리
라고 생각되지 않는다.

　등 뒤 바위에는 암굴이 있다.
　뱀이라도 있을까 무서워서 들어가보지는 않았지만 스틱으로 휘
저어본 결과로 두세 사람은 넉넉히 들어가 앉아 있음직하다.
　이 암굴은 무엇에 이용할 수가 없을까.
　음모(陰謀)의 도시 한양은 그새 오백 년간 별별 음흉한 사건이
연출되었다. 시가 끝에서 반 시간 미만에 넉넉히 올 수 있는 이런

가까운 거리에 뚫린 암굴은, 있는 줄 알기만 하였으면 혹은 음모에 이용되지 않았을까.

공상!

유수한 맛에 젖어 있던 여는 이 암굴 때문에 차차 불쾌한 공상에 빠지기 시작하려 한다.

온갖 음모, 그 뒤를 잇는 살육, 모함, 방축(放逐),[4] 이조 오백 년간의 추악한 모양이 여로 하여금 불쾌한 공상에 빠지게 하려 한다.

여는 황망히 이런 불쾌한 공상에서 벗어나려고 또 주머니에 담배를 뒤적였다. 그러나 담배는 여전히 있을 까닭이 없었다.

다시 눈을 들어서 안하를 굽어보면 일면에 깔린 송초(松梢)!

반짝!

보매 한 줄기의 샘이다. 소나무 틈으로 보이는 그 샘은 아마 바위틈을 흐르는 샘물인 듯. 똘똘똘똘 들리는 것은 아마 바람 소리겠지. 저렇듯 멀리 아래 있는 샘의 소리가 이곳까지 들릴 리가 없다.

샘물!

저 샘물을 두고 한 개 이야기를 꾸며볼 수가 없을까. 흐르는 모양도 아름답거니와 흐르는 소리도 아름답고 그 맛도 아름다운 샘물을 두고 한 개 재미있는 이야기가 여의 머리에 생겨나지 않을까. 암굴을 두고 생겨나려던 음모 살육의 불쾌한 공상보다 좀더

302

아름다운 다른 이야기가 꾸며지지 않을까.

여는 바위틈에 꽂았던 스틱을 도로 뽑았다. 그 스틱으로써 여의
발 아래 바위를 가볍게 두드리면서 한 개 이야기를 꾸며보았다.

한 화공(畵工)이 있다.

화공의 이름은? 지어내기가 귀찮으니 신라 때의 화성(畵聖)의
이름을 차용하여 솔거(率居)라 해두자.

시대는?

시대는 이 안하에 보이는 도시가 가장 활기 있고 아름답던 시절
인 세종 성주의 대쯤으로 해둘까.

백악이 흘러내리다가 맺힌 곳. 거기는 한양의 정기를 한 몸에
지닌 경복궁 대궐이 있다. 이 대궐의 북문인 신무문(神武門) 밖
우거진 뽕밭 새에 한 중로(中老)의 사나이가 오뇌스러운 얼굴을
하고 숨어 있다.

화공 솔거였다.

무르익은 여름 뜨거운 볕은 뽕잎이 가려준다 하나 훈훈한 기운
은 머리 위 뽕잎과 땅에서 우러나서 꽤 무더운 이 뽕밭 속에 숨어
있는 화공. 자그마한 보따리에는 점심까지 싸가지고 온 것으로
보아서 저녁까지 이곳에 있을 셈인 모양이다.

그러나 무얼 하는지. 단지 땀을 평평 흘리며 오뇌스러운 얼굴로
앉아 있을 뿐이다.

왕후친잠(王后親蠶)에 쓰이는 이 뽕밭은 잡인들이 다니지 못할

곳이다. 하루 종일을 사람의 그림자 하나 얼씬하지 않는다.

때때로 바람이 우수수하니 통나무 위로 불기는 하나 솔거가 숨어 있는 곳에는 한 점의 바람도 들어오지 않는다. 이 무더운 속에 솔거는 바람이 불 적마다 몸을 흠칫흠칫 놀라며 그러면서도 무엇을 기다리는 듯이 뽕나무 그루 아래로 저편 앞을 주시하곤 한다.

이윽고 석양이 무악을 넘고 이 도시도 황혼이 들었다.

날이 어둡기를 기다려서 이 화공은 몸을 숨겨가지고 거기서 나왔다.

"오늘은 헛길. 내일이나 다시 볼까."

한숨을 쉬면서 제 오막살이를 찾아 돌아가는 화공. 날이 벌써 꽤 어두웠지만 그래도 아직 저녁빛이 약간 남은 곳에 내놓은 이 화공은 세상에 보기 드문 추악한 얼굴의 주인이었다. 코가 질병 자루 같다. 눈이 퉁방울 같다. 귀가 박죽 같다. 입이 나발통 같다. 얼굴이 두꺼비 같다. 소위 추한 얼굴을 형용하는 온갖 형용사를 한 얼굴에 지닌 흉한 얼굴의 주인으로서 그 얼굴이 또한 굉장히도 커서 멀리서 볼지라도 그 존재가 완연하리만 하다.

이 얼굴을 가지고는 백주에는 나다니기가 스스로 부끄러울 것이다.

아닌 게 아니라 솔거는 철이 든 아래 아직껏 백주에 사람 틈에 나다닌 일이 없었다.

일찍이 열여섯 살에 스승의 중매로써 어떤 양가 처녀와 결혼을 하였지만 그 처녀는 솔거의 얼굴을 보고 기절을 하고 기절에서

깨어나서는 그냥 집으로 도망쳐버리고,

그 다음에 또 한 번 장가를 들어보았지만 그 색시 역시 첫날밤만 정신 모르고 치른 뒤에는 이튿날은 무서워서 죽어도 같이 못 살겠노라고 부모에게 떼를 써서 두번째의 비극을 겪고,

이러한 두 가지의 사변을 겪고 난 뒤에는 솔거는 차차 여인이라는 것을 보기를 피해오다가 그 괴벽이 점점 자라서 나중에는 일체로 사람이란 것의 얼굴을 대하기가 싫어졌다.

사람을 피하기 위하여— 그리고 또한 일방으로는 화도(畵道)에 정진하기 위하여 인가를 떠나서 백악의 숲 속에 조그만 오막살이를 하나 틀고 거기 숨은 지 근 삼십 년, 생활에 필요한 물건 혹은 그림에 필요한 물건을 구하기 위하여 부득이 거리에 나가야 할 필요가 있을 때는 반드시 밤을 택하였다. 피할 수 없이 낮에 나갈 때는 방립을 쓰고 그 위에 얼굴을 베로 가렸다.

화도에 발을 들여놓은 지 근 사십 년, 부득이한 금욕 생활 부득이한 은둔 생활을 경영한 지 삼십 년, 여인에게로 소모되지 못한 정력은 머리로 모이고 머리로 모인 정력은 손끝으로 뻗어서 종이에 비단에 갈겨 던진 그림이 벌써 수천 점. 처음에는 그 그림에 대하여 아무 불만도 느껴보지 않았다.

하늘에서 타고난 천분과 스승에게서 얻은 훈련과 저축된 정력의 소산인 한 장의 그림이 생겨날 때마다 그것을 보면서 스스로 만족히 여기고 스스로 자랑스러이 여기던 그였다.

그러나 그런 과정을 밟기 이십 년에 차차 그의 마음에 움 돋은 불만, 그것은 어떻게 보자면 화도에는 이단적인 생각일는지도 모

를 것이다.

좀 다른 것은 그릴 수가 없는가.

산이다. 바다다. 나무다. 시내다. 지팡이 잡은 노인이다. 다리
다. 혹은 돛단배다. 꽃이다. 과즉 달이다. 소다. 목동이다.

이 밖에 그가 아직 그려본 것이 무엇이었던가.

유원(幽遠)한 맛, 단 한 가지밖에 없는 전통적 그림보다 좀더
다른 것을 그려보고 싶다. 아직껏 스승에게 배운 바의 백발백염
의 노옹이나 피리 부는 목동 이외에 좀더 얼굴에 움직임이 있는
사람을 그려보고 싶다. 표정이 있는 얼굴을 그려보고 싶다.

이리하여 재래의 수법을 아낌없이 내던진 솔거는 그로부터 십
년간을 사람의 표정을 그리느라고 세월을 보냈다.

그러나 사람의 세상을 멀리 떠나서 따로이 사는 이 화공에게는
사람의 표정이 기억에 까맣다.

상인들의 간특한 얼굴, 행인[行人]들의 덜 무표정한 얼굴, 새
꾼들의 싱거운 얼굴. 그새 보고 지금도 대할 수 있는 얼굴은 이런
따위뿐이다. 좀더 색채 다른 표정은 없느냐.

색채 다른 표정!

색채 다른 표정!

이 욕망이 화공의 마음에 익고 커가는 동안 화공의 머리에 솟아
오르는 몽롱한 기억이 있다.

이 화공의 어머니의 표정이다.

지금은 거의 그의 기억에서 사라졌지만 어린 시절에 자기를 품

에 안고 눈물 글썽글썽한 눈으로 굽어보던 어머니의 표정이 가끔 한순간씩 그의 기억의 표면까지 뛰쳐올랐다.

그의 어머니는 희세의 미녀였다. 대대로 이후의 자손의 미까지 모두 미리 빼앗았던지 세상에 드문 미인이었다.

화공은 이 미녀의 유복자였다.

아비 없는 자식을 가슴에 붙안고 눈물. 머금은 눈으로 굽어보던 표정.

철이 든 이래로 자기를 보는 얼굴에서는 모두 경악과 공포밖에는 발견하지 못한 이 화공에게는 사십여 년 전의 어머니의 사랑의 아름다운 얼굴이 때때로 몸서리치도록 그리웠다.

그것을 그려보고 싶었다.

커다란 눈에 그득히 담긴 눈물. 그러면서도 동경과 애무로서 빛나던 눈. 입가에 떠오르던 미소.

번개와 같이 순간적으로 심안(心眼)에 나타났다가는 사라지는 이 환영을 화공은 그려보고 싶었다.

세상을 피하고 세상에서 숨어 살기 때문에 차차 비뚤어진 이 화공의 괴벽한 마음에는 세상을 그리는 정열이 또한 그만치 컸다. 그리고 그것이 크면 크니만치 마음속으로 늘 울분과 분만〔憤懣〕[6]이 차 있었다.

지금도 세상에서는 한창 계집 사내들이 서로 부둥켜안고 좋다고 야단할 것을 생각하고는 음울한 얼굴로 화필을 뿌리는 화공.

이러한 가운데서 나날이 괴벽해가는 이 화공은 한 개 미녀상(美女像)을 그려보고자 노심하였다.

처음에는 단지 아름다운 표정을 가진 미녀를 그려보고자 하였다.

그러나 미녀를 가까이 본 일이 없는 이 화공이 마음대로 되지 않는 붓끝에 역정을 내며 애쓰는 동안 차차 어느덧 미녀상에 대한 관념이 달라갔다.

자기의 아내로서의 미녀상을 그려보고 싶어졌다.

세상은 자기에게 아내를 주지 않는다.

보면 한 마리의 곤충 한 마리의 날짐승도 각기 짝을 찾아 즐기고 짝을 찾아 좋아하거늘 만물의 영장인 사람이 짝 없이 오십 년을 보냈다 하는 데 대한 분만이 일어났다.

세상 놈들은 자기에게 한 짝을 주지 않고 세상 계집들은 자기에게 오려는 자가 없이 홀몸으로 일생을 보내다가 언제 죽는지도 모르게 이 산골에서 죽어버릴 생각을 하면 한심하기보다 도리어 이렇듯 박정한 사람의 세상이 미웠다.

세상이 주지 않는 아내를 자기는 자기의 붓끝으로 만들어서 세상을 비웃어주리라.

이 세상에 존재한 가장 아름다운 계집보다도 더 아름다운 계집을 자기 붓끝으로 그려서 못나고도 아름다운 체하는 세상 계집들을 웃어주리라.

덜난 계집을 아내로 맞아가지고 천하의 절색이라 믿고 있는 사내놈들도 깔보아주리라.

사오 명의 처첩을 거느리고 좋다구나고 춤추는 헌놈들도 굽어보아주리라.

미녀! 미녀!

눈을 감고 생각하고 눈을 뜨고 생각하고 머리를 움켜쥐고 생각해보나 미녀의 얼굴이 어떤 것인지 알 수가 없었다.

물론 얼굴에 철요가 없고 이목구비가 제대로 놓였으면 세상 보통의 미인이라 한다. 그런 얼굴에 연지나 그리고 눈에 미소나 그려놓으면 더 아름다워지기는 할 것이다. 이만 것은 상상의 눈으로도 볼 수가 있는 자며 붓끝으로 그릴 수도 없는 바가 아니다.

그러나 가만 어린 시절의 어머니의 얼굴을 순영적(瞬影的)으로나마 기억하는 이 화공으로서는 그런 미녀로는 만족할 수가 없었다.

오뇌와 분만 중에서 흐르는 세월은 일 년 또 일 년 무위히 흘러간다.

미녀의 아랫동이는 그려진 지 벌써 수 년. 그 아랫동이 위에 올려놓일 얼굴은 어떻게 하여얄지 짐작도 가지 않았다.

화공의 오막살이 방 안에 들어서면 맞은편에 걸려 있는 한 폭 그림은 언제든 어서 목과 얼굴을 그려주기를 기다리듯이 화공을 힐책한다.

화공은 이것을 보기가 거북하였다.

특별한 일이라도 있기 전에는 낮에 거리에 다니지를 않던 이 화공이 흔히 얼굴을 싸매고 장안을 돌아다녔다.

행여나 길에서라도 미녀를 만날까 하는 요행심으로였다. 길에서 순간적으로라도 마음에 드는 미녀를 볼 수만 있으면 그것을 머리에 똑똑히 캐치하여 그 기억으로써 화상을 그릴까 하는 요행 심으로……

그러나 내외법이 심한 이 도회에서 대낮에 양가의 부녀가 얼굴을 내놓고 길을 다니지 않았다. 계집이라는 것은 하인배나 하류배뿐이었다.

하인배 하류배에도 때때로 미녀라 일컬을 자가 있기는 있었다. 그러나 아무리 산뜻한 미를 갖기는 했다 하나 얼굴에 흐르는 표정이 더럽고 비열하여 캐치할 만한 자가 없었다.

얼굴을 싸매고 거리로 방황하며 혹은 계집들이 많이 모이는 우물가며 저자를 비슬비슬 방황하며 어찌어찌하여 약간 예쁜 듯한 계집이라도 보이면 따라가면서 얼굴을 연구해보고 했으나 마음에 드는 미녀를 지금껏 얻어내지를 못하였다.

혹은 심규(深閨)에는 마음에 드는 계집이라도 있을까. 심규! 심규! 한번 심규의 계집들을 모조리 눈앞에 벌여 세우고 얼굴 검사를 해보았으면……

초조하고 성가신 가운데서 날을 보내고 날을 맞으면서 미녀를 구하던 화공은 마지막 수단으로 친잠 상원(親蠶桑園)에 들어가서 채상(採桑)하는 궁녀의 얼굴을 얻어보려 하였다. 그러나 불행히도 화공의 모험도 헛길로 돌아가고 그날은 채상을 하러 오지도 않았다.

그러나 때 바야흐로 누에 시절이라 길만성 있게 기다리노라면 궁녀가 오는 날도 있을 것이다. 미녀—아내의 얼굴을 그리려는 욕망에 열이 오르고 독이 난 이 화공은 그 이튿날도 또 뽕밭에 들어가 숨었다. 숨어 기다리지 않을 수가 없었다.

그로부터 한 달, 화공은 나날이 점심을 싸가지고 상원으로 갔다. 그러나 저녁때 제 오막살이로 돌아올 때는 언제든 그의 입에서는 기다란 탄식성이 나왔다.

궁녀를 못 본 바가 아니었다.

마치 여기 숨어 있는 화공에게 선보이려는 듯이 나날이 궁녀들은 번갈아 왔다. 한 떼씩 밀려와서는 옷소매 치맛자락을 펄럭이며 뽕을 따갔다. 한 달 동안에 합계 사오십 명의 궁녀를 보았다.

모두 일률로 미녀들이었다. 그리고 길가 우물가에서 허투루 볼 수 있는 미녀들보다 고아(高雅)한 얼굴에는 틀림이 없었다.

그러나 그 눈. 화공이 보는 바는 눈이었다.

그 눈에 나타난 애무와 동경이었다. 철철 넘어 흐르는 사랑이었다. 그것이 궁녀에게는 없었다. 말하자면 세상 보통의 미녀였다.

자기에게 계집을 주지 않는 고약한 세상에게 보복하는 의미로 절세의 미녀를 차지하고자 하는 이 화공의 커다란 야심으로서는 그만 따위의 미녀로 만족할 수가 없었다.

오막살이로 돌아올 때마다 그의 입에서 나오는 기다란 한숨, 이런 한숨을 쉬기 한 달— 그는 다시 상원에 가지 않았다.

가을 하늘 맑고 푸르른 어떤 날이었다.

마음속에 분만과 동경을 가득히 담은 이 화공은 저녁 쌀을 씻으러 소쿠리를 옆에 끼고 시내로 더듬어 갔다.

가다가 문득 발을 멈추었다.

우거진 소나무 틈으로 보이는 시냇가 바위 위에 웬 처녀가 하나 앉아 있다. 솔가지 틈으로 내리비치는 얼룩지는 석양을 받고 망연히 앉아서 흐르는 시냇물을 내려다보고 있다.

웬 처녀일까.

인가에서 꽤 떨어진 이곳. 사람의 동리보다 꽤 높은 이곳. 길도 없는 이곳—아직껏 삼십 년간을 때때로 초부나 목동의 방문은 받아본 일이 있지만 다른 사람의 자취를 받아보지 못한 이곳에 웬 처녀일까.

화공도 망연히 서서 바라보았다. 바라볼 동안 가슴에 차차 무거운 긴장을 느꼈다.

한 걸음 두 걸음 화공은 발소리를 감추고 나아갔다. 차차 그 상거[相距][7]가 가까워감을 따라서 분명해가는 처녀의 얼굴.

화공의 얼굴에는 피가 떠올랐다.

세상에 드문 미녀였다. 나이는 열일여덟. 그 얼굴 생김이 아름답다기보다 얼굴 전면에 나타난 표정이 놀랄 만치 아름다웠다.

흐르는 시내에 눈을 부었는지 귀를 기울였는지 하여간 처녀의 온 주의력은 시내에 모여 있다. 커다랗게 뜨인 눈은 깜박일 줄도 잊은 듯이 황홀한 눈으로 시내를 굽어보고 있다.

남벽(藍碧)[8]의 시냇물에는 용궁(龍宮)이 보이는가. 소나무 그루에 부딪쳐서 튀어나는 바람에 앞머리를 약간 날리면서 처녀가 굽어보고 있는 것은 무엇인가.

처녀의 공상과 정열과 환희가 한꺼번에 모인 절묘한 미소를 눈과 입에 띠고 일심불란히 처녀가 굽어보는 것은 무엇인가.

아아.

화공은 드디어 발견하였다. 그새 십 년간을 여항의 길거리에서 혹은 우물가에서 내지는 친잠 상원에서 발견해보려고 애쓰다가 종내 달하지 못한 놀랄 만한 아름다운 표정을 화공은 뜻 안 한 여기서 발견하였다.

화공은 걸음을 빨리하였다. 자기의 얼굴이 얼마나 더럽게 생겼는지 이 처녀가 자기를 쳐다보면 얼마나 놀랄지 이 점을 온전히 잊고 걸음을 빨리하여 처녀의 쪽으로 갔다.

처녀는 화공의 발소리에 머리를 번쩍 들었다. 화공을 바라보았다. 그 무한히 먼 곳을 바라보는 듯한 기묘한 눈을 들어서.

"아."

가슴이 무득하여 무슨 말을 하여야 할지 망설이며 화공이 반벙어리 같은 소리를 할 때에 처녀가 먼저 입을 열었다.

"여기가 어디오니까."

여기가 어디?

"여기는 인왕산록 이름도 없는 곳이지만 너는 웬 색시냐?"

"네……"

문득 떠오르는 적적한 표정.

"더듬더듬 시내를 따라왔습니다."

화공은 머리를 기울였다. 몸을 움직여보았다. 무한히 먼 곳을 바라보는 듯한 처녀의 눈은 그냥 움직임 없이 커다랗게 뜨여 있기는 하지만 어디를 보는지 무엇을 보는지 알 수가 없다. 드디어 화공은 부르짖었다.

　"너 앞이 보이느냐?"

　"소경이올시다."

　소경이었다. 눈물 머금은 소리로 하는 이 대답을 듣고 화공은 좀더 가까이 갔다.

　"앞도 못 보면서 어떻게 무얼 하려 예까지 왔느냐?"

　처녀는 머리를 푹 수그렸다. 무슨 대답을 하는 듯하였으나 화공은 알아듣지 못하였다. 그러나 화공으로 하여금 적이 호기심을 잃게 한 것은 처녀의 얼굴에 아까와 같은 놀라운 매력 있는 표정이 없어진 것이었다.

　그만하면 보기 드문 미인임에는 틀림이 없다. 그러나 아까 화공이 그렇듯 놀란 것은 단지 미인인 탓이 아니었다. 그 얼굴에 나타난 놀라운 매력에 끌린 것이었다.

　"불쌍도 허지. 저녁도 가까워오는데 어둡기 전에 집으로 내려가거라."

　이만치 하여 화공은 처녀를 포기하려 하였다. 이 말에 처녀가 응하였다.

　"어두운 것은 탓하지 않습니다마는 황혼이 매우 아름답다지요?"

　"그럼. 아름답구말구."

"어떻게 아름답습니까."

"황금빛이 서산에서 줄기줄기 비추이는구나. 거기 새빨갛게 물든 천하— 푸르른 소나무도 남빛 바위도 검붉은 나무그루도 모두 황금빛에 잠겨서—"

"황금빛은 어떤 것이고 새빨간 빛과 붉은 빛이며 남빛은 모두 어떤 빛이오니까? 밝은 세상이라지만 밝은 빛과 붉은 빛이 어떻게 다릅니까? 이 산 경치가 아름답다는 소문을 듣고 더듬어 왔습니다마는 바람 소리, 돌물 소리, 귀로 들리는 소리밖에는 어디가 아름다운지 알 수가 없습니다."

차차 다시 나타나는 미묘한 표정. 커다랗게 뜨인 눈에 비치는 동경의 물결. 일단 사라졌던 아름다운 표정은 다시 생기기 비롯하였다.

화공은 드디어 처녀의 맞은편에 가 앉았다.

"이 샘줄기를 따라 내려가면 바다가 있구 바다 속에는 용궁이 있구나. 칠색 비단을 감은 기둥과 비취를 아로새긴 댓돌이며 황금으로 만든 풍경. 진주로 꾸민 문설주—"

마주 앉아서 엮어내리는 이 화공의 이야기에 각일각[刻一刻] 더욱 황홀해가는 처녀의 눈이었다. 화공은 드디어 이 처녀를 자기의 오막살이로 데리고 돌아갈 궁리를 하였다.

"내 용궁 이야기를 들려주마. 너의 집에서 걱정만 안 하실 것 같으면."

화공이 이렇게 꼬일 때에 처녀는 그의 커다란 눈을 들어서 유원히 하늘을 우러러보면서 자기네 부모는 병신 딸 따위는 없어져도 근심을 안 한다고 쾌히 화공의 뒤를 따랐다.

일사천리로 여기까지 밀려오던 여의 공상은 문득 중단되었다.

이야기를 어떻게 진전시키나?

잡념이 일어난다. 동시에 여의 귀에 들려오는 한 절의 유행가.

여는 머리를 들었다. 저편 뒤 어디 잡인들이 온 모양이다. 그 분 요가 무의식중에 귀로 들어와서 여의 집중되었던 머리를 헤쳐놓는다.

귀찮은 가사(歌師)들이여. 저주받을 가사들이여.

이 저주받을 가사들 때문에 중단된 이야기는 좀체 다시 모이지 않았다.

그러나 결말 없는 이야기가 어디 있으랴. 되었던 결말은 지어야 할 것이 아닌가.

그러면 그 화공은 처녀를 데리고 제 오막살이로 돌아와서 용궁 이야기를 들려주면서 그동안에 처녀의 얼굴을 그대로 그려서 십 년래의 숙망을 성취하였다는 결말로 맺어버릴까?

그러나 이런 싱거운 결말이 어디 있으랴? 결말이 되기는 되었 지만 이따위 결말을 짓기 위하여 그런 서두는 무의미한 것이다.

그러면?

그럼 다르게 결말을 맺어볼까?

화공은 처녀를 제 오막살이로 데리고 돌아왔다. 그리고 처녀에 게 용궁 이야기를 들려주었다. 그러나 아까 용궁 이야기로 초벌

316

들은 처녀는 이번은 그렇듯 큰 감흥도 느끼지 않는 모양으로 그
다지 신통한 표정도 보이지 않았다. 화공의 계획은 수포로 돌아
갔다. 화공은 그 그림을 영 미완품 채로 남기지 않을 수 없었다.

역시 마음에 들지 않는 결말이다.

그럼 또다시—

화공은 처녀를 데리고 돌아왔다. 돌아와서 처녀를 보면 볼수록
탐스러워서 그림은 집어던지고 처녀를 아내로 삼아버렸다. 앞을
못 보는 처녀는 이 추하게 생긴 화공에게도 아무 불만이 없이 일
생을 즐겁게 보냈다. 그림으로나 아내를 얻으려던 화공은 절세의
미녀를 아내로 얻게 되었다.

역시 불만이다.

귀찮고 성가시다. 저주받을 유행 가사여.

여는 일어났다. 감흥을 잃은 이 자리에 그냥 앉아 있기가 싫
었다. 그냥 들리는 유행가. 그것이 안 들리는 곳으로 자리를 옮
기자.

굽어보매 저 멀리 소나무 틈으로 한 줄기 번득이는 것은 아까의
샘물이다.

그 샘물로, 가장 이 이야기의 원천이 된 그 샘으로 내려가자.

벼랑을 내려가기는 올라가기보다 더 힘들었다. 올라가는 것은
올라가다가 실수하여 떨어지면 과즉 제자리에 내린다. 그러나 내
려가다가 발을 실수하면 어디까지 굴러갈지 예측할 길이 없다.
잘못하다가는 청운동(淸雲洞) 어귀까지 굴러갈는지도 모를 일이

다. 게다가 올라갈 때에는 도움이 되던 스틱조차 내려갈 때에는 귀찮기 짝이 없다.

반 각이나 걸려서 여는 드디어 그 샘가에 도달하였다.

샘가에는 과연 한 개의 바위가 사람 하나 앉기 좋을 만한 자리가 있다. 이 바위가 화공이 쌀 씻던 바위일까. 처녀가 앉아서 공상하던 바위일까. 그 아래를 깊은 남벽으로 알았더니 겨우 한 뼘미만의 얕은 물로서 바위 위를 기운 없이 똘똘 흐르고 있다.

그러나 이 골짜기는 고요하기 짝이 없었다. 바람 소리도 멀리 위에서만 들린다. 그리고 소나무와 바위에 둘러싸여서 꽤 음침한 이 골짜기는 옛날 세상을 피한 화공이 즐겨 하였음직하다.

자, 그러면 이 골짜기에서 아까 그 이야기의 꼬리를 마저 지을까.

화공은 처녀를 데리고 오막살이로 돌아왔다.

그의 마음은 너무도 긴장되고 또한 기뻐서 저녁도 짓기 싫었다. 들어와보매 벌써 여러 해를 멀리 달리기를 기다리는 족자의 여인의 몸집조차 흔연히 화공을 맞는 듯하였다.

"자, 거기 앉어라."

수년간 화공을 힐책하던 머리 없는 그림이 화공의 앞에 펴졌다. 단청도 준비되었다.

터질 듯 울렁거리는 마음으로 폭 앞에 자리를 잡은 화공은 빛이 비치도록 남향하여 처녀를 앉히고 손으로는 붓을 적시며 이야기를 꺼내었다.

벌써 황혼은 인제 얼마 남지 않은 오늘 해로써 숙망을 달하려 하는 것이었다. 십 년간을 벼르기만 하면서 착수를 못하기 때문에 저축되었던 화공의 힘은 손으로 모였다.

"그러구— 알겠지?"

눈으로는 처녀의 얼굴을 보며 입으로는 용궁 이야기를 하며 손은 번개같이 붓을 둘렀다.

"용궁에는 여의주(如意珠)라는 구슬이 있구나. 이 여의주라는 구슬은 마음에 있는 바는 다 달할 수 있는 보물로서 그 구슬을 네 눈 위에 한번 구을리면 너도 광명한 일월을 보게 된다."

"네? 그런 구슬이 있습니까?"

"있구말구. 네가 내 말을 잘 듣고 있기만 하면 수일 내로 너를 데리고 용궁에 가서 여의주를 빌려서 네 눈도 고쳐주마."

"그러면 저도 광명한 일월을 볼 수가 있겠습니까."

"그럼. 광명한 일월, 무지개라는 칠색이 영롱한 기묘한 것, 아름다운 수풀, 유수한 골짜기 무엇인들 못 보랴."

"아이구, 어서 그 여의주를 구해서."

아아. 놀라운 아름다운 표정이었다. 화공은 처녀의 얼굴에 나타나 넘치는 이 놀라운 표정을 하나도 잃지 않고 화폭 위에 옮겼다.

황혼은 어느덧 밤으로 변하였다. 이때는 그림의 여인에게는 단지 눈동자가 그려지지 않을 뿐 그 밖의 것은 죄 완성이 되었다.

동자까지 그리고 싶었다. 그러나 이 그림의 생명을 좌우할 눈동자를 그리기에는 날은 너무도 어두웠다.

눈동자 하나쯤이야 밝은 날로 남겨둔들 어떠랴. 하여간 십 년 숙망을 겨우 달한 화공의 심사는 무엇에 비기지 못하도록 기뻤다.

"아— 아."

이 탄성은 오래 벼르던 일이 끝난 때에 나는 기쁨의 소리였다.

이 일단의 안심과 함께 화공의 마음에는 또 다른 긴장과 정열이 솟아올랐다.

꽤 어두운 가운데서 처녀의 얼굴을 유심히 보기 위하여 화공이 잡은 자리는 처녀의 무릎과 서로 닿을 만치 가까웠다. 그림에 대한 일단의 안심과 함께 화공의 코로 몰려 들어오는 강렬한 처녀의 체취와 전신으로 느끼는 처녀의 접근 때문에 화공의 신경은 거의 마비될 듯싶었다. 차차 각일각 몸까지 떨리기 시작하였다. 어두움 가운데서 황홀스러이 빛나는 처녀의 커다란 눈과 정열로 들먹거리는 입술은 화공의 정신까지 혼미하게 하였다.

밝는 날 화공과 소경 처녀의 두 사람은 벌써 남이 아니었다.

"오늘은 동자를 완성시키리라."

삼십 년의 독신 생활을 벗어버린 화공은 삼십 년간을 혼자 먹던 조반을 소경 처녀와 같이 먹고 다시 그림 폭 앞에 앉았다.

"용궁은?"

기쁨으로 빛나는 처녀의 눈.

그러나 화공의 심미안(審美眼)에 비친 그 눈은 어제의 눈이 아니었다.

아름답기는 다시없는 아름다운 눈이었다. 그러나 그 눈은 사내의 사랑을 구하는 '여인의 눈'이었다. 병신이라 수모받던 전생을 벗어버리고 어젯밤 처음으로 인생의 봄을 맞본 처녀는 이제는 한 개의 그 지어미의 눈이요 한 개의 애욕의 눈이었다.

"용궁은?"

"용궁에 어서 가서 여의주를 얻어서 제 눈을 띄어주세요. 밝은 천지도 천지려니와 당신이 어서 눈 뜨고 보고 싶어."

어젯밤 잠자리에서 자기는 스물네 살 난 풍신 좋은 사내라고 자랑한 화공의 말을 그대로 믿는 소경 처녀였다.

"응, 얻어주지. 그 칠색이 영롱한!"

"그 칠색도 어서 보고 싶어요."

"그래그래, 좌우간 지금 머리로 생각해보란 말이야."

"네, 참 어서 보고 싶어서."

굽어보면 무릎 앞의 그림은 어서 한 점 동자를 찍어주기를 기다리고 있다.

그러나 소경의 눈에 나타난 것은 아름답기는 아름다우나 그것은 애욕의 표정에 지나지 못하였다. 그런 눈을 그리려고 십 년을 고심한 것이 아니었다.

"자, 용궁을 생각해봐!"

"생각이나 하면 뭘 합니까? 어서 이 눈으로 보아야지."

"생각이라도 해보란 말이야."

"짐작이 가야 생각도 하지요."

"어제 생각하던 대로 생각을 해봐!"

"네……"

화공은 드디어 역정을 내었다.

"자 용궁! 용궁!"

"네……"

"용궁을 생각해봐! 그래 용궁이 어때?"

"칠색이 영롱하구요."

"그래 또."

"또 황금 기둥, 아니 비단으로 싼 기둥이 있구요. 또 푸른 진주
가!"

"푸른 진주가 아냐! 푸른 비취지."

"비취 추녀던가 문이던가."

"에익! 바보!"

화공은 커다란 양손으로 칵 소경의 어깨를 잡았다. 잡고 흔들
었다.

"자 다시 곰곰이. 용궁은."

"용궁은 바다 속에……"

겁에 띠어서 어릿거리는 소경의 양에 화공은 손으로 소경의 따
귀를 갈기지 않을 수가 없었다.

"바보!"

이런 바보가 어디 있으랴. 보매 그 병신 눈은 깜박일 줄도 모르
고 허공을 바라보고 있다. 그 천치 같은 눈을 보매 화공의 노염은
더욱 커졌다. 화공은 양손으로 소경의 멱을 잡았다.

"에이 바보야. 천치야. 병신아."

생각나는 저주의 말을 연하여 퍼부으면서 소경의 멱을 잡고 흔

들었다. 그리고 병신답게 멀겋게 뜨인 눈자위에 원망의 빛깔이 나타나는 것을 보고 더욱 힘 있게 흔들었다.

흔들다가 화공은 탁 그 손을 놓았다. 소경의 몸이 너무도 무거워졌으므로.

화공의 손에서 놓인 소경의 몸은 손을 뒤솟은 채 번뜻 나가넘어졌다. 넘어지는 서슬에 벼루가 전복되었다. 뒤집어진 벼루에서 튀어난 먹 방울이 소경의 얼굴에 덮였다.

깜짝 놀라서 흔들어보매 소경은 벌써 이 세상의 사람이 아니었다.

화공은 어찌할 줄을 몰랐다. 망지소조[罔知所措][10]하여 허든거리던 화공은 눈을 뜻 없이 자기의 그림 위에 던지다가 소리를 내며 자빠졌다.

그 그림의 얼굴에는 어느덧 동자가 찍혔다. 자빠졌던 화공이 좀 정신을 가다듬어가지고 몸을 겨우 일으켜서 다시 그림을 보매 두 눈에는 완연히 동자가 그려진 것이었다.

그 동자의 모양이 또한 화공으로 하여금 다시 덜썩 엉덩이를 붙이게 하였다. 아까 소경 처녀가 화공에게 먹을 잡혔을 때에 그의 얼굴에 나타났던 원망의 눈! 그림의 동자는 완연히 그것이었다.

소경이 넘어지는 서슬에 벼루를 엎는다는 것은 기이할 것도 없고 벼루가 엎어질 때에 먹 방울이 튄다는 것도 기이하달 수도 없지만 그 먹 방울이 어떻게 그렇게도 기묘하게 떨어졌을까? 먹이 떨어진 동자로부터 먹물이 번진 홍채에 이르기까지 어찌도 그렇게 기묘하게 되었을까?

한편에는 송장, 한편에는 송장의 화상을 놓고 망연히 앉아 있는 화공의 몸은 스스로 멈출 수 없이 와들와들 떨렸다.

수일 후부터 한양성 내에는 괴상한 여인의 화상을 들고 음울한 얼굴로 돌아다니는 늙은 광인(狂人) 하나가 생겼다.

그의 내력을 아는 사람이 없었고 그의 근본을 아는 사람이 없었다. 그 괴상한 화상을 너무도 소중히 여기므로 사람들이 보고자 하면 그는 기를 써서 보이지 않고 도망해버리고 한다.

이렇게 수년간을 방황하다가 어떤 눈보라 치는 날 돌베개를 베고 그의 일생을 마감하였다. 죽을 때도 그는 그 족자는 깊이 품에 품고 죽었다.

늙은 화공이여. 그대의 쓸쓸한 일생을 여는 조상하노라.

여는 지팡이로써 물을 두어 번 저어보고 고즈넉이 몸을 일으켰다.

우러러보매 여름의 석양은 벌써 백악 위에서 춤추고, 이 천고의 계곡을 산새가 남북으로 건넌다.

김연실전 金妍實傳

1

연실이의 고향은 평양이었다.

연실이의 아버지는 옛날 감영(監營)¹의 이속(吏屬)²이었다. 양반 없는 평양서는 영리(營吏)들이 가장 행세하였다. 연실이의 집안도 평양서는 한때 자기로라고 뽐내던 집안이었다.

연실이는 부계(父系)로 보아서 이 집의 맏딸이었다. 그보다 석 달 뒤에 난 그의 오라비동생이 그 집안의 맏상제였다. 이만한 설명이면 벌써 짐작할 수 있을 것이지만, 연실이는 김영찰의 소실(퇴기[退妓]) 소생이었다.

김영찰의 딸이 웬 셈인지 최이방을 닮았다는 말썽도 어려서는 적지 않게 들었지만, 연실이의 생모와 김영찰의 새의 정이 유난히 두터웠던 까닭인지, 소문은 소문대로 젖혀놓고 연실이는 김영찰의 딸로 김영찰에게 인정이 되었다.

조선에도 민적법(民籍法)이 시행될 때는 그때 생모를 여읜 연실이는 김영찰의 정실의 맏딸로 민적에 오르고 연실이보다 석 달 뒤에 난 맏아들은 민적상 연실이보다 일 년 뒤에 난 한 부모의 자식으로 오르게 되었다.

조선의 개명(開明)은 예수교라는 물결을 타고 서북(西北)으로 먼저 들어왔다. 이 다분의 혁명적 사상과 평민 사상을 띤 종교는, 양반의 생산지인 중앙 조선이며 남조선으로 잘 받지 않는 동안, 홍경래(洪景來)를 산출한 서북에 먼저 들어왔다. 들어오면서는 놀라운 세력으로 퍼지기 시작하였다.

때 바야흐로 한토(漢土)에서는 애신각라(愛新覺羅)씨가 이룩한 청나라의 삼백 년 기업도 흔들림을 보고 원세개라 여원홍이라 손일선이라 하는 이름들이 조선 사람의 입으로도 수군거리는 시절에 예수교라는 새로운 도덕학과 그 예수교에 뒤따라 조선에 들어온 '개명 사상'이 조선에서 제일 먼저 부인한 것은, 양반 상놈의 계급, 적서(嫡庶)의 구별, 도덕만을 숭상하는 구학문 등이었다.

이런 사상의 당연한 결과로서 조선 온갖 곳에 신학문의 사립학교가 설립되었다.

평양에도 청산학교(靑山學校)라는 소학교가 설립되었다.

학도야 학도야
저기 청산 바라보게.
고목은 썩어지고

영목은 소생하네.

이 학교의 교가 삼아 지은 이 창가는, 삽시간에 권학가(勸學歌)로 온 조선에 퍼졌다.

청산학교 창립의 뒤를 이어, 벌써 평양에 몇 군데 생긴 예배당에 부속 소학교가 설립되었다.

그 곧 뒤를 이어서 진명여학교(進明女學校)라 하는 여자 교육의 소학교까지 설립이 되었다.

진명학교는 설립되면서 어느덧 평양 시민에게 '기생학교'라는 부름을 들었다. 장래의 기생을 만들어낸다는 뜻이 아니었다. 현재 재학생 중에 기생이 많다는 뜻도 아니었다. 아직도 옛 사상에서 벗어나지 못한 평양 시민들은 자기네의 딸을 학교에 보내기를 꺼린 것이었다. 더욱이 그때의 학령(學齡)이라는 것은 열 살 이상 열다섯 내지 열일여덟이었으매 그런 과년한 딸을 백주에 길에 내놓으며 더욱이 새파란 남자 선생한테 글을 배운다든가 하는 일은 가문을 더럽히는 일이며, 잘못하다가는 딸에게 학문을 가르치려다가 다른 일을 가르치게 될 것을 염려하여 진명여학교의 설립을 무시해버렸다.

그 대신 '내외(內外)'³를 그다지 엄히 지킬 필요를 느끼지 않는 기생의 딸 혹은 소실의 딸들이 이 학교에 모여들었다. 이렇게 되기 때문에 더욱이 여염집의 딸들은 이 학교를 천시하고, 드디어 그 칭호까지도 진명학교라 부르지 않고 기생학교라 부르게까지된 것이다.

연실이는 진명학교가 창립된 지 석 달 만에 이 학교에 입학하였다.

연실이가 이 학교에 입학한 것은 단지 소실의 딸이라는 자유로운 신분 때문만이 아니었다.

첫째로는 신학문의 취미를 보았기 때문이었다. 물론 기역 니은은 언제 배웠는지 모르는 틈에 배웠지만, 그 밖에 무엇보다도 연실이에게 호기심을 일으키게 한 것은 산술이었다. 그 전해에 소학교에 입학한 오라비동생의 학과 복습을 보살펴주다가 저절로 아라비아 숫자를 알게 되고 알게 되면서 어느덧 오라비보다 앞서게 되어, 오라비는 학교에서 가감을 배우는 동안 연실이는 승과 제도 넘어서서 분수(分數)까지 올라가게나 되었다. 이것이 그로 하여금 신학문에 취미를 갖게 한 첫째 원인이었다.

둘째로 그가 학교에 가고 싶게 된 동기는 그의 가정 사정이었다.

연실이의 아버지가 과거의 영문 이속이라 하나 다른 이속들보다 지체가 훨씬 떨어졌다. 다른 이속들은 대대로 이속 집안이든가 혹은 서북 선비의 집안 후손으로, 여러 대째 내려오는 근본 있는 집안이었지만, 연실이의 아버지는 그렇지 못하였다. 연실이의 할아버지는 군정(軍丁)이었다. 군정 노릇을 하며 상관의 비위를 맞추어서 돈냥이나 장만하였다.

그 장만한 돈으로 아들을 위하여 영리의 자리를 사주었다. 얼마 전만 하여도 군정의 자식이 아무리 돈이란들 영리 자리를 살 수 있으랴만 그때 마침 유명한 M감사가 평안감사로 내려온 때라, M감사에게 돈만 바치면 아무것이라도 할 수 있는 시대였더니만치,

감히 바라도 보지 못할 자리를 점령한 것이었다.

목적은 치부(致富)에 있었다. 몇 해 잘 어름거려서 호방(戶房) 자리만 하나 얻으면 몇십만 냥을 모으기는 여반장인 시대라 호방을 목표로 영리의 자리를 샀었다. 그런데 불행히도 김영찰이 호방에 오르기 전에 일청전쟁이 일어나고, 일청전쟁의 뒤에는 관제 변혁으로 김영찰 평생의 꿈이 헛데로 돌아갔다.

이렇게 되매 김영찰의 입장은 딱하게 되었다. 평양서는 그래도 지벌을 자랑하는 가문에서 김영찰을 군정의 자식이라 하여 천시하였다. 그러나 김영찰로 보자면 자기의 아버지는 여하건 간에 자기는 관속이었더니만치 아버지 시대의 동료들과는 사귀기를 피하였다. 개밥의 도토리와 같이 비어져 나왔다.

만약 이런 때에 김영찰로서 조금만 눈을 넓게 뜨고 보았더면, 자기의 장래를 상로(商路)든가 혹은 다른 방면에서 발견하였을 것이다. 그러나 그의 선조 대대로 군정 노릇을 하였고 그 자신은 관리로까지 출세를 하였다가 관리로서 충분히 자리도 잡아보기 전에 다시 앞길을 잃어버린 사람이라, 관료적 심정과 및 권력에 대한 동경심이 마음에 불타올라서 다른 방면을 돌볼 여유가 없었다. 여기서 김영찰은 새로운 정세 아래서의 관리 자리를 얻어보려고 동분서주하였다.

이런 계급과 이런 사상의 사람의 예상사로 김영찰은 첩살림을 하였다. 더욱이 몇 해 전만 하여도 기생들은 김영찰을 영문 이속이라 차마 괄시는 못하였지만 지체 있는 기생들은 김영찰을 군정의 자식이라 하여 속으로 멸시를 하였는데, 이즈음은 그런 관념이 타파된 위에 기생으로 볼지라도 예전과 달라, 행랑집 딸, 술집 계집애들이 수심가깨나 하게 되면 함부로 기생이 되어, 기생의 지위가 떨어지기 때문에 누구를 괄시하든가 할 수는 없이 되어, 김영찰 같은 사람은 이런 사회에서,

"어이, 내가 M판서대감이 평안감사로 내려오셨을 적에— 어머."

하며 호기를 뽑을 수 있는 고귀한 손님쯤으로 되어서, 화류계의 중심인물쯤 되었다.

이런 가장에게 매달린 그의 가정은 냉락(冷落)한 가정이었다.

이 가정 안에서 연실이를 사랑할 수 있고 또한 사랑할 의무를 가진 사람은 오직 그의 아버지뿐이거늘 아버지라는 사람이 집에 들어오는 일조차 쉽지 않으니 연실이는 사랑을 받지 못하고 자랄 수밖에 없었다.

연실이의 적모(嫡母: 민적상으로는 생모)는 군정의 며느리로 온 사람이니만치 교양 없이 길러난 사람이었다. 그런 사람이 시집을 왔으면 남편에게라도 교양을 받았어야 할 것인데 남편 역시 그렇고 그런 사람이라, 아내를 가르친다든가 할 만한 사람이 못 되었다.

군정의 며느리로 시집온 것이 운수 좋아서 영찰의 아내가 되었다고 교앙만 잔뜩 가지게 된 사람이었다. 이런 사람의 특색으로 자기의 과거는 생각지 않고 남을 수모하기는 여지없는 종류의 사람이었다.

사사에 연실이를 꾸짖었다. 잘못한 일은 둘째 두고 잘한 일이라

도 꾸짖었다. 꾸짖는 때는 반드시,

"제 에미년을 닮아서."

"쌍것의 새끼는 할 수 없어."

하는 말 끼우기를 잊지 않았다.

자기의 소생 자식들을 책망할 때도,

"쌍것의 새끼하구 늘 놀아서 그 꼴이란 말이냐?"

고 연실이를 끌어대었다.

이런 어머니의 교육 아래서 자라는 연실이의 이복동생(사내 둘과 계집애 하나)들이라, 동생들이 제 누나 혹은 언니에 대해서 처하는 태도도 자기네는 양반이요 연실이는 상것이라는 관념 아래서 출발한 것이었다.

이런 가정 안에서 이런 환경 아래서 자라나는 연실이는, 어린 마음에도 온갖 사물에 대한 반항심만 성장되었다.

아무 애정도 가질 수 없는 아버지는 단지 무시무시한 존재일 뿐이었다. 게다가 적모에게 흔히 듣는 바 '그 낫살에 계집이라면 정신을 못 차리는 더러운 녀석'일 뿐이었다.

적모며 적모 소생의 이복동생에 대해서 애정이나 존경심을 못 갖는 것은 거듭 말할 필요도 없었다.

그뿐 아니라, 자기가 갓 났을 때 저세상으로 간 자기의 생모에게조차 호의를 가질 수가 없었다. 이런 환경의 소녀로서 가슴에 원한이 사무칠 때마다 생각나는 것은 자기의 생모이겠거늘, 표독하게도 비꼬인 연실이의 마음은,

'왜 그것이 화냥질을 해서 나까지 이 수모를 받게 하는가.'

하는 원망이 앞서서, 도저히 호의를 가질 수가 없었다. 부계로 보아 양반(?)의 자식이라는 자긍심을 가지고 싶은데 그것을 방해하는 모계가 저주하고 싶었다.

이렇게 가정적으로 정 가는 데도 없고 사랑 붙일 데도 없는 연실이는 어떤 날 자기 이모(노기〔老妓〕)의 집에 놀러 갔다가 진명학교라는 계집애 학교가 있단 소식을 듣고, 열 살 난 소녀로서 부모의 승낙도 없이 입학 수속을 해버린 것이다. 물론 부모에게 알리면 한번 단단한 경을 칠 줄은 번히 알았지만, 경에 단련된 연실이는 그것이 그다지 무섭지도 않았거니와 두고두고 그 집에 박혀 있느니보다는 한번 경을 치고라도 학교에 다닐 수만 있었으면 다행이었다.

그랬는데 요행히도,

"제 에미를 닮아서 간도 큰 계집애로군. 사내로 태어났드믄 역적 도모하겠네."

하는 독 있는 욕을 먹은 뒤에 비교적 순순히 승낙이 되었다. 아마 어머니로서도, 집 안에서 만날 보기 싫은 상년을 보느니보다는 낮만이라도 학교로 정배를 보내는 것이 속이 시원하였던 모양이었다.

그러나 진명여학교도 창립한 다음다음해에는 도로 문을 닫아버리지 않을 수가 없게 되었다.

그 학교의 창립자는 당시 이름 높던 청년 지사였다. 그 창립자가 바야흐로 개화의 물결에 타고 오르려는 서북 조선 각 지방을 돌아다니면서 유세(遊說)하여 구하여 들인 기금이 차차 학교 경영의 기초를 든든히 할 가망이 보였으나 사위 사정의 급변화는 이 청년 지사로 하여금 자기의 사업에 정진치 못하게 하여, 그는 자기가 나고 자라고 한 땅을 등지고 멀리 해외로 망명을 하였다.

그가 외국으로 달아날 때에 고국에 남기고 간 '간다 간다 나는 간다. 너를 두고 나는 간다'의 노래가 온 조선 방방곡곡에 퍼지게 된 때쯤은, 진명여학교는 창립자의 후계자인 어떤 여사가 애써 유지해보려고 노력하였음에도 불구하고 드디어 문을 닫지 않을 수가 없게 되었다.

이리하여 쓸쓸한 가정에서 한때 자유로운 학원에 몸을 피하였던 연실이는 다시 가정에 들어박히지 않을 수가 없게 되었다.

그때 연실이는 열두 살이었다.

2

단 이 년의 진명학교 생활은 결코 기다란 세월이랄 수는 없다. 그러나 이 이 년이라는 날짜가 연실이에게 일으킨 변화는 적지 않았다.

학교에서 배운 바의 지식이라는 것은 보잘 것이 없었다. 『회도몽학(繪圖蒙學)』을 제2권까지 떼어서 쉬운 한문 글자를 배우고, 산술은 일찍이 집에서 자습한 분수에까지 다시 이르고, 지금껏 뜻은 모르고,

"당기위구 삼천리에 도엽지로세."

하며 부르던 노래가 사실은,

"단기우고 삼천 년의 도읍지로세."

하는 것으로 단군, 기자, 위만, 고구려의 삼천 년간의 도읍지라는 「평양가」의 일절이라는 것을 알고,

"지금까지는 우리 조선에서는 여자라는 것은 노예로 알았거니와 결코 그렇지 않습니다. 개명한 세상에서는 여자도 사회에 나서서 일해야 됩니다. 그러기 위해서는 교육을 받아야 합니다."

고 사자후하던 진명학교 창립 선생의 말로써 노예(뜻은 모른다)이던 여자가 교육받게 된 것이라는 것을 알고—등등, 학교에서 직접 얻은 지식보다도 그의 학교 생활 때문에 생겨난 성격의 변화와 인식의 변화가 더욱 컸다. 규칙 없이 순서 없이 너무도 급급히 수입한 자유 사상 아래서 교육받으며 진명학교 학우들 틈에서 자라는 이 년간에 연실이의 마음에 가장 커다랗게 돋아난 싹은 반항심이었다. 학우들이 대개가 기생의 자식이라 가정적 훈련과 교육을 받지 못하고 자유로이 자라난 이 처녀들은 부모를 고마워할 줄을 모르고 부모를 공경할 줄을 몰랐다. 이 처녀들의 어머니가 자기네의 집안에서 하는 행동하며 말이며 버릇은 결코 자식에게 존경을 받을 만한 바가 못 되었다. 이런 가정 아래서 부모를 공경할 의무를 모르고 자란 이 처녀들은, 따라서 부모(부모라기보다 아비는 없고 어미만이 대개였다)를 무서워할 줄을 몰랐다.

어려서부터 부모 사랑은 몰랐지만 부모 무서운 줄은 알면서 자란 연실에게는 그것은 처음은 의외였다. 그러나 이 년간을 그 처녀들과 함께 지내며 가정이 재미없으니만치 하학한 뒤에도 동무

들의 집에 놀러 가서 온 낮을 보내고 하는 동안 어느 틈에 언제 배웠는지는 모르지만 연실이도 부모에 대한 공포심을 잃고 그 대신 경멸심을 배웠다.

관념과 인식상의 이런 변화가 드디어 행동으로 나타나는 날이 이르렀다.

한 이 년간 학교에 다닐 동안 연실이는 어머니와 얼굴을 대할 기회가 몇 번 되지 못하였다. 그전만 같으면 얼굴 보이기만 하면 무슨 트집으로든 반드시 꾸중을 하고 하였는데 한 이 년간을 학교에 다니면서 밤 이외에는 거진 집에 있을 기회가 없었던 연실이는 따라서 어머니에게 꾸중 들을 기회도 없었다. 이 년 동안을 꾸중 안 듣고 지내서 열두 살이라는 나이가 되니, (아직 줄곧 대두고 꾸중을 하면서 지내왔으면 그러하지도 않았겠지만) 어머니도 인제는 꾸중만 하기가 좀 안되었던지, 전보다 꾸중의 도수가 적어졌다. 단지 서로 차디찬 눈으로 대하고 하는 뿐이었다.

그런데 어떤 날(그것은 연실이가 학교를 그만둔 지 만 일 년쯤 뒤였다) 연실이는 학교 때 동무이던 어떤 계집애의 집에 놀러 갔다가 그곳서 불쾌한 일을 보았다. 불쾌한 일이래야 계집애들 특유의 일종의 시기일 따름이었다. 그때 마침 그 동무 계집애는 자기의 동무와 무슨 이야기를 하다가 연실이가 오는 것을 보고 입을 비죽거리며 이야기를 멈추어버렸다.

이 기수⁴를 챈 연실이는 불쾌한 낯색으로 한참을 앉아 있다가 드디어 제 동무에게 따져보았다. 따지다가 종내 충돌되었다. 이 엠나이(계집애) 저 엠나이 하면서 맞잡고 싸우기까지 하였다. 그리고 잔뜩 독이 올라서 제 집으로 돌아왔다.

그날이 마침 연실이의 집의 청결날이었다. 머리에 수건을 동이고 청결을 보살피고 있던 어머니가 연실이 돌아오는 것을 보고 핀잔주었다.

"넌 옛날 같으문 시집가게 된 년이 밤낮 어델 떠돌아다니니. 이런 날은 좀 집에 붙어서 일이나 하디. 대테 어데 갔댔니."

여느 때 같으면, 이런 꾸중이 있을지라도 연실이는 못 들은 체하고 방으로 들어가버릴 것이다. 그러나 이날은 독이 오를 대로 올라서 집에 들어선 참이라, 어머니에게 대꾸를 하였다.

"그러기에 일즉 왔디요."

독 있는 눈초리와 독 있는 말투였다. 어머니가 벌컥 성을 내었다.

"요놈의 엠나이, 말대답질?"

"물어보는 거 대답 안 할까."

흥 한 번 코웃음치고 연실이는 방 안으로 들어가려 하였다. 그러나 그 순간 연실이의 꼬리는 어머니에게 붙잡혔다. 동시에 주먹이 한 번 그의 머리 위에 내렸다.

눈에서 푸른 불길이 이는 것 같은 느낌을 느끼면서 연실이는 홱 돌아서서 어머니를 쳐다보았다. 눈물 한 방울 안 고였다. 단지 서리가 돋칠 듯 매서운 눈이었다.

"요년, 그래 터다보문 어떡할 테가?"

"죽이소 죽에요. 여러 번에 맞아 죽느니 오늘루 죽이라우요."

"못 죽이랴."

또 내리는 주먹 아래서 연실이는 어머니의 치마를 잡고 늘어졌다. 주먹, 발길, 수없이 그의 몸에 내리는 것을 감각하였지만 악이 받친 그는 죽에라 죽에라 소리만 연하여 하며 치맛자락에서 떨어지지 않기만 위주하였다.

한참을 두들겨 맞았다. 매섭게 독이 오른 이 계집애는 사실 생사를 가릴 수 없도록 광란 상태에 빠진 것을 알고 어머니가 먼저 무서움증이 생긴 모양이었다.

"놓아라."

치맛자락을 놓으라는 뜻이었다. 뿌리치기도 하였다. 그러나 연실이는 더 매섭게 매달렸다.

"죽에라. 죽기 전엔 못 놓겠구나."

"놓아라."

"내가 도죽질을 했나 홰냥질을 했나? 무슨 죄루 매 맞아 죽노."

에누다리[5]를 하면서, 치마에 늘어져서 몸부림치기를 한참을 한 뒤에야, 연실이는 치맛자락을 놓아주었다.

"독하구 매서운 년두 있다."

딸의 악에 얼혼이 난 어머니는 치마를 놓이면서 저리로 피해버렸다.

연실이도 일어났다. 대성통곡을 하면서 자기의 집을 나왔다.

그러나 길모퉁이를 돌아서서 통곡 소리가 집에 안 들리게끔 되어서는 울음을 뚝 그쳐버렸다. 그런 뒤에는 저고릿고름을 들어서 눈물을 닦고 얼굴에 얼룩진 것을 짐작으로 지우고, 지금껏 울던 태를 깨끗이 씻어버리고 총총걸음으로 그곳서 발을 떼었다. 향하는 곳은 연실이의 아버지가 첩살림을 하고 있는 집이었다.

연실이는 그 집까지 이르러서 대문 밖에서도 찾지 않고 방문 밖에서도 찾지 않고 큰방으로 덥석 들어갔다. 아버지의 목소리가 들리므로 집에 있는 줄은 문밖에서부터 알았다.

말없이 윗목에 들어와 도사리고 앉은 딸을 김영찰은 첩의 무릎을 베고 누웠다가 머리만 좀 들며 바라보았다.

"너 뭘 하려 왔니?"

여전한 뚝하고 뭉퉁한 소리였다.

"아이구, 너 어떻게 오니?"

그래도 첩은 다정한 티를 보이며 절반만치 몸을 일으키며 김영찰에게는 퇴침⁶을 밀어주었다.

드디어 폭발되었다. 연실이는 왕 하니 울기 시작하였다. 아까는 악에 받친 울음이었거니와 이번은 진정한 설움이었다.

"울기는 왜. 왜 울어."

"쫓겨났어요."

울음 가운데서 연실이는 거짓말을 하였다.

"쫓겨나긴. 민한 소리 말구 집에 가기나 해라."

그러나 연실이는 울음을 멈추지도 않고 더 서러운 소리를 높였다.

쫓겨난 것이 아니라, 단지 어린 가슴이 너무도 아파서 육친인 아버지라도 보고 싶어서 온 것이었다. 다정한 말까지도 바라지 않는다. 그러나 아버지의 눈자위에 나타난 귀찮은 표정은 이런 방면에 몹시도 예민한 연실이에게는 더할 나위 없이 서러웠다.

하다못해 불쌍하다는 표정만이라도 왜 지어줄 줄을 모르는가.

"애기 너 점심 먹었니? 국수 시켜다 줄게 먹을래? 울디 말아. 미워서 내쫓으시겠니? 자, 국수 시켜다 줄게 먹어라."

그러나 연실이는 완강히 머리를 가로저었다.

그날 밤 연실이는 아버지의 작은댁에서 묵었다. 아버지는 가라고 몇 번을 고함질 쳤지만 연실이도 일어나지 않았거니와 작은댁도 일껏 아버지를 찾아왔으니 하룻밤 자고 내일 아침 어머님의 노염이 삭은 뒤에 돌아가라고 말렸다.

그날 밤 연실이는 몹시 불쾌한 일을 보았다. 인생의 가장 추악한 한 변을 본 것이었다.

"곤할 텐데 일즉 자거라."

저녁 뒤에 아버지는 이렇게 호령하여 윗목에 자리를 깔고 자게 하였다. 건넌방에서는 첩 장인의 내외가 있는 것이다.

연실이는 자리에 들어갔으나 오늘 낮에 겪은 가지가지의 일이 머리에 왕래하여 좀체 잠이 들 수 없었다.

아버지는 딸을 재운 뒤에 소실에게 술상을 불렀다. 그리고 한참을 술을 대작하였다.

그 뒤부터 추악한 장면은 전개되었다. 이부자리를 펴고도 그 속엔 들지도 않고 불도 끄지 않고 이 벌거숭이의 중년 사나이와 젊은 애첩은 온갖 추태를 다 연출하였다.

"김동아, 아가, 무얼 주련."

"나 보○."

"너의 본댁으로 가려무나."

"늙은 건 싫어."

여느 때는 제법 점잔을 뽑는 중늙은이가 어린 첩에게 어리광을 부리며 엎치락뒤치락하는 그 꼬락서니는 정시치 못할 일이었다.

기생의 딸 가운데 동무를 많이 갖고 있고, 그새 삼 년간을 거진 동무들의 집에서 세월을 보내 연실이는 성(性)에 대해서도 약간의 이해를 갖고 있는 계집애였다. 자기의 아버지와 그의 젊은 첩이 지금 노는 노릇이 무엇인지도 짐작이 넉넉히 갔다.

연실이는 이불 속에서 스스로 얼굴이 주홍빛으로 물들어오르는 것을 알 수가 있었다. '낮살이나 든 것이 계집을 보면' 운운하던 적모의 말은 자기의 체험에서 나온 것인지 추측해서 나온 것인지는 알 수 없지만, 아버지가 여인에 대해서 하는 행동은, 제삼자도 얼굴 붉히지 않고는 볼 수가 없는 것이었다.

아버지는 벌써 딸이 잠든 줄 알고 하는 노릇인지는 알 수 없지만, 잠들고 안 들고 간에 자기의 딸을 윗목에 누이고 이런 행동이 취해질까. 이 천박한 꼴을 무가내하? 잠든 체하고 보고 있어야 할 연실이는 어린 마음에도 이 세상이 저주스러웠다. 동무네 집에서 간간 볼 수 있는 바, 동무의 형 혹은 어머니 되는 기생들이 주정꾼이며 오입쟁이들을 상대로 하여 노는 꼴도 아버지와 작은집이 노는 꼴에 비기건대 훨씬 점잖은 편이었다. 설사 무인고도에서 자기네끼리만 놀아난다 해도 자기네 스스로가 부끄러워서 어찌 이다지야 흉하게 굴까.

얼굴에 모닥불을 놓는 것같이 달고 뜨거웠다. 숨을 죽이고 귀를 막았다.

이튿날 새벽 겨우 동틀녘쯤, 아버지가 소실을 품고 곤히 잠든 때에 연실이는 몰래 그 집을 빠져나왔다. 눈물이 좍좍 그의 눈에서 흘렀다.

3

그로부터 연실이의 심경은 현저히 변하였다.

연실이는 본집으로 돌아왔다. 어머니에게서 무슨 벼락이 또 내리지 않을까 근심도 되었지만 어머니는 연실이의 악에 진저리가 났던지 들어오는 것을 본체만체하였다.

"천하 맞세지 못할 년."

그 뒤에도 연실이가 잘못하는 일이 있을 때마다 욕을 하려다가는 스스로 움쳐지고 하는 것을 보면 치맛자락 놀음에 적지 않게 진저리가 난 모양이었다. 이전에는 끼니때에는 어머니와 동생들과 함께 큰방에서 먹었지만 그 일 뒤부터는 막간(행랑) 사람을 시켜서 상을 연실이의 방으로 들여보내고 하였다.

큰방에서 어머니가 친자식들을 데리고 재미나게 지내는 모양을 보면 당연히 연실이는 부럽기도 할 것이고 어머니 생각도 날 것이로되, 연실이는 어떻게 된 성격의 소녀인지, 그런 감상이 일어나는 일이 없었다. 단지, 자기와 동갑 되는 커다란 아들을 어린애나 같이 등을 두드리고 머리를 쓸어주는 어머니를 볼 때마다, 두드리는 어른이나 두들기우는 아이나 다 철부지라 보고 멸시하였다.

천하만사에 정 가는 곳이 없고 정붙일 사람이 없는 이 소녀는 혼자서 자기에게 향하여 악을 부리고 자기의 마음을 스스로 학대하며 그날그날을 보냈다. 현실에 대하여 너무도 많은 문제를 가지고 있는 이 소녀는, 이맛 낮살의 소녀가 가질 만한 공상이라는 것도 모르고 지냈다. 장차 어찌 될까 하는 근심이든가 장차 어떻게 하여야겠다는 목적 등은 전혀 없는 세월을 보내고 있었다.

이 연실이가 자기의 생애의 국면을 타개해보려고 마음먹게 된 것은 진실로 단순한 기회에서였다.

그의 진명학교 때의 동창생 한 사람이 동경으로 유학을 갔다. 때는 바야흐로 일한합병의 직후로서 동경으로 동경으로 유학의 길을 떠나는 청소년이 급격히 는 시절에, 연실이와는 진명학교 때의 동창이던 최명애라는 처녀(연실이보다 삼 년 위였다)가 동경으로 공부하러 떠났다.

이 우연한 뉴스 한 개에 연실이의 마음도 적지 않게 동하였다.

'동경 유학.'

이 아름다운 칭호에 욕심난 것이 아니었다. 여자로 태어났으면 시집갈 때까지 부득이 친정에 있어야 한다는 막연한 생각으로 집에 그냥 박혀 있던 연실이었다. 결코 집이 그립든가 다른 데 가는 것이 무서워서 가만있은 것이 아니다. 있어야 하는 것으로 알고 있던 것이었다. 그런데 자기의 동창 한 사람이 여자의 몸으로 유학을 떠난다 하는 뉴스에 연실이의 마음도 적잖게 흔들렸다.

'나도 동경 유학을 가리라.'

돈? 앞서는 것은 돈이로되 연실이에게는 돈은 전혀 문제가 아니었다. 자기 생모의 유물로서 금패와 금비녀와 금가락지가 합하여 넉 냥쭝 남아 있다. 이백 환은 될 게다. 게다가 여차하는 날에는 적모의 금붙이도 허수로이 두었으니 도리가 있을 것이다. 그러나 그보다도 더 간단하고 편한 길이 또 있었다. 그의 적모는 지아비 몰래 돈을 놀리는 것이 있다. 이것이 들고 나고 하여 어떤 때는 사오십 환에서 수백 환, 때때로는 일이천 원의 돈까지 집에 있을 때가 있다. 드나드는 거간의 눈치만 잘 보면 그 기회도 놓치지 않을 것이고 그것을 손댈 수만 있다면 그 돈은 지아비 몰래 놀리는 돈이니만치, 속으로 배는 앓아도 내놓고 문제삼지는 못할 것이다. 서서히 기다리며 이런 좋은 기회를 붙들자면, 수년간의 학비를 한꺼번에 마련할 기회도 생기게 될 것이다.

문제는 어학이었다. 당시에 있어서 일본말이라 하면 '하따라 마따라'니 '하소대시까라'니쯤밖에도 알지 못하는 연실이었다. 이렁저렁 '가나' 오십 음은 저절로 배워서 '김연실'을 'キムヨンシル'라고쯤은 쓸 줄 알았으나 일본 음으로 자기 이름조차 알지 못하는 정도였다.

이런 생매기[8]로 '하따라 마따라' 하는 사람들만이 사는 동경 바닥에 들어서서 더구나 '하따라 마따라'로 공부를 하여야겠으니 적어도 여기서 쉬운 말쯤은 배워가지고 가야 할 것이었다.

물론 부모에게 알릴 일이 아니었다. 절대 비밀히 하지 않으면 안 될 것이었다.

그러기 위해서는 연실이의 현재 입장은 비교적 자유로웠다. 아버지가 그런 사람이요 어머니는 치맛자락 사건 이래로는 일체로 연실이와 맞서기를 피해오는지라, 연실이가 나가건 들어오건 간섭하는 사람이 없었다. 그럴 만한 선생과 그럴듯한 장소만 구하면 일부러 집안에 알리기 전에는 자연히 비밀하게 일이 될 것이었다.

화류계에 동무를 많이 가지고 있는 연실이는 선생을 구하는 데도 비교적 힘들이지 않고 성공하였다.

이리하여 그가 열다섯 살 나는 봄부터 어학 공부를 시작하였다. 선생이라는 사람은 연실이의 동무의 동무(기생)의 오라버니로서 토지 세부 측량이 한창인 시절에 측량 기사로 돌아먹던 사람이었다. 배우는 장소는 그 선생의 누이의 집 한 방이었다. 선생의 나이는 스물다섯.

4

아직 피지 못하여 얼굴은 깜티티하고 어깨와 엉덩이가 아직 발달되지 못하여 모[角]진 때가 좀 과히 보이기는 하나 열다섯 살의 연실이는 벌써 처녀로서의 자질이 잡혀갔다.

그러나 아직 '여인'으로서는 아주 무지한 편이었다. 그의 생장한 환경이 환경인지라 남녀가 관계한다 하는 것은 어떤 일을 하는 것이며 어떤 것이라는 것을 (모양으로는) 알았지만 의의(意義)는 전혀 모르는 '계집애'였다. 사내와 계집은 그런 노릇을 하는 것이거니 이만치 알았지, 어떤 특정한 사내와 특정한 여인이라야 그런 노릇을 하는 것이라는 점이며 그런 노릇에 대한 의의는 전혀 몰랐다. 말하자면 보통 다른 소녀들이 그 방면에 관해서 가지는 지식의 행로(行路)와 꼭 반대로, 도달점의 형식을 미리 알고, 그 도달점까지 이르려면, 부끄럼, 사랑, 긴장, 환희 등등의 노순(路順)을 밟아야 한다는 것을 모르는 소녀였다.

그런지라 그맛 낫살의 다른 소녀 같으면 단 혼자서 젊은 남선생과 대한다는 점에 주저도 할 것이고 흥미도 느낄 것이고 호기심도 가질 것이지만 연실이는 아무런 별다른 생각도 없이 단지 한 개 제자가 선생을 대하는 마음으로 공부하러 다녔다.

"아이우에오.

가기구게고.

다디두데도."

썩 후에 동무들에게,

"나는 다, 디, 두, 데, 도라고 배웠소. 하나, 둘을 히도두, 후다두 하고 배웠어요. 하하하하."

하고 웃고 하던 어학 공부는 이리하여 시작이 되었다.

"ガギグゲゴ."

ダチヅデド."

는,

"응아, 응이, 응우, 응에, 응오."

"따, 띠, 뚜, 떼, 또."

였다.

"두마라나이 모노떼수 응아 또우조."

"웅악꼬오니 이기마수."

웅아구오우(ガクコウ)라고 쓰고 웅악꼬오라고 읽는 법이어—

이런 선생 아래서 연실이는 조반을 먹고는 선생의 집을 찾아가고 하였다. 늦으면 저녁때까지도 그 집에서 놀다 배우다 또 놀다 또 배우다 하고 하였다.

5

삼월부터 어학 공부를 시작한 연실이는 오월쯤은 제법 히라카나로 적은 『심상소학독본』 삼권쯤은 읽을 수 있도록 진섭되었다. 비교적 기억력이 좋은 연실이요, 그 위에 어서 배워야겠다는 독이 있으니만치 어학력이 놀랍게 진섭되었다. 삼권쯤부터는 선생이 벌써 알지 못하여 쩔쩔매는 데가 많이 있었지만 어떤 때는 선생보다 연실이가 뜻을 먼저 알아내고 하였다.

그 어떤 날이었다.

본시의 빛깔도 깜티티하거니와 아직 피지 않기 때문에 깜티티한 위에 윤택까지 있고 봄을 타기 때문에 더욱 반질하게 검게 된 얼굴을 선생의 가슴 앞에 들이밀고 앞뒤로 저으면서 독본을 읽고 있던 연실이는 문득 선생의 숨소리가 괴상해가는 것을 들었다.

연실이는 눈을 들어 선생의 얼굴을 쳐다보았다. 아까도 선생이 술 먹은 줄은 몰랐는데 지금 그의 눈은 시뻘겋게 충혈되어 있었다.

이 점을 연실이가 이상하게 생각하는 순간에, 선생의 얼굴에는 싱거운 미소가 나타나며 팔을 펴서 연실이의 어깨를 끌었다.

연실이는 선생이 요구하는 것이 무엇인지를 순간에 직각하였다. 끄는 대로 끌렸다.

그날 당한 일이 연실이에게는 정신상으로 아무런 충동도 주지 못하였다. 그것은 연실이가 막연히 아는 바 사내와 여인이 하는 노릇으로, 선생은 사내요 자기는 여인이니 당하게 되면 당하는 것이 당연한 일쯤으로 여겼다.

그때 연실이가 좀 발버둥이를 치며 반항을 한 것은 오로지, 육체적으로 고통을 느끼기 때문이었다. 이런 고통을 받으면서 그 노릇을 하는 것이 여인의 의무라 하는 점이 괴로웠다.

곧 다시 일어나서 아까 하던 공부를 계속하고 있는 양을 사내는 누워서 번번이 바라보고 있었다.

좀 있다가 동무의 동무(이 집 주인 기생)의 방에 건너가서 체경을 보고 그는 비로소 약간 불쾌를 느꼈다. 아침에 물칠하여 곱게 땋아 늘였던 머리의 뒷덜미가 헝클어진 것이었다.

이 사건에 아무런 흥미나 혹은 부끄러움을 느끼지 않은 연실이는 이튿날도 여전히 공부하러 사내를 찾아갔다. 그날 또 사내가 끌어당길 때에 문득 어제 머리 헝클어졌던 것이 생각이 나서,

"가만. 베개 내려다 베구요."

하고 베개를 내려 왔다.

그 뒤부터 사내는 생각이 나면 베개를 내려 오라고 하고 하였다. 정 귀찮은 때가 아니면 연실이는 대개 베개를 내려 왔다. 공

부에 피곤하여 좀 쉬고 싶은 때는 스스로 베개를 내려 오는 때도 있었다.

그러나 이것은 단지 사내와 여인이 때때로 하는 일이거니쯤으로밖에 여기지 않는 연실이는 염증도 나지 않는 대신 감흥도 얻을 수가 없었다. 처음에 느낀 바 육체적 고통이 덜하게 되었으므로, 직전에 느끼는 공포의 긴장이 덜하게 된 뿐이었다.

연실이에게 말하라면, 사람이 대소변을 보는 것은 저마다 하는 일이지만, 남에게 보이기는 부끄러워하는 것과 마찬가지로 이 일은 좀더 대소변보다도 비밀히 해야 하는 일이지만, 저마다 하는 일쯤으로 여겼다. 남에게 보이고 더욱이 언젠가 제 아버지와 소실이 하던 꼴대로 추잡히 노는 것은 더러운 일이지만, 비밀히 하는 것은 대소변쯤으로밖에는 보이지 않았다.

연실이는 연하여 그 선생에게 다녔다. 인제는 더 가르칠 만한 것이 그 선생에게는 없었지만 습관적으로 그냥 다닌 것이었다. 선생은 베개를 내려놓으라는 맛에 그냥 받았다.

그냥 어학을 배우는 한편으로 집에서는 돈 거간의 출입에 늘 주의를 가하고 있던 연실이는, 그해 가을 어떤 날 적지 않은 돈이 어머니의 손으로 들어온 것을 기수 채었다.

옷이며 짐은 언제라도 떠날 수 있도록 준비해두었던 연실이는 그날 밤, 큰방에 들어가서 어름어름하다가 어머니가 변소에 간 틈에 농문 안에 허수로이 둔 돈뭉치를 꺼내어 방망이질하는 가슴을 부둥켜안고 자기 방으로 건너와서, 저녁에 몰래 준비했던 작다란 가방을 보자기에 싸가지고 발소리를 감추어가지고 집을 빠져나왔다.

한 시간쯤 뒤에는 부산으로 가는 직행 열차에 연실이의 작다란
몸이 실려 있었다.

아무 애수(哀愁)도 느끼지 않았다. 가정에 대하여 아무 애착도
없던 그는 집을 떠나는 것도 서럽지도 않았으며, 어려서부터 남
을 의뢰하는 습관이 없이 자란 그는 낯설고 말 서투른 새 땅에 가
는데도 일호의 두려움도 느끼지 않았다. 선천적으로 그런 성격이
었는지 혹은 그의 환경이 그를 그렇게 만들었는지는 모르지만,
인간 만사에 감동과 흥분을 느낄 줄 모르는 연실이는, 아무 별다
른 감상도 없이 평양 정거장을 떠난 것이었다.

'혹은 이것이 영결일지도 모르겠다.'

가정에 대하여 애착이 없고 장차 사오 년은 넉넉히 지낼 여비를
몸에 지닌 그는, 이번 떠나면 장차 영구히 이 땅에는 다시 올 기
회가 없는 듯싶어서 도리어 내심 시원하였을 뿐이었다.

6

"아이구, 퍽 곤하겠구나."

미리 편지도 하였고 하관(연실이는 하관[下關]을 가칸[ヵヵン]
으로 알았다)서 전보도 쳐서 알렸던 최명애가 신바시(新橋) 정거
장까지 나와서 연실이를 맞아주었다.

연실이는 단지 싱그레 웃었다. 사실 아무런 감상도 없었다. 올

데까지 왔다 하는 생각만이었다. 공상 혹은 상상이라는 세계를 가져보지 못하고 지금까지 자란 연실이는 현실에 직면해서야 비로소 현실을 인식하는 사람이지 미리 어떨까고 생각해보지도 않는 사람이었다. 동경도 단지 가정에 있기가 싫어서 온 것이지 무슨 큰 희망이 있어서 온 바가 아니라 따라서 동경이 어떤 곳인가 하는 호기심도 없이 덜컥 온 것이었다.

최명애의 인도로 우선 명애가 하숙하고 있는 집에 들었다. 그리고 동경 도착한 지 수일간은 최명애의 앞잡이로 동경 구경도 하고 일변 화복(和服)도 지으며 장래 방침 토론도 하며— 이렇게 보냈다. 그 결과로서 연실이는 금년 겨울은 어학을 더 준비해가지고 명년 새 학기에 어느 여학교에 입학을 하기로 대략 결정하였다. 어학을 연습하기에는 마침 명애가 들어 있는 하숙이 예전 사족(士族)집 과수 노파 단 혼자의 집이라, 주인 노파를 상대로 연습하기로 하였다.

이해 겨울 연실이는 신체상에 여인으로서의 중대 변환기를 맞았다. 금년 봄부터 철모르고 사내를 보기는 하였지만, 아직 소녀를 면치 못하였던 연실이는 이 겨울에야 비로소 여인으로서만이 보는 한 달에 한 번씩의 변화를 보았다.

이 육체상의 변화—발달은 육체상으로뿐 아니라 정신상으로도 연실이에게 적지 않은 변화를 주었다. 막연한 공포감, 그리움, 애처로움, 꿈 등등 그가 아직 소녀 시기에 느껴보지 못한 이상야릇한 감정 때문에, 복습하던 책도 내던지고 눈이 멍하니 한 시간 두 시간씩을 보내는 일도 간간 있게 되었다.

아직껏 그의 마음에 일어보지 못한 부모며 동생에 대한 그리움도 생전 처음으로 그의 마음에 일었다. 선배요 동무인 명애에게 집에서 연락부절로 이르는 가족 사진이며 편지 등등이 부러워서 명애가 학교에 간 틈에 그의 편지를 몰래 꺼내 보고, 나도 이렇게 편지를 한번 받아보았으면 하고 탄식도 해보았다.

오랫동안 불순한 가정에서 길러나기 때문에 한편으로 쫓겨 나가 있던 그의 처녀로서의 감정은 처녀 전환기의 연실이에게 비로소 이르렀다.

이듬해 봄, 그가 명애가 다니는 여학교에 입학을 한 때는 그의 비뚤어진 성격도 적지 않게 교정이 된 때였다.

입학하면서 그는 기숙사에 들어가기로 하였다.

7

학교에 입학을 하고 기숙사에 든 다음에야 연실이는 '조선 여자 유학생 친목회'에 처음 출석해보았다. 이전에도 명애가 몇 번을 끌어보았지만 그런 일에 전혀 흥미가 없는 연실이는 한 번도 출석해보지 않았다. 이번에도, 명애가 학교에서,

"오늘 친목회가 있는데 여전히 안 갈래?"

하고 의향을 물을 때에,

"인젠 학교에도 들고 했으니 가볼 테야."

하면서 미소하였다.

"그럼 지금까지는 학생이 못 되노라고 안 갔었나?"

"유학생 친목회에 비(非)학생이 무슨 염치에 가오?"

"준비 학생은 학생이 아닌가?"

"하하하하."

이리하여 그날 저녁 사감의 허락을 받고 연실이는 처음으로 동경에 와 있는 조선 여학생들과 합석할 기회를 얻었다.

연실이까지 합계 일곱 명이었다. 이 단 일곱 명 가운데, 회장 부회장이 있고 서기가 있고 회계가 있었다. 아무 벼슬도 하지 못한 사람은 명애와 연실이와 황해도 여학생이라는 스무 살가량 난 사람뿐이었다.

이 단 일곱 명의 친목회에서 먼저 서기의 경과 보고가 있고 회계의 회계 보고가 있은 뒤에, 회장의 연설이 있었다.

―우리는 선각자외다. 조선 이천만 백성 중에 절반을 차지하는 일천만의 여자가 모두 잠자고 현재의 노예 생활에 만족해 있을 때에, 눈을 먼저 뜬 우리들은 그들을 깨쳐주고 그들을 노예 생활에서 건져주기 위해서 고향과 친척 친지를 등지고 여기까지 와서 고생하는 것이외다. 여성을 자기네의 노예로 하고 있는 현대 포학한 남성의 손에서 일천만 여성을 구해낼 사람은 우리밖에 없습니다. 우리는 남성에게 굴복해서는 안 됩니다. 배웁시다. 그리고 힘을 기릅시다.

대략 이런 뜻의 말을, 책상을 두드리며 부르짖었다.

정신적으로 전혀 불감증인 시대를 벗어나서 감정, 감동 등을 막연히나마 느끼기 시작하던 연실이는, 이 말에 적지 않게 감동하였다.

자기가 동경으로 뛰쳐오고 지금 학교에까지 들어간 것은, 본시는 무슨 중대한 목적이 있는 바가 아니라 집에 있기가 싫어서 뛰쳐나온 뿐이었다. 그러나 지금 이 회장의 연설을 듣고 보니, 자기의 등에도 무슨 커다란 짐이 지워지는 것 같았다. 조선의 여자가 어떻게 구속되고 어떤 압박을 받고 있는지는 모르지만 이전에 진명학교 창립 선생도 그런 말을 하였고 지금도 또 여기서도 그런 말을 하는 것을 보니, 그것이 사실인 모양이었다. 그것이 사실일진대 그것을 구해낼 사람은 남자가 아니요 여자이어야 할 것이고, 여자 중에도 먼저 선진국에 와서 새 학문을 배운 사람이어야할 것이다. 자기는 이미 여기 와서 배우는 단 일곱 사람의 선각자의 한 사람이니 일천만분의 칠이라 하는, 다시 말하자면 일백오십만 명에 한 명이라 하는 귀한 존재이다. 소녀다운 감정으로 회장의 연설을 들으며 속으로는 이런 생각을 할 때 연실이는 큰 바위에라도 깔린 듯이 가슴이 무거워오는 느낌을 금할 수가 없었다.

"언니, 아까 그 회장 이름이 뭐유."

회가 끝나고 어두운 길에 나서면서 연실은 이렇게 명애에게 물었다.

"송안나. 왜?"

"이름두 야릇두 해라. 어느 학교에 다니우?"

"사범학교에."

"어딧사람이구?"

"아마 강서(江西)인가 함종(咸從)인가 그 근처 사람이지."

"몇 살이나 났수?"

"왜 이리 끈끈히 묻나? 동성연애 할라나 베."

연애라는 말은 인젠 짐작은 가지만 '연애' 위에 무슨 말이 더 붙었으므로 뜻을 똑똑히 못 알아들은 연실이는 눈치로 보아 조롱받은 것 같아서,

"언니두."

한 뒤에 말을 끊어버렸다.

그러나 그날 저녁 들은 '선각자'라 하는 말 한마디는 이 처녀의 마음에 꽤 단단히 들어박혔다.

—선각자가 되리라. 우리 조선 여성을 노예의 처지에서 건져내리라. 구습에 젖어서 아직 눈뜨지 못하는 조선 여성을 새로운 세계로 끌어내리라.

이런 새로운 감정으로 그는 '감동 때문에 잠 못 드는 밤'을 생전 처음으로 경험하였다.

8

어떤 날 연실이가 학교에서 기숙사로 들어와서 책들을 정리하고 있을 때에 그 방 방장으로 있는 사학년생 도가와(戶川)라는 처녀가 연실이의 곁으로 와서 앉았다.

"긴상."

"네?"

"조선말 퍽 어렵지요?"

"글쎄요. 우린 모르겠어요."

"영어는?"

"재미있지만 어려워요."

"외국어란 어려운 것이야. 참 긴상."

도가와는 좀 어려운 듯이 미소하며 연실이를 보았다.

"아까 하나이 선생—긴상 담임 선생님 말씀이야. 하나이 선생님이 그러시는데, 긴상 일본어가 아직 숙련되지 못했다구 나더러 틈틈이 좀 함께 이야기라도 하라시더군요."

연실이는 얼굴이 새빨갛게 되었다. 스스로도 모르는 바가 아니었다.

"요로시쿠 오네가이시마스(잘 부탁합니다)."

연실이는 승복지 않을 수가 없었다.

"천만에. 아니에요. 내가 무슨…… 긴상, 책을 많이 보세요. 책을 보면 저절로 어학력이 늘어요. 내 책을 빌려드릴게 책으로 어학을 연습하세요."

"책이오? 무슨 책."

도가와는 미리 준비하였던 모양인 책을 연실이에게 한 권 주었다. 등에 '若きエルテルの悲み—ギョテ(젊은 베르테르의 슬픔—괴테)'라 씌어 있었다.

"재미있어요. 재미있는 바람에 읽노라면 어학력도 늘고. 일석이조라는 게 이런 거겠지요."

도가와는 깔깔 웃었다.

연실이는 즉시로 읽어보기 시작하였다. 한 페이지, 두 페이지 — 교과서 이외에 평생 처음으로 독서를 해보는 연실이는 처음 얼마는 몹시도 난삽하여 책을 접어버리고 싶었다. 그러나 일껏 자기에게 책을 빌려준 방장의 면도 있고 하여, 세 페이지, 네 페이지, 억지로 내리읽고 있었다.

저녁 끼니 시간이 되었다. 방장에게 독촉받아 식당에 내려간 연실이는 자기의 손에 아직 『若きエルテルの悲み』가 들려 있고, 식당에 앉아서도 그냥 눈을 책에 붙이고 있는 자기를 발견하고 오히려 기이한 느낌을 받았다. 어느덧 그는 책에 열중이 되었던 것이다.

물론 모를 대목도 많이 있었다. 그러나 모를 곳은 모를 대로 그냥 내리읽노라면 의미는 통하는 것이었다.

밤에 불을 끄는 시간까지 연실이는 그 책만 보고 있었다. 이튿날 새벽에 유난히도 일찍이 깬 연실이는 푸르둥한 새벽빛에 눈을 비비면서 소설책을 다시 폈다.

아침에 깬 방장이 이 모양을 보고 미소하였다.

"도 오모시로쿠테(어때요? 재미있어요?)."

방장이 이렇게 물을 때에 연실이는 눈을 책에서 떼지 않고,

"돗테모(지독히)."

하며 같이 미소하였다.

"모를 곳은 없어요?"

"있지만 뜻은 통하겠어요."

"다 읽어요. 다 읽으면 이번은 더 재미나는 책을 빌려드릴게.

어학 연습에는 무엇보다도 다독(多讀)이 좋아요."

학교에도 책을 끼고 가서 틈틈이 숨어서 읽고 저녁에 읽고 이튿
날—이리하여 독서의 속력이 그다지 빠르지 못한 그로도 이튿날
저녁때는 끝까지 다 읽었다.

다 읽은 책을 베개 아래 넣고 자리에 든 연실이는 가슴을 무직
이 누르는 알지 못할 감정 때문에 좀체 잠을 이루지 못하였다. 그
것은 무슨 감정인지 연실이는 알지 못하였다. 이런 감정과 감동
을 평생에 처음 겪는 연실이는 이불 속에서 홀로이 헤적였다.

이틀 동안 수면 부족 때문에 무거운 머리로 이튿날 아침 자리에
서 일어나서 다 본 책을 방장에게 돌려주고, 연실이는 그런 재미
있는 책을 또 한 권 빌려달라고 간청하였다.

"자 이걸 보세요, 이번은."
하면서 방장이 연실이에게 준 책은 꽤 두툼한 책이었다. 『エイル
ウイン―ウオッツ ダントン(에일린―워츠 단톤)』이라 하였다.

그날이 마침 토요일이라 오전만 공부하고 오후부터는 연실이는
책에 달려들었다. 그리하여 토요일에서 일요일로 월, 화, 수, 목,
금, 만 일주일간을 잠시도 정신은 이 책에서 떼지 못하고 지냈다.
화요일, 그 소설의 주인공인 에일린이 사랑하는 처녀 위니 프렛
의 종적을 잃어버리고 스노돈의 산과 골짜기를 헤매다가 위니의
냄새만 걸핏 감각한 대목에서 학교 시간이 되어 그만 책을 접었
던 연실이는, 위니의 생각에 안절부절 공부도 어떻게 하였는지
모르고 지냈다.

"긴상, 어때요?"

책을 다 보고 방장 도가와에게 돌려주매 도가와는 또 미소하며 물었다. 그러나 연실이는 한참을 먹먹히 있다가야 대답을 하였다.

"도가와상, 꿈같아요."

"좋지요?"

"좋은지 어떤지, 얼떨해요."

"이 소설을 지은 워츠 단톤이라는 사람은 이 소설 단 한 편으로 영국 문단에 이름을 높였다우. 나도 이 소설을 읽은 뒤 한 반달이나 꿈같이 얼떨하니 지냈어요."

"그게 웬일일까?"

"그게 예술의 힘이어요. 예술의 힘이 사람의 혼을 울려놓은 때문이어요."

"예술?"

듣던 바 처음이었다.

"네, 예술. 예술 가운데는 음악, 미술, 문학 등이 있는데, 문학에는 또 시며 희곡이며 소설이 있어요. 다른 학문들은 모두 실제, 실용상 쓸데 있는 것이지만 예술이란 것은 사람의 혼과 직접 교섭이 있는 존귀한 학문이어요."

문학소녀라는 칭호를 듣는 도가와는 여러 가지의 말로 예술—문학의 자랑을 연실이에게 들려주었다. 그러나 연실이로서는 그의 말을 알아듣지 못하였다. 다만 몹시도 귀하고 중한 학문이 예술이라는 뜻만 막연히 깨달았다. 그리고 단지 책을 읽기 때문에 자기가 이만치 감동되고 취한 것을 보면 예사 보통의 학문이 아니라 생각되었다.

"긴상, 조선에 문학이 있어요?"

도가와는 마지막에 이런 말을 물었다.

대체 예술이라는 말, 문학이라는 말이 금시초문인 위에 연실이의 조선에 대한 지식이라는 것은, 조선말을 할 줄 알고 조선옷을 입을 줄 아는 것쯤밖에 없는 형편이라, 한순간 주저하였다. 그러나 일찍이 조선은 오랜 역사를 가지고 오랜 문화생활을 하였다는 이야기를 들은 연실이는,

"있기는 있지만……"

쯤으로 막연히 응하여 두었다.

"긴상, 조선의 장래 여류 문학가가 되세요. 나는 일본 여류 문학가가 될게. 이 우리 학교는, 하세가와 시구레라는 여류 문학가를 낳아서 문학과 인연 깊은 학교예요. 여기서 또 나하고 긴상하고 다 일본과 조선의 여류 문학가가 됩시다."

문학소녀 도가와는 스스로 감격하여 눈에 광채를 내며 이런 말을 하였다.

연실이는 여류 문학가가 무엇인지 문학이 무엇인지는 전혀 모르는 숫백이었다. 단 두 권의 소설을 읽어보았을 뿐이었다. 그러나 이즈음 자기는 조선 여자계의 선각자라는 자부심을 품기 시작한 연실이는, 장차 여류 문학가 노릇을 해서 우매한 조선 여성계를 깨쳐주어볼까 하는 희망을 마음 한편 구석에 일으켰다.

단지 선각자라 하여도 무슨 일을 하여 어떻게 조선 여성계를 각성시킬는지 전혀 캄캄하던 연실이는, 여기서 비로소 자기의 진로

를 발견한 것이 아닌가 하는 생각이 들었다. 그리고 장차 배우고 닦고 하여서 도가와만큼 문학이라는 것을 알고 그것으로서 선각자 노릇을 하리라 막연히나마 이렇게 마음먹었다.

도가와는 다시 연실이에게 스콧의 『아이반호』를 빌려주었다.

그러나 아닌 게 아니라, 『에일린』에서 받은 감격은 그것을 다 읽은 뒤에도 한동안 그의 머리에 뿌리 깊게 남아 있어서 때때로 정신없이 그 생각을 하다가는 스스로 얼굴을 붉히고 정신을 차리고 하였다.

『아이반호』는 이삼 일간은 당초에 진섭이 되지를 않았다. 몇 줄 읽노라면 그의 생각은 어느덧 다시 『에일린』으로 뒷걸음치고 뒷걸음치고 하는 것이었다.

아무 목표도 없이 동경으로 건너와서 아무 정견도 없이 학교에 들었다가 아무 줏대도 없이 선각자가 되리라는 자부심을 품었던 연실이는 이리하여 도가와 모(某)의 덕으로 문학소녀로 변해갔다.

여름 방학에도 연실이는 제 집에 돌아가지 않았다. 돌아갈 그리운 집이 없기 때문이었다. 기숙사에는 북해도에서 온 학생 하나, 대만서 온 학생 하나, 연실이, 이렇게 단 세 사람이 남았다. 도가와는 여름 방학 동안에 보라고 꽤 여러 권의 책을 남겨두고 갔다. 그러나 인제는 독서 속력도 꽤 는 연실이는 도가와가 남겨둔 책을 보름 동안에 다 보고 그 뒤에는 도서관을 찾기 시작하였다.

그해 가을과 겨울도 지나고 이듬해 봄이 된 때는 연실이는 동경 처음으로 올 때(겨우 일 년 반 전이다)와는 전혀 다른 처녀가 되었다.

우선 자부심이 생겼다. 조선 여성계의 선각자라 하는 자부심이었다. 선각자가 될 목표도 섰다. 여류 문학가가 되어 우매한 조선 여성을 깨쳐주리라 하였다. 문학의 정의(定義)도 인젠 짐작이 갔노라 하였다. 문학이란 연애와 불가분의 것이었다. 연애를 재미나고 자릿자릿하게 적은 것이 소설이고 연애를 찬송하고 짧게 쓴 글이 시라 하였다.

일방으로 연애라는 도정을 밟지 않고 결혼하여 일생을 보내는 조선 여성을 해방(?)하여 연애할 줄 아는 사람으로 만드는 것이 선각자에게 짊어지운 커다란 사명의 하나이라 보았다. 그러기 위해서는 문학을 널리 또 빨리 퍼쳐야 할 것이라 보았다.

문학상에 표현된 바, 전기가 통하는 것같이 쩌르르하였다는 '연애'와, 재미나는 소설을 읽은 뒤에 한동안 느끼는 감동도 동일한 감정이라 보았다.

즉 연애는 문학이요 문학은 연애요, 그것은 다시 말하자면 인생 전체였다.

'인생의 연애는 예술이요, 남녀간의 예술은 연애니라.'

스스로 창작한 이 금언(金言)을 수신책 첫 페이지에 조선글로 커다랗게 써두었다.

이런 심경 아래서 문학의 길을 닦기에 여념이 없는 동안, 연실이는 문학과 함께 연애를 사모하는 마음이 나날이 높아갔다.

소녀 시기의 환경이 환경이었더니만치 연실이는 연애와 성교를 같은 물건으로 여겼다. 소녀 시기에는 연애라는 것은 모르고 성교라는 것이 남녀간에 있는 물건이라고 믿고 있었는데, 지금 연애라는 감정의 존재를 이해하면서부터는, 그의 사상은 일단의 진보를 보여서 '남녀간의 교섭은 연애요, 연애의 현실적 표현은 성교니라' 하는 신념이 들게 되었다.

그런지라, 그가 철모르는 시절에 무의미하게 잃어버린 처녀성에 대해서도, 아깝다든가 분하다든가 하는 생각보다도, 그때 연애라는 감정을 자기가 이해하였더면 훨씬 재미나고 좋았을걸 하는 후회뿐이었다.

회상하여 그때의 그 사내를 생각해보면 그것은 가장 표준형의 기생오라범으로, 게으름과 무지와 비열을 합쳐놓으면 이런 덩어리가 생길까 하는 생각이 들 만한 보잘것없는 사람으로 연실이에게는 손톱만치도 마음 가는 데가 없는 사람이었다. 그러나, 문학 즉 연애요, 연애와 성교는 불가분의 것으로 믿는 연실이는 그때 연애 감정이 없이 그 사내를 가까이한 것이 적지 않게 분하였다. 한 번 함께 산보(이것이 연애의 초보적 행동이었다)도 못하고 함께 달을 쳐다보며 속살거리지도 못하고—이렇듯 어리석고 어리던 자기가 저주스러웠다.

그 봄(열일곱 살이었다)에 연실이는 『동경 유학생』이란 잡지에 시를 한 편 지어서 보냈다.

　　문을 닫아도
　　들어오는 月光.
　　가슴을 닫아도

스며드는 사랑.

사랑은 月光이런가.

月光은 사랑이런가.

아아, 二八處女의

가슴이 떨리도다.

지우고 고치고 다시 쓰고 하여 겨우 이렇게 만들어서 한 벌은 고이고이 적어서 가방에 간수하고, 한 벌은 잡지사에 보냈다.

봄 방학 때쯤 발행된 그 잡지에는 연실이의 시가 육호 활자로나마 게재가 되었다.

지금 그는 여명기의 조선 여성에게 있어서 한 개 광휘 있는 별이라는 자부심을 넉넉히 갖게 되었다. 그 잡지 십여 권을 사서 자기의 본집과 그 밖 몇몇 동무에게 우편으로 보냈다.

문학의 실체인 연애를 좀더 잘 알기 위하여 엘렌 케이며 구리가와 박사의 저서도 숙독하였다.

새 학기에는 기숙사에서도 나왔다. 기숙사에서도 학생들끼리 동성의 사랑이 꽤 농후한 자도 있었지만, 연애라는 것은 이성에게라야 가질 것이라는 생각을 갖고 있는 연실이는 그것을 옳게 볼 수가 없고, 또는 자기가 몸소 나아가서 연애를 실연하기 위해서는 기숙사는 불편하기 때문이었다.

여자 유학생 친목회에도 자주 나갔다. 작년 입학한 직후 첫 회합에는 단순한 처녀로, 한 얌전한 규수로 참석하였지만, 차차 어느덧 자유 연애와 자유 결혼(이것이 여성 해방이라 보았다)을 가장 맹렬히 주창하는 열렬한 회원으로 변하였다.

　이론 방면으로 이만치 진보된 만치 실제로도 또한 연애를 해보려고 기회 도착에 노력하였다. 그러나 아직도 동경 유학생 간에는 남녀가 함께 회집할 수 있는 곳은 예수교 예배당밖에 없고, 남학생과 여학생 간에 교제가 그다지 성행치 못하는 때라 기회 도착이 쉽게 되지 않았다.

　여류 문학자가 되어서 선구자가 되기 위해서는 절대로 연애의 필요를 느끼는 연실이는 이 좀체 도착되지 않는 기회 때문에 초조하게 지냈다.

　그러다가 어떤 우연한 기회에 평안도 출행의 농과 대학생(農科大學生)과 알게 될 기회를 얻었다.

　금년에 들어서 무척도 는 조선 여학생 가운데 한 사람을 찾아갔던 연실이는 거기서 그 여학생의 몇 촌 오라버니가 된다는 농학생을 처음으로 본 것이었다. 나이는 스무 살이라 하나 여자들 틈에서는 몹시도 수저워하여 이야기 한마디 변변히 하지를 못하였다.

　그날 밤 제 하숙에 돌아와서 연실이는 여러 가지로 생각하였다. 자기가 지금까지 읽은 소설 가운데서 연애하는 남녀가 처음 만난 장면을 모두 끄집어내가지고, 아까 그(이창수라 하였다)가 취한 태도는 어느 것에 해당할까 하고 생각하였다. 그리고 결론으로서는 퍽 내심한 청년이 몹시 연애를 느끼기 때문에 그렇게도 수저워한 것이라 단정하였다.

　자기도 그 청년을 보는 순간 퍽 마음에 기뻤다고 생각하고 기쁜 가운데도 속이 떨렸다고 생각하고, 자기가 다른 곳을 볼 때 그 청년이 자기를 바라보면 자기는 몹시 가슴을 뛰놀렸다고 생각하고, 자기는 가슴이 이상하여 그를 바로 볼 기회도 없었다고 생각하고, 그와 함께 있는 동안은 감전된 것 같은 쩌르르한 느낌을 받았다고 생각하였다.

요컨대 연실이는 자기가 어제 처음 만나는 순간부터 이창수에게 연애를 느꼈고 이창수 역시 자기에게 연애를 느낀 것이라 굳게 믿었다.

이튿날 하학한 뒤에 연실이는 이창수를 찾아보기로 하였다. 찾아가려고 제 하숙을 나설 때에 발이 썩 나서지는 못하였지만 이것이야말로 연애하는 처녀의 당연하고 공통되는 감정으로 서양 문호(文豪)들도 모두 이 심리를 묘사한 것을 많이 본 연실이는, 이런 수저운 감정을 극복하고 용감히 나아가는 것이 현대 신여성에게 짊어지운 커다란 사명이며 더욱이 선각자로서는 마땅히 겪고 극복하여야 할 일로 알았다.

창수는 마침 하숙에 있었다.

연실이는 창수와 함께 산보를 나섰다. 여섯 조의 좁다란 하숙방 안에서 속살거린다는 것은 옛날 연애지, 현대 여성의 연애가 아니었다. 시부야(澁谷) 교외로 나서서 무사시노(武藏野) 숲 위로 떨어지는 낙조를 보면서 그것을 칭송하며 한숨지으며 하여야 할 것이었다.

시부야의 신개지(新開地)도 지나서 교외로 이 첫사랑하는 남녀는 고요히 고요히 발을 옮겼다. 한 걸음 앞서서 가던 연실이

가 머리를 수그린 채 뒤따르는 창수 청년을 보면 창수는 머리를
역시 수그리고 무슨 의무라도 이행하는 듯이 먹먹히 따라오는
것이었다.

남녀는 어떤 언덕마루에 가서 앉았다.

"좀 쉬어요."

하면서 연실이가 두 사람쯤 앉기 좋은 자리에 한편으로 치우쳐
앉으매 창수 청년은 연실이에게서 세 걸음쯤 떨어져 있는 조그만
돌멩이 위에 걸터앉았다.

연실이는 고요히 눈을 들었다. 바라보매 시뻘겋게 불붙는 낙조
는 바야흐로 무성한 잡초 위로 떨어지려 하고 있다.

"선생님."

연실이는 매우 부드러운 소리로 창수를 찾았다.

"네?"

"참 아름답지 않아요? 저 낙조 말씀이어요. 저 낙조가 형용하자
면 무엇 같을까요."

"글쎄올시다."

농학생 이창수에게 있어서는 그 낙조는 함지박에 담긴 붉은 호
박 같았을지도 모른다. 그러나 그런 형용도 좀 멋쩍어서 글쎄올
시다 한 뿐 눈이 멀진멀진히 낙조를 바라보고만 있었다.

"방금 떨어질 듯 도로 솟을 듯 영화(靈火)가 하늘에서 춤을 추
는 것 같지 않아요?"

"글쎄올시다."

그날 저녁 연실이는 창수의 방에서 묵었다. 그 하숙에서 저녁을

함께 먹고 역시 연실이는 적극적으로 창수는 소극적으로 이야기를 주고받고 하다가 교외 전차가 끊어졌음을 핑계로 연실이는 거기서 밤을 지내기로 한 것이었다. 여기서 묵겠다는 말을 차마 입 밖에 내기가 힘들었지만, 선각자는 경우에 의지하여서는 온갖 체면이며 예의 등 인습의 산물은 희생하여야 한다는 신념 아래서,

"아이, 전차가 끊어져서 어쩌나? 선생님 안 쓰는 이부자리 없으세요?"

고 맥을 던져서, 요행 여름철이라 안 쓰는 두터운 이부자리를 얻어서 육조 방에 두 자리를 편 것이었다.

자리에 들어서도, 인생 문제며 문화의 존귀성을 이야기하면서 연실이는 차츰차츰 뒤채고 뒤채는 동안 창수의 이불 아래로 절반만치 들어갔다. '그것'까지 실행이 되어야 연애의 성립을 인정할 수 있는 연실이었다.

이튿날 아침 창수가 연실이에게 자기는 고향에 어려서 결혼한 아내가 있노라고 몹시 미안한 듯이 고백할 때에 연실이는 즉시로 그 사상을 깨뜨려주었다.

"그게 무슨 관계가 있어요. 두 사람의 사랑만 굳으면 그만이지, 사랑 없는 본댁이 있으면 어때요."

명랑히 이렇게 대답할 때는 연실이는 자기를 완전히 한 명작 소설의 주인공으로 여겼다.

그 하숙에는 창수 밖에도 조선 학생이 두 명이 있었다. 연실이가 돌아간 뒤에 한 하숙의 다른 학생들에게 놀리운 창수는 변명으로 아마,

"뒤집어씌우는 걸 할 수 있나."

이렇게 대답한 모양이었다. 갑자기 유학생에게 연실이의 이름이 놓아지고, 그 위에 뒤집어씌운다 하여 거기서 일전하여 감투 장사라는 별명이 며칠 가지 않아서 오백 명 유학생 간에 쪽 퍼졌다.

그러나 이런 소문은 있건 말건 연실이는 환희와 만족의 절정에 올라섰다.

첫째 선각자였다.

둘째 여류 문학가였다.

셋째 자유 연애의 선봉장이었다.

문학가가 되고 선각자가 되기에 아직 일말의 부족함을 느끼고 있던 것이, 자유 연애까지 획득해놓으니 인제는 티 없는 구슬이었다.

어디를 내놓을지라도, 선진국 서양에 갖다 놓을지라도 축박힐 데가 없는 완전무결한 신여성이요 선각자로다. 연실이는 의심치 않고 믿었다.

아직도 그래도 좀더 희망을 말하라면 창수가 좀더 적극적이요 정열적이요 '뒤집어씌우는 편'이 아니고 끌어당기는 편이면 하는 것이었다.

이 연애에 승리한 지 얼마 지나지 않아서 연실이는 지금껏 다니던 학교에 퇴학 원서를 제출하였다. 그리고 다른 사립 음악학교에 입학을 하였다. 음악이 예술인 까닭이었다. 그리고 그 학교가 동경에서 유명한 연애 학교(남녀 공학)인 까닭이었다.

9

음악학교로 학적을 옮긴 뒤에 연실이는 두 가지로 마음이 매우 기뻤다.

첫째로는 그 학교의 남녀 학생 간에 연애가 매우 많은 점이었다. 연애를 모르는 조선에 태어났기 때문에 연실이는 연애의 형식과 실체(감정이 아니다)를 몰랐다. 그가 읽은 여러 가지의 소설의 달큼한 장면을 보고 연애는 이런 것이거니쯤으로 짐작밖에는 가지 못하였다. 이창수와 몇 번 연애(?)를 해보았지만 창수는 도리어 수동적인 편이라 연실이 자기가 부리는 연애밖에는 구경을 못하였다. 선각자로서 당연히 연애를 알고 또한 실행하여야 할 의무감을 가진 연실이는 자기가 현재 이창수와 연애를 하면서도 일찍이 책에서 읽은 바와 상위되는 점을 늘 미흡히 생각하고 혹은 실제와 소설에는 차이가 있는가 의심하던 차에 이 학교에서는 눈앞에 소설에서 본 바와 같은 연애를 수두룩이 보았는지라 이것이 기뻤다.

둘째로는 전문학생이라는 자기의 지위가 기뻤다. 선각자로 자임하고 어서 선각자로서 조선의 깨지 못한 여성들을 외치려는 희망은 품었지만 고등여학교의 생도인 때는 전도가 감감한 느낌이 없지 않았다. 그런데 이 학교에 입학을 하고 보니 인제 삼 년만 지나면 자기는 전문학교의 출신으로 어디에 내놓을지라도 뻐젓한 숙녀였다.

보랏빛 치마와 화려한 긴소매와 뒷덜미에 나비 모양으로 맨 리본과 뾰족한 구두의 이 전문학생은 악보를 싼 커다란 책보를 앞으로 받치고 동경 바닥을 활보하였다.

단지 이 처녀에게 있어서 아직도 불만이 있다 하면 그것은 애인 이창수의 태도가 너무도 소극적인 점이었다. '로미오'인 이창수가 '줄리엣'인 연실 자기의 창 아래 와서 연가(戀歌)는 못 부를지언정 적어도 이 근처에 늘 배회하기는 하여야 할 것이었다. 찾아오기가 바쁘면 하다못해 편지라도 해야 할 것이었다. 적어도 소설에 있는 연애하는 청년은 그러하였다. 그럼에도 불구하고 찾아오기는커녕 이편에서 찾아갈지라도 맞받아 나오면서 쓸어안고 키스를 하고 해주지조차 못하고 싱그레 웃고 마는 것은 연실이의 마음에 적지 않게 불만하였다.

10

그해 크리스마스 방학이었다.

연실이는 오래간만에 최명애를 찾아가보았다. 처음 동경 올 때는 감한 선배로 동정을 그에게 배우려 한 적도 있었지만 인제는 자기는 열여덟(눈앞에 열아홉을 바라본다)이요 그는 스물하나로 옛날 진명학교 시대와 마찬가지인 한낱 동무였다. 그 위에 '그도 연애를 하는가' 하는 의심점이 있기 때문에 잘못하면 자기보다도 약간 세상 철이 부족할지도 모르겠다는 자긍심까지도 품고 있는 연실이었다.

"언니."

여전히 부르기는 이렇게 불렀으나 인제는 선배 후배가 아니요 단지 약간 나이가 더 먹은 동무일 따름이었다.

거진 연애라는 것을 '문명한 인종이 반드시 밟아야 할 과정'이라고쯤 믿고 있는 연실이는 그날 서로 히닥거리며 잡담을 하다가 이런 말을 하였다.

"언니, 참 옛날 여인들은 어떻게 살았겠수?"

"왜?"

"연애두 한 번두 못해보구."

명애는 여기서 한 번 크게 웃었다.

"하하하하. 저리드냐? 재리드냐?"

"아찔아찔합디다."

"그것만?"

"오금이 녹아옵디다."

"액이 망할 기집애. 한데 너 뒤집어씌웠다구 소문이 자자하든 구나."

뒤집어씌워? 남녀 학생 간에 소문은 높았던 바지만 연실이의 귀에까지는 아직 오지 않았던 바라 뜻을 알 수가 없었다.

"그게 무슨 말이우?"

"듣기 싫다."

"참말…… 그게 무슨 말이유."

명애는 의아히 잠깐 연실이의 얼굴을 보았다. 그런 뒤에 설명하였다.

"아, 네가 능동적이란 말이지, 네가 사내를 ○단 말이지."

"언니두!"

연애의 과정으로 당연히 밟은 과정이라는 신념은 가지고 있었지만 이렇듯 지적을 받으매 연실이는 아뜩하였다.

"그런데 애."

"……"

"내 언제 너 조용히 만나면 이야기할랴구 그랬다마는 청춘 남녀가 연애야 안 하겠니마는 연애를 한대두 신성한 연애를 해라."

순간적 부끄럼 때문에 머리를 수그렸던 연실의 귀에도 이 말은 들어갔다. 소설에서 많이 읽은 바였다. 그러나 어떤 것이 신성한 연애인지는 실체를 아직 연실이는 알지 못하였다. 소설에 그런 대목이 나올 때마다 다시 읽고 다시 읽고 하여 실체를 잡아보려 노력하였지만 대체 어떤 것이 신성한 연애인지 알 수가 없었다.

"청년 남녀 누구가 연애를 안 하겠니마는 신성한 연애를 해야 한다."

"언니, 어떤 게 신성한 연애유?"

연실이는 드디어 물었다.

"애두, 그럼 너 지금껏 뭘 했니. 남녀가 육교를 하지 않고 사랑만 하는 게 신성한 연애지. 말하자면 서루 마음과 마음이 통해서 사랑하구 사랑받구 하는 게 신성한 연애가 아니냐."

이것은 연실이에게는 새로운 지식인 동시에 이해하기 어려운 일이었다. 만약 명애의 말로서 옳다 할진대 이창수와 자기와의

372

것은 무엇으로 해석을 할 것인가. 마음과 마음이 서로 통한다 하면 자기와 이창수는 전혀 마음은 서로 통치 못하였다.

소설이며 엘렌 케이와 구리가와 박사의 말에는 그런 뜻이 있었던 듯싶다. 그러나 사람의 사회에 실제로까지 그런 꿈의 나라가 있으리라고는 연실이에게는 믿기지 않았다.

그날 명애는 이런 말도 하였다.

"내 애인은 말이다, 지금 W대학 문과에 다니는 사람이야. 본시 송안나, 너도 알지. 그 여자 친목회 회장 말이다. 그 송안나허구 이러구저러구 하던 사람이란다. 그걸 내가 알았지. 첨에는 송안나 그 담에는 최××, 또 그 담에는 박△△, 그걸 내가 알았구나. 말하자면 최후의 승리자지."

그리고 그 열변과 엄숙한 표정으로 친목회에서 지도자 노릇을 하던 송안나도 연애 찬미자의 한 사람이라는 것이 기이해서 연실이가 물어볼 때에 그는 이렇게 대답하였다.

"얘, 너두 철이 있느냐 없느냐. 이 동경 여자 유학생치구 애인 없는 사람이 어디 있다디. 옛날 구식 여자는 모르겠다마는 신여성치구 애인 없이 어떻게 행세를 한단 말이냐."

누구는 누구가 애인이고 누구는 누구가 애인이고 한참을 꼽아 내렸다.

연실이는 그러려니 하였다. 이 동경까지 와 있는 선각 여성이 자유 연애도 하지 않고 어쩔 것이냐. 사실에 있어서 연실이는 최근엔 단지 이창수뿐만 아니라, 음악학교에 다니는 여러 남학생들과 단 하룻밤씩의 연애를 하고 있었다. 한 사내와만 연애를 한다

하는 것조차 그에게 있어서는 유치한 감이 없지 않은 것이었다.

11

크리스마스 방학도 끝나고 개학이 된 지 며칠 뒤의 일이었다.

그날은 연애할 대상도 구하지 못해서 하학한 뒤에 곧 집으로 돌아오매 그의 책상에는 우편물이 하나 놓여 있었다.

잡지였다. 뜯어보니 동경 유학생의 기관 잡지인 ×××였다.

먼첨 호에 문틈으로 스며드는 달빛을 노래한 시를 이 잡지에 보내어 채택이 된 연실이는 그 다음에도 또 한 편 보내었던 것이었다. 그것이 났는지 어떤지를 알아보기 위해서 연실이는 옷도 갈아입지 않고 즉시 봉을 뜯었다.

무식한 그 잡지의 편집인은 이번은 연실이의 시를 몰서〔沒書〕[9] 해버렸다. 그래서 목록의 아래의 이름만 읽어보아 자기의 이름이 없으므로 불쾌감이 일어나서 책을 접으려 할 때에 제목란에 계집녀(女)자가 걸핏 보이는 듯하므로 다시 주의하여 거기를 보매 거기는,

"여자 유학생에게 경고하노라."

하는 제목이 있었다.

무슨 이야긴가. 호기심이 났다. 책으로서는 자기의 명작 시가 발표되지 않았으므로 불쾌하기 짝이 없는 잡지였지만 그 제목의 페이지를 뒤적여서 펴보았다.

첫 줄에서 연실이의 얼굴은 검붉게 되었다.

"××음악학교에 다니는 모양은."

운운으로 시작한 그 글은 연실이와 이창수와의 새의 소위 '뒤집어쐬운' 이야기를 폭로시키고 이런 음탕한 여자가 동경에 와 있기 때문에 다른 학생들에게도 물들 뿐 아니라 더욱이 고향에 계신 학부형들은 딸을 동경으로 유학 보내기를 무서워한다는 뜻을 쓰고 이어서 이런 더러운 학생은 마땅히 매장해버려야 하는 것이 유학생의 의무라고 많은 '!'며 '!?'를 늘어놓아가지고 두 페이지나 늘어놓았다.

읽는 동안 연실이의 얼굴은 검게 되었다 붉게 되었다 찌푸려졌다 찡그려졌다, 별의별 표정이 다 나타났다.

읽으면서 동댕일 치고 싶었다. 그러나 끝까지 다 읽고야 말았다. 다 읽고 나서는 드디어 동댕이쳤다.

무엇이라 형용할 수 없는 감정이었다. 억분하다 할까. 노엽다 할까. 부끄럽다 할까. 얼굴이며 손발의 근육이 와들와들 떨렸다. 머리로서는 아무것도 생각지를 못하였다.

한 시간? 아마 두 시간도 넘어 지났겠지. 집주인 마누라가,

"긴상, 오메시이카가(김양, 식사 어떡해요)?"

하고 들어올 때야 연실이는 비로소 자기의 이성을 회복하였다.

이성이라 하나 지극히도 흥분된 이성이었다.

"다쿠산요(필요없어요)."

저녁이 입에 달지는 않을 것이므로 거절함에 있어서 이런 거절까지 않아도 좋을 것이거늘 연실이는 이런 악의 품은 거절을 한

것이었다.

어떤 노염일까. 욕먹은 데 대한 분함이 물론 가장 강하였다. ×
×음악학교에 다니는 조선 여학생은 자기밖에 없다. 그런지라 누
구든 이 글을 읽기만 하면 거기 쓰인 모양이라는 것은 자기를 지
적한 것임을 알 것이다.

처녀 십팔(새해에 열아홉)은 손톱눈만 한 일에라도 부끄러워하
는 시절이라 하나 연실이는 요행 부끄럼에 대한 감수성은 적게
타고난 사람이었다.

그 대신 분하였다. 글자가 표현할 수 있는 가장 악의로 찬 욕을
퍼부은 것이었다. 이것이 분하였다.

어때? 그래. 이만 뱃심이 없지 않았다. 그 글의 필자는 아직 구
사상에 젖은 유치한 녀석이라는 경멸감도 물론 났다. 자유 연애
를 이해하지 못하고 이렇듯 어리석은 소리를 흥얼거리는 숙맥이
라는 우월감(자기에 대한)도 섞여 있었다. 그런지라 욕먹은 내용
—사실에 대해서는 연실이는 천상천하 부끄러울 데가 없었다. 이
정정당당하고 가장 새롭고 가장 선각적인 행동을 욕하는 자의 어
리석음이 미웠고 그런 것에게 욕먹은 것이 분하였다.

두 시간 세 시간 동안을 분한 감정 때문에 몸만 떨고 있던 연실
이는 밤이 차차 들어감에 따라서 얼마만치 머리도 식어가며 식어
가느니만치 대책도 생각났다.

어떻게든 거기 대하여 항의를 하여야 할 것이다.

글로?

말로?

항의문을 그 잡지에 써 보내서 자기를 욕한 필자의 무식을 응징하나.

혹은 그 사람을 찾아가서 도도한 웅변으로 그의 구식 두뇌를 깨쳐주나.

자리에 들어서도 그 생각을 하고 또 하고 한 끝에 연애라 하는 일에 퍽 이해를 가진 최명애를 찾아서 그와 의논하여 어떻게든 결정하리라 하였다.

이튿날 이른 새벽에 연실이는 자리에서 일어났다. 조반도 먹지 않고 하숙집에서 나왔다. 최명애를 찾기 위해서였다.

최명애의 하숙(영업적 하숙이 아니라 사숙이었다)에 들어서서 주인 마누라에게 오하요(안녕하십니까)를 부른 다음에 연실이는 서슴지 않고 명애의 방으로 갔다. 당황히 따라오는 주인 마누라의 눈치도 못 보고.

가라카미(장지문)를 쭉 밀어 열었다.

—?

연실이는 도로 가라카미를 닫아버렸다. 명애 혼자인 줄 알았던 방에 명애는 웬 남학생과 함께 자고 있다가 이 침입자 때문에 번쩍 눈을 뜨는 것이었다.

"누구?"

방 안에서는 명애가 침입자의 정체를 캐면서 일변으로는,

"긴상, 인전 일어나요. 누구 왔어요."

하며 연애의 상대자를 흔드는 모양이었다.

연실이는 멍하였다. 자기가 취할 거처를 몰랐다. 돌아가자니 싱

거웠다. 들어가자니 어려웠다. 이미 이런 일은 처음 당하는 일이 아닌 연실이라 부끄럼이라든가 거기 유사한 감정은 느끼지 않았지만 일전에도 '신성한 연애'를 운운하던 명애의 자리에서 사내를 발견하였는지라 잠시 뚱하였다.

"누구야."

"나."

드디어 대답하였다.

"연실이로구나. 긴상, 어서 일어나요. 연실이, 조금만 있다가 들어와."

그런 뒤에는 안에서는 일어나서 옷을 가다듬는 듯한 버석거리는 소리가 들렸다. 그러기를 사오 분이나 하고 나서,

"이와, 오하우이리(좋아요, 들어와요)."

하고 청을 하였다.

연실이는 들어갔다. 내주는 자리에 앉았다.

"새벽에 웬일이야. 응 소개해야겠군. 이이는 대학에 다니시는 김××씨, 이 애는 늘 말씀드린 연실이."

연실이는 가볍게 머리를 숙였다. 김모라는 학생은 연방 교복 단추를 맞추면서 허리를 굽석하였다.

"헌데 새벽에 웬일이냐. 이상(이창수)네 하숙에서 오는 길이냐."

"아냐."

연실이는 부인해버렸다. 부인하며 얼핏 김모라는 학생을 보았다. 처음은 송안나의 애인 그 다음은 누구의 애인 또 그 다음은

누구의 애인, 이라 하여 지금은 최명애의 애인이 된 그 학생은 그의 염복적(艷福的)[10] 눈을 들어 연실이를 보고 있는 것이었다.

그날 김모는 학교에 가야겠다고 조반 전에 돌아갔다. 사립 여자전문학교에 다니는 두 처녀는 오늘은 학교 집어치우기로 하고 김모가 돌아간 뒤에 (세수도 안 하고) 자리에 도로 들어가 누웠다.

연실이가 가지고 온 잡지를 내어 들고 명애에게 자기의 분함을 하소연하고 그 대책을 의논할 때에 명애는 그따위 문제는 애당초 중대시하지도 않았다.

"거기 어디 김연실이라고 이름을 밝히기라도 했니?"

"밝히진 않았어두 ××음악학교 재학생이라면 이십여 명 유학생 중 나밖에 어디 있수?"

"긁어 부스럼이니라. 우습지 않으니? 김연실이라구 밝히지두 않았는데 김연실이가 웬 까닭으루 나 욕했소 하구 덤벼드느냐 말이다. 얘, 수가 있느니라. 이렇게 해라."

"어떻게."

"아까 그 긴상 말이야. 긴상두 ××회(유학생회) 감찰부장이란다. 그 긴상이 말이야. 내가 요전에 △△학교에 다니는 강상이라는 학생하구 이렇구저렇구 할 때 뭐 유학생계에 풍기를 문란케 하느니 어쩌니 해가지구 매장을 한다 어떤다 야단이란 말이지. 그래서 그 긴상의 내막을 알아보니 자기도 송안나하고 그 꼴이지. 그래서 말이로다. 만일 긴상이 참말루 샌님 같은 사람이면 할 수 없지만 자기도 그러는 이상에 무슨 낯으루 큰말이냐 말이다. 그래서 이 여왕께서 찾아가주었구나. 한번 부비어 대줄 셈이었

지. 그랬더니 고냐쿠란 말이지. 흐늘흐늘, 지금 내 애인이 되지
않았니?"

연실이는 멍하니 명애를 보았다. 경이(驚異)라는 것을 모르는
연실이는 놀랄 줄을 모른다. 감동이라는 것을 모르는 연실이는
감동할 줄도 모른다. 그러나 이야기는 연실이에게는 다만 예사로
운 이야기는 아니었다.

"언니, 그럼 나 어떡허면 좋수."

"너두 나같이 그, 너 욕한 사람 말이다. 그 학생을 찾아가려무
나. 상판대기에 분칠이나 곱게 하구 연지나 찍구 찾아가서 이건
왜 이러우 하구 한마디만 턱 던지구 생긋 웃어만 보려무나. 그러
면 나 잘못했소 여왕님 하구 네 발 아래 꿇어 엎드리지 않으리."

"그러면?"

"그러면 됐지, 그 뒤가 있을 게 뭐람. 그러면 그 모 도학 청년이
네 애인이 되지."

"이상은 어쩌구."

"차버리려무나. 차버리기가 아까우면 애인 두어 개 두구."

"언니, 남자란 여자를 보면 그렇게두 오금을 못 쓰우?"

"맛이 좋거든."

"맛이 좋단 어떻게 좋우?"

"그게야 남자가 아니구야 어떻게 알겠니마는 여자는 또 남자를
보면 그렇지 않더냐. 아유. 홍 홍."

명애는 무엇을 생각함인 듯이 힘 있게 연실이를 쓸어안고 신음
하면서 꺽꺽 힘을 주었다.

"언니, 내 진정으로 말한다면 나는 어디가 좋은지 몰라. 소설에 보면 말도 마음먹은 대로 못하고 고이비도(애인)의 얼굴두 바루 못 본다는 등 별별 신비스러운 이야기가 다 있는데 나는 아무리 그렇게 마음먹으려 해두 진정으로는 안 그래. 웬일일까. 그게 거 짓말일까?"

"그건 모르겠다만 애 잠자리 맛이란…… 아유 흥 흥, 아유 죽겠다."

"잠자리 맛이라는 것도 따루 있수?"

"아이 망칙해. 우화등선 천하제일감. 네 것두 아직 모르니?"

"몰라."

"그럼 이상허구 뒤집어씌우기는 어떻게 했느냐."

"그게야 그럭허는 게니 그랬지."

"애두, 그럼 너 불구자로구나."

단지 사내와 여인—애인끼리는 그런 노릇을 해야 하는 것으로 알고 있는 연실이에게는 이 말은 알지 못할 말이요 겸하여 불안 스러운 말이었다.

그는 이날 명애에게서 '성'에 대한 여러 가지의 지식을 알았다. 하늘은 종족의 단멸(斷滅)을 막기 위하여 성교에 특수한 쾌심을 주어 이 쾌감 때문에 종족이 끊기지 않고 그냥 계속된다는 이야 기며 과부가 수절을 못하는 것은 이 쾌감을 잊을 수 없어서 그렇 게 된다는 이야기 등을 듣고 그로 미루어 보자면 그것은 상식으 로 판단키 힘들 만치 유쾌로운 일인데 아직 그것도 모르는 자기 는 적지 않게 부족한 사람인 듯싶고 이 때문에 마음도 적지 않게 무거웠다.

명애는 연실이에게 장차 그 남학생(잡지에서 욕한)을 찾아가는 경우에 그와 대응할 책략을 여러 가지로 가르쳤다.

결코 이렇다 저렇다 싸우지 말라 하였다.

"이건 왜 이러세요."

이 한마디만으로 웃기만 하라 하였다. 손님이 왔으니 과일이라도 사오라고 명령하라 하였다. 그리고 당신과 같은 장차 조선의 지도자 될 사람이 왜 그리 사상이 낡으냐고 산보를 청하고 활동사진 구경을 동반하고, 그리고 마지막에는 네 하숙으로 끌고 들어가라 하였다.

그로부터 수일 후 연실이는 명애의 지휘가 너무도 정확히 들어맞으므로 도리어 놀랐다. 연실이가 찾아왔다는 하숙 하녀의 보고를 들을 때 그렇게도 울그럭불그럭하였고 서로 대좌하여서도 눈을 퉁방울같이 굴리던 그 남학생이,

"이건 왜 이리서요."

의 한마디에 멋쩍은 듯이 좀 누그러지고, 그 다음에,

"과일이나 부르세요."

할 때에 하녀를 불러서 과일을 사왔고, 그 다음에는,

"하나 드십시오."

하는 권고가 그의 입에서 먼저 나왔고, 산보를 청할 때는 얼굴에 희색이 나타났고, 활동사진을 구경한 뒤에 집에까지 바래다 달라니까 분명히 흥분까지 되었고, 잠깐 들어오기를 청할 때에 열적은 듯이 따라 들어왔고, 시간이 늦어서 마지막 전차까지 끊어지매 도리어 저쪽에서 기괴한 뜻을 암시하였고……

이리하여 연실이는 또 한 사람의 애인을 두게 되었다.

새 애인의 이름은 맹호덕(孟浩德)이었다.

연실이가 새 애인을 둔 뒤에 이전보다 적이 기쁨을 느낀 것은 맹은 이전의 이창수와 같이 소극적이 아니었다.

역시 ××회의 회집이 있을 때마다 단상에 올라서서 조선 청년의 갈 길을 부르짖고 학생계의 나약과 타락을 통탄하고 '우리'의 중대한 임무를 사자후(獅子吼)"하고 하였지만 그러한 적극성이 있느니만치 연실이에 대해서도 적극적으로 따라다니고 불러내고 호령하고 명령하고 하였다.

연실이의 마음은 차차 맹에게로 기울지 않을 수가 없었다.

"이것이 진정한 연애로다."

연실이는 이것으로써 비로소 자기는 진정한 연애를 하는 사람으로 믿었다. 그리고 인제는 온갖 점이 다 구비된 완전한 조선 여성계의 선구자라 하는 신념을 더욱 굳게 하였다.

"갈 길을 몰라서 헤매는 일천만의 조선 여성에게 광명을 보여주기로 단단히 결심하였습니다."

과거 진명학교 시대의 동무에게 자랑삼아 한 편지 가운데 이런 구절이 있었다.

―이 소설은 이것으로 일단락을 맺는다. 이 갸륵한 선구녀가 장차 어떤 인생행로를 밟을지 후일담이 물론 있을 것이다. 약속한 지면도 다하고 편집 기일도 지나고 붓도 피곤하여 이 선구녀가 자기의 인격을 완성하는 기회로서 일단락을 맺는 것이다.

곰네

통칭 곰네였다.

어버이가 지어준 것으로는 길녀(吉女)라 하는 이름이 있었다. 박(朴)가라 하는 성도 있었다. 정당히 부르자면 '박길녀'였다.

그러나 길녀라는 이름을 지어준 부모부터가 벌써 정당한 이름을 불러주지를 않았다. 대여섯 살 나는 때부터 벌써 부모에게 '곰네'라 불렸다. 어렸을 때부터 어머니가 어린애를 붙안고 늘 곰네, 곰네 하였는지라, 그 집에 다니는 어른들도 저절로 곰네라 부르게 되었고, 이 곰네에게 길녀라는 정당한 이름이 있는 줄을 아는 사람조차 드물게 되었다. 곰네 자신도 자기가 늘 곰네라는 이름으로 불렸는지라, 제 이름이 곰네인 줄만 알았지 길녀인 줄은 몰랐다. 그가 여덟 살인가 났을 때에 먼 일가 노파가 찾아와서 그를 부름에 길녀야 하였기 때문에, 곰네는 누구를 부르는 소린지 몰라서 제 장난만 그냥 하고 있었다. 그러다가 그 사람이 자기 쪽으

로 손을 벌리며, 그냥 길녀야 길녀야 이리 오너라 하고 연방 부르
는 바람에 비로소 자기를 부르는 소린 줄을 알았다. 그러고는 그
사람에게로 가지 않고 제 어미에게로 갔다.

"엄마, 엄마. 데 사람이 나보구 길네라구 그래. 길네가 무엉요.
남의 이름두 모르구. 우섭구나, 야!"

어머니가 곰네를 위하여 변명하였다.

"이 엠나이(계집애)! 어른보구 그게 뭐야. ―엠나이두 하두 곰
통같이 굴어서 곰네라구 곤뎄다우. ―이 엠나이. 좀 나가 놀알!"

"히! 곱다구 곱네디 곰통같다구 곰넬까. 곰통 같으믄 곰통네
디."

"나가 놀알!"

"양우 찍!"

사실 계집애가 하두 곰동지같이 완하고 억세기 때문에 '곰'네였
다. 얼굴의 가죽이 두껍고 거칠고 손과 팔의 마디가 완장하고 클
뿐 아니라, 가슴이 턱 벌어져 있고 왁살스럽고, 그 목소리까지도
거칠고 뚝하였다. 머리카락까지도 굵고 뻣뻣하였다. 그에게서 억
지로라도 여자다운 점을 찾아내자 하면 그것은 그의 잠꼬대뿐이
었다. 잠꼬대에서는 그래도 간간 가냘픈 소리며 아기를 업고 싶
어하는 본능이 보였다. 그 밖에는 여자다운 점은 터럭 끝만큼도
없었다.

이름이 길녀라 하지만 '길'하다든가 '실'하다든가 한 점은 얻어
낼 수가 없었다. 곱다는 곰네가 아니요 곰동지 같다는 곰네야말
로 명실히 가진 그의 이름이었다.

젖 떨어지면서부터 농터에 나섰다. 농터래야 빈약한 것으로, 풍
년이나 들면 간신히 그의 식구(아버지, 어머니, 곰네―이렇게 단
세 사람)의 굶주림이나 면할 정도의 것이었다.

곰네가 농터에 나서면서부터는 어머니의 부담이 훨씬 줄었다.
그의 아버지라는 사람은 농군답지 않은 게으름뱅이에 기력도 적
은 사람이어서 보잘 여지 없는 소위 망나니였다. 술이나 얻어먹
고 투전판이나 찾아다니고 남의 집 여편네나 담 넘어 엿보러 다
니는 사람이었다. 농사 때에는 단 내외의 살림이라 하릴없이 농
터에 나서기는 하지만 손에 흙을 대기를 싫어하고, 게다가 기운
이 없어서 조금 힘든 일을 하면 숨이 차서 당하지를 못하고 게으
름, 꾀만 가득 차서 피할 궁리만 공교롭게 하는 사람이었다. 그런
지라 아주 쉽고 가벼운 심부름 이상은 하지 않기도 하였거니와
시킨댔자 감당도 못할 위인이었다. 대여섯 살 나서부터 농사에
어머니에게 몸 내놓고 조력한 곰네가 훨씬 도움이 되었다. 힘과
기운으로도 벌써 아버지보다 승하였거니와, 어린애답게 열이 있
고 정성이 있었다.

그런지라 팔구 세 때에는 벌써 농군으로서의 한몫을 당해냈고
농사의 눈치도 어른 등떠먹으리만치 열렸다.

곰네가 열세 살 난 해에 그의 게으름뱅이 아버지가 죽었다. 이
가장의 죽음도 그 집의 경제상에는 아무 영향도 없었다. 극단적
으로 말하자면 한 식구 줄었으니 그만치 심'이 폈달 수도 있었다.
살아 있대야 곡식만 소비할 뿐이지 아무 도움도 없던 인물이라
없느니만 못하였다. 그래도 십여 년 살던 정이 그렇지 못하여 곰

네의 어머니는 흰 댕기도 드리고 좀 한심스러운 듯이 망연히 하늘을 우러러볼 때도 있기는 하였으나, 생활 자체에는 아무 영향도 없었다. 놀고 먹고 귀찮게나 굴던 가장이요, 가사에는 아무 도움이 없었는지라, 가사도 여전하였거니와 인제는 제 한몫 당하는 곰네가 조력을 하는지라, 어머니로서는 훨씬 노력을 덜하게 되었다. 눈치 있는 곰네가 앞장서서 일하는 것을 어머니는 도리어 보고 있기만 할 때가 많았다.

열다섯 살에 어머니마저 세상을 떠났다.

세상 보통의 처녀로서는 아뜩한 일이었다. 빚은 주는 사람이 없었으니 빚은 없었지만, 남기고 간 것이라는 것은 솥 나부랭이와 부엌 물건 두세 가지, 해진 옷 두세 벌밖에는 아무것도 없는 씻은 듯한 가난한 살림에, 이 집안의 큰 기둥 어머니까지 넘어진 것이다.

그러나 갓 나서부터 여유라는 것을 모르고 지낸 곰네는, 이 점으로는 낭패하지 않았다. 다만 보잘것없는 밭 나부랭이지만, 그래도 그것을 얻어 부치던 것은 어머니의 면(面)의 덕이라, 그것을 떼이게 된 것이 큰일이었다.

가을에 가서 약간 한 추수라는 것을 가지고 밭 주인(밭 주인이래야 가난한 자작농이었다)을 찾아갔더니 아니나 다를까.

"아바지 오마니 다 죽었으니 밭 다룰 사람이 없겠구나."

이런 말이 나왔다.

"아버지가 살았으믄 뭘 하댔나요?"

곰네는 반대해보았다.

"아바진 그렇다 해두 오마니가 보디 않았니?"

"오마닌 또 뭘 했나요? 다 내가 했디."

"그래두 체니(처녀)아이 혼자서야 농살 하나?"

"해요. 꼬박꼬박 추수 들여놨으믄 그만이디오. 내 감당해요."

곰네는 지금껏도 자기가 농사를 죄 맡아서 하던 만큼 자기가 계속하겠다는 데 대해서 딴 의견이 있을 줄은 뜻도 안 하였다. 그렇기 때문에 거기 대해서는 걱정도 않고 대책도 생각지 않았다. 그러나 한 마디 두 마디 하는 동안 좀 의심스럽게 되었다. 그 밭을 떼려는 눈치를 직각[直覺]하였다.

여기 협위[脅威]를 느낀 곰네는 그 땅을 그냥 자기가 보겠다고 처음은 간원하였다. 그 다음은 탄원하였다. 애걸까지 하였다.

그러나 땅 주인은 곰네의 탄원도 애걸도 모두 일소에 붙이고 말았다.

"체니아이 혼자서두 땅을 보나?"

요컨대 실력 여하를 막론하고 처녀 단 혼잣살림에는 소작을 맡길 수 없다는 것이었다.

그래서 그 땅을 종내 떼이고 말았다.

*

그러나 곰네는 겁을 내지 않았다.

빈궁한 중에서 나서 빈한 중에서 자란 그는 빈한이라는 것을 무서워할 줄을 모르는 사람이었다.

부모에게 물려받은 단칸 오막살이가 있었다. 거기 거처하였다.

이 조그만 마을에서는 모두가 서로 아는 사람이었다. 이 집 저 집으로 찾아다녔다.

가을 추수 뒤에는 농가에서는 새끼도 꼬고 가마니도 짜고 한다. 곰네는 돌아다니면서 이런 일의 조력을 하였다. 집에 따라서는 일한 품삯으로 돈푼이나 주는 집도 있었고, 혹은 끼니나 먹이고 마는 집도 있었다.

끼니만 먹이고 말든 혹은 돈푼이나 주든, 곰네는 그 보수에 대해서는 아무 욕구도 없었고 아무 불평도 없었다. 먹여주면 다행이었다. 게다가 돈푼이라도 주면 그런 고마운 일이 없었다. 본시 충직하고 욕심이 없는 데다가 간사한 지혜라는 것을 아직 모르는 곰네는, 남의 일 자기 일을 구별할 줄을 몰랐다. 자기가 자기 손으로 착수한 것이면 모두 자기 일이었다. 누가 보건 안 보건 한결같이 열과 성으로 일하였다. 사내들은 담배도 먹고 한담도 하여 헛시간을 보내지만 곰네에게는 그것도 없었다. 아침에 손을 대기 시작하면 점심때도 그냥 일을 하면서 점심을 먹고 저녁때도 캄캄하게 되기까지 그냥 일을 계속하고—그 위에 살뜰한 가정이 없는 그는 대개는 저녁까지도 그 집 상 귀퉁이에 붙어서 되는대로 먹고 하였다.

—삯 헐하고 일 세차게 할뿐더러 부지런히 하는 그 동리의 귀한 일꾼의 하나였다.

"곰네는 시집갈 밑천 장만하느라구 데렇게 돈을 몹겠다."

동리 여인들이 이렇게 놀려대어도 아직 시집 살림이 어떤 것인

지 똑똑히 이해하지 못하는 곰네는,

"훤! 시!"

하고 웃어버리고 마는 것이었다.

"곰네 너 어드런 새시방 얻어 갈래?"

이렇게 농 삼아 물어도 부끄러워할 줄도 모르고 그렇다고 기뻐할 줄도 모르는 곰네였다.

새서방이라든가 시집이라든가 하는 것은 아직 곰네에게는 상상도 못하는 이상한 물건이었다. 가마니를 짤 때, 새끼를 꼴 때, 사내들과 손이 마주치고, 혹은 잡고 혹은 잡히고 할 때도 움쳐버리거나, 치워버릴 줄도 모르고, 마치 사내 사내끼리나 여인 여인끼리와 같은 심정으로 태연히 지내는 그였다.

그 생김생김이며 태도, 행동이 모두 하도 사내 같으므로, 함께 일하는 사내들도 곰네만은 여인같이 생각이 안 가는 모양이었다. 어찌어찌하여 곰네를 붙안아 옮겨놓든가 얼굴을 서로 마주 댈 필요가 생길 때라도 조금도 주저하지 않고 마치 사내끼리인 것과 마찬가지로 행동하였다. 곰네 자신도 역시 그런 심사였다.

*

처녀 열여덟에 땟국에서도 향내가 난다 한다. 곰네도 사람의 종자라, 열여덟에도 나 보았다.

다른 처녀 같으면 몰래 거울도 보고, 손에 물칠하여 머리도 빗어보고 낯선 사내 소리라도 나면 문틈으로 내다보고 싶기도 할 나이가 되었다.

그러나 곰네에게는 그런 달콤한 시절은 없었다.

그래도 변한 데가 있었다.

남의 집에서 일하다가 밤늦게 혼자 쓸쓸한 제 집으로 돌아오기가 싫은 때가 간간 있었다. 남편이 농터에서 농사짓는데 점심때쯤 그 아내가 밥 광주리를 이고 어린애를 등에 달고 농터로 찾아오는 것이 부러운 생각도 간간 났다. 누구가 혼사를 하였다, 누구가 상처를 하였다, 하는 소문이 귀에 심상치 않게 들리는 때가 잦아졌다.

게다가, 동리 여인들이,

"곰네도 시집을 가야디 않나."

"데리다가는 체니루 늙갔네."

하는 소리며,

"부모가 없으니 누가 혼인을 주장해줄 사람이 있어야디."

"힘세서 새서방 얻어두 일은 세차게 잘할 테야."

이런 소리들이 차차 귀에 솔깃하게 들렸다.

더구나 그새도 간간 소작 땅이라도 얻으려 가면 그 매번을 '처녀 혼잣살림에 땅을 어떻게 부치느냐'는 말을 들었지만 시재[時在][2] 자기가 처녀 혼잣몸이니 어찌할 수 없는 것이라 단념해두었더니, 지금 다시 생각하면, 남편이라는 것을 얻으면 '처녀 혼잣살림'이 아니라, 남의 땅도 얻어 부칠 수가 있고, 남의 땅을 얻어 부치고 그 위에 틈틈이 새끼며 가마니를 짜면 심도 훨씬 펴서 지금 단지 남의 삯일만 하는 것보다는 천승만승할 것이다.

'서방을 하나 얻을까?'

서방의 자격에 대하여도 아무 희망도 요구도 없었다. 농촌이니 사내로 생겨서 농사지을 것은 당연한 일이다. 학식이라든가 인격이라든가 하는 것은 곰네는 그 가치는커녕 존재도 모르는 바다. 곱게 생기고 밉게 생긴 것도 전혀 모르는 바다. 사내로 서방이라는 명칭이 붙는 자면 그것만으로 넉넉하다. 그 이상, 그 이외의 것은 존재도 모르는 바거니와 부럽지도 않고 욕심나지도 않았다.

소작 터를 얻기 위하여—그리고 또 농사에 힘을 아우를 자를 구하기 위하여 서방이 필요하였다.

—이리하여 곰네가 스무 살 나는 해 가을에 동리 노파의 주선으로 혼인을 정하였다. 서방 역시 곰네와 같이 혈혈단신이요, 배운 것도 없고, 나이는 스물다섯이지만 아직 총각이요, 저축도 없는 대신 빚도 없고 어디서 어떻게 굴러먹던 사람인지 삼사 년 전에 단신으로 이 동리에 들어왔고, 이 동리에 들어온 이래로 지금껏 제 집이라고는 없이 이 집 윗목 저 집 윗목으로 굴러다니면서 그 집 일을 도와주는 체하면서 끼니를 얻어먹어 연명을 해오던 초라하기 짝이 없는 사람이었다.

"계집이 없으니 그렇게 디냈디, 에미네(여편네) 얻으믄 그래두 제 몫이야 안 당하리."

"사나이 대당부라니. 에미네 굶길까."

중매한 사람 혹은 조혼한 사람이 모두 이렇게 말하였다. 곰네의 생각으로도, 사내 한 사람이 더 있으면 그만치 심이 펼 것으로, 어서 성혼하면 생활이 좀 넉넉해질 것으로 믿었다.

섣달에 품삯을 셈해 받아 옷 한 벌 장만해가지고, 정월에 들어서 길일을 택하여 성례하였다.

*

신혼 재미는 꿀과 같다 한다.

그러나 곰네에게 있어서는 생활상에고 감정상에고 아무 변화도 없었다.

혼자 자던 방에 혼자 자던 이불 속에 웬 사내 한 사람이 더 들어온 뿐이었다.

신혼 첫날밤은 동리 여인들이 와서 저녁을 지어주고 이부자리를 펴주었다. 남이 지은 밥을 먹고 남이 깔아준 이부자리에서 잔다는 것은 곰네가 철든 이래 처음 당하는 경험이었다. 뿐더러 여인들은 한사코 곰네에게 못하게 하고 자기네들이 도맡아 보아주었다.

"새색시두 일하나?"

모두들 곰네를 상전이나 모시듯 서둘렀다.

그러나 그 밤을 지내고 이튿날부터는 곰네의 생활은 옛날대로 돌아갔다.

이튿날 아침 예에 의지하며 머리에 수건을 얹고 가마니를 짜러, (좀 넓은 방이 있는) 이서방네 집으로 가서 예대로 부엌으로 들어섰더니 새색시도 이런 데를 오느냐고 단박에 밀렸다. 그래서 어떡하느냐고 물으매,

"일감을 가지구 너의 집에 가서 알뜰한 서방님하구 마주 앉어서 주거니 받거니 하믄서 일하는 게디, 서방 버려두구 이런 델 와? 그래 조반이나 지어 먹었니?"

한다. 그래서 볏짚을 한 아름 안고 제 집으로 돌아온 것이었다.

그로부터 곰네는 집 안에서 할 수 있는 일은 제 집에서 하였다.

남의 주선으로 조그만 밭도 하나 얻어 부치게 되었다.

성례한 뒤 한동안은 곰네의 새 남편은 대문 밖에를 나가본 일이 없었다. 대문이라야 수수깡으로 두른 울이지만 그 밖까지 발을 내놓아본 적이 없었다. 뜰에까지도 뒷간 출입밖에는 나가보지를 않았다. 꾹 박혀 있었다. 번번 누워서 곰네의 몸만 주물락주물락 어루만지고 있었다. 곰네가 하도 징그럽고 귀찮아서,

"이건 왜 이래."

하며 떼밀면 그는 머쓱하여 손을 떼었다가도 다시 곧 그 동작을 계속하는 것이었다.

어느 날 이 점을 어느 여인에게 하소연하였더니, 그는 씩 웃으며,

"너머 귀해 그르디. 잠자쿠 하자는 대루 하려무나. 싫을 게 있니?"

한다.

과연 차차 지내면서 보니까 그 동작이 처음에는 그렇게도 귀찮고 징그럽던 것이 어느덧 그 생각은 없어지고, 차차 멋이 들고 또 좀 뒤에는, 그런 일이 그리워지고, 만약 남편이 그러지 않으면 기다려지고 하게 되었다. 정이 차차 드는 것이었다.

곰네의 얼굴 생김은 그 이름과 같이 '곰' 같아서 완하고 왁살스

럽고 둔하였다. 여자다운 데는 한 군데도 없었다. 그가 가장 기뻐서 웃을 때도 얼굴만은 성났는지 웃는지 구별을 하기 힘들 지경이었다. 그 얼굴에다가 그래도 남편을 대할 때는 저절로 만족한 웃음이 나타나고 하였는데 그의 웃음이 그의 얼굴에 어울리지 않았다.

"여보."

제법 여보 소리도 배웠다.

"숭늉 줄까, 냉수 줄까."

"아—아. 이렇게 갈할 땐 막걸리나 한잔 있으믄 숙 내려가갔구만."

"그럼 내 좀 얻어오디."

종기종기 나가는 아내.

"에—에. 소질이 났는디 기침은 왜 이렇게 나누. 숨이 딱딱 막히네."

"선달네 아즈버니네 집에서 송아질 잡았다는데 한몫 들까?"

"글쎄."

허둥지둥 송아지 추렴(出斂)³에 들려 나가는 아내.

"화기가 났는디 다리가 왜 이리 저려."

"그럼 내 돼지다리 하나 맡아 올게."

반년 전까지는 알지도 못하던 사내에게 곰네는 온 정성을 다 바쳤다. 아버지에게 바치지 못하였던 정성, 어머니에게 바치지 못하였던 정성을 이 길가에서 주워온 사내에게 죄 바쳤다.

이전에는 밭을 주지를 않던 소지주(小地主)들도 곰네가 서방맞

이를 한 뒤에는, 조금은 떼어 맡겼다. 욕심이 적은 곰네는 자기가 감당할 수 있는 이상의 논밭은 생각도 내지 않고, 자기 몫에 돌아온 것만 성심성의로 가꾸었다. 거름도 남보다 후히 주었고 손질도 남보다 부지런히 하였다. 가을 조 이삭이 누릿누릿 익어갈 때쯤은 곰네네 밭은 먼발로 볼지라도 남의 것보다 훨씬 충실해 보였다.

처녀 시절에는 처녀 홀몸이라고 손톱눈만 한 밭 하나 못 얻어 부쳤는데 남편이랍시고 얻고 보니 그다지 힘들지 않고 밭 하나를 얻어 부치게 되었다. 마음이 오직 직[直]하고 근[勤]한 곰네는 이것도 남편의 덕이라 하여 감지덕지하였다.

그렇다고 남편이 밭에 나서서 일을 하든가 하다못해 김이라도 매는 것이 아니었다. 본시 몸이 약질로 농사를 감당치 못할뿐더러 게으름뱅이로서 농사 같은 일은 하고자 하지도 않았다.

그 위에 곰네는 남편의 몸을 극진히 아꼈다. 저러다가 탈이라도 나면 어찌하나, 몸이라도 다치면 어찌하나, 이런 근심으로, 조금이라도 힘든 일은 애당초 남편에게 맡기지를 않았다. 게으름뱅이 남편은 맡으려 하지도 않고 슬근슬근 아내를 돌아보고 하였다. 남편이 하는 일이라고는, 과즉 아내의 손이 미처 돌지 못하여 "데거 좀 이리루 팡가테주소(저것 좀 이리로 던져주세요)" 혹은 "나 이거 하는 동안, 요 끝을 꼭 누르고 있어요" 하는 등의 지극히 단순한 심부름뿐이었다.

곰네의 얼굴은 못생기고 또 못생겼다. 웬만한 사내 같으면 고금[4] 떨어진다 해서 곁에 오지도 않을 만한 추물이었다.

남편도 코 아래 눈이 두 알이나 박혔으매 아내의 얼굴이 못생긴 것쯤은 넉넉히 알 것이었다.

그러나 그는 이 아내를 버리지를 못하였다. 이 아내를 버렸다가는 평생을 홀아비로 지낼 수밖에 다시 아내 얻을 가망이 없었다. 투전꾼(투전꾼이라 하지만 협기 있고 쾌남아형의 투전꾼이 아니요, 기신기신 투전판을 엿보다가 개평이나 얻어먹는 종류의 투전꾼이었다)이요 위인이 덜난 위에 게으르기 짝이 없는 그의 남편이 이십오 년간 독신 생활(아니, 총각 생활) 끝에 어쩌다가 우연히 얻어 만난 이 처녀(곰네)는 그에게는 하늘이 주신 복이요 다시 구하지 못할 금송아지라, 얼굴 생김을 탓할 처지가 못 되었다. 얼굴은 어떻게 생겼든 간에, 여인은 여인이요, 옷 지어주고 밥 지어 먹이고 게다가 벌이(농사며 가마니 새끼에 이르기까지)도 혼자 당해내고 남편 되는 사람은 남편이라는 명색 하나만 띠고 지어주는 밥 먹고, 지어주는 옷 입고, 간간 용돈까지도 주며, 펴주는 이부자리에서 자고, 여보 소리도 들어보고─이런 상팔자는 다시 만나지 못할 것이었다. 몸이 튼튼하매 병나지 않고 얼굴이 못생겼으매 딴사내 곁눈질할 걱정 없고 천성이 직하매 속기 잘하고─나무랄 데가 없는 아내였다. 군색한 데서 자랐으니 곤궁을 싫어할 줄 모르고 성내면 왁왁거리기는 하지만 뒤가 없고, 어려서부터 동리의 인심을 샀으니 부족한 물건은 융통할 수 있고─흥부의 박이었다. 배를 가르니 복만 튀어나왔다.

혼인한 첫해는 풍년도 들었거니와 아내의 헌신적 노력으로, 오는 해의 계량이 되고도 남았고, 겨울 동안에 부업이라도 하면 적지 않은 저축도 남길 가망이 있었다.

*

곰네 내외의 새살림은 무사하고 평온한 가운데서 일 년이 지났다.

세상에서 손가락질 받던 남편도 일 년 동안은 꿈쩍 안 하고 근신하였다. 지어주는 밥 먹고, 지어주는 옷 입고, 시키는 대로 잔말 없이 일하고 술도 곰네가 받아다 주는 막걸리만으로 참아왔다.

이 이삼십 호 될까 말까 하는 동리에서는 곰네네 집안은 즐거운 집안으로 꼽혔다.

일 년 동안의 근면의 덕으로 돈도 삼사백 냥 앞섰다.

아들도 하나 생겼다.

"사람은 지내봐야 알 거야."

"에미넬(여편넬) 얻으야 사람 한몫 된단 말이디."

"턴덩배필(天定配匹)이 아니야? 그 망나니가 사람 될 줄 알았나? 에미넬 얻더니 노상 서방 구실, 애빗 구실 하누라구 씩씩거리믄성 돌아가거던."

"뭘. 에미네 잘 얻은 덕이디. 에미넷복은 있는 사람이야."

"아니야. 에미네두 그렇디. 턴덩배필 아니구야, 그 상판대길 진 저리나서두 하루인들 마주 있을라구. 한자리에서 코 마주 대구…… 에, 나 같으믄 무서워서 하루두 못 살겠네. 가채서 보믄

398

가채서 볼수록 더 왁살스럽구, 솜털 구녕 하나이 대동문통만큼씩
한 거이, 어 무서워."

"그래두 재미만 나서 사는 걸 어떡허나. 옛말에두 안 있소? 곰
보에게 정 들이구 보니 얽은 구녕마다 복이 가득가득 찼더라구.
저 보기에 달렸디."

"그렇구말구. 아, 형님네두 그 텁석부리 뒤상(구레나룻 영감)하
구 삼십 년이나 살디 않았소? 에 튀! 수염엔 니 안 끓었습디까?"

"에이, 요 망할 것. 남의 넝감은 왜 들추니?"

"코 풀믄 수염에 매닥질 하구, 수염 씻은 건건쩔쩔한 물을 늘
먹구. 더러워! 튀! 튀!"

"듣기 싫다."

"그래두 젊었을 땐 입두 마촤봤소?"

"요곳!"

동리의 평판이었다.

동리를 더럽히던 안서방이 여편네를 얻은 뒤부터는 딴사람이
된 듯이 단정해진 것도 평판되었거니와, 못생긴 처녀 곰네가 서
방 맞은 뒤부터는 서방에게 반하여 남의 눈 부끄러운 줄도 모르
고 맞붙어 돌아가는 양이 더 평판되었다. 얌전하고 입 무겁던 곰
네가 이렇듯 말 많고(남편 자랑이었다) 들떠 돌아갈 줄은 꿈밖이
었다. 마치 십육칠 세의 숫매기 총각 처녀가 모인 것 같았다. 노
인네들의 눈에는 망측스럽게 보이리만치, 남의 눈을 기이지를' 않
았다.

　　　　　　　　*

　일 년이 지났다.

　또 반년이 지났다.

　정월 중순께였다.

　곰네의 남편 안서방은, 그해의 추수를 팔러 읍으로 들어갔다. 금년도 풍년도 들었거니와, 금년은 금년 소득을 죄 팔기로 방침을 세웠다. 곰네가 서둘러 주선하여 밭도 좀더 얻어 부쳐서, 소득도 전보다 훨씬 나았거니와, 곡가도 여기와 고을과는 약간의 차이가 있었다. 여기 소득을 전부 고을에 갖다가 팔아서, 작년에 남은 것까지 합쳐서 자그마한 것이나마 제 땅을 좀 마련하고, 단경기까지는 새끼와 가마니며 누에를 쳐서 연명을 하면 새해에는 제 땅의 소득도 얼마는 될 것이다. 농사지은 것을 전부 팔고, 다른 방도로 연명을 하자면 한동안은 곤란은 하겠지만, 그 한동안만 지나면 그 뒤는 훨씬 셈이 펴게 될 것이다. 이러한 몇 해만 꿀꺽 참고 지나면 몇 해 뒤에는 지주의 자세 받지 않고도 제 것만 가지고도 빈약한 살림은 할 수가 있을 것이다. 그동안에 자식도 자라면, 자작농과 소작농의 두 가지도 노력만 하면 감당할 수가 있을 것이다.

　─이런 생각으로 곰네는 남편에게 자기네 몫의 전부를 맡겨서 고을로 보낸 것이었다.

　곰네의 꿈은 즐거웠다. 남편이 고을에 갖고 간 곡식을 마음으로

계산해보고, 이즈음 이 근처에 팔려고 내놓은 땅의 값을 비교해 보고, 혼자서 웃고 웃고 하였다.

"얘."

아직 아무것도 모르는 갓난애였다.

"우린 이제 밭 산단다. 이담에 너 크믄 다 너 줄 거야. 둏디? 네 밭에서 네가 농사하구, 네가 추수하구. 어서 커라, 아이구 내 새 끼야."

애를 붙안고 쭐레쭐레 춤을 추며 방 안을 이리저리로 돌아다니는 것이었다. 그리고 지금 팔려고 내놓았다는 밭도, 애를 업고 그 근처를 아닌 듯이 누차 배회하였다.

여기서 고을까지가 일백이십 리—이틀 길이었다. 이틀 가고 하루 쉬고 이틀 돌아오노라면 합해서 닷새가 걸릴 것이었다. 어떻게 하여 하루 지체되면 엿새가 걸릴지도 모를 것이었다.

처음의 이틀, 사흘, 나흘은 몹시 초조하게 지냈다. 아직 기한이 아니니 돌아올 바는 아니지만 마음은 한량없이 초조하였다. 혹은 그 사람도 마음이 급하여 달음박질쳐 가서, 하루에 득달하고, 천행 그 밤으로 흥정이 되고 이튿날 새벽에 그곳서 떠나 당일로 돌아오면—이틀이면 될 것이다. 가능성 없는 이런 몽상까지도 품어보았다. 쓸데없는 일인 줄 번히 알면서도, 돌아오는 길 쪽으로 이십여 리를 찬 바람을 안고, 갓난애를 업고 마주 나가서 한나절을 기다려보기도 하였다. 동전 한 푼이 새로운 그는 촐촐 굶으면서 끊어지는 듯이 아픈 등허리를 두드려가면서 한나절을 기다렸다. 돌아올 때는, 그 헛되이 보낸 하루를 단 몇 발이라도 새끼를 꼬았던 편이 훨씬 좋았을 것이라고 후회를 하였지만, 이튿날 하루를 쉬고 (쉰대야 역시 집에서 일을 하였지만) 또 그 이튿날은 또다시 나가보았다. 빨리 오면 이날쯤은 올 듯도 싶었다.

그날도 역시 헛걸음이었다. 또 그 이튿날은 정수로 따지자면 당연히 올 날이라, 곰네는 물론 또 나갔다. 시장해서 돌아올 남편을 위하여, 엿을 반 근이나 사가지고 이른 새벽에 나갔다.

다음 동리 장마당까지 가서 기다렸다.

사람 기다리기같이 어려운 노릇은 없었다. 그새 며칠은, 안 올 줄 번히 알면서도 행여나 하여 기다렸다. 이날은 당연히 올 날이므로 더 가슴 답답히 기다렸다.

"얘 아바지가 오늘 온다우."

물동이를 이고 지나가다가 곰네의 앞에서 동이를 다시 바로 이는 여인에게 곰네는 밑도 끝도 없이 말을 붙였다.

그 여인은 물동이를 인 채로 곁눈으로 의아한 듯이 곰네를 보면서 대답도 안 하고 지나가버렸다.

그 근처 어디 우물이 있는 양하여, 물동이 인 여인들이 연락부절〔連絡不絶〕[6]로 그의 앞을 오고 간다. 그 매 사람에게 향하여, 곰네는 제 남편이 오늘 돌아오는 것을 자랑하고 싶었다.

야속한 해는 중천에서 서쪽으로 차차 기울었다. 기울면서 차차 바람이 일기 시작하였다. 등의 갓난애는 추운지 악을 쓰면서 울어낸다.

"자장자장, 너 용타. 아바진 지금 말고개쯤 왔갔다. 아바지 오믄 사탕두 주구 왜떡두 주구. 자장자장, 너 용타."

연하여 등의 아이를 들추며 달래며, 왔다 갔다 하였다.

울고 울고 울던 끝에 갓난애는 기진하였는지, 울음을 멈추고 잠이 들었다. 그러나 이때는 어린애 대신으로 곰네가 통곡하고 싶게 되었다.

아무리 짧은 해라 하지만 그 해도 벌써 산허리에 절반이 넘었다. 어린애를 업고 왔다 갔다 하는 동안, 몸집은 혹은 동편으로 혹은 서편으로 일정치 않았지만 눈만은 잠시도 북편 쪽 대로에서 떠나본 적이 없었다. 남편이 오려면 반드시 그 길로 해서야 온다. 지름길도 없다. 곁길도 없다. 가장 가까운 단 한 가락의 길이다. 그 길에서 한때도 헛눈을 판 일이 없거늘 남편은 아직 오지 않는다.

"열 번만 더 갔다 오자."

우물에서 가게까지 한 이십여 집 거리 되는 곳을, 몇백 번 왕복하였는지 모른다. 이때껏 안 온 사람이면 오늘 철로는 올 가망이 없다. 집으로 돌아갈밖에는 도리가 없었다.

그러나 돌아가려니 그래도 마음이 남아서, 열 번을 더 우물까지 왕복하기로 하였다.

열 번을 다 왕복하였지만 기다리는 사람은 여전히 안 나타났다. 헛왕복이었다.

"더가딤(덤) 열 번만 더⋯⋯"

열 번을 더 왕복하였다. 그러고도 아무 결과도 못 얻은 그는, 통곡하고 싶은 마음을 억제하고 얼굴을 감추고, 인젠 하릴없이 제 집으로 발을 떼었다.

*

　남편은 이튿날도 안 돌아왔다. 또 그 이튿날도 안 돌아왔다. 나흘 만에야 돌아왔다.

　동저고리 바람으로 옷고름이 통 뜯기고, 흙투성이가 되고 참담한 꼴이었다.

　"아이구머니. 이게 웬일이오?"

　"오다가 아찻고개에서 불한당을 만나서……"

　"그래 몸이나 상한 데 없소?"

　"몸은 안 상했디만, 돈은 동전 한 닢 없이 홀짝 뺏겼군."

　아뜩하였다.

　"몸 다틴 데 없으니 다행이디. 그래 언제 그랬소?"

　"―그저께로군."

　"그럼 그저께까진 어디 있었소?"

　"아니, 그그저께인가."

　"그 전날은?"

　"그 전날이야 고을 있었디."

　"고을은 뭘 하레 사흘 나흘씩 있었소?"

　"어, 춥다."

　남편은 정면으로 대답디 않고 이불을 내려 폈다.

　"봉변했으믄 왜 곧 집으로 오디 않았소?"

　"에이. 한잠 자야겠군."

404

남편은 그냥 옷을 입은 채 자리도 안 펴고 이불 아래로 들어가서 머리까지 푹 썼다.

"배고프디 않소? 찬밥밖에 밥두 없는데."

남편은 들었는지 못 들었는지, 이불을 뒤집어쓰고 대답도 않는다.

곰네는 기가 막혔다. 보매 상한 데는 없는 모양이니 그편은 마음이 놓이지만, 일 년간의 정성과 커다란 희망이 물거품으로 돌아간 것이 딱 기가 막혔다. 이불을 뒤집어쓰고 누워 있는 남편의 곁에 갓난애를 업고 앉아서 몸을 앞뒤로 흔들면서 망연히 앉아 있었다.

지금 잃어버린 그만큼을 다시 만들려면 일 년 나마를 다시 공을 들여야 하겠고, 그러고도, 풍년이 계속되고, 우환이 없고, 다른 아무 고장도 없어야 할 것이다.

그 노력도 노력이려니와 과거에 들인 공과 노력이 그렇게도 맹랑히 꺾여나가니, 지금 같아서는 눈앞이 아득할 뿐이지, 새 용기가 생길 듯싶지도 않았다.

무심중 한숨만 기다랗게 나오고 하였다.

*

이 마을에는 이상한 소문 하나가 퍼졌다.

─곰네의 남편 안서방은 아내에게 나락을 맡아가지고 고을로 가서 팔아서 투전을 하여 홀짝 잃어버렸다. 그러고는 집에 돌아

갈 면목이 없어서 불한당을 만난 듯이 옷을 모두 찢고 험상스러운 꼴을 해가지고 제 집으로 돌아왔다. 며칠을 앓는 시늉까지 하였다—이런 소문이었다.

그러나 하도 작고 다른 데로 통할 길이 없는 마을이라 서로 쉬쉬하여, 그 소문은 곰네의 귀에까지는 안 들어갔다.

이런 소문은 있건 말건, 춘경기에는 또 금년의 생활을 위하여, 곰네는 남편을 독촉하여 벌에 나섰다. 금년 봄에는 빈약하나마 자터 약간을 장만하려던 것이 꿈으로 돌아간 것이 기막히기는 하나, 작년의 실패를 금년에 회수할 생각으로 더욱 용기를 돋워가지고 나선 것이었다.

저 밭을 사리라—찬 바람을 무릅쓰고 갓난애를 업고 몇 번을 돌본 그 밭을 먼발로 바라볼 때에 입맛이 썼다. 금년은 꼭 그보다 나은 땅을 장만하고야 말겠다고 스스로 굳은 힘을 썼다.

그러나 이 봄부터 남편의 태도가 좀 다른 데가 보였다.

일터에서 일을 하다가라도 틈을 엿보아 몰래 빠져나간다. 빠져나갔다가 한참 있다가 몰래 돌아오는데, 돌아와서는 슬슬 피하지만 가까이서 맡으면 약간 술냄새가 나고 하였다.

"어디 갔댔소?"

아내가 이렇게 물으면, 남편은,

"너머 졸려서 수수밭 고랑에서 한잠 잤군."

하면서 사뭇 졸린다는 듯이 기지개를 하고 하였다.

그런 일이 여러 번 있었다.

남을 의심할 줄 모르는 곰네도 마지막에는 종내 의심을 품지 않을 수가 없었다.

어떤 날, ─이날은 꼭 잡으리라 하고 눈치만 엿보고 있었다. 아니나 다를까 한참 엿보니까, 슬금슬금 눈치를 보다가 밭고랑 속으로 몸을 감춰버린다.

고랑으로 숨어서 가는 남편을 곰네는 먼발로 뒤를 밟았다. 남편은 밭들을 다 지나서 마을 어귀까지 이르러서는 한 번 뒤를 돌아본 뒤에 어떤 술집으로 들어가버린다.

곰네는 쫓아갔다. 울 뒤로 돌아가면 뒤뜰이 있다. 곰네는 뒤뜰로 돌아가서 낟가리' 뒤에 숨어서 엿들었다.

방 안에서는 상을 갖다 놓는 소리며 술잔 소리도 들렸다. 부어라 먹어라가 시작되는 모양이었다. 그 가운데는 계집의 소리도 섞여 있었다.

곰네는 좀 나섰다. 안의 소리도 좀 듣고 싶었다. 그때 마침 사내의 소리로,

"떡돌에 눈 코 그린 거, 알아 있니?"

계집의 소리로─

"그만두소. 안상 성나갔소."

사내 소리로─

"이 자식아. 거기다가 아일 만들 생각이 나든?"

계집의 소리로─

"방상은 눈 뜨구 잡니까? 눈 감구야 곱구 미운 걸 아나? 눈 감구라두 아이만 만들었으믄 됐다."

곰네는 더 참을 수가 없었다. 직한 사람은 노염도 더 크다. 잠든

애를 짚 위에 가만히 내려놓았다. 양팔을 높이 걷었다. 다음 순간 문을 박차면서 안으로 뛰어들었다.

들어서는 발 앞에 계집이 있었다. 계집의 머리채를 왼손으로 움켜잡았다. 그 곁에 남편이 있었다. 오른손으로 남편의 멱을 잡았다. 다른 사내는 문을 차고 도망쳤다.

"이놈의 엠나이. 뭐이 어쩌구 어째!"

계집의 머리채를 움켜잡아가지고 그것으로 남편의 이마를 받았다. 그러고는 남편의 머리를 잡아 계집의 면상을 받았다.

"그래 떡돌에 맞아봐라."

이름 맞추 곰같이 성난 그는 곰같이 좌충우돌하였다. 약골의 남편, 술장사 계집, 모두가 이 성난 곰을 당할 수가 없었다.

"여보 마누라, 마누라."

"내가 떡돌이디 왜 마누라야."

"내야 언제 그럽디까. 여보 마누라."

여보 마누라라 불리는 것은 곰네의 생전 처음이었다. 성난 가운데 반가웠다.

"내가 떡돌이믄 넌 떡메가?"

"여보 마누라. 내가 언제 그럽디까. 내가 우리 마누랄 왜 험굴할까?"

"방금 한 건 뭐이구?"

그러나 곰의 울뚝뺄은 벌써 적지 않게 삭은 때였다.

"마누라. 내가 하두 목이 텁텁해서 막걸리라두 한잔 할라구 왔더니 그 망할 놈들이 그런 소릴 하는구만. 나두 분해서 그놈들하구 한판 해볼래는데 마누라 잘 왔소. 어, 내 속이 시원하군."

"흥. 이 엠나이 매 맞은 게 알끈하디."

"그게 무슨 소리라구 그냥 한담. 자 갑시다. 우리 당손이(長孫)는 어디 있소?"

─이리하여 내외는 그 집에서 나왔다.

그날은 무사히 평온하게 일이 끝장 지었다.

그러나 남편의 못된 버릇은 좀체 고쳐지지 않았다. 본시 곰네와 만나기 전에부터 깊이 젖었던 버릇이었다. 곰네와 만난 뒤 한동안은 스스로 근신함인지 혹은 새 아내를 맞은 체면상 억지로 참음인지 또는 새 아내가 무서워서 그만둠인지, 한동안은 못된 데 다니는 버릇이 없어졌다. 그렇던 것이 곡식을 팔러 고을에 들어간 때 우연히 또다시 접촉하기 시작해서, 그 뒤에는 집에 돌아와서도 틈틈이 아내의 눈을 기이면서 그 방면으로 다녔다.

한 번 술집에서 들켜서 큰 소란을 일으키고 아내를 달래서 집으로 돌아오면서도, 아내를 속여서 자기는 누구 만날 사람이 있으니 잠깐 돌아가겠다고 아내만 돌려보내고 자기는 술집으로 다시 돌아섰던 것이었다.

그 뒤에도 돈만 생기든가, 안 생기면 아내의 주머니를 뒤져서까지도, 틈틈이 그 방면으로 다녔다. 그것으로 아내와 싸우기도 수없이 싸웠고, 기력이 약한 그는 싸울 때마다 아내에게 눌려서 숨을 허덕거리며 다시는 쇠아들 치고 그런 데 안 다니마고 맹세하고 하였지만 그 맹세를 하면서도, 어디 비어져나갈 기회나 틈새를 생각하는 그였다.

그들의 살림은 나날이 빈약해가고 나날이 영락되어갔다.

못된 곳에 출입하는 도수가 잦아지면서는 남편은 일손을 다시 잡지 않았다. 못된 데 출입하는지라 돈의 쓸데가 더 많아진 그는, 어떤 때는 아내를 달래고 어떤 때는 속이고 어떤 때는 싸우고 어떤 때는 훔치기까지 해서 제 용돈을 썼다.

아내는 살을 깎고 뼈를 갈아가면서 일했다. 남편이 다시 일터에 나서지 않는지라 남편의 노력까지 저 혼자서 맡아서 하였다.

푼푼이 돈이 앞설 때도 있었다. 남편만 없으면 좀 앞세워놓고 살아갈 수도 있었다.

그러나 돈에 대한 불가사리 남편이 등 뒤에 달려 있는지라, 어쩔 도리가 없었다.

마음이 왈왈하고도 직한 곰네는, 아무리 남편을 밉다 보고 다시는 그의 말을 안 믿으리라 굳게 결심하지만 남편이 들어와서 그의 등을 쓰다듬으며, 양간한 소리로 여보 마누라, 마누라, 하면, 그의 굳게 먹었던 결심도 봄날 눈과 같이 사라지고 마는 것이었다. 그리고, 깊이 감추었던 주머니를 꺼내어 남편 마음대로 쓰라고 내맡기는 것이었다.

"내가 믿해."

남편이 나간 뒤에 텅 빈 주머니를 만져보며 스스로 후회하고, 다시는 안 속으리라고 또다시 결심하지만, 그 결심할 때조차, 이 결심이 끝끝내 버티어질지 못 질지 스스로 자신이 없었다.

어떤 날 곰네는 고을 장에 갔다.

언제든 그는 장에 갈 때는 애전에 집에서 조떡을 만들어 가지고 가서 그것으로 요기를 하는 것이었다.

그날도 집에서 남편이 하도 조르므로 돈 이 원을 주고 나선 것이었다. 주기는 했지만 장에까지 와서 보니, 아까웠다. 자기는 십오 전어치 떡을 사먹기가 아까워서 집에서부터 조떡을 만들어 가지고 오고, 목이 메는 조떡을 물 한 방울 없이 먹는데 남편은 좋다꾸나 하고 흥청히 술만 먹고 있을 생각을 하니 자기가 아끼는 것이 어리석고 헛일 같았다.

시장하여 보따리를 펴고 조떡을 꺼내었다. 목이 메고 텁텁한 위에 속조차 심난하여 먹기 싫은 것을 장난삼아 한 입 두 입 먹고 있노라니까, 무엇이 곁에서 종알종알한다. 그쪽으로 돌아보니 열아믄 살쯤 난 사내애가 하나 자기더러 무엇을 청구하는 것이었다.

"무얼?"

"나 떡 하나."

조떡을 하나 달라는 것이었다. 곰네는 어차피 자기는 먹기 싫은 위에 그 애가 매우 시장해 보이므로 큼직한 것 두 덩이를 주었다. 그랬더니 그 애는 단숨에 두 개를 다 먹었다.

"또 하나 달란?"

그 애는 머리를 끄덕끄덕하였다. 또 두 개를 내주었다. 그 애는 하나는 단숨에 또 먹었지만, 나머지 한 개는 절반만큼 먹고는 더 못 먹겠는지 멈추고 만다.

"더 먹으렴."

"아이 배불러."

"너 조반 못 먹었니?"

그 애는 머리를 끄덕였다.

"왜? 오마니가 안 해주든?"

"오마닌 죽었어."

"가엾어라. 아버지두 없구?"

"아바진 술만 먹다가 어디 갔는디 나가구 말았어. 나 혼자야."

곰네는 가슴이 뭉클하였다. 등에서 쌕쌕 잠자는 아이를 황급히 앞으로 돌려 안았다. 머리를 숙였다. 자기의 머리로 사랑하는 아이의 뺨을 문질렀다.

아버지라는 사람은 아이에게는 남이로구나. 술값 이 원은 아깝지 않되 어린애 사탕 값 일 전은 아끼는 자기의 남편.

—내가 살아야겠다. 내가 살아야 이 아이가 산다. 어떤 일이 있든 어떤 곤경이 있든 결단코 넘어져서는 안 된다. 내가 넘어지면 이 아이까지도 아울러 넘어진다!

"야, 당손아. 너 뭘 가지고 싶으니. 뭘 먹구 싶으니. 아무게나 네 마음에 있는 걸 말해라."

잠자는 아이였다. 잠자는 아이를 깨워서 그 뺨을 비벼대며 물었다.

어린애는 깨면서 제 눈 딱 맞은편에 어머니의 얼굴이 있는 것을 보고 안심한 듯이 기다랗게 기지개를 한다.

"애."

　곰네는 거지 아이를 돌아보았다.

"너두 엄마 아빠 다 없으니 오죽 궁진하구 출출하겠니. 나하구 가자. 내 너 먹구픈 거 가지구픈 거 다 사줄게 이리 오나라."

　자기의 아들은 앞으로 돌려 안아 그 부드러운 뺨에 자기의 뺨을 비벼대며, 거지 아이를 달고 시장 쪽으로 향하여 갔다.

약한 자의 슬픔

* 1919년 2~3월 『창조』에 발표된 작품.

1 새 '사이'의 준말.

2 전정 앞길, 장차 나아갈 길.

3 민하다 조금 미련하다.

4 보스럭비 보슬비의 방언.

5 고지기 접수계 직원.

6 행리 여행할 때 쓰이는 물건, 행장.

7 양상스럽다 '양상'은 '양광'의 방언. 호강이 분수에 넘친 듯하다.

8 머구리 개구리의 방언.

9 역증 역정(逆情), '성'의 높임말.

10 구팡 댓돌(집채의 낙수 고랑 안쪽으로 조금 높게 돌려가며 놓은 돌)의 방언.

배따라기

* 『발가락이 닮았다』(수선사, 1948)에 수록된 작품.

1 어음 '움'의 방언. 초목에서 새로 돋는 싹이나 어린 줄기.

2 나무새기 '나물'의 방언.

3 연연(娟娟)하다 빛깔이 산뜻하고 곱다.

4 바람벽 방을 둘러막은 둘레의 벽.

5 파래다 '파리하다'의 방언. 몸이 쇠약하여 마르고 해쓱하다.

6 혼혼히 정신이 가물가물하고 희미하게.

태형

*『감자』(한성도서, 1935)에 수록된 작품.

1 공분 어떤 일에 관하여 사회의 많은 사람이 함께 느끼는 분노.

2 옴쟁이 '옴이 오른 사람'을 조롱하여 부르는 말.

3 맥나다 긴장을 풀다, 맥이 풀려 멍하게 되다, 의욕을 잃다.

4 양회 시멘트.

5 철전 철시(撤市). 시장, 점포들을 모조리 거두어들임.

6 알귀야 '알려야'의 방언.

7 호라매다 '꿰매다'의 방언.

8 뒤상 '늙은이'의 방언.

9 패통 교도소에서 제소자가 어떤 용무가 있을 때 담당 교도관을 부르기 위해 마련한 장치.

10 모깡 '목욕'의 방언.

눈을 겨우 뜰 때

*『감자』(한성도서, 1935)에 수록된 작품.

1 닥채다 '가로채다'의 방언.

2 만심 젠체하면서 남을 업신여기는 마음.

3 개밥바락별 샛별, 금성의 방언.

4 말구다 '마르다(裁)'의 방언.

5 어죽 생선죽, 즉 생선의 살, 닭고기, 쇠고기, 멥쌀을 넣고 끓이다가 계란을 풀어 쑨 죽.

6 찌다 조수(潮水)가 빠지다.

7 퇘라 '뒤해라'의 준말. '뒤하다'는 새나 잡은 짐승을 물에 잠깐 넣었다가 꺼내어 털을 뽑는다는 뜻.

8 네코이라즈 '쥐약'의 일본어.

9 폄하다 나쁘게 말하다, 깎아내려 헐뜯다.

10 사위 사방의 둘레.

감자

* 『발가락이 닮았다』(수선사, 1948)에 수록된 작품.

1 저픔 두려움의 옛말.

2 후치 '보습'의 방언. 보습은 쟁기나 극쟁이의 술바닥에 맞추는 삽 모양의 쇳조각으로 땅을 갈아 흙덩이를 일으키는 데 쓰임.

3 정업 일정한 직업이나 업무. 여기서는 본업의 뜻.

4 무시로 시도 때도 없이, 아무 때나.

5 강짜 '강샘'의 방언. 상대하고 있는 이성이 다른 이성을 좋아함을 지나치게 시기하는 일.

6 사인교 앞뒤에 각각 두 사람씩 네 사람이 메는 가마.

광염 소나타

* 『발가락이 닮았다』(수선사, 1948)에 수록된 작품.

1 염 무엇을 하려고 하는 생각이나 마음.

2 천분 타고난 재질이나 직분.

3 들보 칸과 칸 사이의 두 기둥을 건너질러 도리와는 'ㄴ' 자 모양, 마룻대와는 '+' 자 모양을 이루는 나무.

4 탄주 가야금이나 바이올린 따위의 현악기를 탐.

5 스케르초 교향곡 현악 4중주곡의 제3악장에 쓰이며 템포가 빠른 3박자, 격렬한 리듬, 기분의 급격한 변화 등이 그 특징.

6 미상불 아닌 게 아니라 과연.

7 채근 어떤 일을 따져 독촉함.

8 처염함 처절하게 아름다움.

9 시간 시체를 간음(姦淫)함.

배회

*『배회』(문장사, 1941)에 수록된 작품.

1 미희 아름다운 여자, 미녀.

2 피께 딸꾹질의 사투리.

3 유화 그 물질이 황과 합하고 있음을 나타내는 말. 황화(黃化).

4 아라이 '거칠다'는 뜻의 일본어.

5 우루사이 온나다나 '시끄러운 여자로군'이라는 일본어.

6 창황히 어찌할 겨를이 없이 매우 급하게.

7 도리나레바 '노래 가사'라는 일본어.

발가락이 닮았다

*『발가락이 닮았다』(수선사, 1948)에 수록된 작품.

1 방언 거리낌 없이 함부로 내놓는 말.

2 집어세다 함부로 마구 먹다.

3 오카사레루 '병균 등에 의해 침범당하다'라는 뜻의 일본어.

4 나까이 요릿집, 유곽에서 손님을 접대하는 여급.

5 혈속 혈통을 잇는 살붙이.

6 축수 두 손을 모아 빎.

7 기모치 '기분'이라는 뜻의 일본어.

8 자작지얼 자기 스스로가 만든 재앙.

붉은 산

*『삼천리』 1932년 4월호에 발표된 작품.

1 살풍경 아주 보잘것없거나 쓸쓸한 풍경.

2 소출 논밭에서 생산되는 곡식 또는 그 곡식의 양.

3 검분 입회하여 검사함.

4 비창 슬프고 마음이 아픔.

광화사

* 『광화사』(백민문화사, 1947)에 수록된 작품.
1 장여 한 길 남짓. 열 자가 넘는.
2 분요 어수선하고 소란스러움.
3 풀대님 한복 바지나 고의를 입고 대님을 매지 않은 채 그대로 터놓는 일.
4 방축 그 자리에서 쫓아냄.
5 새꾼 '나무꾼'의 방언.
6 분만 분해서 가슴이 답답함.
7 상거 서로 떨어진 거리.
8 남벽 짙은 푸른 빛.
9 각일각 시간이 가는 대로 자꾸자꾸.
10 망지소조 갈팡질팡 어찌할 바를 모름.

김연실전

* 김동인은 「김연실전」(『문장』, 1939. 3)에 이어서 「선구녀」(『문장』, 1939. 5)와 「집주름」(『문장』, 1941. 2)을 발표한다. 그리고 이 세 작품은 함께 묶여 『김연실전』(금룡도서, 1947)으로 발간된다. 여기서는 「김연실전」만을 싣는다.
1 감영 조선 시대에 각 도의 감사가 직무를 보던 관아.
2 이속 아전의 무리.
3 내외 외간 남녀간에 서로 얼굴을 마주 대하지 않고 피하는 일.
4 기수 '낌새'의 방언.
5 에누다리 '넋두리'의 방언.
6 퇴침 서랍이 있는 목침.
7 무가내하 막무가내로.
8 생매기 '생무지'의 방언. 어떤 일에 익숙하지 못한 사람.
9 몰서 신문이나 잡지에 기고한 글이 실리지 못하고 마는 일.
10 염복적 아름다운 여자가 잘 따르는 복을 지닌.

11 사자후 크게 열변을 토함.

곰네
* 『배회』(문장사, 1941)에 수록된 작품.
1 심 '셈'의 방언.
2 시재 지금, 현재.
3 추렴 여러 사람이 돈이나 물건 따위를 얼마씩 나누어 냄.
4 고금 학질(말라리아)의 딴 이름.
5 기이다 남에게 일을 알리지 않다. 남의 눈을 피하다.
6 연락부절 왕래가 끊이지 않음.
7 낟가리 낟알이 붙은 볏단이나 보릿단 따위를 쌓아올린 더미.

허공의 비극

최시한

1

김동인은 이광수, 염상섭, 현진건 등과 함께 한국 근대 문학 형성기에 활약한 중요한 작가이다. 그는 소설가일 뿐 아니라 비평가였고 문예운동가였다. 소설가 김동인을 살피려면 그의 다른 두 얼굴을 먼저 익혀둘 필요가 있다.

3·1운동이 일어나기 직전인 1919년 2월에 그가 주도하여 발간한 문예 동인지 『창조』는, 한국 근대 문학사의 새 장을 연 것으로 평가되고 있다. 이 동인지는 1921년 5월에 제9호로 폐간되지만, 김동인은 그를 통해 문학을 교화(敎化)와 계몽의 수단으로 여겨온 이전의 관념을 비판하고 그 예술적 자율성을 강조함으로써 근대적인 문학의 형성에 이바지하였다. 그는 후에 『창조』의 후신인 동인지 『영대(靈臺)』와 대중적 야담 잡지 『야담』을 발간하기도

하였다.

김동인의 비평가적 면모는 충분히 알려져 있지 않다. 하지만 그는 비평적 활동을 줄곧 펼쳤고, "소설가보다 비평가로서 더욱 중요한 위치를 차지한다"[1]는 평가를 받기도 한다. 그 활동 가운데 중요한 것들을 살펴보면, 우선 근대 비평사 초기의 한 사건으로 기록되는 문예 논쟁을 벌인다. 김환의 소설을 놓고 염상섭과 벌인 그 논쟁을 통해 김동인은 비평의 기준은 작품 자체의 완성도에 두어야 하며, 비평가의 역할은 "활동사진의 변사"처럼 작품을 독자에게 해설해주는 데 있다고 말한다. 이는 문학은 문학을 위해 존재할 뿐이지 다른 목적을 위한 것이 아니라는 그의 기본 생각에서 비롯된 것이다.

또 김동인은 「소설작법」 같은 글에서 소설에 관한 이론을 편다. 비록 일본의 영향을 받은 것이고 허점이 많기는 하나, 당시로서는 보기 드문 이론이었다. 특히 시점 혹은 초점화에 대한 논의는, 사물을 어떤 관점에서 중개하여 특정한 의미와 형상을 지니게 하는 소설의 예술적 서술 원리에 접근하여 화자의 기능과 종류에 주목함으로써, 이전의 소설에서 지배적이었던 "권위적 서술에서 벗어나 근대적 서술로 나아가던 당대의 지향을 이론적으로 뒷받침하였다."[2]

김동인의 비평 활동을 살피면서 빼놓아서는 안 될 것이 「조선

---

1 조동일, 『한국문학통사 5』(지식산업사, 1994), p. 227.

2 최시한, 「김동인의 시점과 시점론」, 『문학사와 비평』 제8호(문학사와 비평 학회, 2001), p. 37.

근대 소설고」「춘원연구(春園研究)」 등의 작가, 작품 연구이다. 그 가운데 특히 「춘원연구」는 그의 평생에 걸친 경쟁자요 극복 대상이었던 춘원 이광수의 소설을 작품 구조와 작가 생애에 초점을 두고 비판한 글로, 오늘날까지 좋은 비평문으로 인정받고 있다. 거기서 그는 이광수의 소설이 인물 성격의 통일성이 약하고 권선 징악의 도식성과 통속성을 벗어나지 못했다고 보았다.

한편 김동인은 자기의 문단 경험을 회고한 글을 여러 편 썼는데, 그것은 여러 면에서 자료적 가치가 크다. 거기서 거듭 마주치는 내용 중 하나가 글쓰기를 근대화해가던 20세기 초의 상황에서, 자신이 했던 노력에 관한 진술이다. 한문이 아니라 한글로, 또 문어체가 아니라 언문일치를 지향하는 구어체로, 그리고 전통적 이념이나 도덕에 앞서 외래의 사상과 문물을 표현하기 위해 모색하던 시대에, 김동인은 어느 작가보다도 의식적으로 새로운 말글살이의 규범을 세우고자 힘쓴 게 사실이다. 하지만 국문체 (國文體) 개척에 있어서 그의 공로는 '-었다'류의 과거사 사용, 삼인칭 대명사의 제시 등에 있어서만 일정하게 인정될 뿐이다. 그의 과장된 주장과는 달리, 문체의 변화는 그 이전부터 진행되어 왔고, 오히려 그의 노력이 대부분 일본어를 기준으로 삼은 것이었기에 한국어의 독자성을 훼손하고 언문일치의 방향을 왜곡했다는 비판을 받고 있다.

2

김동인은 중·단편소설과 장편소설을 썼는데 장편소설은 대부분이 역사소설이다.[3] 이 점은, 생계를 위해서였다고 하지만, 김동인이 그 밖에도 역사적 인물과 사건을 소설로 풀어 쓴 이야기──사담(史譚) 혹은 강담(講談)이라 불렀고, 전부터 있어왔으며, 당대 일본에서 유행하기도 한──와 야담을 많이 썼다는 점과 함께, 주목해야 할 사실이다. 장편 중심으로 볼 때, 같은 시대를 살면서 염상섭이 전혀 역사소설을 쓰지 않았고 이광수가 역사소설과 당대 배경의 소설을 함께 쓴 데 비해 김동인은 거의 역사소설만을 야담류와 함께 썼다는 사실은, 그가 과거로 도피했음을 암시해주는 한편, 전통적인 이야기 작가 혹은 이야기꾼의 면모를 지녔음을 시사하기 때문이다. 사실 그는 서술의 화법도 화자가 매우 주권적이요 전지적인 전통 이야기 방식을 주로 취하고 있는데, 이 점은 뒤에 따로 논의하겠다.

김동인의 중·단편소설을 읽다 보면 '비극' '운명' '숙명' 같은 말을 자주 만나게 된다.

〔……〕M의 노력은, 인생의 가장 요절할 비극이었습니다. (「발가락이 닮았다」)

---

3 분류에 따라 다르겠으나, 김동인은 장편소설을 9편 썼는데, 그 가운데 역사소설이 아닌 것은 『수평선 너머로』(1934) 1편뿐인 것으로 보인다.

너도 한 비극의 주인공이다.

〔……〕 이제 연출될 일장의 비극을 복안하여놓았다. (「유서」)

이리하여 비극은 마침내 이 집안에도 이르렀다. (「죄와 벌」)

그의 죽음에는 한 막의 비극이 있었다. (「거친 터」)

이것은 1918년에 평양에서 생긴 조그만 비극의 하나이다.

그러나 그에게도 비극의 한 막이 생기게 되었다.

(「눈을 겨우 뜰 때」)

그러나 이것만으로 비극은 안 끝났다.

〔……〕 이 총이 집안에 비극을 일으킬 줄은 〔……〕 (「송동이」)

이 두 배우가 장래에 연출하려는 비극은 어떠할까 〔……〕

(「딸의 업을 이으려」)

"거저, 운명이 데일 힘셉디다."

〔……〕 "형님, 거저 다 운명이외다." (「배따라기」)

그러나 숙명이라는 커다란 힘은 부인할 수 없는 것이기에

〔……〕   (「거친 터」)

〔……〕 애쓰면 무엇 하랴 마침내 '운명'이라는 큰 힘에게 지지 않을 수 없을 것이다. (「눈을 겨우 뜰 때」)

그런 표현이 나오지 않는다 해도, 김동인의 중·단편소설들 대부분은 그 형식에 담기 어려울 정도로 비극적이요 운명적인 이야기를 제재로 삼고 있어서, 자살, 살인, 이상 심리, 범죄 행위 등이 빈번히 등장한다. 한마디로 김동인 소설은 극단적인 상황 혹은 비극적 운명에 빠진 인물들을 줄거리 위주로 냉정하게 서술한다. 그런데 그 인물들은 자신의 의지에 따르기보다 운명과 환경에 지배를 당하는 경향이 짙다. 이 점을 놓고, 인간이 환경의 지배를 받는다는 근대적 인식과 그것을 소설로 제시하려는 노력이 신소설부터 이루어지다가 김동인에 이르러 확고한 표현을 얻었다고 평가할 수 있다. 하지만 다른 각도에서 보면, 인물이 환경과 운명의 지배를 받으므로 김동인 소설은 사건의 전개가 사회적 관계 속에서 형성 발전된다기보다 운명을 확인하는 과정인 경우가 많다고, 작가가 결정론적 인간관을 지녔다고 비판할 수도 있다. 이러한 점들 때문에 김동인의 소설은 계몽성과 낭만성이 억제되고, 묘사가 적고 사건 서술 위주여서 설화성을 띠며, 당대 현실을 구체적으로 재현하는 면이 적다. 그러한 전반적 특징을 전제하고, 김동인 중·단편소설의 특징과 문제점을 쪼개어 살펴본다.

제재 및 주제 면에서 볼 때, 김동인은 대체로 억압받는 여성, 예술적인 것과 현실적인 것의 대립, 죄와 벌, 기독교 신앙[4] 등의 문제를 거듭 다룬다. 그 가운데 세 번째 '죄와 벌'의 문제를 주로 다룬 작품은, 법의 한계를 다룬 작품(「증거」「피고」「죄와 벌」 등)과 주인공이 부도덕한 삶의 죗값을 받는 작품(「김연실전」「발가락이 닮았다」「반역자」 등)⁵으로 다시 나눌 수 있다. 어떻든 앞의 네 제재 가운데 억압받는 여성, 예술적인 것/현실적인 것 등의 두 제재가 중심이 된 작품들이 대체로 좋게 평가되어왔으므로 그것 위주로 논의해보자.

김동인 소설에는 억압받는 여성의 비극적 삶을 그린 작품이 많으며 그들이 비교적 사실성을 얻고 있다. 이 책에 수록된 「약한 자의 슬픔」「눈을 겨우 뜰 때」「감자」「곰네」 등과 수록되지 않은 「전제자」(폭군), 「거친 터」「딸의 업을 이으려」「죄와 벌」 등 여러 작품들은, 남성 중심의 가부장 질서 속에서 억압받고 희생당하는 불행한 여성의 이야기이다. 이들과는 달리 「김연실전」은 주인공이 여성이지만 그녀가 남성의 억압보다는 자신의 기질과 가정적·사회적 환경 때문에 타락해가는 데 초점이 놓인 이야기여서, 여성 인물이 부정적 성격을 지니고 있다.

그런데 「김연실전」과 앞의 작품들 대부분을 싸잡아 대상으로 삼으면서⁶ 김동인의 여성관을 비판하는 경우가 있다. 하지만 어떤

---

4 보기에 따라 '외래적인 것과 전통적인 것'의 대립을 설정하고 기독교 신앙 문제를 그 안에 포함시킬 수도 있을 것이다. 이러한 구분은 기본적으로 작품별 구분이 아니므로 실제 작품에서는 두세 가지가 겹칠 수 있다.

5 이 작품들은 이른바 모델소설, 즉 사회적으로 알려진 어떤 인물의 실제 삶에 바탕을 둔 (것으로 알려진) 소설이다. 김동인은 그런 작품을 거듭 쓴 작가인 셈이다.

6 김동인은 자신이 알고 지낸 여성들에 관하여 스스로 '자전(自傳)'이라 일컬은 글을 길게 썼다. 그것이 약 600장 분량의 「여인」인데, 잡지에 연재한 뒤 책으로 출판

작가의 작품에 등장하는 여성의 모습이 불행하거나 부정적이라고 해서 그 작가의 여성관을 비난한다면 이는 작품과 작가를 혼동하는 것이다. 김동인은 「감자」에서 그랬듯이 「김연실전」에서도 이른바 자연주의적 시각으로 여성의 삶을 차갑게 그렸다고 할 수 있다. 그 작품과 다른 몇 작품에서 여성의 성욕이 불행의 한 요인으로 서술된 것도 같은 맥락에서 여성 폄하로 보기 어렵다. 또 「눈을 겨우 뜰 때」와 「곰네」의 결말부에서 엿볼 수 있듯이, 김동인은 여성의 삶을 부정적으로 그리기만 한 것이 아니라 그 내면적 상처를 섬세하게 바라보는 인본주의적 시각을 지니고 있기도 하다. 앞에서 말했듯이 그가 여성의 비극적인 삶을 사회적 관계 속에서, 또 운명적 · 수동적이 아니라 능동적인 존재로 그려내는 데 미흡하기는 했지만, 그것은 맥락이 다소 다른 문제이다. 따라서 작품의 일부보다 전체를, 또 작품 자체의 실상을 볼 때, 김동인은 등단작 「약한 자의 슬픔」부터 줄곧 근대화 과정에서 가부장제도가 흔들리면서 불거진 여성의 인권 문제를 적절히 제재로 삼아 그 모순점을 비판했다고 할 수 있다.

김동인 소설에서 예술적 혹은 미적인 것/현실적인 것의 대립을 다룬 소설은, 억압받는 여성을 그린 작품에 비하면, 당대의 현실과 구체적 관련을 덜 맺고 있어서 사실성이 떨어진다. '예술'이라는 것이 근대에 와서 형성된 개념이고 '예술가' 또한 근대 들어서 하나의 직업적 개인이 되었으므로, 예술/현실의 대립도 근대로

하였다(삼문사, 1930). 남성의 여성 편력을 담은 이 흔치 않은 글이, 김동인의 여성관을 부정적으로 보게 만드는 데 영향을 끼친 것으로 보인다.

이행하는 격변기였던 당시 현실에서 중요한 제재였다. 그래서 예술가소설로 분류되는 작품들이 당시에 꽤 발표되기도 하였다. 비평가로서의 김동인이 이광수의 계몽주의를 배격하고 문학의 예술적 독립성을 강조한 것도 그러한 맥락에서 이루어진 것이었다.

그런데 김동인이 비평이 아니라 소설에서 예술을 다룬 결과는, 이제까지 대체로 좋은 평가를 받아왔지만, 매우 추상적이며 사실성이 떨어진다고 본다. 「광염 소나타」와 「광화사」에서 예술적 · 미적인 것은 현실적인 것과 대립 관계에 놓여 있다. 죄와 벌 제재가 함께 다루어지는 「광염 소나타」의 주인공 백성수는 극단적으로 악하거나 비정상적인 행위를 저지르고서야 명곡을 짓는다. 「광화사」의 소경 처녀는 화가와 육체관계를 맺는 '추한 행위'를 한 뒤 "애욕의 눈"을 지니게 되어 용궁을 그리워하는 아름다운 눈을 잃게 된다. 그런데 미친 행위가 명곡을 낳는다는 설정이 비현실적이듯이, 소경 처녀의 '용궁을 그리워하는 눈' 또한 비현실적인 것이다. 현실의 법을 범해야 이루어지는 예술, 육체관계를 맺으면 훼손되는 아름다움은, 일반 소설의 소설적 현실로서는 그럴듯함을 얻기 어렵다. 이는 주인공들이 그래서 죽거나 미쳤다고, 그렇게 말만 하고 넘어갈 문제가 아니다. 작품의 진실성과 사회적 의미에 관한 문제이기 때문이다.

이 작품들의 핵심 대립은 예술적인 것/현실적인 것이라기보다 미적인 것/세속적인 것이거나 비범한 것/평범한 것이라고 바꾸어 볼 수도 있지만, 그 역시 문제점이 있다. 작품 자체에서 백성수가 살인을 저지른다거나 솔거가 소경 처녀와 육체관계를 맺는 행위는 '세속적'인 것이나 평범한 것으로 읽기 어렵고, 그렇게 읽는다 해도 예술의 본질에 비추어 합당하지 않으며, 작품 외부의 사회 현실에서도 별 의미가 없기 때문이다. 예술적인 것이 현실적인 것과 나란히 존재하기 어렵다는 생각을 예술지상주의, 유미주의 나 순수주의라고 부르며 옹호하는 이도 있으나, 그것은 사랑과 돈이 대립적이라는 생각만큼이나 진부하고 또 불합리하다. 예술 은 비범한 것이기 이전에 현실의 일부이며 현실을 인식하고 표현 하는 것인 만큼 심층 차원에서는 현실과 대립될 수 없으며, 또 현 실 속에서 의미를 지니지 못하면 그 존재 의의가 없어지는 까닭 이다. 김동인이 했던 소설의 예술성에 대한 강조는, 비평적으로 는 공헌한 점이 있지만 소설로는 형상화되지 못한 셈이다.

김동인 소설의 이러한 비현실성 혹은 비사실성은 "반역사주 의"[7]라고 일컬어지기도 하였는데, 그와 관련하여 두 가지 점이 눈 에 들어온다. 우선 「광염 소나타」에서 화자는 "주인공 되는 백성 수를 혹은 알벨트라 생각해도 좋을 것이요 쩸이라고 생각하여도 좋을 것"이라고 한다. 이는 작가가 인물을 어떤 역사적 공간이 아 니라 추상적인 허공에서 '인형 조종하듯' 다루고 있음을 말해주는 예이다. 김동인 소설에서 인물들이 흔히 알파벳으로 명명(命名) 된다는 사실을 고려하여 논의를 확장해보면, 김동인은 당대의 현 실을 딛고 서서 소설 세계를 구축하지 않은 면이 있다. 「광염 소 나타」와 「광화사」에서 작자를 자처하는 화자는 "화공의 이름은?

---

7 김윤식, 「반역사주의 지향의 과오」, 『문학사상』, 1972년 11월호.

지어내기가 귀찮으니 신라 때의 화성(畵聖)의 이름을 차용하여 솔거라 해두자"고 하며, 또 그런 식으로 자신이 이야기를 하는 행위 그 자체까지 이야기하고 있는데, 기법의 실험이라고 평가할 수도 있지만, 이 역시 사회 현실에 관심이 적은 작가의 기본 태도에서 비롯된 결과이다.

김동인 소설의 비사실성과 관련하여 눈에 띄는 다른 하나는, 소설의 구성과 담화 방식이 평면적이며 그럴듯함이 부족하다는 점이다. 여기서 논의가 제재 측면에서 형식적 측면, 곧 구성과 담화 방식 측면으로 넘어간다.

3

김동인 소설의 구성과 담화 방식이 평면적이라 함은 사건이 연대기적으로, 흡사 전(傳)처럼 배열되고 서술된다는 뜻이다. 「김연실전」같이 아예 '전'이라 제목을 단 경우는 말할 것 없고, 대부분의 작품이 특정의 사건을 집중적으로 서술한다기보다 고소설처럼 인물의 일생을 자연적 시간 순서에 따라 요약적으로 서술하고 있다. 「광염 소나타」의 화자는 "그 사람의 일대기를 이야기할게 들으시"라고 하며, 「눈을 겨우 뜰 때」의 화자도 주인공 "금패의 경력"을 이야기한다. 「광화사」는 '솔거의 일생'이요 「감자」 또한 '복녀의 일생'이다. 평면적 구성도 하나의 구성 방식이므로 이러한 점을 반드시 나쁘게만 볼 것은 아니다. 또 그것은 김동인의 소설이 일대기 위주의 전통적 담화 방식을 계승하고 있음을 보여준다. 하지만 달리 보면 그것은 김동인의 중·단편소설이 근대 소설 갈래의 특성상 장면 또는 보여주기showing 중심이어야 함에도 불구하고 그렇지 않음, 요약적 서술 또는 말해주기telling 중심의 이전 담화 방식을 답습하여 묘사에 의한 형상화가 빈약한 경향이 있음을 뜻한다. 앞에서 김동인 소설은 비극적 사건을 자주 다룬다고 하였는데, 그 말은 특정의 사건을 제한된 상황에서 '극적(劇的)'으로 서술했다는 말이 아니라, 그저 '비참한 일생'을 서술했다는 말에 가까운 셈이다.

이러한 양상을 화자 중심으로 바꿔 말하면, 김동인 소설의 화자는 인물의 일생을, 그가 화자의 기능을 구별하고 제한하는 데 관한 선구적 이론을 제시한 것과는 모순되게, 매우 적극적으로 나서고 개입하면서 '말해준다.' 고소설을 비롯한 전통 이야기의 '작자적 화자'와 통한다. 김동인의 작품 가운데 가장 객관적 서술인 듯 보이는 「감자」 역시, 화자의 심리적 태도가 차가울 뿐이지 그의 존재 자체가 감춰지거나 기능이 엄격히 제한된 것은 아니다. 이러한 점은, 앞에서 언급했듯이, 김동인이 역사소설과 야담류를 많이 썼다는 점과 긴밀한 관계에 있다. 그는 근대 소설의 예술적 특성을 강조하는 발언을 되풀이했지만, 막상 창작에서는 근대성을 추구하는 데 미흡하여[8] 오히려 다른 작가들보다 더 이전 소설의 담화 방식을 답습한 면이 있다. 그리고 이는 당대의 사회 현실

---

8 거기에는 김동인의 독존적 기질도 관련되어 있다.

을 관찰하고 형상화하는 데 소홀했기 때문에 더 부정적인 결과를 낳고 있다. 그의 소설로 하여금 시대성이 약한 이전 이야기의 설화적 서술에 가까워지게 만들었기 때문이다.

김동인 소설의 구성은 평면적일 뿐 아니라 허술한 경우가 많다. 앞에서 「광화사」와 「광염 소나타」의 그럴듯하지 않음에 대해 언급했는데, 민족의 수난과 저항을 다루었다 하여 교과서에 자주 실리는 「붉은 산」도 구성이 합리적이지 않다. 주인공 정익호의 마지막 행위가 설득력을 지니려면 앞에 그럴 만한 예비적 행위 혹은 소설적 준비가 있어야 하고, 그를 포함한 조선인들의 핍박받는 삶이 역사적 맥락에서 구체적으로 그려져 있어야 하는데, 그렇지 않으므로 "소설적 필연성이 없다."[9] 김동인 소설은 장과 절이 지나치게 자주 나뉘며, 정보를 보충하기 위해 괄호가 빈번히 사용되는데, 이들도 작품의 구성적 밀도를 떨어뜨린다. 김동인의 소설에서 액자소설 형식과 수기 형식이 자주 쓰인 것은 그러한 문제점을 극복하기 위해서였던 듯하다.[10]

4

「배따라기」는 김동인이 처음으로 단편소설답게 완성한 소설이

---

9 김흥규, 「황폐한 삶과 영웅주의」, 『문학과지성』, 1977년 봄호.

10 김종구, 「김동인 액자소설의 서술수준과 담론 양상」, 『한국 현대소설의 시학』 (한남대학교 출판부, 1999) 참조.

요, 같은 1921년에 발표된 염상섭의 「표본실의 청개구리」, 현진건의 「빈처」 등과 함께 한국 초기 근대 소설의 걸작으로 꼽히는 작품이다. 이 작품은 이제까지 살핀 김동인 소설의 여러 특징이 하나에 집약된 작품이다. 그래서 작가의 초기작에 그의 일생의 특징이 압축되어 있다는 말이 김동인의 경우에도 맞는다 할 수 있다. 그런데 배따라기를 잘 부르는 예술가적 존재와 그에게 억압당한 아내의 운명적 비극을 그린 이 작품은, 인간 존재의 보편적 비극성을 애달프게 제시해주기는 하지만, 당대의 식민지 현실과는 거리가 있다. 그리고 화자와 청자가 말을 주고받는 이야기의 근원 상황을 그대로 재현한, 보기에 따라 아주 소박한 형식의 이야기이다.

그에 뒤이어 발표된 「태형」(1922)은 비록 소품이지만 「배따라기」에 비해 당대의 뜻있는 사건과 고민을 근대 단편소설다운 양식으로 '보여줌'으로써 사실성을 얻고 있다. 그 다음해 발표된 「눈을 겨우 뜰 때」(1923) 역시 비슷하다. 이런 양상을 놓고, 김동인은 그렇게 두 가지 방향을 시험하다가 「태형」 쪽으로 나아갔으면 좋았으리라는 생각을 할 수 있다. 하지만 그는 대체로 「배따라기」 쪽 길로 나아간 듯하다. 물론 「태형」 쪽 길을 아주 버린 것은 아니다. 어떤 경향의 작품에나 냉정함을 지나 냉소적이기까지 한 화자의 시선이 존재하고, 계급문학을 의식하고 쓴 「배회」와 방탕한 자의 말로를 그린 「발가락이 닮았다」 같은 작품에 두 경향이 섞여 있지만, 대체로 김동인은 당대의 사회 현실을 역사적 안목으로 파고들지 않았다. 그리고 운명적 비극에 몰두하는 결정론적이고 비관적인 세계관을 고수하였다. 그가 영웅적 인물이 주인공인 역사소설이나 야사류를 많이 쓴 것은 우연한 일이 아니다. 도피와 보상의 심리가 작용한 것이다.

김동인 문학에는 모순적인 면이 많다. 근대 소설의 예술성을 특히 형식 면에서 강조하면서 막상 자기 작품의 형식을 근대화하는 데 등한하였다. 이광수가 연애를 즐겨 다루어 통속에 빠졌다고 비판하면서 자신은 연애 이야기를 기피하고, 쓰더라도 황폐한 연애만 이야기했지만, 자신은 역사소설과 야사류라는 또 다른 통속에 빠졌다. 계급주의 문학 바람이 불어치는 시대에 대립적인 지점에서 '순수하고' '예술적인' 것을 추구하여 인생의 비극을 그렸으나 지나치게 허공에 그린 나머지 그 자체의 사실성이 훼손되었다. 그래서 그의 문학이, 또 그가 주도한 문학 운동이 정말 이광수 문학을 지양하면서 새로운 장을 연 것인지에 대한 평가가 엇갈린다. 이러한 양상은 김동인 개인의 한계이기도 하지만 그가 살았던 일제 강점 시대의 한계이기도 하다. 거기에 점점이 박혀 있는 가치 있는 것을 찾아내며, 나아가 그 모순적인 것들 속에 존재하는 의미, 곧 식민지 상황에서 근대 문학을 건설하고자 힘썼던 김동인이 져야 했던 그 짐에 내포된 진실까지 읽어야 하는 게 독자의 일일 것이다.

1900년(1세) 10월에 평안남도 평양시 하수구리 6번지에서 대지주이
자 기독교 장로인 김대윤과 후실인 옥씨(玉氏) 사이에서 3남 1
녀 중 차남으로 출생. 호는 금동(金童). 17세 위인 형 동원(東
元)은 전실 소생이고, 동인·동평(東平)·동선(東善: 여)은 옥
씨 소생임.

1913년(14세) 기독교 계통인 평양숭덕소학교를 졸업하고 평양숭실중
학교에 입학. '105인 사건'에 연루되어 감옥에 있는 형 동원
의 부탁으로 톨스토이의 『부활』을 차입해줌. 이때 톨스토이를
처음으로 접함.

1914년(15세) 숭실중학교를 자퇴하고 혼자 일본에 건너가 도쿄 학원
(東京學院) 중학부 입학. 집안에서는 메이지 학원(明治學院)
에 들어가기를 바랐으나 소학교 동창인 주요한이 한 학년 위
에 있었으므로 그 아래 들어가기 싫어서 도쿄 학원으로 감.

1915년(16세) 도쿄 학원 폐쇄로 메이지 학원 중학부 2학년으로 편입.

1916년(17세) 소풍을 갔다가 바위에 새겨진 시에 크게 감명받음. 그 감흥을 담은 글로 일본인 선생에게 칭찬을 받음. 학급 회람 잡지에 「병상(病床)」이라는 소설 발표.

1917년(18세) 부친 별세로 귀국. 어린 나이에 막대한 유산(쌀 3천 석, 당시 돈으로 10여만 원)을 받음. 이후 평양에 머물러 메이지 학원의 학업은 3학년으로 중단됨.

1918년(19세) 평양에서 수산물 도매상을 하는 부유한 집안의 딸 김혜인과 결혼함. 혼자 다시 일본으로 건너가 가와바다(川端) 미술학교에 입학, '미학에 대한 상식을 구하'기 위해 낭만주의자 후지지마 다케지(藤島武二)에게서 미학을 배움.

1919년(20세) 2월에 주요한 · 전영택 · 김환(金煥) 등과 함께 한국 최초의 순문예 동인지 『창조』를 자비로 발간. 거기에 처녀작 단편 「약한 자의 슬픔」을 발표. 히비야 공원에서 있었던 유학생 독립선언 행사에 참가했다가 이달(李達)과 함께 피검, 하루 만에 석방됨. 이 소식을 접한 집안의 권유로 귀국. 동생 동평의 3·1운동 격문을 써주었다가 출판법 위반으로 석 달간 투옥됨. 가와바다 미술학교 중퇴.

1920년(21세) 염상섭과 비평가의 태도에 관해 논쟁함. 김환의 소설 「자연의 자각」에 대한 염상섭의 비평을 김동인이 문제 삼아 비롯된 이 논전은, 폐허파와 창조파의 대결로 확대됨. 장남 일환(日煥) 출생.

1921년(22세) 『창조』에 「배따라기」를 발표. 『창조』가 9호로 폐간되고,

문란한 생활에 빠짐. 서울 명월관 기생 김옥엽과는 청진동에 서 동거하면서 경주로 한 달간 여행도 함. 모친에게 그녀와의 첩살이를 허락받았으나 그녀가 약속을 어김.

1923년(24세) 첫 작품집 『목숨』을 창조사에서 자비로 출간. 장녀 옥환 (玉煥) 출생.

1924년(25세) 8월에 『창조』의 후신인 『영대』 창간. 그 창간호에 단편 「유서」를 발표.

1925년(26세) 1월에 『영대』 폐간. 한 달간 '동경 산보'를 함. 「감자」를 『조선문단』에 발표. 「정희」 「명문」 「시골 황서방」 등을 계속 발표.

1926년(27세) 극도로 방탕한 생활로 재정적 파탄에 직면함. 재산을 정리한 돈으로 관개 수리 사업에 착수했으나 실패. 조부의 유 산을 처분하여 부채를 갚는 일을 아내에게 맡기고 상경하여 여섯 달간 마작으로 소일.

1927년(28세) 평양으로 돌아감. 평양 본가가 남의 손에 넘어간 것을 보고 충격에 빠짐. 부인이 네 살 난 딸(옥환)을 데리고 가출. 일본으로 찾아가 딸만 데리고 돌아옴. 단편 「딸의 업을 이으 려」 「명화 리디아」 발표.

1928년(29세) 동생 동평과 함께 영화 홍행 사업을 벌였으나 실패함.

1929년(30세) 재혼하기로 결정하고 그 비용을 마련하기 위해 스스로 '훼절'이라고 했던 신문 연재를 시작. 「태평행」과 「여인」을 연 재. 평론 「조선근대소설고」를 발표함.

1930년(31세) 존재 자체를 무시해온 프로 문학을 강하게 의식하고 쓴

「배회」「벗기운 대금업자」를 발표. 숭의여중을 나온 열한 살 아래의 김경애와 약혼함. 동아일보에『젊은 그들』연재 시작.

1931년(32세) 김경애와 결혼. 서대문구 행촌동으로 이사. 이 무렵 돈을 벌기 위해 가장 많은 집필을 했으며 이로 인해 신경증(불면)이 극도에 달함. 2녀 유환(柔煥) 출생.

1932년(33세) 「발가락이 닮았다」가 염상섭을 모델로 했다 하여 둘 사이에 불화가 생김. 「잡초」「붉은 산」 등을 발표.

1933년(34세) 40일 동안 조선일보 학예부장으로 일함. 이때『운현궁의 봄』을 조선일보에 연재하기 시작함.

1934년(35세) 모친 옥씨 사망. 「춘원연구」를『삼천리』에 연재하기 시작.

1935년(36세) 『야담』을 직접 창간. 거기에 「광화사」와「왕자의 최후」(연재물)를 쓰고 2호부터는 아예 야담 작가로 나섬. 이후 1937년까지 매일신보에도 많은 사담(史譚)을 씀. 3녀 연환(姸煥) 출생.

1937년(38세) 극도의 신경증으로 집필이 어렵게 됨.『야담』을 다른 사람에게 넘기고 형이 경영하던 평남 영원의 탄광촌으로 감. 이 무렵 형은 이광수와 함께 동우회 사건으로 구속됨.

1938년(39세) 정신 착란 상태를 겪음. 정부 관리가 곁에 있는 것을 모르고 한 말이 빌미가 되어 천황 모독죄로 반년간 헌병대에서 옥살이함. 사녀 은환(銀煥) 출생.

1939년(40세) 황군위문작가단 예비 회의에서 박영희·임학수 등과 함께 위문사로 선정됨. 4월에 조선 신궁을 참배한 뒤에 만주까지 다녀옴, 도중에 건강 악화로 수차례 혼절. 이후 반년간 심한 글자 상실증에 걸려 보고문을 작성하지 못함.

1943년(44세) 조선문인보국회에서 두 달간 소설·희곡 분과 상담역을 맡다가 8월 문인보국회 조직 개편에서 제외되었으나 징용을 면하려고 간사 정인택에게 청하여 간사 자리를 얻음. 2남 광명(光明) 출생.

1945년(46세) 중앙문화건설협의회(임화·김남천 주도) 발족회에서 이광수 제명을 반대하고 퇴장함. 군정청 광공국장의 호의로 호미토모 경금속회사 사장 사택을 불하받음.

1946년(47세) 우익 단체인 전조선문필가협회 결성을 주도함. 불하받았던 가옥이 미군 당국에 접수되어 하왕십리동으로 이사함.

1947년(48세) 좌익을 규탄하는 글을 씀.

1948년(49세) 3남 천명(天明) 출생. 갑작스런 이상 증세(글씨를 정상적으로 쓰지 못하고, 가족을 분별하지 못하는 등)를 보이며 건강 상태가 악화됨.

1950년(51세) 6·25 전쟁이 일어났으나 움직이기가 어려워 피난을 포기함. 서울 함락 뒤에 인민군에게 심문을 받음. 형 동원은 납북됨.

1951년(52세) 1월 5일, 적치하의 서울 성동구 하왕십리동 110-65(현재는 홍익동 35-3)에서 영면.

* 이 연보는 『김동인전집 17』(조선일보사, 1988)의 연보를 발췌, 수정, 첨가하여 작성한 것임을 밝힌다.

▌작품 목록

1. 소설

작품명(참고)	발표지	발표 연월일
「약한 자의 슬픔」	『창조』 1~2	1919. 2~3
「마음이 옅은 자여」	『창조』 3~6	1919. 12~1920. 5
「목숨」	『창조』 8	1921. 1
「음악공부」 (필명 '김만덕.' 「유성기」로 개제)	『창조』 8	1921. 1
「전제자」 (「폭군」으로 개제)	『개벽』 9	1921. 3
「배따라기」	『창조』 9	1921. 5
「태형」	『동명』 16~34	1922. 12. 17~1923. 4. 22
「이 잔(盞)을」	『개벽』 31	1923. 1
「어지러움」 (필명 '검시어딤.' 『감자』에 개작되어 수록)	『개벽』 35	1923. 5
「눈을 겨우 뜰 때」	『개벽』 37~41	1923. 7~11
「거친 터」	『개벽』 44	1924. 2
「피고」	시대일보	1924. 3. 21~4. 1
「유서」	『영대』 1~5	1924. 8~1925. 1

작품명(참고)	발표지	발표 연월일
「감자」	『조선문단』 4	1925. 1
「X씨」	동아일보	1925. 1. 1
「명문(明文)」	『개벽』 55	1925. 1
「정희」(미완)	『조선문단』 8, 9, 11, 12	1925. 5, 6, 8, 9
「시골 황서방」	『개벽』 60	1925. 6
「원보부처」	『신민(新民)』 11	1926. 3
「명화(名畵) 리디아」	『동광』 11	1927. 3
「딸의 업을 이으려」	『조선문단』 20	1927. 3
『태평행(太平行)』	『문예공론』 2	1929. 6
(장편, 폐간으로 중단, 미완)	중외일보	1930. 5. 30~9. 23
「동업자」	동아일보	1929. 9. 21~10. 1
(「눈보래」로 개제)		
「K박사의 연구」	『신소설』 1	1929. 12
「송동이」	동아일보	1929. 12. 25~1930. 1. 11
「여인」	『별건곤』 24~35	1929. 12~1930. 12
	『혜성』 1~8	1931. 4~11
「광염 소나타」	중외일보	1930. 1. 1~1. 12
「순정——연애편」	조선일보	1930. 1. 1~2
「순정——부부애편」	매일신보	1930. 1. 1
「순정——우애편」	동아일보	1930. 1. 23~24
「구두」	『삼천리』 1	1930. 1
「아라삿 버들」	『신소설』	1930. 1
(「포플라」로 개제)		
「배회」	『대조』 1~4	1930. 3~7
「벗기운 대금업자」	『신민』 57	1930. 4
「수정(水晶) 비둘기」	매일신보	1930. 4. 22~26
「소녀의 노래」	〃	1930. 4. 27
「수녀」	〃	1930. 4. 29~5. 4
「화환」	『신소설』 3	1930. 5
「죽음」	매일신보	1930. 6. 9~19
「무능자의 아내」	조선일보	1930. 7. 30~8. 8
『젊은 그들』(장편)	동아일보	1930. 9. 2~1931. 11. 10

작품명(참고)	발표지	발표 연월일
「대동강」	매일신보	1930. 9. 6
「무지개」	〃	1930. 9. 7~17
「약혼자에게」	『여성시대』	1930. 9
「증거」	『대조』 6	1930. 9
「죄와 벌」	『해방』 12	1930. 12
「신앙으로」	조선일보	1930. 12. 17~28
「큰 수수께끼」 (『야담』(1939. 2)에 「여인담」으로 수록)	매일신보	1931. 4. 25~5. 5
「거지」	『삼천리』 17	1931. 7
「결혼식」	『동광』 24	1931. 8
「박첨지의 죽음」	『삼천리』 19	1931. 10
「발가락이 닮았다」	『동광』 29	1932. 1
『아기네』(장편) (후에 『화랑도』(상·하)로 출간)	동아일보	1932. 3. 1~6. 28
「잡초」	『신동아』 6~7	1932. 4~5
「붉은 산」	『삼천리』 25	1932. 4
「논개의 환생」(미완)	『동광』 33~36	1932. 5~8
「떠오르는 해」	동아일보	1932. 8. 13~9. 14
「해는 지평선에」	매일신보	1932. 9. 30~1933. 5. 14
「적막한 저녁」 (1회분만 현존)	『삼천리』	1932. 10
「사기사(詐欺師)」	『신생』 36	1932. 10
「소설급고(小說急告)」 ('舎'는 '遺'의 오식)	『제일선』	1933. 3
『운현궁의 봄』(장편)	조선일보	1933. 4. 26~1934. 2. 5
「사진과 편지」	『월간매신(月刊每申)』 4	1933. 4
『수평선 너머로』(장편)	매일신보	1934. 7. 10~12. 19
「대동강은 속삭인다」 (「대동강」「무지개」 포함)	『삼천리』	1934. 9
「최선생」	『개벽』(복간 1)	1934. 11
「몽상록」	조선중앙일보	1934. 11. 5~12. 16
「어떤 날 밤」	『신인문학』 12	1934. 12

작품명(참고)	발표지	발표 연월일
「거인은 움직인다」(거인) (미완, 『대수양』으로 개제)	『개벽』(복간 3. 4)	1935. 1. 3
「낙왕성추야담(落王城秋夜譚)」 (『왕부의 낙조』로 개제)	『중앙』	1935. 1
「광화사」	『야담』 1	1935. 12
「거목이 넘어질 때」	매일신보	1936. 1. 1~2. 29
「시들은 서(瑞)」 (「연산군」으로 개제, 화재로 소실)	만선일보	1937. 1. 1~1939. 2. 20
「가두(街頭)」	『삼천리문학』 1	1938. 1
「가신 어머님」	『조광』 29	1938. 3
『帝星臺』(장편) (『견훤』으로 발간)	『조광』 31~42	1938. 5~1939. 4
「대탕지(大湯地) 아주머니」	『여성』 31~32	1938. 10~11
「김연실전」 (「선구녀」「집주름」과 묶어 『김연실전』으로 발간)	『문장』 2	1939. 3
「정렬은 병인가」 (미완, 『대조』(1946. 1~7)에 「정렬」로 다시 연재)	조선일보	1939. 3. 14~4. 18
「선구녀」	『문장』 4	1939. 5
「젊은 용사들」(미완)	『소년』	1939. 7~12
『대수양(大首陽)』(장편)	『조광』 64~74	1941. 2~12
「집주름」	『문장』 23	1941. 2
「잔촉(殘燭)」	『신시대』 2~10	1941. 2~10
「어머니」(「곰네」로 개제)	『춘추』 3	1941. 4
『백마강』	매일신보	1941. 7. 24~1942. 1. 30
「아부용(阿芙蓉)」	『조광』 76	1942. 2
「분토(糞土)의 주인」 (총독부 검열로 중단, 「분토」로 개제)	『조광』	1944. 7
「성암(星巖)의 길」(미완)	『조광』 106~110	1944. 8~1944. 12
「송 첨지」	『백민』 2	1946. 1
「해방」	『민성』 2	1946. 3

작품명(참고)	발표지	발표 연월일
「학병수첩(學兵手帖)」	『태양』 1	1946. 3
「논개의 환생」	『부인』 1~4	1946. 4~9
「분토」 (미완, 「을지문덕」으로 개제)	『신천지』 4~9	1946. 5~10
「김덕수」	『대조』	1946. 8
「반역자」	『백민』 5	1946. 10
「망국일기(亡國人記)」	『백민』 7	1947. 3
「속 망국일기」	『백민』 13	1948. 3
「주춧돌」	평화일보	1948. 7. 6~11
「환가(還家)」	서울신문	1948. 8. 9~12
『을지문덕』(장편)	태양신문	1948. 10. 1~1949. 7. 14
「서라벌」(장편, 태극사 간)	–	1953

2. 평론

작품명(참고)	발표지	발표 연월일
「소설에 대한 조선 사람의 사상을」	『학지광』 18	1919. 1
「글동산의 거둠」	『창조』 5	1920. 3
「제월(霽月)씨의 평자(評者)적 가치」	『창조』 6	1920. 5
「제월(霽月)씨에게 대답함」	동아일보	1920. 6. 12~13
「자기의 창조한 세계」	『창조』 7	1920. 7
「비평에 대하여」	『창조』 9	1921. 5
「예술가 자신의 막지 못할 예술욕에서」 (「계급문학 시비론」 중)	『개벽』 56	1925. 2
「소설작법」	『조선문단』 7~10	1925. 4~7
「합평회」	『조선문단』 19	1925. 8
「육당의 「백팔번뇌」를 봄」	『조선문단』 20	1927. 3
「소설가의 시인평」	『현대평론』 4	1927. 5
「박약한 차이점과 양문학의 합치점」 (「민족문학과 무산문학의 합치점과 차이점」 중)	『삼천리』 1	1929. 6
「조선근대소설고」	조선일보	1929. 7. 28~8. 16
「내가 본 시인/주요섭군을 논함」	〃	1929. 11. 29~12. 3

작품명(참고)	발표지	발표 연월일
「내가 본 시인／김소월군을 논함」	조선일보	1929. 12. 11~12
「불가예측」(「조선의 문예 이론은 어디로 귀결될까?」 중)	『대조』 3	1930. 5
「작가 4인」	매일신보	1931. 1. 1~8
「문단 회고」	〃	1931. 8. 23~9. 2
「속 문단 회고」	〃	1931. 11. 11~22
「명(明)과 암(暗)」	〃	1931. 12. 18~30
「나의 변명—「발가락이 닮았다」에 대하여」	조선일보	1932. 2. 6~10
「부진한 문단의 타개책은?—문인 측의 견지에서」	매일신보	1932. 4. 7~12
「여름날 만평—잡지계에 대한」	매일신보	1932. 7. 12~22
「소설가로서의 서해(曙海)」	『동광』 36	1932. 8
「적막한 예원(藝苑)—조선 예술에 생각나는 사람들」	매일신보	1932. 9. 21~10. 6
「신문 소설은 어떻게 써야 하나」	조선일보	1933. 5. 14
「소설계의 동향」	매일신보	1933. 12. 21~27
「감상적 기분 니즌 비애」(「1934년 문학 건설」 중)	조선일보	1934. 1. 18
「문예비평가론—문예비평과 이데올로기」(「작가로서 비평을 비평」 중)	〃	1934. 1. 31~2. 2
「소설에 관한 관견 2·3」	매일신보	1934. 3. 15~24
「문단 15년 이면사」	조선일보	1911. 3. 31~4. 6
「근대 소설의 승리」	조선중앙일보	1934. 7. 15~24
「한글의 지지와 수정—조선어학회 한글맞춤법통일안에 대하야」	〃	1934. 8. 18~24
「역사와 사실과 판단과 사료에 대한 작자의 입장을 논함」	〃	1934. 10. 26~31
「나의 문단 생활 20년 회고기」	『신인문학』 4	1934. 12
「춘원연구」	『삼천리』 57~67	1934. ?~35
	『삼천리문학』 1~2	1938. 1. 4
	『삼천리』 9	1938. 10~1939. 6

작품명(참고)	발표지	발표 연월일
「조선 문학을 위하여——생활과 문학」	매일신보	1935. 1. 1
「단편소설 선후감(先後感)」	조선중앙일보	1935. 1. 2~8
「이월 창작평」	매일신보	1935. 2. 9~19
「삼월의 창작」	〃	1935. 3. 24~4. 3
「사월 창작평」	〃	1935. 5. 16~22
「『무정』 수준에서 재출발해야 한다」	조선중앙일보	1935. 5. 9
「문예시평」	〃	1935. 5. 14~25
「문예가협회에 대하야」	조선일보	1935. 9. 3~6
「예술의 사실성」	매일신보	1935. 10. 23
「조선의 작가와 톨스토이」	〃	1935. 11. 20
「극연(劇研) 십 회 공연을 보고」	조선중앙일보	1936. 4. 15~16
「신문 소설은 어떻게 쓰여지나」	조선일보	1937. 5. 18~20
「야담이라는 것」	매일신보	1938. 1. 22
「을묘사화의 재검토	야담	1938. 2
「조선 문학의 여명——『창조』 회고」	『조광』	1938. 6
「내 작품의 여주인공」	〃	1939. 4
「문자우상(文字偶像)」	〃	1939. 4
「소설가 지원자에게 주는 당부」	〃	1939. 5
「처녀 장편을 쓰던 시절——『젊은 그들』의 자취」	『조광』 50	1939. 12
「작품과 제재 문제」	매일신보	1941. 3. 23~29
「창작수첩」	〃	1941. 5. 25~31
「『조선 문단』과 내가 걸어온 길」	국민문학 1	1941. 11
「계유(癸酉)·병자(丙子)·정축(丁丑)」	『조광』	1941. 12~42. 1
「결전 하 문단인의 결의——총동원 태세로」	매일신보	1944. 1. 1~4
「문화인의 총궐기」	〃	1944. 12. 10~11
「탁치(託治)냐 탁란(託亂)이냐」	대동신문	1946. 1. 13~24
「해방 후 문단의 독재성」	해동공론	1947. 4
「조선 문학을 어떻게 추진할까」	중앙신문	1947. 11. 1~2
「우리의 말」	『대조』 6	1948. 1
「조선의 소위 판권 문제」	『신천지』 22	1948. 1

작품명(참고)	발표지	발표 연월일
「춘원의 「나」」	『신천지』	1948. 3
「문단 30년의 회고」	〃	1948. 3~1949. 8
「계란을 세우는 방법」 (「조선 문학 재건에 대한 제의」 중)	『백민』 14	1948. 4
「힌트 · 수인상(手印像) · 표절」	『민성』	1948. 6
「여(余)의 문학도(文學道) 30년」	『백민』 16	1948. 10

* 이 소설 및 평론 목록은 『김동인전집 17』(조선일보사, 1988)의 그것을 수정, 보완
  하여 작성한 것임을 밝힌다.
* 관련 연구서의 목록에는 김동인의 수필 목록도 있으나 여기서는 생략하였다. 김
  윤식이 지은 『김동인연구』 개정증보판(민음사, 2000)에는 사담(史譚) 목록이 따
  로 있어 도움이 된다.

3. 단행본

책이름(참고)	출판사	발행 연도
『목숨』(단편집)	『창조』사	1923
『여인』	삼문사	1930
『감자』(단편집)	한성도서(주)	1935
『젊은 그들』(장편소설)	영창서관	1936
『이광수, 김동인 소설집』(단편집)	조선서관	1936
『김동인 단편집』(단편집)	박문서관	1939
『수평선 너머로』(장편소설)	영창서관	1939
『왕부의 낙조(附 여인)』(중편+자서전)	매일신보사	1941
『배회』(단편집)	문장사	1941
『대수양』(장편소설)	남창서관	1943
『백마강』(장편소설)	〃	1944
『태형』(단편집)	『대조』사	1946
『김연실전』(연작)	금룡도서(주)	1947
『광화사』(단편집)	『백민』문화사	1947
『조선사온고(朝鮮史溫考)』(야사집)	상호출판사	1947

책이름(참고)	출판사	발행 연도
『동자삼(童子蔘)』(단편집)	금룡도서(주)	1948
『발가락이 닮았다』(단편집)	수선사	1948
『운현궁의 봄』(장편소설)	한성도서	1948
『토끼의 간』(사담집)	태극서관	1948
『폭군』(단편집)	박문서관	1948
『수양대군』(장편소설)	숭문사	1948
『화랑도』(장편소설)	한성도서(주)	1948
『동인사담집』(사담집)	〃	1949
『왕자호동』(사담집)	청춘사	1951
『서라벌』(장편소설)	태극사	1953
『사초집』(야사집)	덕기출판사	1954
『춘원연구』(평론서)	신구문화사	1956
『견훤』(장편소설)	박문서관	1956
『을지문덕』(장편소설)	정양사	1958
『폭군』(단편집)	양문사	1960
『동인전집』(10권)	정양사	1958
『동인전집』(10권)	홍자출판사	1964
『김동인전집』(7권)	삼중당	1976
『김동인문학전집』(12권)	대중서관	1983
『김동인전집』(17권)	조선일보사	1988
『김동인평론전집』(김치홍 편저)	삼영사	1984

▌참고 문헌

　김동인 문학을 연구한 논저들의 자세한 목록은 아래의 권영민 편, 『김동인문학연구』와 김윤식 지음, 『김동인연구』에 수록되어 있다. 뒤에 나온 『김동인연구』 개정판에는 비교적 최근까지의 목록이 있다.

　학위 논문은 비교적 쉽게 검색할 수 있고 검토하기도 어려우므로 박사학위 논문 일부만 싣는다.

　아래의 '2. 논문 모음집'은 각각 연구사 개관 글이 있고, 주요 논문들도 뽑혀 실려 있으므로 편리하게 참고할 수 있다. 그 책 네 권과 3. 김동인을 연구한 개인 저서에 4. 정기간행물의 특집들을 합쳐 보면, 대강의 주요 논저가 파악된다. 다음 제1항은 그들에서 자주 중요시되는 것과 최근의 몇몇 연구 업적을 간추린 것이다.

1. 논문, 비평문, 문학사

　김동리, 「자연주의의 구경(究竟)」, 『신천지』 제3권 5호, 1948. 6.

백 철, 『조선신문학사조사』 상권, 수선사, 1948.

백 철, 『조선신문학사조사』 하권, 백양당, 1949.

조연현, 『현대한국작가론』, 문예사, 1953.

정한모, 「김동인과 이효석 문체를 중심으로」, 『문학예술』 1956년 5~12월호.

S. E. Solberg, 「초창기의 세 소설」, 『현대문학』, 1963년 3월호.

김수업, 「김동인 단편 연구」, 『어문학』 제13집, 1965.

임종국, 『친일문학론』, 평화출판사, 1966.

백낙청, 「역사소설과 역사의식」, 『창작과비평』, 1967년 2월.

조연현, 『한국현대문학사』, 인간사, 1968.

김우종, 『한국현대소설사』, 선명문화사, 1968. 9.

김학동, 「자연주의소설론」, 이재선 외 3인 지음, 『한국근대문학연구』, 서강대학교 인문과학연구소, 1969.

김상태, 「김동인의 단편소설고」, 『국어국문학』 제46호, 1969. 12.

강인숙, 『한국현대작가론』, 동화출판공사, 1971.

김윤식, 「반역사주의 지향의 과오」, 『문학사상』, 1972년 11월호.

김치수, 「동인의 유미주의와 리얼리즘」, 『문학사상』, 1972년 11월호.

천이두, 「패기와 직선의 미학」, 『종합에의 의지』, 일지사, 1974.

채 훈, 『1920년대 한국작가연구』, 일지사, 1976.

김흥규, 「황폐한 삶과 영웅주의」, 『문학과지성』, 1977년 봄호.

이재선, 『한국현대소설사』, 홍성사, 1979.

윤홍로, 『한국근대소설연구』, 일조각, 1980.

송백헌, 「『대수양』론」, 김열규·신동욱 편, 『김동인연구』, 새문사,

1982.

신동욱, 「김동인의 형식주의 비평」, 김열규 · 신동욱 편, 『김동인연구』, 새문사, 1982.

이동하, 「김동인의 삶과 문학」, 『현대문학』, 1985년 3월호.

강영주, 「김동인의 역사소설」, 『한국 역사소설의 재인식』, 창작과비평사, 1991.

김윤식 · 정호웅, 『한국소설사』, 예하, 1993.

김상태, 「김동인의 소설 이론과 그 실제」, 『한국현대문학론』, 평민사, 1994.

정인문, 『김동인의 일본 근대 문학 수용 양상 연구』, 동아대 박사학위 논문, 1995.

최시한, 「김동인의 시점과 시점론」, 『문학사와 비평』 제8호, 문학사와 비평 학회, 2001. 2.

정연희, 「김동인의 시점론과 언문일치」, 『현대소설연구』 제23호, 현대소설학회, 2004. 9.

2. 논문 모음집

한국문학연구소 편, 『김동인』, 한국문학총서 6, 연희, 1980.

김열규 · 신동욱 편, 『김동인연구』, 새문사, 1982.

권영민 편, 『김동인문학연구』, 김동인 전집 제17권, 조선일보사, 1988.

이재선 편, 『김동인』, 서강대학교 출판부, 1998.

3. 저서

장백일, 『김동인문학연구』, 문학예술사, 1985.

김춘미, 『김동인연구』, 고려대 민족문화연구소, 1985.

강인숙, 『자연주의 문학론 I』, 고려원, 1987.

김윤식, 『김동인연구』, 민음사, 1987(제1판), 2000(개정증보판).

윤명구, 『김동인소설연구』, 인하대학교 출판부, 1990.

강인숙, 『김동인: 작가의 생애와 문학』, 건국대학교 출판부, 1994.

이문구, 『김동인 소설의 미의식 연구』, 경인, 1995.

전혜자, 『김동인과 오스커리즘』, 국학자료원, 2003.

4. 특집

『문학사와 비평』 제8집, 「김동인 문학의 재조명」, 문학사와 비평 학회, 새미, 2001. 2.

『문학사상』 1972년 11월호.

한국문학전집을 펴내며

오늘의 한국 문학은 다양한 경험과 자산에서 비롯된 것이지만, 그중
에서도 우리 앞선 세대의 문학 작품에서 가장 큰 유산을 물려받고 있
다. 그럼에도 우리는 가끔 우리의 문학 유산을 잊거나 도외시한다. 마
치 그것 없이는 살아갈 수 없는 소중한 물을 쉽게 잊고 사는 것처럼
그동안 우리는 우리가 이루어놓은 자산들을 너무 쉽게 잊어버리고 있
었는지도 모르겠다. 인기 있는 외국 작품들이 거의 동시에 번역 출판
되고, 새로운 기획과 번역으로 전 세계의 문학 작품들이 짜임새 있게
출판되고 있는 요즈음, 정작 한국 문학 작품들을 체계적으로 정리하
지 못하고 있었다는 점을 최근에 우리는 깊이 반성하게 되었다. 그리
고 이러한 때늦은 반성을 곧바로 '한국문학전집'을 기획하는 힘으로
전환하였다.

오늘의 시점에서 '한국문학전집'을 기획한다는 것은, 우선 그동안
양적으로나 질적으로 괄목할 만한 수준에 이른 한국 문학 연구 수준

을 반영하는 새로운 시각이 전제되어야 할 것이다. 그리고 '우리 것을 지키자'는 순진한 의도에서가 아니라, 한국 문학이 바로 세계 문학이 되는 질적 확장을 위해, 세계 문학 속에서의 한국 문학의 정체성을 찾는 일을 간과해서는 안 될 것이다.

이번 기획에서 우리가 가장 크게 신경 썼던 점은 크게 두 가지이다. 하나는, 그동안 거의 관습적으로 굳어져왔던 작품에 대한 천편일률적인 평가를 피하고 그동안의 평가에 대한 비판적 평가와 더불어 새로운 평가로 인한 숨은 작품의 발굴이었다. 그리하여 한국 문학사를 시기별로 구분하여 축적된 연구 성과들 위에서 나름대로 중요한 작품들을 선별하는 목록 작업에 가장 큰 공을 들였다. 나머지 하나는, 그동안 여러 상이한 판본의 난립으로 인해 원전 텍스트가 침해되고 있는 심각한 상황을 고려하여 각각의 작가에게 가장 뛰어난 연구자들을 초빙하여 혼신을 다해 원전 텍스트를 확정하였다는 점이다.

장구한 우리 문학사의 주옥같은 작품들을 한자리에 모아, 세대를 넘고 시대를 넘어 그 이름과 위상에 값할 수 있는 대표적인 한국문학전집을 내놓는다. 이번에 출간되는 한국문학전집은 변화된 상황과 가치를 반영하는 내실 있고 권위를 갖춘 내용으로 꾸며질 것이며, 우리 문학의 정본 전집으로서 자리매김해 한국 문학의 전통을 계승하고 발전시키는 데 기여하고자 한다. 이 기획이 한국 문학의 자산들을 온전하게 되살려, 끊임없이 현재성을 가지는 살아 있는 작품들로, 항상 독자들의 옆에 있게 되기를 기대한다.

(주)문학과지성사

01 감자 김동인 단편선

최시한(숙명여대) 책임 편집

수록 작품 약한 자의 슬픔 / 배따라기 / 태형 / 눈을 겨우 뜰 때 / 감자 / 광염 소나타 / 배회 / 발가락이 닮았다 / 붉은 산 / 광화사 / 김연실전 / 곰네

극단적인 상황과 비극적 운명에 빠진 인물 군상들을 냉정하게 서술해낸 한국 근대 단편 문학의 선구자 김동인의 대표 단편 12편 수록. 인간과 환경에 대한 근대적 인식을 빼어난 문체와 서술로 형상화한 김동인의 주옥같은 작품들을 만날 수 있다.

02 탈출기 최서해 단편선

곽근(동국대) 책임 편집

수록 작품 고국 / 탈출기 / 박돌의 죽음 / 기아와 살육 / 큰물 진 뒤 / 백금 / 해돋이 / 그믐밤 / 전아사 / 홍염 / 갈등 / 먼동이 틀 때 / 무명초

식민 치하 빈궁 문학을 대표하는 최서해의 단편 13편 수록. 식민 치하의 참담한 사회적 현실을 사실적으로 전해주는 작품들. 우리 민족의 궁핍한 현실에 맞선 인물들의 저항 정신과 민족 감정의 감동과 울림을 전한다.

03 삼대 염상섭 장편소설

정호웅(홍익대) 책임 편집

우리 소설 가운데 서울말을 가장 풍부하게 살려 쓴 작품이자, 복합성·중층성의 세계를 구축하여 한국 근대 장편소설의 대표작으로 꼽히는 염상섭의 『삼대』. 1930년대 서울의 중산층 가족사를 통해 들여다본 우리 근대의 자화상이다.

04 레디메이드 인생 채만식 단편선

한형구(서울시립대) 책임 편집

수록 작품 논 이야기 / 레디메이드 인생 / 미스터 방 / 민족의 죄인 / 치숙 / 낙조 / 쑥국새 / 당랑의 전설

역설과 반어의 작가 채만식의 대표 단편 8편 수록. 1920~30년대의 자본주의적 현실 원리와 민중의 삶을 풍자적으로 포착하는 데 탁월했던 채만식. 사실주의와 풍자의 절묘한 조합으로 완성한 단편 문학의 묘미를 즐길 수 있다.

05 비 오는 길 최명익 단편선

신형기(연세대) 책임 편집

수록 작품 폐어인 / 비 오는 길 / 무성격자 / 역설 / 봄과 신작로 / 심문 / 장삼이사 / 맥령

시대를 앞섰던 모더니스트 최명익의 대표 단편 8편 수록. 병과 죽음으로 고통받는 인물 군상들을 통해 자신이 예감한 황폐한 현대의 징후를 소설화한 작가 최명익. 너무나 현대적이어서, 당시에는 제대로 평가받을 수 없었던 탁월한 단편소설들을 만난다.

06 사하촌 김정한 단편선

강진호(성신여대) 책임 편집

수록 작품 그물 / 사하촌 / 항진기 / 추산당과 결사람들 / 모래톱 이야기 / 제3병동 / 수라도 / 인간단지 / 위치 / 오끼나와에서 온 편지 / 슬픈 해후

리얼리즘 문학과 민족 문학을 대표하는 김정한의 대표 단편 11편 수록. 민중들의 삶을 통해 누구보다 먼저 '근대화의 문제'를 문학적으로 제기하고 예리하게 포착한 작가 김정한의 진면목을 본다.

07 무녀도 김동리 단편선

이동하(서울시립대) 책임 편집

수록 작품 화랑의 후예 / 산화 / 바위 / 무녀도 / 황토기 / 찔레꽃 / 동구 앞길 / 혼구 / 혈거부족 / 달 / 역마 / 광풍 속에서

한국적이고 토착적인 전통 세계의 소설화에 앞장선 김동리의 초기 대표작 12편 수록. 민중의 삶 속에 뿌리 내린 토착적 전통의 세계를 정확한 묘사와 풍부한 서정으로 형상화했던 김동리 문학 세계를 엿본다.

08 독 짓는 늙은이 황순원 단편선

박혜경(인하대) 책임 편집

수록 작품 소나기 / 별 / 겨울 개나리 / 산골 아이 / 목넘이마을의 개 / 황소들 / 집 / 사마귀 / 소리 / 닭제 / 학 / 필묵장수 / 뿌리 / 내 고향 사람들 / 원색오뚝이 / 곡예사 / 독 짓는 늙은이 / 황노인 / 늪 / 허수아비

한국 산문 문체의 모범으로 평가되는 황순원의 대표 단편 20편 수록. 엄격한 지적 절제와 미학적 균형으로 함축적인 소설 미학을 완성시킨 작가 황순원. 극적인 사건 전개 대신 정적이고 서정적인 울림의 미학으로 깊은 감동을 전한다.

09 만세전 염상섭 중편선

김경수(서강대) 책임 편집

수록 작품 만세전 / 해바라기 / 미해결 / 두 출발

한국 근대 소설의 기념비적 작품인 「만세전」, 조선 최초의 여류화가인 나혜석의 삶을 소설화한 「해바라기」, 그리고 식민지 조선의 현실을 담아내고 나름의 저항의식을 형상화하기 위한 소설적 수련의 과정을 단적으로 보여주는 「미해결」과 「두 출발」 수록. 장편소설의 작가로만 알려진 염상섭의 독특한 소설 미학의 세계를 감상한다.

10 천변풍경 박태원 장편소설

장수익(한남대) 책임 편집

모더니스트 박태원이 펼쳐 보이는 1930년대 서울의 파노라마식 풍경화. 근대 자본주의 사회의 이데올로기와 일상성에 대한 비판에 몰두하던 박태원 초기 작품의 모더니즘 경향과 리얼리즘 미학의 경계를 넘나드는 역작. 식민지라는 파행적 상황에서 기형적으로 실현되던 근대화의 양상을 기층 민중의 생활에 초점을 맞춰 본격화한 작품이다.

11 태평천하 채만식 장편소설

이주형(경북대) 책임 편집

부정적인 상황들이 난무하는 시대 현실을 독자적인 문학적 기법과 비판의식으로 그려냄으로써 '문학적 미'를 추구했던 채만식의 대표작. 판소리 사설의 반어, 자기 폭로, 비유, 과장, 희화화 등의 표현법에 사투리까지 섞은 요설로, 창을 듣는 듯한 느낌과 재미를 선사하는 작품. 세태풍자소설의 장을 열었던 채만식이 쓴 가족사소설의 전형에 해당한다.

12 비 오는 날 손창섭 단편선

조현일(홍익대) 책임 편집

수록 작품 공휴일 / 사연기 / 비 오는 날 / 생활적 / 혈서 / 피해자 / 미해결의 장 / 인간동물원초 / 유실몽 / 설중행 / 광야 / 희생 / 잉여인간 / 신의 희작

가장 문제적인 전후 소설가 손창섭의 대표 단편 14작품 수록. 병적이고 불구적인 인간 군상들을 통해 전후 사회 현실에서의 '절망'의 표현에 주력했던 손창섭. 전쟁 그리고 전쟁 이후의 비일상적 사태를 가장 근원적인 차원에서 표현한 빼어난 작품들을 선별했다.

13 등신불 김동리 단편선

이동하(서울시립대) 책임 편집

수록 작품 인간동의 / 흥남철수 / 밀다원시대 / 용 / 목공 요셉 / 등신불 / 송추에서 / 까치 소리 / 저승새

「무녀도」의 작가 김동리가 1950년대 이후에 내놓은 단편 9편 수록. 전기 작품에 이어서 탁월한 문체의 매력, 빈틈없는 구성의 묘미, 인상적인 인물상의 창조, 인간에 대한 깊이 있는 통찰이라는 김동리 단편의 미학을 다시 한 번 경험할 수 있는 기회이다.

14 동백꽃 김유정 단편선

유인순(강원대) 책임 편집

수록 작품 심청 / 산골 나그네 / 총각과 맹꽁이 / 소낙비 / 솥 / 만무방 / 노다지 / 금 / 금 따는 콩밭 / 떡 / 산골 · 봄 · 봄 / 안해 / 봄과 따라지 / 따라지 / 가을 / 두꺼비 / 동백꽃 / 야앵 / 옥토끼 / 정조 / 땡볕 / 형

고단한 삶을 살아가는 순박한 촌부에서 사기꾼에 이르기까지 다양한 삶의 모습을 문학 속에 그대로 재현한 김유정의 주옥같은 단편 23편 수록. 인물의 토속성과 해학성, 생생한 삶의 언어와 우리 소리, 그 속에 충만한 생명감을 불어넣은 김유정 문학의 정수를 맛본다.

15 소설가 구보씨의 일일 박태원 단편선

천정환(성균관대) 책임 편집

수록 작품 수염 / 낙조 / 소설가 구보씨의 일일 / 애욕 / 길은 어둡고 / 거리 / 방란장 주인 / 비량 / 진통 / 성탄제 / 골목 안 / 음우 / 재운

한국 소설사상 가장 두드러진 모더니즘 작품으로 인정받는 「소설가 구보씨의 일일」을 비롯한 박태원의 대표 단편 13편 수록. 한글로 씌어진 가장 파격적이고 실험적인 작품으로 주목 받은 박태원. 서울 주변부 중산층의 삶이라는 자기만의 튼실한 현실 공간을 구축하여 새로운 소설 기법과 예술가소설로서의 보편성을 획득한 작품들이다.

16 날개 이상 단편선

김주현(경북대) 책임 편집

수록 작품 12월 12일 / 지도의 암실 / 지팡이 역사 / 황소와 도깨비 / 공포의 기록 / 지주회시 /
동해 / 날개 / 봉별기 / 실화 / 종생기

근대와 맞닥뜨린 당대 식민지 조선의 기념비요 자화상 역할을 하는 이상의 대표 단편
11편 수록. '천재'와 '광인'이라는 꼬리표와 함께 전위적이고 해체적인 글쓰기로 한국
의 모더니즘 문학사를 개척한 작가 이상. 자유연상, 내적 독백 등의 실험적 구성과 문체
로 식민지 근대와 그것에 촉발된 당대인의 내면을 예리하게 포착해낸 이상의 문제작들
을 한데 모았다.

17 흙 이광수 장편소설

이경훈(연세대) 책임 편집

한국 최초의 근대 장편소설 『무정』을 발표하면서 한국 소설 문학의 역사를 새롭게 쓴
이광수. 『흙』은 이광수의 계몽 사상이 가장 짙게 깔린 작품으로 심훈의 『상록수』와
함께 한국 농촌계몽소설의 전위에 속한다. 한국 근대 문학사상 가장 많이 연구되고
있는 작가의 대표작답게 『흙』은 민족주의, 계몽주의, 농민문학, 친일문학, 등장인물
론, 작가론, 문학사 등의 학문적·비평적 논의의 중심에 있는 작품이다.

18 상록수 심훈 장편소설

박헌호(성균관대) 책임 편집

이광수의 장편 『흙』과 더불어 한국 농촌계몽소설의 쌍벽을 이루는 『상록수』. 심훈의
문명(文名)을 크게 떨치게 한 대표작이다. 1930년대 당시 지식인의 관념적 농촌 운동
과 일제의 경제 침탈사를 고발·비판함으로써, 문학이 취할 수 있는 현실 정세에 대
한 직접적인 대응 그리고 극복의 상상력이란 두 가지 요소를 나름의 한계 속에서 실
천해냈고, 대중적으로도 큰 호응을 불러일으킨 작품이다.

19 무정 이광수 장편소설

김철(연세대) 책임 편집

20세기 이래 한국인이 가장 많이 읽고 가장 자주 출간돼온 작품, 그리고 근현대 문학
가운데 가장 많이 연구의 대상이 된 작가 이광수의 대표작 『무정』. 씌어진 지 한 세기
가 가까워지도록 여전히 읽히고 있고 또 학문적 논쟁의 중심에 서 있는 『무정』을 책
임 편집자의 교정을 충실하게 반영한 최고의 선본(善本)으로 만난다.

20 고향 이기영 장편소설

이상경(KAIST) 책임 편집

'프로문학의 정점'이자 우리 근대 문학사의 리얼리즘의 확립을 결정적으로 보여주는
이기영의 『고향』. 이기영은 1920년대 중반 원터라는 충청도의 한 농촌 마을을 배경
으로 봉건 사회의 잔재를 지닌 채 식민지 자본주의화가 진행되어가는 우리 근대 초기
를 뛰어난 관찰로 묘파한다. 일제 식민 치하 근대화에 대한 문학적·비판적 성찰과 지
식인의 고뇌를 반영한 수작이다.

21 까마귀 이태준 단편선

김윤식(명지대) 책임 편집

수록 작품 불우 선생/달밤/까마귀/장마/복덕방/패강랭/농군/밤길/토끼 이야기/해방 전후

'한국 근대소설의 완성자' '단편문학'의 명수. 이태준은 우리 근대 문학의 전개 과정에서 결코 간과할 수 없는 역할을 담당했던 작가 가운데 한 사람이다. 문학의 자율성과 예술성을 상실하지 않으면서도 현실 문제에 각별한 관심을 보여주었던 그의 단편은 한국소설사에서 1930년대를 대표하는 것으로 인정받고 있다.

22 두 파산 염상섭 단편선

김경수(서강대) 책임 편집

수록 작품 표본실의 청개구리/암야/제야/E선생/윤전기/숙박기/해방의 아들/양과자갑/두 파산/절곡/얼룩진 시대 풍경

한국 근대사를 증언하고 있는 횡보 염상섭의 단편소설 11편 수록. 지식인 망국민으로서의 허무적인 자기 진단, 구체적인 사회 인식, 해방 후와 전후 시기에 대한 사실적 증언과 문제 제기를 포함한 대표작들을 통해 횡보의 단편 미학을 감상한다.

23 카인의 후예 황순원 소설선

김종회(경희대) 책임 편집

수록 작품 카인의 후예/너와 나만의 시간/나무들 비탈에 서다

인간의 정신적 순수성과 고귀한 존엄성을 문학의 제일 원칙으로 삼았던 작가 황순원. 그의 대표작 가운데 독자들의 가장 많은 사랑을 받은 장편소설들을 모았다. 한국전쟁을 온몸으로 체득하면서 특유의 절제되고 간결한 문장으로 예술적 서사성을 완성한 황순원은 단편에서와 마찬가지로 변함없는 감동의 세계를 열어놓는다.

24 소년의 비애 이광수 단편선

김영민(연세대) 책임 편집

수록 작품 무정/소년의 비애/어린 벗에게/방황/가실/거룩한 죽음/무명/꿈

한국 근대소설사와 이광수 개인의 문학 세계에서 중요한 의미를 갖는 단편 8편 수록. 이광수가 우리말로 쓴 최초의 창작 단편「무정」, 당시 사회의 인습과 제도를 비판한「소년의 비애」, 우리나라 최초의 서간체 소설인「어린 벗에게」, 지식인의 내면적 갈등과 자아 탐구의 과정을 담은「방황」, 춘원의 옥중 체험을 바탕으로 쓰여진「무명」등 한국 근대문학의 장르와 소재, 주제 탐구 면에서 꼼꼼히 고찰해야 할 작품들이다.

25 불꽃 선우휘 단편선

이익성(충북대) 책임 편집

수록 작품 테러리스트/불꽃/거울/오리와 계급장/단독강화/깃발 없는 기수/망향

8·15 해방과 분단, 6·25전쟁으로 이어지는 한국 근현대사의 열병을 깊이 있게 고찰한 선우휘의 대표작 7편 수록. 평판작「불꽃」과「깃발 없는 기수」를 비롯해 한국 근현대사의 역동성과 이를 바라보는 냉철한 작가의식이 빚어낸 수작들을 한데 모았다.

26 맥 김남천 단편선

채호석(한국외대) 책임 편집

수록 작품 공장 신문 / 공우회 / 남편 그의 동지 / 물 / 남매 / 소년행 / 처를 때리고 / 무자리 / 녹성당 / 길 위에서 / 경영 / 맥 / 등불 / 꿀

카프와 명맥을 같이하며 창작과 비평에서 두드러진 족적을 남긴 작가 김남천. 1930년대 초, 예술운동의 볼셰비키화론 주장과 궤를 같이하는 「공장 신문」「공우회」, 카프 해산 직후 그의 고발문학론을 담은 「처를 때리고」「소년행」「남매」, 전향문학의 백미로 꼽히는 「경영」「맥」 등 그의 치열했던 문학 세계의 변화를 일별할 수 있는 대표작 14편 수록.

27 인간 문제 강경애 장편소설

최원식(인하대) 책임 편집

한국 근대 여성문학의 제일선에 위치하는 강경애의 대표작. 일제 치하의 1930년대 조선, 자본가와 농민·노동자의 대립 구조 속에서 농민과 도시노동자가 현실의 문제를 해결하고자 하는 주체로 성장하는 과정과 그들의 조직적 투쟁을 현실성 있게 그려 낸 작품. 이기영의 『고향』과 더불어 우리 근대 소설사에서 리얼리즘 소설의 수작으로 꼽힌다.

28 민촌 이기영 단편선

조남현(서울대) 책임 편집

수록 작품 농부 정도룡 / 민촌 / 아사 / 호외 / 해후 / 종이 뜨는 사람들 / 부역 / 김군과 나와 그의 아내 / 변절자의 아내 / 서화 / 맥추 / 수석 / 봉황산

카프와 프로문학의 대표 작가 이기영. 그가 발표한 수십 편의 단편소설들 가운데 사회사나 사상운동사로서의 자료적 가치가 높으면서 또 소설 양식으로서의 구조미를 제대로 보여주는 14편을 선별했다.

29 혈의 누 이인직 소설선

권영민(서울대) 책임 편집

수록 작품 혈의 누 / 귀의 성 / 은세계

급진적이고 충동적인 한국 근대의 풍경 속에 신소설이라는 새로운 서사 양식을 창조해낸 이인직. 책임 편집자의 꼼꼼한 텍스트 확정과 자세한 비평적 해설을 통해, 신소설의 서사 구조와 그 담론적 특성을 밝히고 당시 개화·계몽 시대를 대표하는 서사 양식에 내재화된 일본적 식민주의 담론을 꼬집는다.

30 추월색 이해조 안국선 최찬식 소설선

권영민(서울대) 책임 편집

수록 작품 금수회의록 / 자유종 / 구마검 / 추월색

개화·계몽시대의 대표적인 신소설 작가 3인의 대표작. 여성과 신교육으로 집약되는 토론의 모습을 서사 방식으로 활용한 「자유종」, 구시대적 인습을 신랄하게 비판한 「구마검」, 가장 대중적인 신소설 가운데 하나로 꼽히는 「추월색」, 그리고 '꿈'이라는 우화적 공간을 설정하여 현실 비판의 풍자적 색채가 강한 「금수회의록」까지 당대의 사회적 풍속과 세태의 변화를 민감하게 반영한 작품들을 수록했다.

31 젊은 느티나무 강신재 소설선

김미현(이화여대) 책임 편집

수록 작품 안개 / 해방촌 가는 길 / 절벽 / 젊은 느티나무 / 양관 / 황량한 날의 동화 / 파도 / 이브 변신 / 강물이 있는 풍경 / 점액질

1950, 60년대를 대표하는 여성 작가 강신재의 중단편 10편을 엄선했다. 특유의 서정적인 문체와 관조적 시선, 지적인 분석력으로 '비누 냄새' 나는 풋풋한 사랑 이야기에서 끈끈한 '점액질'의 어두운 욕망에 이르기까지, 운명의 폭력성과 존재론적 한계를 줄기차게 탐문한 강신재 소설의 여정을 한눈에 볼 수 있는 기회다.

32 오발탄 이범선 단편선

김외곤(서원대) 책임 편집

수록 작품 일요일 / 학마을 사람들 / 사망 보류 / 몸 전체로 / 갈매기 / 오발탄 / 자살당한 개 / 살모사 / 천당 간 사나이 / 청대문집 개 / 표구된 휴지 / 고장난 문 / 두메의 어벙이 / 미친 녀석

손창섭 · 장용학 등과 함께 대표적인 전후 작가로 꼽히는 이범선의 대표작 14편 수록. 한국 현대사의 비극에 대한 묘사를 바탕으로 하면서도 잃어버린 고향, 동양적 이상향에 대한 동경을 담았던 초기작들과 전후의 물질적 궁핍상을 전통적 사실주의에 기초해 그리면서 현실 비판적 성격을 강하게 드러낸 문제작들을 고루 수록했다.

33 메밀꽃 필 무렵 이효석 단편선

서준섭(강원대) 책임 편집

수록 작품 도시와 유령 / 깨뜨려지는 홍등 / 마작철학 / 프레류드 / 돈 / 계절 / 산 / 들 / 석류 / 메밀꽃 필 무렵 / 삽화 / 개살구 / 장미 병들다 / 공상구락부 / 해바라기 / 여수 / 하얼빈산협 / 풀잎 / 낙엽을 태우면서

근대 작가의 문화적 정체성이 끊임없이 흔들렸던 식민지 시대, 경성제대 출신의 지식인 작가로서 그 문화적 혼란기를 소설 언어를 통해 구성하고 지속적으로 모색했던 이효석의 대표작 20편 수록.

34 운수 좋은 날 현진건 중단편선

김동식(인하대) 책임 편집

수록 작품 희생화 / 빈처 / 술 권하는 사회 / 유린 / 피아노 / 할머니의 죽음 / 우편국에서 / 까막잡기 / 그리운 흘긴 눈 / 운수 좋은 날 / 발 / 불 / B사감과 러브 레터 / 사립정신병원장 / 고향 / 동정 / 정조와 약가 / 신문지와 철창 / 서투른 도적 / 연애의 청산 / 타락자

한국 근대 단편소설의 형식적 미학을 구축하고 근대적 사실주의 문학의 머릿돌을 놓은 작가 현진건의 대표작 21편 수록. 서구 중심의 근대성과 조선 사회의 식민성 사이에서 방황하는 지식인의 내면 풍경뿐만 아니라, 식민지 조선의 일상을 예리하게 관찰함으로써 '조선의 얼굴'을 담아낸 작가 현진건의 면모를 두루 살폈다.

35 사랑 이광수 장편소설

한승옥(숭실대) 책임 편집

춘원의 첫 전작 장편소설. 신문 연재물의 제약에서 벗어나 좀더 자유롭고 솔직한 그의 인생관이 담겨 있다. 이른바 그의 어떤 장편소설보다도 나아간 자유 연애, 사랑에 관한 작가의 생각을 엿볼 수 있는 작품. 작가의 나이 지천명에 이르러 불교와 『주역』등 동양고전에 심취하여 우주의 철리와 종교적 깨달음에 가닿은 시점에서 집필된, 춘원의 모든 것.

36 화수분 전영택 중단편선

김만수(인하대) 책임 편집

수록 작품 천치? 천재?/운명/생명의 봄/독약을 마시는 여인/화수분/후회/여자도 사람인가?/하늘을 바라보는 여인/소/김탄실과 그 아들/금붕어/차돌멩이/크리스마스 전야의 풍경/말 없는 사람

1920년대 초반 자연주의, 사실주의적 색채가 강한 작품 세계로 주목받았던 작가 전영택의 대표작선. 이들 작품에서 작가는, 일제 초기의 만세운동, 일제 강점기하의 극심한 궁핍, 해방 직후의 사회적 혼돈, 산업화 초창기의 사회적 퇴폐상에 대한 자신의 경험을 소박한 형식 속에 담고 있다.

37 유예 오상원 중단편선

한수영(동아대) 책임 편집

수록 작품 황선지대/유예/균열/죽어살이/모반/부동기/보수/현실/훈장/실기

한국 전후 세대 문학의 대표 작가 오상원의 주요작 10편을 묶었다. '실존'과 '행동'에 초점을 맞춘 그의 작품은, 한결같이 극한 상황에 처한 인간 존재의 의미를 묻는 데 천착하면서 효과적인 주제 전달을 위해 낯설고 다양한 소설적 실험을 보여준다.

38 제1과 제1장 이무영 단편선

전영태(중앙대) 책임 편집

수록 작품 제1과 제1장/흙의 노예/문 서방/농부전 초/청개구리/모우지도/유모/용자소전/이단자/B녀의 소묘/O형의 인간/들메/며느리

한국 농민문학의 선구자로 평가받는 이무영의 주요 단편 13편 수록. 이들 작품에서 작가는, 농민을 계몽의 대상이 아닌, 흙을 일구는 그들의 삶을 통해서 진실한 깨달음을 얻는 자족적 대상으로 바라본다. 이무영의 농민소설은 인간을 향한 긍정적 시선과 삶의 부조리한 면을 파헤치는 지식인의 냉엄한 비판 의식이 공존하고 있다.

39 꺼삐딴 리 전광용 단편선

김종욱(세종대) 책임 편집

수록 작품 흑산도/진개권/지충/해도초/GMC/사수/크라운장/충매화/초혼곡/면허장/꺼삐딴 리/암 서방/남궁 박사/죽음의 자세/세끼미

1950년대 전후 사회와 60년대의 척박한 삶의 리얼리티를 '구도의 치밀성'과 '묘사의 정확성'을 통해 형상화한 작가 전광용의 대표 단편 15편 모음집. 휴머니즘적 주제 의식, 전통적인 서사 형식, 객관적이고 냉철한 묘사 태도, 짧고 건조한 문체 등으로 집약되는 전광용의 작품 세계를 한눈에 살필 수 있는 계기.

40 과도기 한설야 단편선

서경석(한양대) 책임 편집

수록 작품 동경/그릇된 동경/합숙소의 밤/과도기/씨름/사방공사/교차선/추수 후/태양/임금/딸/철로 교차점/부역/산촌/이녕/모자/혈로

식민지 시대 신경향파·카프 계열 작가로서 사회주의 리얼리즘 문학을 추구한 작가 한설야의 문학적 특징을 잘 드러내는 단편 17편을 수록했다. 시대적 대세에 편승하며 작품의 경향을 바꾸었던 다른 카프 작가들과는 달리 한설야는, 주체적인 노동자로서의 삶을 택한 「과도기」의 '창선'이 그러하듯, 이 주제를 자신의 평생 과제로 삼아 창작에 몰두했다.

41 사랑손님과 어머니 주요섭 중단편선

장영우(동국대) 책임 편집

수록 작품 추운 밤/인력거꾼/살인/첫사랑 값/개밥/사랑손님과 어머니/아네모네의 마담/북소리 두둥둥/봉천역 식당/낙랑고분의 비밀

주요섭이 남녀 간의 애정 문제를 주로 다룬 통속 작가로 인식되어온 것은 교정되어야 마땅하다. 그는 빈민 계층의 고단하고 무망(無望)한 삶을 사실적으로 재현하는 데 탁월한 기량을 보였으며, 날카로운 현실인식과 객관적 묘사의 한 전범을 보여주었고 환상성을 수용함으로써 보다 탄력적인 소설미학을 실험하기도 하였다.

42 탁류 채만식 장편소설

우찬제(서강대) 책임 편집

채만식은 시대의 어둠을 문학의 빛으로 밝히며 일제 강점기와 해방기의 우리 소설사를 빛낸 작가다. 그는 작품활동 전반에 걸쳐 열정적인 창작열과 리얼리즘 정신으로 당대의 현실상을 매우 예리하게 형상화했다. 특히 『탁류』는 여주인공 봉의 기구한 운명의 족적을 금강 물이 점점 탁해지는 현상에 비유하면서 타락한 당대의 세계상을 여실하게 드러내주고 있다.

43 벙어리 삼룡이 나도향 중단편선

우찬제(서강대) 책임 편집

수록 작품 젊은이의 시절/별을 안거든 우지나 말걸/옛날 꿈은 창백하더이다/여이발사/행랑 자식/벙어리 삼룡이/물레방아/꿈/뽕/지형근/청춘

위험한 시대에 매우 불안하게 살았던 작가. 그러나 나도향은 불안에 강박되기보다 불안한 자유의 상태를 즐기는 방식으로 소설을 택한 작가였다. 낭만적 환멸의 풍경이나 낭만적 동경의 형식 등은 불안에 대한 나도향 식 문학적 향유의 풍경으로 다가온다.

44 잔등 허준 중단편선

권성우(숙명여대) 책임 편집

수록 작품 탁류/습작실에서/잔등/속습작실에서/평대저울

한국 근대소설사에서 허준만큼 진보적 지식인의 진지한 자기 성찰을 깊이 형상화한 작가는 없었다. 혁명의 연성을 기꺼이 인정하면서도 혁명과 해방으로 인해 궁지와 비참에 몰린 사람들에 대해 깊은 연민과 따뜻한 공감의 눈길을 던진 그의 대표작 다섯 편을 한데 모았다.

45 한국 현대희곡선

김우진 김명순 유치진 함세덕 오영진 차범석 최인훈 이현화 이강백

이상우(고려대) 책임 편집

수록 작품 산돼지/두 애인/토막/산허구리/살아 있는 이중생 각하/불모지/옛날 옛적에 훠어이 훠이/카덴자/봄날

한국 현대희곡 100년사를 대표하는 작품 아홉 편. 1920년대부터 1980년대까지 각 시기의 시대 정신과 연극 경향을 대표할 만한 희곡들을 골고루 선별하였고, 사실주의 희곡과 비사실주의희곡의 균형을 맞추어 안배하였다.

46 혼명에서 백신애 중단편선

서영인 책임 편집

수록 작품 나의 어머니/꺼래이/복선이/채색교/적빈/낙오/악부자/정현수/학사/호도/어느 전원의 풍경—일명·법률/광인수기/소독부/일여인/혼명에서/아름다운 노을

일제강점기 한국문학을 대표하는 여성 작가이자 사회운동가인 백신애의 주요 작품 16편을 묶었다. 극심한 가난과 봉건적 인습의 굴레에 갇힌 여성들의 비극, 또는 그로부터 벗어나고자 하는 의지를 섬세한 필치와 치열한 문제의식으로 그려냈다. 그의 소설을 통해 '봉건적 가족제도와 여성의 욕망'이라는 해묵은 주제가 오늘날에도 여전히 풀리지 않는 과제로 존재하고 있음을 알게 된다.

47 근대여성작가선

김명순 나혜석 김일엽 이선희 임순득

이상경(KAIST) 책임 편집

수록 작품 의심의 소녀/선례/돌아다볼 때/탄실이와 주영이/경희/현숙/어머니와 딸/청상의 생활—희생된 일생/자각/계산서/매소부/탕자/일요일/이름 짓기/딸과 어머니와

일제강점기 한국문학을 대표하는 여성 작가들의 주요 작품 15편을 한 권에 묶었다. 근대 여성의 목소리로서 여성문학은 봉건적 가부장제에서 벗어나고자 개인으로서 여성의 자유로운 선택을 가로막는 온갖 질곡에 저항해왔다. 여성이 봉건적 공동체를 벗어나 개성을 찾아 나서는 길은 많은 경우 가출, 자살, 일탈 등으로 귀결되었지만, 그럼에도 여성 자신의 힘을 믿으면서 공동체의 인습에 저항하고 새로운 공동체를 지향하는 노력이 있었다. 여기에 식민지라는 조건 속에서 민족의 해방은 더 큰 과제이기도 했다. 이 책에 실린 여성 작가의 작품들은 신여성의 이러한 꿈과 현실, 한계를 여실히 드러내 보여준다.

48 불신시대 박경리 중단편선

강지희(한신대) 책임 편집

수록 작품 계산/흑흑백백/암흑시대/불신시대/벽지/환상의 시기/약으로도 못 고치는 병

여성의 전쟁 수난사를 가장 탁월하게 그려낸 작가 박경리의 대표 중단편 7편 수록. 고독과 절망의 시대를 살아내면서도 현실과 타협하지 못하는 결벽성으로 인간의 존엄을 고민했던 작가의 흔적이 역력한 수작들이 담겼다.